하는, 사랑

하는, 사랑

초판 1쇄 인쇄 _ 2021년 1월 10일
초판 1쇄 발행 _ 2021년 1월 15일

지은이 _ 김현주

펴낸곳 _ 바이북스
펴낸이 _ 윤옥초
책임 편집 _ 김태윤
책임 디자인 _ 이민영

ISBN _ 979-11-5877-221-5 03810

등록 _ 2005. 7. 12 | 제 313-2005-000148호

서울시 영등포구 선유로49길 23 아이에스비즈타워2차 1005호
편집 02)333-0812 | 마케팅 02)333-9918 | 팩스 02)333-9960
이메일 postmaster@bybooks.co.kr
홈페이지 www.bybooks.co.kr

미래를 함께 꿈꿀 작가님의 참신한 아이디어나 원고를 기다립니다.
이메일로 접수한 원고는 검토 후 연락드리겠습니다.

하는,

사랑

―

김현주 소설

바이북스
ByBooks

작가의 말

이 소설은 섹스리스 부부의 이야기로 그로 인한 갈등과 해결 과정을 담고 있습니다. 조금 더 깊이 들여다보면 행복한 결혼생활을 위해 부부가 어떤 노력을 기울여야 하는지에 관한 이야기입니다.

결혼을 앞둔 이에게 부부 관계에 대해 질문을 받은 것이 이 소설의 출발점이었습니다. 어쩜 이렇게 모를까 걱정이 될 정도였는데, 가만 돌이켜보니 과거의 저는 훨씬 더 무지한 상태였습니다.

'그래도 다행이다, 그녀는 물어볼 사람이라도 있고.'

만약 그때의 나에게도 무엇이든 편하게 물어볼 수 있는 언니가 있었다면 어땠을까. 지금 내가 아는 것의 한 귀퉁이만이라도 알았더라면 얼마나 좋았을까. 안타까운 마음이 들었습니다.

소설 속의 수많은 대화는 과거의 제가 궁금해하던 것들은 물론, 많은 이들이 지금도 쏟아내고 있는 질문과 그에 대한 저의 대답들입니다. 실제의 저는 소설 속 윤주보다 나이도 많고 결혼 연수도 훨씬 더 되었습니다. 긴 세월을 지나오며 제가 알게 된 모든 것을 윤주를 통해 녹여내고자 했습니다.

소설을 쓰는 동안 다양한 부부의 사례를 접했습니다. 자신이 왜 섹스리스가 되었는지 영문도 모른 채, 어찌할지 몰라 헤매고 절망하는 모습을 수없이 보았습니다. 그들이 겪는 외적 갈등과 내적 고통, 좌절과 외로움을 모른 척하지 말고 용기 있게 바라보는 계기가 필요하다고 생각했어요. 섹스리스 부부가 꼭 불행한 건 아니지만, 그렇지 않은 부부보다 덜 행복한 것은 명백한 사실입니다.

어쩐 일인지 서로 아끼고 배려하며 사랑하는 부부는 좀처럼 보기 힘든 세상이 되었습니다. 결혼에 대한 부정적인 메시지는 귀에 딱지가 앉을 지경이고, TV만 틀면 나오는 대립하는 부부의 모습들이 이제 너무 익숙합니다. 부부란 세월이 지나면 으레 서로를 지긋지긋하게 여기는 상황이 자연스러운 것으로 학습되고, 상대를 향한 적대적 태도는 웃음의 소재가 되기까지 합니다.

그 때문인지 결혼하고 몇 년이 지나면 서로 심드렁해지는 것을 당연하게 생각하게 되었습니다. 그래서 자신과 배우자의 사뭇 달라진 마음과 행동을 대수롭지 않게 받아들입니다. 노력해 볼 여지가 있다는 걸 알아차리지 못하는 거예요.

어쩌다 다정한 연예인 부부가 나오면 판타지 속 캐릭터를 보는 것 같습니다. 그들이 서로를 위하고 아낀다는 이유로 눈총을 받고 타박의 대상이 되는 걸 봅니다. 이런 상황이니 섹스까지 원만한 부부라는 건 꽁꽁 감춰져 있어서 그들이 누리는 행복에 대해서 알 수가 없습니다. 알지도 못하는데 어떻게 추구하는 가치가 될 수 있을까요?

세월이 흘러도 애정이 담뿍 담긴 눈빛을 나누며 살가운 스킨십을 하고, 서로 배려하고 만족스러운 섹스를 하면서 살아가는 부부들이 꽤 있습니다. 드러나지 않았을 뿐이에요. 소설 속의 윤주 부부처럼 더 많은 부부가 그들의 행복에 대해 거리낌 없이 말할 수 있었으면 합니다.

하지만 이런 바람으로 오랜 시간을 매달려 완성한 이야기를 세상에 내놓을 때가 되자 주저하는 마음이 생겼어요.

'독자들이 소설 속 등장인물과 나를 동일시하는 건 아닐까?', '색안경을 끼고 나를 보면 어쩌지?', '그저 자극적인 이야기로 폄하되면 어떡해!'

정작 제가 이런 두려움으로 망설이고 있다는 게 아이러니했죠. 저조차도 오랜 시간 길들여진 억압의 틀에서 벗어나지 못하고 있던 겁니다. 저도 용기를 내야 했어요.

현실에서도 희수처럼 용기를 내는 분들이 계실까? 글을 쓰는 내내 궁금했어요. 제 소설을 읽어주시는 독자 중 몇 분이라도 그럴 수 있기를 간절히 바랐습니다. 그런데 출간 전 선공개한 일부의 내용만으로도 변화의 바람은 불어왔습니다. 희수는 소설 속에만 존재하는 비현실적인 인물이 아니었어요. 깜짝 놀랄 정도로 희망적인 메시지와 변화의 기쁨을 전해주시는 분들을 보면서 과연 우리 모두에게는 윤주 언니 같은 사람이 필요했다는 사실을 절감했습니다.

부부의 사랑은 시간이 지날수록 무거워지는지 곧잘 가라앉습니다. 그것이 침잠하지 않도록 하는 방법과 노력에 대해 말하고 싶었어요. 가라앉은 사랑이 다시 떠오르면 많은 것들이 도미노처럼 따라온다는 사실에 놀라실 거예요. 윤주와 희수가 끊임없이 주고받는 대화 속에서 독자분들도 부부의 사랑과 섹스의 본질에 다가서게 되리라고 생각합니다. 몰랐던 사랑의 기술을 알게 되는 것은 덤입니다.

그녀들의 이야기를 읽는 동안 사랑이 충만해지시길, 그래서 조금 더 행복해지시길 바랍니다.

차례

"나만 모르는 것 같아서 억울한 기분이 들어."

희수는 늘 머리부터 발끝까지 감탄할 만한 모습으로 나타났다. 희수를 알고 지낸 17년 동안, 나는 희수를 볼 때마다 단 한 번의 예외도 없이 매번 진심으로 감탄했다. 나로 말할 것 같으면 교복을 벗으면서부터 한결같이 청바지와 티셔츠 차림이고, 신발도 계절에 따라 컨버스 운동화 아니면 크록스 샌들이다. 20년째 고수하고 있는 긴 생머리는 하나로 동여맬 때가 대부분이다. 희수는 이런 나와는 모든 것이 달랐다.

부드러운 컬이 돋보이는 단발머리는 희수를 경쾌한 사람으로 보이게 하는 일등공신이다. 고등학생일 때는 오히려 차분한 긴 생머리였는데(하지만 큼직한 큐빅 장식이 달린 머리띠를 항상 하고 있었다), 대학을 가면서 쇼트커트로 싹둑 잘라버린 이후부터는 줄곧 어깨를 넘지 않는 머리 길이를 유지했다. 걸을 때마다 고무공처럼 통통 튀는 머리끝은 손상된 머리카락 한 올 없이 매끈하게 윤기가 났다.

희수는 옷도 흔치 않은 디자인을 입었다. 저런 옷은 어디에서 사는 걸까 종종 궁금증이 일었는데, 실제로 몇 번이나 모르는 사람이 다가와서 희수가 입은 옷의 구입처를 묻는 일도 있었다. 가끔 만나는

10

내가 본 것만 해도 몇 번쯤 되니, 희수에게는 종종 있는 일일 것이다. 하나부터 열까지 자세하게 알려주는 희수의 모습과 반짝이는 눈으로 정보를 메모하는 사람들의 표정을 나는 항상 흐뭇하게 바라보았다. 희수는 우리 나이대의 사람은 별로 선택하지 않을 옷, 예를 들면 랩 스커트나 짧은 주름치마, 어깨가 솟은 블라우스 같은 것도 서슴지 않고 입었는데, 무얼 어떻게 입든 상하 밸런스를 기가 막히게 맞추어서 전혀 거부감이 들지 않았다.

희수는 그런 것에 감각이 탁월했다. 나는 희수를 볼 때마다 저런 능력은 타고나는 것이겠지 했다. 나라고 예쁘고 멋진 옷들을 시도해 보지 않은 것이 아니다. 하지만 번번이 어색함을 참지 못하고 외출하기 직전에 다시 원래 입던 옷으로 갈아입었다. 문밖을 나서보지도 못한 새 옷들이 옷장에 켜켜이 쌓여가는 광경은 나 혼자 보기에도 참담했고, 몇 년이 지나 그것들을 모두 버리면서 감각이 없는 사람은 어쩔 도리가 없다는 사실을 받아들였다. 희수라면 아마 재활용 수거함 속의 옷더미에서도 백화점에 걸어놓아도 손색이 없을 만한 조합을 순식간에 골라낼 수 있을 것이다. 오늘도 베이지색 체크 반바지에 진주와 깃털 장식이 달린 연보라색 니트를 받쳐 입고 걸어오는 희수를 보고 언제나처럼 감탄했다.

오늘 희수를 만나기로 한 건 순전히 취재 때문이었다. 섹스 도중에 과거 연인과의 경험이 떠오르는 상황에 대해 며칠 전 남편과 재미난 이야기를 나누었는데, 어쩌면 꽤 흥미로운 이야기가 될 수 있겠다는 생각이 들었다. 일단 사람들의 경험담을 들어보면 스토리 구상에

11

도움이 될 것 같아 지인들에게 부탁해볼 요량이었고, 처음 생각난 얼굴이 희수였다.

어려서부터 만난 관계라 그런지 희수하고는 여태 섹스 얘기를 해본 적은 없었지만, 그 외에는 격의 없이 대화하는 사이였기 때문에 흔쾌히 말해줄 거라는 확신이 있었다. 게다가 우리는 이제 둘 다 중년에 가까운 나이가 되었으므로 거리낄 것이 없었다. 희수에게 취재를 부탁했더니 어떤 이야기냐고 몹시 궁금해하며 나를 졸라댔지만, 미리 생각해두는 일이 없도록 조금의 힌트도 주지 않았다.

"여기야. 여기 쌀국수가 그렇게 맛있대."

여느 때와 다름없이 만나자마자 바로 식당으로 향했다. 우리는 언제나 갈 식당을 미리 정해 놓고 만났다. 시간을 아끼기 위해서였다. 나도 희수도 아이를 학교와 유치원에 보내자마자 그 길로 달려 나오는 것이기 때문에 만나면 함께 늦은 아침을 먹었다.

희수의 딸 은성이가 유치원에 다니기 시작하면서부터 그나마 우리끼리 밥이라도 먹을 시간이 났다. 그전에는 나를 만날 때마다 은성이를 데리고 나왔다. 희수 남편이 어린이집 보내는 걸 몹시 반대한다는 얘기를 여러 번 들었다. 희수는 나를 만나도 아이를 챙기느라 식사도, 대화도 제대로 하질 못했다. 그래도 두어 달에 한 번씩 나를 만나는 것이 희수에게는 숨통이겠지 하는 생각에 나는 매번 희수를 굳이 카페에 앉혀두고 은성이를 데리고 30분이라도 산책하고 왔다. 희수와 예전처럼 단둘이 만날 여유가 생긴 건 은성이가 다섯 살이 되어서 병설 유치원에 다니기 시작했기 때문이다.

"병설 유치원이라도 보내야 학교생활 원만히 한다고 시누이가 무지 설득해줘서 보냈지, 아니면 어림없었어. 12시 40분이면 집에 오고 방학도 40일이나 된다고 하니까 오빠가 겨우 허락한 거야."

아이의 이른 하원 시간을 맞추려면 우리는 밥을 먹고 서둘러 커피 한잔을 마실 정도밖에 안 되었지만, 희수는 몇 년 만에 생긴 3시간의 자유시간만으로도 살 것 같다고 했다.

시간이 한결 여유로운 내가 희수네 집 근처로 가겠다고 해도 희수는 한사코 중간지점을 고수했다. 그러면서도 희수는 가끔 커다란 케이크를 사 들고 불쑥 우리 집까지 올 때가 있었다. 반면에 나는 희수네 집을 여태 가보지 못했다. 벌써 몇 번은 초대할 법도 하건만, 희수는 자기 집에 놀러 오라는 그 마땅한 말 한 번을 하지 않았다. 내색조차 없었다. 그런 마당에 내가 먼저 너희 집에 가보자고 할 수는 없었다. 그렇다고 서운하다거나 이상하다는 생각은 하지 않았다. 결혼 전에도 우리 집은 뻔질나게 드나들고 자고 가는 일도 몇 번이나 있었지만 자기 집에는 한 번도 데려가지 않았으니까. 희수에게 집은 어지간하면 공개하지 않는 공간인가 보다, 그냥 그렇게 여겼다.

우리는 간장 색깔이 나는 짭조름한 태국식 쌀국수를 먹고 바로 근처의 카페로 향했다. 희수는 돌아갈 시간이 정해져 있는 신데렐라 신세였기 때문에 우리의 동선은 언제나 간단했다. 커피를 받아 들고 자리에 앉자마자 곧바로 희수에게 새로 구상한 소설의 줄거리를 간략히 설명하고 결혼 전에 사귀었던 남자 친구와의 섹스에 관해 말해줄 수 있냐고 물었다. 남편과 사귀기 이전에 남자 친구가 몇 있었다는 건 이미 예전부터 알고 있었고, 희수에게는 빙빙 돌려 말할 필요는 없었다.

희수는 내 질문을 듣자마자 남자 친구들과는 애석하게도 섹스 경험이 없다고 말하면서 입을 삐죽 내밀고 미간을 찌푸리면서 안타깝다는 표정을 지어 보였다. 실로 서운한 것처럼 보일 정도였다. 대학 시절 꽤 오래 사귄 상대도 있었지만, 그때는 종교적 신념이 제일 강했던 때라 섹스는 생각할 수도 없었고, 심지어 남편과의 첫 경험도 결혼한 이후였다고 해서 속으로는 화들짝 놀랐다.

"에이, 나한테는 너만 한 취재원이 없는데! 우리 그럼 상상을 해보자. 남편하고 심드렁하게 하는 중에 끝내줬던 과거의 섹스가 딱 떠오르는 거지. 자, 그 상황을 머릿속으로 한번 그려 보자고."

김이 새버린 나는 지어서라도 이야기를 내놓으라고 희수에게 투정을 부렸다. 나보다 다섯 살 어린 희수는 나의 장난스러운 질타에 아무렇지도 않게 대답했다.

"근데 언니, 나 예전에 남친이랑 해봤대도 지금 오빠랑 안 하니까 해줄 말이 없겠는데?"

희수는 이 말을 하면서 대수롭지 않게 웃어 보였다. '이따가 우리 떡볶이 먹을래?'라는 말을 입혀도 아무렇지 않을 만한 말투와 웃음이었다.

나는 느닷없는 희수의 고백에 당황한 기색을 감추고 물었다.

"뭐? 아예 안 한다는 거야, 자주 못 한다는 거야?"

"음…… '아예'라고 할 수 있지. 은성이 낳고 나서 몇 번 했더라?"

희수는 횟수를 가늠해보는 듯이 눈을 이쪽저쪽으로 굴렸다. 아니,

지금 횟수를 헤아려보는 건가? 그게 가능할 정도라고?

"세 번 했나? 아니, 네 번인가?"

맙소사! 아이가 다섯 살이 되도록 이 부부는 섹스를 서너 번밖에 안 했다는 말인가? 근데 그건 어쩌다가 하게 된 거지? 짧은 몇 초 동안 이런 생각들이 머릿속을 헤집어 놓고 있는데 희수가 물었다.

"언니는 형부랑 해? 사이가 좋으니까 하겠지? 자주 해? 근데 언니 결혼한 지 10년도 훨씬 넘었잖아."

그 순간 나는 사실을 말할지, 대충 얼버무리고 넘어갈지를 고민했다. 섹스 라이프가 없다는 말을 아무렇지도 않게 하는 희수의 말간 얼굴을 보면서 어떻게 말해야 좋을지 알 수가 없었다. 더군다나 희수는 이미 나도 별반 다르지 않을 것을 전제로 깔아 놓은 참이었다. 언제나처럼 희수에게 사실을 말하는 게 옳을까? 아니면 동생의 마음이 다치지 않게 거짓을 말해야 할까?

"우리는 뭐…… 자주 하는 편이야."

"자주? 자주가 얼만큼인데? 일주일?"

희수는 얼버무리는 나의 답변을 그냥 넘길 생각이 없는지 재차 물었다.

"음……. 별다른 일이 없으면 거의 매일 해."

나는 결국 솔직하기로 했지만 어쩐지 못할 말을 한 것 같아 커피잔을 매만졌다. 어째 죄인이 된 것만 같았다.

"우와, 그럴 수도 있는 거야? 신혼도 아닌데? 책에서나 나올 법한 부부가 바로 여기 있었네? 내 친구 중에 잘하고 산다는 애는 아무도 없거든."

희수는 아무렇지 않다는 듯 웃으며 말했다.

"그럼 언니는 오르가슴도 느껴? 나는 그걸 모르니까 정말 답답하거든. 내가 요즘 19금 웹 소설에 푹 빠져 있는데 하나도 모르니까 너무 짜증이 나는 거 있지."

희수는 예고도 없는 펀치를 또 날렸다.

"당연히 느낄 때도 있고 못 느낄 때도 있지. 그게 언제나 오는 게 아니잖아. 그리고 나도 최근에서야 겨우 알게 된 거야. 예전에는 몰랐어."

뒤에 덧붙인 말로 어느 정도 죄책감을 던 느낌이 들었다. 내가 처음부터 입때껏 좋기만 했던 건 아니라는 사실이 희수에게 위로가 되길 바랐다.

희수는 최근에 읽은 웹 소설들의 줄거리를 연거푸 말하면서 섹스에 대한 호기심을 숨기지 않았다. 희수와 오랜 기간을 만나 오면서 여태 이 주제로 대화를 안 해봤다는 사실이 의아할 정도로 우리는 낄낄거리며 즐거워했다. 나는 희수의 고백을 들은 이후부터 내내 궁금했지만, 시종 유쾌한 표정으로 판타지 소설 속 주인공이 된 듯 떠들어대는 희수에게 왜 섹스 없이 살고 있냐고 물어볼 수는 없었다. 연신 시계를 보면서 돌아갈 시간을 가늠해보던 희수는 일어나기 전에 말했다.

"그런 거 나만 모르는 것 같아서 억울한 기분이 들어."

"도끼와 전기톱의 차이라고 난리던데?"

어제의 만남 이후 줄곧 희수를 생각했다. 점심으로 먹을 냉동만두를 넣은 찜통의 유리 뚜껑이 점점 뿌옇게 변하다가 이내 작은 숨구멍으로 수증기가 빽빽하게 비어져 나오는 것을 지켜보는 내내 나는 계속 희수를 생각했다.

"오빠, 그게 가능할까? 부부가 그렇게 오랫동안 섹스를 안 한다는 게? 그런 상황이면 일단 너무 불편할 것 같지? 서로 되게 어색할 거 아니야."

"글쎄, 어떨지 나야 짐작도 안 되지. 근데 내 친구들 보면 집에서는 딱 필요한 말만 한대. 애들 얘기나 부모님에 관한 그런 말들만. 진짜인지 아닌지 모르지만 내 친구 중에 와이프하고 정기적으로 섹스한다고 말한 애는 딱 한 명뿐이야. 그러니 섹스리스가 그리 드물지는 않을 거야."

만두를 절반쯤 먹고 있을 때 희수에게 카톡이 왔다.

"언니, 나 언니가 어제 말했던 섹스토이를 샀어. 방금 도착했거든?"

어라? 어제 만났을 때 '너네는 여태 그런 것도 하나 없었단 말이

17

야?' 하고 잠깐 언급했던 걸 벌써 수중에 넣었다고?

"집에 오자마자 검색해서 바로 주문했거든. 언니가 말했던 두 가지를 다 샀어. 나도 이제 바이브레이터가 있다? ㅋㅎㅎㅎ."

하도 오르가슴 타령을 하길래 혼자 즐길 수 있는 도구에 대해 알려주었을 뿐인데, 희수는 그걸 벌써 손에 넣고 기대에 차 있었다.

"19금 소설 읽으면서 뭔 소리인지도 모르는 게 얼마나 슬픈지 알아? 이 나이에 그거 하나 이해를 못 해서 궁금해하는 심정을 언니가 아냐구!"

내가 아무 말이 없자, 희수가 이렇게 쏘아붙였다.

"버럭 하긴? 난들 다 알겠니? 내가 섹스의 화신도 아니고. 그래서 사용해봤어?"

"아직, 지금 충전 중이야. 받자마자 언니한테 말하는 거지. 근데 나 너무 기대돼. 후기 보니까 장난 아니겠더라. 언니도 자주 쓰지?"

"아니, 난 혼자 있을 때도 거의 없잖아. 바이브레이터는 섹스할 때 아주 가끔 이용해. 너 너무 기대하진 마."

내가 권하긴 했지만, 희수가 저리 들떠 있으니 막상 기대에 못 미칠까 걱정되었다.

"후기 보니까 다들 남자 필요 없대. 무조건 남자보다 낫다는 거야. 도끼와 전기톱의 차이라고 난리던데?"

"근데 그걸로는 너무 금방 끝나버려서 약간 허무한 그런 게 있어. 기계만으로는 충족이 안 되는 부분이 있잖아. 섹스할 때 옵션으로 쓰면 좋아. 근데 남자 없는 여자는 괜찮을 거 같아. 깔끔하잖아."

"아이, 나 무지하게 기대하고 있단 말이야. 근데 언니한테 말하기 직전에 친한 동생한테 전화가 왔길래 이런 거 샀다고 얘기했거든. 그랬더니 자기도 있다는 거야. 세상에! 나 말고 모두 이런 걸 가지고 있는 거였어. 근데 그 동생 말은 언니랑 달라. 이걸 사용하다 보면 인간한테 실망할 거라나? 자기는 기계만 만족스럽대."

"그래도 인간을 대체하기엔 부족해. 아니, 달라. 인간이 없을 때 욕구를 잠시 채워주는 정도라고. 아니면 섹스할 때 인간의 노동을 줄여주는 보조역할?"

"와, 언니만 지금 다르게 얘기하는 거 알아?"

내 말 한마디에 희수가 이것들을 덥석 살 줄이야! 어? 그런데 남편한테 들키면 어쩌지? 갑작스레 그 생각에 미치자 나는 이 일로 무슨 사달이 날까 싶어 갑자기 가슴이 두근두근했다. 그렇다고 남편에게 이런 것들을 샀노라 고할 수도 없는 노릇 아닌가. 몇 년간 섹스하지도 않았다는 남편에게 자위기구 샀다는 말을 한다고? 아니면 들킨다? 어느 쪽이건 상상만으로도 오금이 저릴 일인 것만은 틀림없었다.

"희수야. 그거 남편 몰래 감춰둘 거지?"

"당연하지. 섹스도 안 하는데 이런 걸 샀다고 어떻게 말해?"

희수는 당연한 반응을 보였다.

"야, 그냥 남편한테 확 말해버려라. 그리고 오늘 밤 섹스파티를 하는 거지. 그동안 못했던 한을 풀어버리는 거야."

전송을 누르면서도 이거야말로 19금 소설에나 나올 법한 장면이다 싶어서 웃음이 새어 나왔다.

"하하. 내가 말하면 오빠가 '사실은 나도 이런 게 있어.' 그러면서 침대 밑에서 온갖 기구들을 주섬주섬 꺼내는 거 아니야? 그러면 무지 웃기겠는데? 정말 말해 볼까?"

그러면서 희수는 데굴데굴 구르며 웃는 이모티콘을 이어서 보냈다. 이모티콘 뒤로 희수의 웃는 반달눈이 보이는 듯했다. 턱도 없는 소리 말라고 펄쩍 뛸 줄 알았는데 웬걸? 순간 희미한 기대감이 생겨서 더 몰아붙여 볼까 하는 생각이 들었다.

"생각해봐라? 네 남편이 우연히 그걸 발견한다고 해 봐. 그러면 엄청난 배신감에 치를 떨지 않겠어? 이왕 말 나온 김에 '나 오빠랑 다시 섹스하려고 이런 것도 샀어.' 이래 보면 어때? 민망하면 나를 팔아. '윤주 언니가 하도 사라고사라고 권해서 사긴 했는데, 사용법을 잘 모르겠어. 오빠는 혹시 알아?' 그래, 이거 좋다."

"큭, 그게 뭐야. 언니 너무 기승전 섹스야. 내가 일단 써보고 후기를 알려줄게. 나도 남자 필요 없어질지도 몰라."

"너무 기대하진 마. 난 분명히 말했다."

"알겠어. 너무 기대 안 할 테니까 걱정 마. 나 정말 오르가슴이 뭔지 꼭 알고 싶은 거야."

"근데 희수야. 언제고 남편이 그거 발견해서 너 혼자 여태 이런 거 사용하고 있었던 거냐고 노발대발하면 어떡하냐? 말이 나왔으니 말인데, 어쩌면 이게 기회일 수도 있잖아. 말해보는 거 딱 한 번만 생각해봐. 남편이 거부하지 않을 거야."

나는 끝내 한 번 더 권했다. 기대 없는 바람이었지만 세상일 혹시 모르니까.

사실 나는 희수 남편이 어떤 사람인지 잘 모른다. 희수도 결혼한 이후로는 남편 얘기를 거의 하지 않았다. 나는 희수 남편의 생김새와 직업이나 알지, 성격은 희수에게 들은 몇 가지 이야기들로 아주 조금 짐작만 할 뿐이다. 나는 그저 희수가 남편에게 저것을 들켜서 큰 싸움으로 번질 것이 걱정되었다. 그런 일이 생기면 희수가 요령껏 내 핑계를 대야 할 텐데……. 애초에 괜히 섹스토이 얘기를 꺼냈나.

하지만 곧 희수가 어련히 알아서 잘 감추련만, 괜히 남편이 거부하지 않을 거라는 말을 섣불리 했다 싶어서 이번에는 마음이 무거워졌다. 나라면 과연 몇 년 만에 섹스 얘기를 꺼내는 남편을 기다렸다는 듯 두 팔 벌려 안아줄 수 있겠나. 어휴, 생각할수록 내가 쓸데없는 말을 꺼낸 거다. 두 사람의 관계가 어떤지도 모르면서.

"사랑하는데 그게 무슨 상관이야."

부부는 참 오묘하고 이상한 관계다. 끝 간데없는 사랑의 마음도 순식간에 싸늘하게 말라붙을 수 있는 관계. 가장 친밀했던 사람이 생판 모르는 남보다도 어색해지고 불편해진다. 서로를 정신없이 핥으며 하나가 되던 사이가 작은 티끌만으로도 균열이 생기고 서로를 투명인간처럼 대하는 일도 벌어진다. 고작 몇 마디의 말에 마음의 문을 꼭 닫아버리고, 그 닫힌 문이 다시 열리지 않는 일도 있다. 어느 순간 불쑥, 대비할 겨를도 없이 나도 상대방도 차가운 얼음덩어리로 변할 수 있다는 사실을 결혼 15년 차인 나는 잘 안다.

결혼 생활이란 깨지기 쉬운 얇고 섬세한 유리 조각품을 끌어안고 거친 산길을 끝없이 걷는 것과도 같다. 바람만 세게 불어도 금이 가고, 재채기만 해도 귀퉁이가 부서진다. 떨어뜨려서 아예 산산조각이 나지 않고서야 어떻게든 그것을 안아 들고 하염없이 걷는 것이다. 부서진 조각들을 차마 버리지 못하고 옷 앞섶에 주워 담고 걸어가는 사람도 보았다. 과연 나는 그럴 수 있을까? 그것은 또 옳은 일인가?

때때로 그것을 내려놓고 한걸음 뒤로 물러서서 구석구석 살피지 않으면 얼마나 망가졌는지 알 수 없다. 다른 사람들이 모두 알아채도록 정작 나만 모를 수도 있다. 또 아무도 눈치채지 못하게 감쪽같이 손질해서 멀쩡한 척할 수도 있다. 혹시 누군가 애써 감춘 것들이 눈에 보여도 그런 건 짐짓 모른 척 입을 다무는 것이 세상을 살아가는 규칙이다.

"시한폭탄을 가지고 사는 것 같지 않아? 언제 어디서 어떻게 터질지 알 수도 없고 장담할 수도 없는 게 결혼 생활이야."

몇 년 전에 이혼한 친구는 이렇게 말했다.

"정말 이런 일로도 이혼하는구나 싶더라. 어디 가서 말도 못 해. 엄마한테도 사실대로 말을 못 했다니까? 성격 차이다, 그렇게 말할 수밖에 없어 정말. 이혼한 사람들 봐? 다들 성격 때문이라고 하잖아."

결혼 4년 만에 이혼한 여고 동창 수아는 친구들에게 그간 함구하던 이혼 사유를 털어놓기로 작정했는지 아무도 묻지 않은 얘기를 꺼냈다.

"조루야, 남편이. 근데 나 그거 알고도 결혼했거든."

그 얘기를 들은 한 친구는 위로인지 진심인지 농담인지 이렇게 말했다.

"어차피 안 하는데 조루 건 변강쇠 건 뭔 상관이야?"

그 말에 수아는 쓴웃음을 지어 보였다. 지나치는 사람은 누구든 두 번은 돌아볼 정도로 어여뻤던 수아는 근처의 다른 학교에서도 모르는 사람이 없을 정도였다. 곁을 주지 않아도 괜찮은 남자들이 줄줄 따랐다. 어렸던 우리 눈에도 수아는 남자 복을 타고난 것으로 보였고, 나중에 고르고 골라 결혼할 수 있겠다며 부러워했었다.

"그때 물어보고 조언을 구할 수 있는 사람이 있었으면 좋았을 텐데."

안타까운 마음에 나는 소용도 없는 말을 하고 말았다.

"어디다 물어봐? 내 남친이 조루인데 결혼해도 될까요? 하고 누구한테 물어보냐구. 그리고 그때는 그런 거 하나도 상관없었어. 사랑하는데 그게 무슨 상관이야. 손만 잡아도 좋고 안아주기만 해도 너무 좋은데. 게다가 나는 원래 욕구도 별로 없거든. 그리고 애는 낳을 수 있는 거잖아. 그거면 됐다고 생각했지."

그런데 결혼하고 나니 남편은 변했다고 했다. 소중한 보물을 다루듯 하며 수아에게 기쁨을 주기 위한 노력을 귀찮아하기 시작하더니 이내 나 몰라라 했다. 그러면서도 두세 달에 한 번씩은 못 견디겠던지 수아에게 섹스를 요구하긴 했다. 하지만 짧은 섹스가 주는 좌절감 때문인지 그러고 나면 자기만 상처 입은 동물인 것처럼 남편의 히스테리는 더 심해졌다. 수아가 사소한 투정이라도 부리면 낯선 눈빛으로 쳐다보기 시작했다. 일상의 모든 것에 자격지심을 갖기 시작한 것 같다고 수아는 회상했다.

"친구를 만나서 저녁이라도 먹고 들어오면 의심의 눈초리로 보는 시선이 확연한 거야. 내가 허튼짓이라도 하고 온 것처럼 말이야. 내가 아무리 다정하게 대해 봐도 이미 옛날의 그 남자는 사라지고 없더라. 같이 영화도 못 봐. 신중하게 골라야 해. 영화에서 섹스 장면이 나오면 진짜 어색해지니까. 저 남자는 오래 하네, 여자가 저렇게 좋아하네. 그런 생각을 상대방이 한다는 걸 동시에 딱 아는 거야. 그 느낌 진짜 숨 막혀. 난 그저 다정하게 대해만 주면 족했는데…….”

시어머니 등쌀에 결혼 2년이 지날 무렵 수아는 남편에게 아이 얘기를 꺼냈다. 아들이 없을 시간에 전화해서 수아를 채근하는 일은 결혼하자마자 시작되었다. 애 소식 없느냐, 너한테 문제가 있는 거 아니냐, 산부인과는 가봤느냐, 집에서도 예쁘게 하고 있어라, 여자가 밤에 나긋나긋해야 애가 빨리 들어선단다. 이쯤 되니 시어머니 때문에라도 못 살겠다고 할 정도였다.

사실 수아도 아이 생각을 하긴 했지만, 남편은 이미 수아와 섹스하는 것 자체에 부담을 갖는 상황이었기 때문에 임신 얘기를 꺼내는 건 엄두가 나지 않았다. 임신을 목적으로 하는 섹스가 남편에게는 형벌 같으리라는 건 수아도 충분히 짐작할 수 있었기 때문이다. 하지만 다른 방도는 없었다. 배란일에 맞추어서 남편을 다그쳐 섹스해야 했는데 몇 초 걸리지 않는 섹스 시간에 느꼈을 남편의 굴욕감은 수아에게도 고스란히 상처로 남았다.

이 얘기를 하면서 수아는 눈물을 보였다. 그러고 보니 수아의 얼굴이 지극히 평범해진 느낌이 들었다. 이목구비는 그대로인데 낯빛이 바뀌었다는 이유로 그토록 아름답던 얼굴이 이렇게까지 달리 보일 수 있다는 사실에 나는 꽤 충격을 받았다.

“그래도 몇 달 안에 임신이 되어 다행이었지. 근데 아이가 남편을 빼다 박지 않았으면 난 아마 의심받았을 거야. 그 정도야.”

이 부분에서는 누구도 입도 뻥긋하지 않았다. 모두 저마다 커피잔을 들어 조용하게 커피를 넘겼다.

"그런데 조루는 병 아니야? 약이 있지 않아? 발기부전 약이 있는 것처럼 말이야."

친구 하나가 침묵을 깨며 물었다.

"아무렴, 있지. 있어."

수아는 반쯤 남은 아이스커피를 쪼로록 소리가 나도록 다 마시고 한숨을 한번 크게 내뱉더니 말했다.

"병원에 왜 안 가봤겠니. 결혼 전에는 상관없다고 생각했지만 그게 아닌데 어떡해. 남편은 병원 얘기를 꺼내니까 펄펄 뛰더라. 그래도 달래고 협박하고 울고불고하면서 병원에 억지로 데려갔어. 그 문제가 조금이라도 개선되면 남편이 다시 예전으로 돌아가지 않을까 기대했지. 또 요즘 같은 시대에 그거 하나 못 고칠까 싶었던 거야."

친구들의 침묵 속에서 수아는 말을 이어갔다.

"조루약을 받아왔는데 그걸 섹스하기 두세 시간 전에 미리 먹어야 한다는 거야. 근데 몇 시에 딱 섹스 시작하자, 그러고 하는 게 섹스야?"

"그래도 그게 가능하다면 주말에 언제 하자, 아니면 밤 11시에 시작하자, 그렇게 하면 되는 거 아니야?"

한 친구가 물었다. 정말 그렇게라도 섹스를 할 수 있다면 최소한 더 나빠지는 건 막을 수 있었지 않나.

"그래, 그렇게 할 수 있지. 근데 우리가 이미 다정한 사이가 아니잖아. 그 약발 오르는 시간 동안에 서로 맘이 상해버리는 경우가 있어. 그래서 해야 하는 시간이 됐는데도 그 시간에 섹스를 못 하게 되는 거지. 기분이 상했는데 비싼 약 먹었다고 그 시간에 억지로 섹스해야 해? 그런 생각이 들면 짜증만 더 솟구치는 거야. 몇 번 그러고 나니까 약 먹었다고 하면 그 시간까지 서로 기분 건드리지 않도록 최대한 조심하면서 숨죽이고 있는 그 조마조마한 시간이 미치도록 싫더라. 섹스가 어려운 숙제처럼 되어버리는 거야."

"그 약, 그래서 효과는 어떤데?"

모두가 궁금해하는 질문을 또 다른 친구가 던졌다.

"조루 치료제라는 게 시간을 많게는 서너 배까지 지연시켜 준다더라고. 근데 약까지 처방해서 먹는다는 건 대부분 심한 사람들이거든. 5초가 10초 되는 게, 아니 30초가 된다 한들 그게 무슨 의미야? 3배나 늘었다고 좋아해야 해? 자기한테는 의미가 있을 수도 있겠지. 근데 여자한테는 1초건 30초건 2분이건 쓸모없기는 매한가지 아니냐?"

수아는 피식 웃었지만 우리는 차마 따라서 웃을 수가 없었다.

"게다가 이 약이 되게 웃긴 게 뭔지 알아?"

뭐가 더 있다고? 친구들 모두 눈이 동그래졌다.

"이 약을 먹으면 발기가 잘 안 된다는 거야. 그게 제일 흔한 부작용이래. 장난하냐구 지금. 혹 떼려다 혹을 더 붙인 꼴이지 뭐야. 그리고 언제 한 번은 남편이 되게 조르는 거야. 이렇게까지 절박하게 요구하는 사람이 아닌데 이상하다, 하면서도 뭐 가끔은 했었으니까 응했거든. 근데 어? 10초도 더 지났는데? 아, 이 사람 약 먹어서 졸랐구나? 이런 생각이 딱 들잖아? 그럼 남편이 내가 알아챘다는 걸 귀신같

27

이 아는 거야. 그럼 바로 싸. 바로."

"네가 생각만 해도 안다고?"

너무 놀라 큰 소리로 말하는 바람에 내 목소리에 내가 깜짝 놀랐다.

"생각해봐. 원래 피스톤도 몇 번 못하는데 10초도 넘게 하고 있다는 건 약을 먹었다는 거고, 그럼 내가 대번에 알지 않겠어? 그러면 남편도 마누라가 알아버렸겠네, 그 생각을 하고, 그러면 그 순간 싸는 거야. 말로 하니까 이게 이상한데, 아주 순간적으로 서로 알거든. 만약에 상대방이 자기가 조루라는 걸 모른다면 약도 먹었겠다, 자신감이 좀 생긴 상태니까 어쩌면 조금 더 잘할지도 모르겠다 싶어. 그러니까 이미 자기 상태를 다 아는 나랑은 약을 먹어도 안 되는 거지."

"아니, 이게 무슨 마법의 물약 그런 거야? 상대가 몰라야 그나마 효과가 있다니, 말이 돼?"

여태 잠자코 있던 친구 하나가 기막히다는 표정을 지으며 말했다.

"내 생각에는 이게 심리적인 부분이 상당히 작용하는 거 같아. 어린 시절에 뭔가 단단히 어그러진 게 있는 건지……. 시어머니가 나한테 하는 거 보면 어렸을 때 남편을 잡았는지 뭐 어쨌는지, 어디서 대단히 충격적인 걸 봤던지 그럴만한 요인이 있었겠지. 어쨌든 임신은 했으니 나는 그걸로 됐다고 생각했어. 근데 한참 후에 이 사람 가방에서 그 약을 발견했다?"

수아와의 섹스에서는 소용없던 약을 발견했다니 감이 왔다. 아니나 다를까, 수아 남편은 섹스할 시간을 자기가 일방적으로 정할 수 있는 상대를 찾은 것이다. 언제든 자신이 원할 때 자신의 상태를 모르는 여자와 섹스를 하거나 자신만 즐겨도 되는 곳은 주위에 널려 있었다. 그전부터 그래 왔는지, 병원에 다녀온 후에 그나마 약발이 드는 상대를 찾기 시작했는지 모르겠지만, 어쨌든 수아 남편은 아내와는 하지 못하는 섹스를 업소에서는 할 수 있었다. 자기만의 작은 오아시스를 찾은 것이다. 어린아이를 두고 결국은 이혼을 선택할 수밖에 없었던 수아의 넋두리는 쉬이 끝나지 않았다.

"섹스를 안 하는 거랑 못 하는 건 또 천지 차이인 거야. 이건 경험해보지 않은 사람은 절대 상상하지 못할 고통이야."

수아의 일은 통탄할 만했지만, 내가 수아였다고 해도 같은 선택을 했을 것이다. 연애할 때 남편이 성적 무능력자임을 알았다 해도 나는 한 치의 망설임도 없이 남편과 결혼했을 것이다. 섹스 따위 중요하지 않아, 나도 그렇게 생각했었다. 사랑하는데 고작 그따위 이유로 헤어진다는 건 너무 천박하니까. 결혼하고 한참이 지날 때까지도 나는 섹스를 그렇게 생각했다.

신혼 초에 연예인 부부들이 나오는 예능프로를 본 적이 있다. 잠시 지켜보자니 결혼 생활에 영향을 미치는 여러 가지 요소를 나열해놓고 가장 중요한 것을 고르는 중이었다. 출연자의 대부분은 성격이나 경제적 문제 등 가지각색의 요소들을 골랐다. 그런데 그중 한 커플이 '부부 관계'라는 항목을 선택했고 그것만으로도 사람들의 이목을 집중시켰다. 방청객도 진행자도 다른 출연자들도 그들의 순서가 되자 모두 웃음부터 터뜨렸다. 나는 그들처럼 따라 웃지는 않았지만,

곱지 않은 눈으로 지켜봤다.

부부 관계가 가장 중요하다고 선택한 커플의 여자는 이렇게 말했다. "다들 만족스럽지 않으니까 이걸 선택하지 못한 거예요. 별로니까 중요하지 않다고 생각하는 거죠." 지금 생각해도 상당히 당찬 발언이었다. 이 말을 들은 일부 방청객과 출연자들은 고개를 끄덕이며 수긍의 눈빛을 보냈지만, 대부분은 더더욱 왁자하게 웃었고, 어떤 이들은 뭔가 들켜버린 듯 굳은 얼굴을 잠시 보였다가 바로 쓴웃음을 지었다.

그때 나는 웃었던가? 민망한 얼굴을 하였던가? 그것까지는 기억이 안 나지만, 어이없다고 생각했던 것만은 확실하다. 결혼 생활에서 섹스가 제일 중요하다고? 결혼하면 다른 중요한 일이 얼마나 많은데 그게 뭐가 그리 대단하다고 저래? 천박하게 섹스 섹스 하지 좀 말지?

"될 대로 되라는 심정으로 말해봤어."

"언니, 나 아침부터 섹스 얘기해도 돼?"

10시도 안 된 오전이었다. 아침부터 햇살이 좋길래 부지런히 빨래를 돌려 거의 다 널었을 때 희수에게 카톡이 왔다. 그렇지 않아도 3일이나 연락이 없어서 빨래를 다 널고 연락을 한번 해볼까 생각하던 참이었다. 기구 사용 후기도 꽤 궁금했지만, 혹시라도 남편에게 들키진 않았을지, 그 생각만 하면 명치께가 답답해지는 것이 당장 소화불량이 생길 것만 같았다. 한번 시작된 걱정은 제멋대로 온갖 상상의 나래를 펼쳐서 수건을 아무리 탁탁 털어도 떨어지지 않았다.

"물론이지. 언제나 환영."

"언니가 걱정할까 봐 보고하려구 그러지."

귀여운 녀석 같으니라고. 납덩이만 같던 걱정이 언제 그랬냐는 듯 사라졌다. 나는 베란다에 기댄 채로 웃으면서 글자를 톡톡톡 입력했다.

"써봤지? 어땠어? 그렇게 기대했는데 우리 희수, 무진장 만족했어야 하는데."

나는 한 손으로 빨래를 급히 마저 널고 식탁으로 와 앉았다.

"둘 다 써봤어. 나 정말 엄청나게 기대했는데 언니 말대로 사람의 혀가 아주 쬐금 더 나은 듯해. 기승전결 면에서만 보자면."

"하하. 그렇지? 그렇게 기대했는데 어쩌누? 실망을 안겨줘서 미안하다 야."

"아냐, 처음이라 조금 무섭기도 해서 내가 제대로 하지 못해가지구. 그래도 좋았어. 근데 언니, 내가 섹스토이 커밍아웃을 했어. 오빠한테 말이야. 근데 오빠가 수줍어하면서도 좋아하는 거야!"

나는 내 눈을 의심했다. 희수가 지금 뭐라는 거지? 남편한테 뭘 말했다고? 정작 말을 꺼냈던 건 나였지만 사실 어림도 없는 일이라 걸리지만 말아라 했던 건데, 뭘 어쨌다고?

"희수야, 남편한테 말을 했다고? 야!! 너 정말이야?"

글자를 입력하면서도 믿지 않았다. 희수의 답이 오는 몇 초간 심장은 방망이질을 쳤다.

"응. 오빠한테 기구를 써 보기도 했다니까?"

기절하겠네! 만나서 얘기하는 중이었다면 의자가 뒤로 자빠지도록 벌떡 일어났을 거다.

"뭐라고? 그걸 남편한테 사용했다고? 왜? 아니 근데 너 진짜야? 대체 그걸 어떻게 말한 거야? 뭐라고 말했어?"

"몰라. 될 대로 되라는 심정으로 말해봤어. 언니 말대로 용기를 냈지. 난 잃을 게 없으니까."

잃을 게 없다는 희수의 마지막 말에 벌떡이는 심장이 조금 진정됐다.

"근데 남편한테 뭐를 사용했다는 거야? 그거 다 여자용이잖아. 남편이 너한테 해본 게 아니고?"

"바이브레이터 말이야. 이거 남자도 좋은 거 아니야? 오빠 몸 여기저기에 대봤는데 오빠는 좋아하는 티를 안 내더라."

어이가 없어도 유분수지. 이 애를 대체 어디서부터 가르쳐야 해? 그런데 희수 남편은 그걸 또 가만히 내버려두었고?

"결혼한 지 8년이나 된 애가 그것도 몰라? 남자는 바이브레이터가 좋지 않아. 나 참, 그걸 어디에다가 댔다는 거야?"

하도 어이가 없어 웃음이 다 났다. 이 부부가 몇 년 만에 어색하게 옷을 벗고 처음으로 덜덜거리는 진동기를 들고 있는 모습은 상상도 안 되었다.

"뭐 젖꼭지에도 대보고, 허벅지에도 대보고, 꼬추에도 대봤지. 근데 신경만 분산된다는 거 있지? 기껏 해주니까."

"바이브레이터는 네 클리에만 좋은 거야. 남자한테는 아무 소용이 없다고."

"남자도 진동이 오면 좋을 줄 알았어. 난 오빠가 몸부림치는 꼴을 보고 싶었어. 그럼 내 기분이 좀 좋아질 거 같았거든."

희수의 말에 긴장이 풀린 나는 상황 파악을 했다. 그러니까 내가 사라고 한 섹스토이 때문에 희수와 희수 남편이 몇 년 만에 다시 섹스하게 되었다는 거지?

"그래그래, 모를 수도 있지. 근데 너무 신나는데? 너희 부부가 그랬다는 게, 아직 그럴 수 있는 사이라는 게 말이야. 그래서 너희 몇 년 만에 섹스한 거야?"

"이걸 섹스라고 할 수 있나? 그냥 페팅 좀 했어. 너무 오래간만이라서 어색했는데 또 하필 중간에 은성이가 깨 가지구 그냥 흐지부지됐어. 오빠가 자려고 누워 있을 때 섹스토이 산 거 말하구, 그거 오빠한테 좀 해보다가 끝난 거야."

"근데 너 정말 대단하다. 남편이랑 말도 별로 안 하고 데면데면하다더니, 갑자기 기구를 들이대? 그게 가능한가?"

희수가 이 정도로 용기를 낼 수 있는 사람이었다니. 그만큼 희수가 절박했다는 걸까? 하지만 아무리 절박하다고 한들, 등 조금 떠밀렸다고 이렇게 바로 실행해버릴 줄이야.

"언니, 나는 정말 오르가슴을 느껴보고 싶어서 그래. 그래서 오빠를 이용해야겠다는 생각만 했어."

희수의 말이 사실이건 아니건, 섹스리스 부부가 다시 사랑의 물꼬를 텄다는 사실이 중요한 것 아닌가. 게다가 그 거룩한 시작이 나로 인해서였다니, 문득 사명감마저 느껴져 가슴이 떨렸다.

"아침에 어색하디? 간밤에 그랬다고 갑자기 다정하긴 힘들 거 아니야, 둘 다."

"오빠는 평소처럼 별말 없이 출근했어. 나도 아침에 은성이 유치원 보내느라 바쁘니까 뭐 신경도 안 썼구."

"희수야, 너 다시 남편하고 섹스할 생각인 건 맞아?"

"응. 그런데 하도 안 해서 가능할지 모르겠네."

희수는 맘을 먹었는지 바로 대답했다. 희수의 이런 결심이 웹 소설을 보다 호기심이 생겼기 때문인지, 섹스리스에 대한 위기의식을 느꼈기 때문인지, 나한테 등 떠밀렸기 때문인지 모르겠지만, 어쨌든 희수는 변하고 싶은 의지가 있는 것이 확실했다.

"희수야, 지금 갑자기 생각났는데, 너 혹시 〈어글리 트루스〉라는 영화 봤어? 섹스 카운슬러가 남자 주인공으로 나오는 건데, 그 사람이 여자들을 대상으로 말하는 장면이 있어. 남자 사로잡는 방법을 알려주는 장면이었는데 책에 나오는 10단계 방법이니 뭐니 여자들끼리 말하는 그런 거 다 소용없다고, 한 가지만 기억하라는 거야. 그게 뭔지 알아?"

"섹스 잘해주라는 거구나? 맞지?"

"뭐 비슷한데 주인공이 꼭 기억하라고 한 건 바로 블로우잡이었어. 블로우잡!"

"맙소사. 진짜야? 뭐야, 정말 그 정도야? 웬일이야?"

희수는 믿을 수 없는지 물음표를 마구 날렸다.

"오빠는 그 장면에서 완전 수긍하던데? 육체적인 건 두말할 것도 없고, 정신적으로도 진짜 좋대. 블로우잡은 언제든 도저히 거부할 수가 없대."

"정말? 형부가 정말 그렇게 말했다구? 아, 나는 그건 별로던데."

"여자랑 남자는 다르겠지. 나도 내가 오럴 받는 건 사실 별로야. 하지만 남자는 그렇지 않다니 믿어야지 뭐. 클레오파트라 있잖아. 근위병을 100명이나 뒀는데 그 100명의 근위병한테 다 블로우잡을 해줬대! 놀랍지? 책에 나와 있더라니까? 그래서 입술 두꺼운 클레오파트

라로 불렸었대. 근위병을 다 제 편으로 만들고 싶었던 거겠지, 배신하
지 못하게 말이야. 클레오파트라는 그 옛날에도 그걸 알았던 거야."

"웬일이야? 기원전부터 그랬다고?"

"남자를 사로잡는 방법을 본능처럼 알았나 봐. 어쨌든 갑자기 이
영화가 생각났어. 영화에서 사랑은 곧 섹스다, 이걸 무척 강조하거
든. 어쨌든 오빠 말로는 그때 너무너무 사랑받는 느낌이 든대. 너네
는 다시 시작하는 거니까 연인들처럼 서로 페팅에 좀 더 비중을 두는
건 어때? 사실 오럴이야 부부들이 보통 섹스하기 전에 거의 하는 거
지만."

"블로우잡이라, 그 정도는 내 오르가슴을 위해서 해줄 수 있어."

"맞다! 너 섹스도 안 한다면서 하도 오르가슴 타령을 하길래 섹스
토이 알려줬던 건데, 이제 너 남편하고 할 거면 다른 걸 알려줄게. 이
건 진짜 기대해도 된다?"

"뭔데? 뭘 사면 되는데? 어서 알려 줘."

희수의 들뜬 표정이 바로 코앞에 있는 듯했다. 나는 얼른 침실에 들
어가서 침대 옆 탁자에 있는 것을 집어 들고 사진을 찍어서 전송했다.

"이거야. 꼭 이걸로 사. 내가 다른 것도 몇 가지 사봤는데 무조건
이게 최고야. 사용한 것과 안 한 것의 차이가 대단해. 어마어마하다
고! 손이 미끄러져서 날아간다니까? 남편한테 이걸로 애무해달라고
해."

내가 알고 있는 모든 것을 소상히 알려주리라. 나는 신이 나서 마
구 떠들어댔다.

"그 기구들은 아무것도 아니야. 열 배 이상의 만족을 보장합니다. 야, 대답 좀 하라고."

이분쯤 지나서야 나의 글이 읽음 상태로 바뀌었다.

"언니, 나 주문하느라구. 벌써 주문 완료했어. 하하!"

"이야, 빛처럼 빠르구나. 자, 이제 클리 집중 공격에 대비하라고! 이거 남편 핸드잡 해줄 때도 좋아. 진가가 발휘될 거야. 오케이?"

"오케이!"

희수는 모처럼 신나 보였다. 그리고 희수만큼인지 어쩌면 더한지 모르겠지만 나도 어깨춤이 절로 났다. 남의 섹스에 이렇게 열 올릴 일인가 싶었지만, 내가 등 떠밀어 벌어진 일이다. 그런데 희수의 반응이 이렇게까지 열렬할 줄이야! 왠지 희수의 세상이 달라질 것 같은 예감이 들었다.

"주도권을 잡았다는 느낌이 확 드는 거야."

"물건 도착. 오늘 밤에 실행이닷!"

이틀 후, 주문한 물건이 도착했다고 사진과 함께 희수가 소식을 전했다.

"네가 먼저 남편한테 서비스를 해줘 봐. 그럼 그것의 진가를 알게 될 거고, 남편도 그걸로 널 애무해주겠지."

"와, 이거 장난 아니네? 방금 손바닥에 좀 떨어뜨려서 느낌을 봤는데 진짜 대박이야. 물에도 금방 씻기고."

"씻기는 거 완전 마술 같지? 시험 삼아서 좀 사용해보면 바로 가치를 알 것이다."

대답도 없이 사라진 희수는 5분 후에 다시 대화창에 나타나더니 야단법석을 부렸다.

"대박!!! 언니, 이걸 이제야 말해주다니!! 그 숱한 세월 동안 나한테 이걸 왜 안 알려줬어? 이건 통성명하고 바로 소개해줘야 할 정도의 물건이잖아."

희수의 글에 깔깔 웃었다. 나는 눈가를 닦으면서 희수에게 대답했다.

"니가 먼저 이것저것 좀 물어보지 그랬냐. 난 다들 알아서 구비해 놓고 하는 줄 알았지."

"언니, 나 경험이 없을 뿐이지 이런 얘기 하는 거 진짜 좋아하거든. 학교 다닐 때는 남자들하고도 아무렇지 않게 얘기했다구. 그러니까 언니도 앞으로 말하는 거 한치도 주저하지 마. 난 정말 아무것도 모르고, 모든 것이 궁금한 상태라는 걸 잊지 말아 줘."

"알겠어. 우리 진작 이런 대화 좀 할 걸 그랬네. 나도 이걸 너무 늦게 알았어. 임신했을 때 알았으면 좋았을 텐데. 그때는 아무래도 핸드잡을 많이 했으니까. 그러면 나도 훨씬 수월하고 오빠도 더 좋았을 텐데 그게 아쉬워."

그러고 나서 정말 궁금한 것을 물어보기로 했다. 무슨 마음으로 남편에게 덥석 말한 건지, 대체 어떻게 그 용기를 냈는지.

"희수야, 근데 나는 진짜 믿기질 않아. 너희 계속 섹스 안 했다며. 말도 잘 안 한댔잖아. 근데 어떻게 섹스토이를 샀다고 말하고 그날로 남편한테 사용해보기까지 한 거야? 이게 보통 용기로 될 일이야?"

"그거야 뭐, 오빠는 언제나 원한다는 걸 내가 확실히 알거든. 그래서 절대 마다할 리 없겠다고 생각했지. 그래서 말할 수 있었던 거야."

"뭐라고? 그걸 아는데도 계속 안 했다고? 니가 거부한 거야?"

"그게, 내가 늘 오빠한테 빠쳐 있는 상태야. 말도 하기 싫은 상태가 몇 년째 이어지고 있거든. 오빠는 내가 그러든 말든 전혀 신경도 안 쓰고 개의치도 않아. 우리 계속 그런 상태야."

세상에! 대체 무슨 일이 있었길래 희수는 그 긴 세월을 줄곧 화가 나 있다는 거지. 궁금하지만 그건 묻지 않는 게 좋겠지.

"우와! 내가 이렇게 보람찰 수가 없다. 이걸 계기로 너희 사이가 좌르륵 풀릴 수도 있어. 부부 문제는 침대에서 푼다는 말이 우습지만 영 틀린 말도 아니거든? 의외로 굿 섹스 한 번이 자질구레한 문제들을 대수롭지 않게 넘겨주기도 해. 정말 신기하다니까?"

"굿 섹스라, 나한테는 너무 먼 얘기인 것 같아."

"아니야, 지금 나이에는 오히려 더 재미있게 할 수도 있어. 오히려 신혼 때는 너무 모르고 부끄럽고 그래서 되게 소극적이잖아. 역할놀이 같은 것도 하면 얼마나 재미있다고."

"뭐? 역할놀이? 미드에나 나오는 그 역할놀이? 진짜야? 언니네 너무 웃긴다!"

"옛날 남친을 우연히 만난 상황이라거나, 또 우리가 사귀기 전인 학교 선후배인 척하면 되게 재밌어. 너도 나중에 남편하고 사귀기 전으로 설정하고 한번 해봐. 너네는 회사 상사와 직원으로 하면 되겠네."

"역할놀이라니! 상상만 해도 오그라든다. 우린 어림도 없을걸. 근데 언니, 이게 말이지 고작 한 번이지만 섹스만큼은 내가 주도권을 잡았다는 느낌이 드는 거야. 제대로 한 것도 아닌데 말이지. 며칠 전에 오빠한테 섹스토이 말하는데 그 느낌이 확 왔거든. 언니는 모를 거야. 나한테는 이 느낌이 너무 신기한 거 있지. 맨날 눈치만 보고 살았는데 말이야. 암튼 우선 이거 써보고 또 보고할게. 오빠가 내 앞에서 몸부림치는 꼴을 내가 꼭 보고 말 거야."

희수는 어떤 상태이길래 그 잠깐의 일로 주도권을 잡은 느낌이 들었을까. 그러고 보니 전전긍긍하고 불안해하던 희수의 태도가 떠올랐다. '너 왜 그렇게 정신이 없어?' 희수를 만날 때면 내가 한두 번씩 하던 말이었다. 눈치만 보고 살았다는 희수의 말을 들으니, 때때로 허둥대던 희수의 모습이 떠올랐다. 희수 남편이 어떻게 대했길래 눈치만 본다는 말이 튀어나오지?

희수는 직장에서 남편을 만났다. 나이는 물론이고 직급도 높은 상사였다.

"언니, 회사에 진짜 카리스마가 넘치고 멋진 사람이 있어."

희수는 첫 직장에 들어간 지 얼마 되지 않아 눈이 동그라져서는 호들갑을 떨며 내게 말했었다. 그리고 금방 사랑에 빠지더니 1년이 채 지나지 않아 결혼한다고 했다. 희수가 귀여워서 어쩔 줄을 모르던 희수 남편의 얼굴이 생각난다. 그때가 벌써 8년 전인데 결혼식 이후에는 한 번도 보질 못했다.

"처음에 만나길 상사로 만났잖아. 나이 차이도 좀 나고. 희수 씨가 눈치만 보고 살았다는 말은 정말 그랬다는 게 아닐 거야. 약간 어려운 정도 아닐까? 결혼해도 처음 설정된 관계라는 걸 아예 무시하지는 못하잖아."

내 얘기를 들은 남편은 이렇게 말했다. 상사였던 남자와의 결혼 생활은 아무래도 결이 다를 수밖에 없겠다는 생각이 들었다. 그래, 부부 사이에도 알게 모르게 권력 관계가 있겠지. 하지만 아무리 그렇다고 해도 눈치만 보고 살았다는 말이 나온다는 건 이해가 안 된다. 어느 한 가지라도 자기가 주도권을 쥐고 싶은 희수의 마음, 그 가능성이 있는 것은 섹스밖에 없다고 생각한 희수의 마음은 어떤 것인지, 나는 짐작도 되지 않았다.

"나를 낮게 보지 않을까?"

　남편은 오전 약속이 있다며 아이 등굣길을 따라나서는 바람에 나는 모처럼 혼자 있는 오전을 만끽하고 있었다. 커피 한잔으로 아침을 때우고 햇빛 아래서 한가로이 식물 사진을 찍었다. 아침의 부연 햇빛이 창에 들어오는 때가 식물이 가장 아름답게 찍히는 시간이다. 막 깨어나 옆으로 길게 누운 아침 햇살은 어떤 것도 실제보다 더 매혹적으로 만들어 준다. 이제야 겨우 어린 티를 벗고 구멍 뚫린 잎이 나오기 시작한 몬스테라와 햇빛을 받고 얼룩덜룩한 무늬 잎들을 잔뜩 내놓은 브레이니아 화분을 이리저리 움직이며 사진을 찍고 있는데 알림이 왔다.

　"언니, 시간 있어?"

　"물론이지. 무슨 일이 있었는지 어서 보고하게나!"

　나는 희수의 젤 사용기를 퍽 기대하고 있었다. 오랜 기간 섹스하지 않은 부부에게 한 번과 두 번은 다를 것이기 때문이다. 일회성 이벤트가 아닌 섹스리스를 탈피할 수 있는 문턱 같은 거라는 생각이 들었다.

　"어제 오빠가 술 먹고 너무너무 늦게 들어와서는 바로 뻗어버렸

43

어. 그래서 사용을 못 해봤어. 아쉬워서 내가 혼자 써봤는데 언니, 이
거 진짜 장난 아니더라? 어제 잠깐 맛보기로 해본 거랑은 차원이 달
라. 와~ 나 너무 감동해서 제일 친한 동네 엄마한테도 권했잖아. 그
엄마도 내 성화에 당장 주문했다니까? 언니 덕분에 우리 동네 아줌마
들 이제 난리 났다."

나는 고대하던 선물을 빼앗긴 것처럼 실망했지만, 희수는 아무렇
지 않은 듯 말했다.

"아이고, 비장의 무기가 있는 줄도 모르고 하필 술을 드셨구먼. 동
네 엄마도 만족할 거야. 누구라도 만족할 만하잖아."

"술이야 매일 마시고 들어오지만, 어제는 진짜 너무 취해서 도저
히 시도할 수가 없는 상태였어."

"근데 희수야, 어제 네가 말한 주도권 말인데, 그게 무슨 말이야?
눈치만 보고 살았다는 것도 그렇고."

"거봐, 내가 언니는 모를 거라고 했잖아. 말이 나왔으니 말인데 나
집에서 정말 권력이 완전 바닥이라구. 모든 결정은 다 오빠가 해. 나
는 어떤 권한도 없는 거야. 내 뜻대로 할 수 있는 게 하나도 없어. 근
데 처음으로 나한테 주도권 비슷한 게 조금 넘어왔다는 느낌이 확 드
는 거야. 너무 놀라서 소름이 다 돋았다니까?"

권력이라는 단어를 떠올려 본 게 몇 년 만인지도 모르겠다. 희수
말대로 나는 모르는 감정이지만, 친구들에게 들은 말들로 어렴풋이
짐작은 된다. 친구들도 한결같이 그랬다. 남편이 자기의 말에 귀 좀
기울여 줬으면 좋겠다고. 자기 판단만 옳다고 믿는 남편에 대한 성토

가 대단했었는데 아마 희수도 같은 맥락일 것이다.

"근데 조선 시대 후궁도 아니고 부부끼리, 섹스로 무슨 주도권을 가지니 마니 그러니?"

섹스로 권력을 움켜쥐겠다는 발상은 드라마에서나 보던 이야기였다. 특히 사극에는 그런 내용이 종종 나왔고, 그것은 대중이 가장 열광하는 이야기이기도 했다. 보통 첩의 위치에 있는 여자들이 그런 식으로 남자를 휘어잡았는데, 그 대상이 된 남자는 뻔한 수작에도 속절없이 휘둘렸기에 시청자들은 그 죽일 년이 능지처사가 되는 꼴을 보기 위해 더 열심히 시청했다. 그 때문인지 나는 희수의 생각이 탐탁지 않게 느껴졌다.

"맞네. 후궁들이 그렇게 권력을 움켜쥐었지? 큭~ 근데 언니, 나 그렇게라도 권력을 만들고 싶어. 그래서 얻을 수 있는 게 비록 알량한 권력일지라도 말이야. 어떻게 해야 해?"

그래, 사실 희수에게 그것이 동기부여가 된다면 지금 그게 대수인가. 권력 욕심에서라도 시작할 용기를 낼 수 있다면 말이다.

"어디 보자, 뭘 해봐야 하려나……. 네가 아는 게 어디까지인지 모르니까 무슨 말부터 해야 할지 모르겠네? 너 혹시 남편 거 삼켜본 적은 있니?"

두근두근한 마음으로 희수의 대답을 기다렸다.

"정액 말하는 거지?"

"야!!! 그럼 오줌이겠니?"

나의 말에 희수는 웃음 표시를 보내더니 삼킨 적은 한 번도 없다고 했다.

나는 나의 경험을 떠올리면서 차근차근 물어보기 시작했다.

"그럼 삼키지 않고 입으로 받은 적은 있어?"

"아유, 설마 받은 적도 없을까 봐? 그건 몇 번 해봤지."

"근데 이렇게 구체적으로 말해야 하나?"

난데없이 희수랑 이게 다 무슨 일이람. 나는 어쩐지 민망해져서 괜스레 목을 긁었다.

"언니, 구체적으로 말해줘야 해. 그래야 내가 알아. 나 진짜 아무것도 모른다고 생각하면 돼. 웹 소설을 볼 때도 다 모르는 얘기들뿐인걸."

"알았어. 그럼 입으로 받고 사정 끝난 후에도 더 빨고 있어 본 적 있어?"

나는 이야기가 길어질 것 같아서 컴퓨터를 켰다. 나의 말을 듣자 희수도 컴퓨터로 접속하겠다고 해서 그 틈에 재빨리 커피믹스를 타왔다. 이제부터는 희수한테 메시지가 오면 바로 컴퓨터부터 켜야겠네, 가르칠 것이 얼마나 많겠어!

"사정했는데 계속? 왜? 그런 건 생각해본 적도 없어. 또 하려고 세우는 거야?"

"아니, 너 남편이 몸부림치는 거 보고 싶다며. 오빠가 젤 못 견디는 때를 생각해봤어. 남자 다 비슷할 거 아니야. 사정 직후가 제일 민감하잖아. 그때 살살 빨아주면 거의 복상사 수준이 되더라고. 혹시라도 블로우잡으로 끝까지 가는 경우가 생기면 사정하는 순간부터 끝날 때까지, 또 끝나도 멈추지 말아 보라고. 네가 보고 싶어 하는 모습을 볼 수 있을지도 모르니까."

남편은 미안하다는 이유로 사정 후에도 내가 계속 빨고 있는 걸 달가워하지 않았지만, 그때 남편이 가장 못 견디는 것처럼 보였기에 나는 그걸 볼 재미로 가끔 놔주질 않았다. 그래서 몇 번이나 '남편의 몸부림치는 꼴'을 언급했던 희수에게 그것부터 알려주었다.

"당연히 남자가 사정하는 순간 섹스 끝. 바로 각자 제 갈 길 가는 거 아니야? 그게 원칙 아니었어? 끝났는데 더 빨아준다는 건 진짜 금시초문이야."

"그래? 그럼 섹스 중간에 빨아본 적도 없겠지?"

"뭐라고? 당연히 해본 적 없어. 그런 건 들어본 적도 없고, 완전히 상상 밖의 일이야. 그게 중요한 지점이야?"

"중요하다기보다 뭐랄까, 포르노에 되게 많이 나오는 걸 보니까 남자가 원하는 행위인 것 같더라고. 오빠한테 물어보니까 육체적으로 좋다기보다는 정신적으로 흥분된다고 했어. 근데 섹스라는 게 정신적인 부분이 되게 중요하잖아. 네가 괜찮을 것 같으면 한 번쯤 해보든가. 이건 나도 몇 번 안 해봤어. 지금 막 생각나는 대로 말해보는 거야."

"그러면 섹스 도중에 잠깐 빼 보라고 말하고 하는 거야? 그럼 너무 맥이 끊어지지 않나?"

섹스를 얼마나 안 했는지 여실히 느껴지는 질문이었다. 모든 것에는 자연스러운 타이밍이라는 게 있는데 희수는 정말로 경험이 너무 없는 거였다.

"맥이 안 끊어지는 타이밍에 하면 되지. 자세를 바꾸는 때라든지, 아니면 네가 주도할 때 하면 돼. 예를 들어 여성 상위를 하다가 할 수도 있겠고."

"언니, 나 여성 상위도 안 해봤어. 진짜 나는 정말 뭘 안 해봤네? 어디 가서 입도 뻥긋 못 하겠다."

맙소사! 여성 상위를 한 번도 안 해봤다니! 이젠 희수의 말에 더 놀랄 건 없겠다. 나는 놀란 마음을 감추고 대답했다.

"앞으로 하면 되지. 대부분 남자는 여성 상위를 좋아한대. 힘은 전혀 안 들고 좋기만 하니까. 벗은 여자가 딱 눈앞에 있고 젖도 흔들리니까 내가 생각해도 흥분되고 좋을 거 같아."

"바쁘다 바빠. 내가 해본 게 도통 없으니까 할 게 산더미네 아주."

"그리고 너 괜찮겠으면 한 번쯤은 선언하고 삼켜보든가."

나는 잠시 고민하다가 말했다. 희수가 변하기로 단단히 마음먹었다는 확실한 의지를 남편에게 보여줄 수 있을 것 같기에 눈 딱 감고 권했다.

"근데 언니, 나 이해가 안 돼. 사정할 때 좋은 건 이해하겠는데, 그걸 여자가 먹는 게 무슨 의미야? 그걸로 남자가 좋다는 게 이상하지 않아?"

"날 이렇게까지 사랑하는구나, 그걸 완전히 체감한대. 빨아만 줘도 이렇게 사랑받는구나, 하고 무지 감동한다는데, 삼키기까지 하면 너무너무 미안하고 '나한테 이렇게까지?' 그런 느낌이 든다는 거야. 섹스 가르쳐주는 동영상을 보니까 삼키기 힘든 사람은 사정할 때 목 깊이 넣은 상태로 그냥 저절로 삼켜지게 하라고 나오더라. 그러니까 이게 이상한 행위가 아니야. 교본에 어떻게 하는지 나오는 행위니까."

"하긴, 나도 내 거 거침없이 핥아주면 기분은 좋을 거 같긴 하다. 웹 소설에도 그런 게 있었어."

"이제부터는 다양성을 가져 봐. 섹스 중에도, 섹스 후에도, 사정할 때도 언제든지 빨아도 된다는 걸 알고는 있으라고. 하든 안 하든 아는 거랑 모르는 건 차이가 있잖아. 나는 섹스할 때 내가 제일 좋아하는 포인트가 오빠가 못 견디는 모습을 보는 거거든. 내가 그거에 아주 열광한다고. 이러다가 이 사람 죽는 건가, 싶을 때가 있는데 걱정하지 말고 밀어붙이면 돼."

"아니, 그 정도란 말이야? 그럼 실험한다고 생각하고 해 볼게. 내가 지금 머릿속으로 시뮬레이션해 봤거든? 타이밍 따위 생각하지 말고 불쑥 아무 때나 하는 게 중요한 거 같네. 좋아할 거 같긴 하다."

"맞아. 흥분해 있으면 아무 때나 해도 돼. 특히 사정 직후에 계속 빨고 안 놔주면 고통에 몸부림친다. 네가 계속 보고 싶다고 했던 남편의 몸부림을 아마 그때 볼 수 있을 거야."

"와, 언니만의 이런 비기를 다 알려주다니!"

"비기를 알려준다고 내 쾌락이 사라지는 것도 아닌데 뭐. 그리고 이건 비기도 아니야."

나는 또 알려줄 만한 게 있을까 싶어서 남편과의 섹스 장면을 떠올려보고 있었다. 그때 희수가 난데없이 이렇게 물었다.

"근데 언니. 블로우잡을 하면 나를 낮게 보지 않을까?"

"무슨 소리야 그건? 낮게 본다니?"

"음…… 자기 거를 빨아주면 나를 낮게 볼까 봐. 하녀처럼."

"왜 그런 생각을 해? 예전에 그런 걸 느꼈어?"

"그건 아닌데, 어디서 그런 글을 봤었거든. 여자를 낮게 볼 수 있다구."

"야! 부부끼리 무슨 그런 생각을 해? 나는 오히려 그 반대로 생각이 들던걸. 섹스는 여자가 약간 수동적으로 받아들이는 자세가 될 수밖에 없잖아. 힘쓰는 것도 대부분 남자고. 근데 블로우잡은 내가 주도하니까 오히려 완전히 휘어잡았다는 느낌이 확 들던데. 너를 꼼짝 못 하게 해주마! 이런 느낌 말이야. 어떻게 그런 정 반대되는 생각을 하냐. 오빠도 날 너무너무 사랑하나 보다, 그 생각만 든다던데?"

"형부는 착해서 그런 거 아니야? 내 남편은 안 그럴 수도 있잖아. 뭐 어쨌든 해보겠어. 내 오르가슴 찾기의 긴긴 여정을 떠나야 하니까."

"희수야, 네 남편도 절대 그런 생각은 하지 않을 거야. 어디서 쓸데없는 글을 읽고 그런 이상한 선입견이 박혀 버렸어? 그러면 남편이 해줄 때 넌 그런 생각이 들던? 아니잖아. 사랑받는다는 느낌만 들잖아. 똑같은 거야. 그나저나 남편한테는 무슨 말을 해야 하지 않아? 너무 느닷없잖아. 내가 이제부터 오빠를 많이 사랑하기로 맘먹었다느니, 그런 설명을 해야지. 뭐라도 말이야."

"아악~ 안 돼. 내가 제일 못하는 게 그런 말을 하는 거야. 난 그냥 정액 삼킬래."

"못하는 게 어딨니? 모든 건 다 처음이 있는 거야. 권력이니 오르 가슴이니 그것만 생각하지 말고 우선 맘을 열어."

"알겠어. 큰 가르침 감사합니다! 언니를 스승으로 모셔야겠어."

희수는 그냥 대화를 마무리 지으려는 심산이었다. 사랑은 뒷전이 고 자기 나름의 목표만 생각하는 눈치였다. 그래, 지금 당장은 사랑 일랑 잠시 미뤄놓고 일단 시작이나 해놓고 보자.

"그래그래. 잘하고 오면 다음 미션을 주겠노라."

"또 있어? 이거 말고 뭐가 더 있는 거야? 언니 이쪽으로 너무 전문 가 아니야?"

"고작 그거 한 가지일까 봐? 나 결혼 15년 차다. 연애 때부터 했 으니까 섹스 공력은 그보다 훨씬 더 길지. 뭐든 이 정도 꾸준히 한 사 람은 그 분야의 마스터가 되는 거야. 이렇게 된 거, 너한테 내가 아는 모든 걸 전수해 줘야겠네."

"아, 이거 너무 재밌는데? 하나씩 도전하고 깨는 맛이 있겠어!"

정말로 희수가 하나씩 도전하고 깨는 재미로라도 해나간다면 많 은 것이 변할 것이다. 시작은 이렇게 장난처럼 권력이니 오르가슴의 여정이니 해도, 다시 섹스하는 사이가 된다면 생각지도 못한 곳에 닿 으리라는 걸 나는 알고 있다. 희수가 포기하지 않고 노력하느냐, 또 희수 남편이 얼마나 잘 받아 줄 것이냐의 문제가 있지만, 사랑했던 사이였으니 불가능한 일은 아닐 것이다.

아직은 나 혼자만의 희망이었다.

"왜 젖 달라는 아기를 계속 굶긴 거야?"

이른 아침에 눈이 떠졌다. 어떡할지 10분쯤 고민하다가 침대를 빠져나오려니 남편이 뒤척였다. 더 자도 된다는 뜻으로 몇 번 다독이고 내가 난 자리의 이불을 잘 여미었다. 항상 방문을 열어놓고 자는 아이가 깰세라 까치발로 걸어가 살며시 방문을 닫아주고, 거실 창문의 커튼도 최대한 살살 젖혔다. 건너편 아파트 너머의 산 위로 하늘이 깨어나는 것을 지켜보면서 며칠 동안의 일들을 생각했다.

모든 것이 비현실적으로 느껴졌다. 꿈인가? 희수와의 대화창을 열어보면 그저 평소와 같은 일상 얘기들만 나열되어 있을 것만 같다. 근데 또 그랬으면 좋겠다는 생각도 든다. 내가 무슨 자격으로 섹스리스 부부를 바꿔보겠다며 이래라저래라 하는 건지, 혹시 일이 잘못돼서 희수와 내 사이가 틀어지면 어떡하나 하는 걱정까지 슬며시 피어올랐다. 더 늦게 전에 발을 빼야 하나.

커피를 마시면서도, 책을 읽으면서도, 준서에게 아침을 챙겨 먹이고 학교에 보내면서도, 밤새 아이 방에 두었던 화분을 거실의 창가로 옮기면서도 나는 몇 번이나 스마트폰을 들여다보았다. 이를 닦으면서도 세면대에 올려 둔 전화기에서 눈을 못 떼고 있는데 알림이 왔다.

"언니! 나 드디어 미션 성공!!! 난생처음 여성 상위하다가 중간에 빨다가 다시 상위 또 하구. 오빠한테 바이브레이터 쥐여 주고, 나한테 넣어보라고 했는데 이건 아파서 실패했어. 그리고 거의 임박했을 때 오늘 삼킬 거라고 말하고 삼켰어. 그리고 사정할 때도 사정이 끝났을 때도 쉬지 않고 계속 빨았어. 오빠 앞에선 아무렇지 않은 척하고 씻으러 화장실 가서 헛구역질을 몇 번이나 했어. 어쨌든 처음으로 삼켜봤고, 끝까지 잘 참음!"

나는 스마트폰을 보면서 입을 대충 헹구고 컴퓨터를 켜면서도 또다시 숨 가쁘게 읽었다. 이건 해본 자의 글이 틀림없었다. 필시 이대로 해낸 것이다.

"희수야, 이게 뭔 일이냐! 정말이야? 너 진짜 대단하다! 존경해!!!"

나는 신이 나서 미소를 지은 채로 키보드를 크게 타닥타닥 두드렸다.

"근데 언니, 생각보다 오빠가 죽어 나가지 않는 거야. 나는 진짜 기대했거든."

"그래? 네 앞에서 차마 맘 놓고 좋아할 수 없었던 거 아닐까?"

나조차 서운한 맘이 들었지만, 희수 남편의 처지를 생각해보면 마냥 좋아하기는 힘든 상황이었을 게다.

"이 인간이 가만히 느끼기나 하지 자꾸 말을 하는 거야. 왜 해주는 거냐고 몇 번이나 묻잖아. 자기가 불쌍해 보였네. 난 위에서 힘들어 죽겠는데 자꾸 그런 말을 하고 있어. 얼마나 맥이 끊기던지 말이야."

"어머, 웬일이야! 섹스하는 와중에 그런 소리를 다 했다고? 네 남편 너무 안 됐잖아. 너 왜 그렇게 젖 달라는 아기를 계속 굶긴 거야?"

섹스하겠다고 마음먹고 올라탄 부인에게 계속 확인하고 있는 남편의 모습이라니! 눈물 없이는 보기 힘든 장면 아닌가. 실제로 코가 시큰해지기까지 했다.

"하하 언니. 이게 무슨 찰떡같은 비유야?"

"오죽하면 네가 위에서 그러고 있는데 저런 말을 다 하겠어? 이렇게 슬픈 섹스 장면은 들어본 적도 없어."

"난 오빠가 쾌락에 몸부림치는 걸 보고 싶었는데 은성이가 깰까 봐 좀 숨죽이는 분위기이긴 했어. 그리고 씻고 왔길래 또 빨아보려고 팬티를 내리니까 지금 빨면 자기 죽는다면서 막더라구. 그래서 더는 못했어."

희수는 희수 나름대로 최선을 다했구나. 희수도 남편도 모두 짠해 죽겠다.

"에이, 죽는다고 할 때 악착같이 했어야지."

"아, 그런 거야? 그때 더 밀어붙일걸!"

"근데 씻고 온 후는 이미 좀 감이 떨어져. 바로 빨아야 못 견디는 거고."

"사정하고도 계속 빨아줬다구. 근데 너무 멀쩡한 거야. 소리조차 안 냈어."

"너무 생각이 많았던 거네. 이 애가 왜 이러는 거지? 날 죽이고 새로 시집가려는 건가? 이런 생각에 잠겨있던 거지. 근데 삼킨다고 하니까 뭐래?"

"내가 선언했는데도 아무 말이 없는 거야. 먹으라는 건지, 말라는 건지, 뭐든 상관이 없다는 건지. 그러다가 거의 임박하니까 먹지 말라더라? 나도 대답 안 하고 계속했지. 끝나고도 계속 빨고 있었더니 이제 그만하고 가서 뱉으래. 그래서 삼켰다고 했다? 근데도 아무 말을 안 하는 거야, 기운 빠지게."

"속으로 울고 있던 거 아닐까? 솔직히 네가 처음 그랬다고 감동해서 몇 년의 울분을 전부 날려버리고 애절하게 사랑의 말을 하긴 힘든 거잖아. 그걸 바라는 건 무리야. 하지만 오늘 네 남편, 회사에서 기분 째질 건 확실해."

희수 남편이 아무런 언급도 하지 않았다니 실망스러웠지만 이내 생각을 고쳤다. 지금 같은 반응이 더 자연스럽다. 희수 남편은 희수의 갑작스러운 태도 변화를 어떻게 받아들여야 할지 고민스러울 것이다.

"그럼 남편은 계속 누워 있고, 너 혼자 위에서 하다가 블로우잡 하다가 계속 그것만 한 거야? 남편이 올라타지는 않고?"

"응. 오빠한테 바이브레이터 한번 넣어보라니까 그때는 일어났지. 그런데도 안 하더라구. 나는 봉사만 한 거지. 근데 다들 여성 상위 때 오르가슴이 잘만 온다더니, 난 아무 느낌이 없더라? 허벅지만 끊어질 것 같고. 중간에 너무 힘들어서 쉬려고 빨았더니 그때 오빠가 화들짝 놀라는 거 같긴 했어. 그게 허를 찌르는 공격이었던지. 참, 씻고 들어오는데 오빠가 나한테 뭐라고 한 줄 알아? '은성이 동생을 먹었어.'

그러는 거야. 내가 아주 기절하겠어. 저런 유치한 말을 했다는 게 믿어져?"

"하하하! 그게 뭐야. 근데 남편은 아직도 둘째를 원하는 거야?"

"그러니까 말이야. 은성이가 벌써 유치원생인데 무슨 둘째야. 게다가 하지도 않는데. 근데 오빠는 결혼 전부터 계속 애 둘을 원하기는 했어."

"그럼 회피하지 말고 대화해서 결론을 내야지. 계속 나이만 들어가는데. 둘째 생각이 없으면 너도 확실하게 얘기를 해. 그리고 결론 나면 빨리 정관수술 받으라고 하고."

"정관수술? 아……. 오빠는 절대 할 리가 없다."

"수술하면 임신 걱정도 없고 콘돔도 안 써도 되니까 너무 좋아. 그리고 그건 수술도 아니야."

준서를 낳고 1년쯤 지나 우리는 하나만 잘 키우자는 합의를 했고, 그 길로 남편은 바로 수술을 하러 갔다. 수술은 5분 정도밖에 걸리지 않았다. 수술이라기보다는 당일만 목욕을 삼가면 되는 아주 간단한 시술이었다.

"오빠가 날 설득하려고 난리 칠 것이 너무 두려워서 말을 못 꺼내겠어. 언제나 날 설득시켜야만 얘기가 끝나거든. 모든 일에서 다 그래."

"근데 둘째 얘기는 싫든 좋든 결론을 내야 하는 일이잖아."

"맞다, 언니. 오늘 아침에 엄청난 일이 있었어. 항상 내가 먼저 일어나잖아. 은성이 깨워서 조용히 나가는데 오빠가 덥다면서 창문 좀 열어달라는 말을 세상에, 존댓말로 하는 거야!"

"존댓말로? 은성 아빠가?"

"그렇다니까. '창문 조금만 열어주세요.' 그러는 거야. 너무 단순한 거 아니야? 어떻게 바로 존댓말로 바뀌냐구?"

"존댓말이 처음 있는 일이야?"

"처음이야 처음. 이게 바로 권력의 참맛이구나 했어 내가."

"와, 지치지 않는 너의 권력 타령에 두 손 두 발 다 들었다. 그냥 사랑 좀 하면 안 되겠니?"

"언니, 그동안 집에서 내 인권이 너무 낮았어. 내가 말을 안 해서 그렇지 언니는 감당 못 할 얘기가 많다구. 근데 나도 참 단순하지, 오늘 아침에 처음으로 존댓말을 듣고 나니까 자존감이 확 높아지는 거 있지. 진짜 신기해서 나도 어리둥절했다니까? 나한테는 이게 정말 대단한 거야. 내가 언니한테 내 상황을 진작 말했어야 해. 섹스 안 한다고 벌써 말을 해야 했다구. 오늘도 내가 블로우잡을 해야겠어."

"이젠 그냥 섹스해. 블로우잡은 시작할 때 잠깐만 하는 거지. 같이 껴안고 섹스하면 훨씬 더 친밀해지니까."

"근데 언니, 할 때마다 삼킬까? 근데 매일 그러면 아무래도 약발이 떨어질 거 아냐. 난 지금 그 생각뿐이야."

희수는 선거를 앞둔 정치인처럼 오직 권력에 눈이 멀었는지, 그것을 위해서라면 날마다라도 삼키겠다는 의지를 내비쳤다.

"미쳤어? 그걸 어떻게 매번 삼키니? 나는 20년 세월을 숱하게 하면서도 삼키기까지 한 건 세 번이나 될까? 그건 매우 드문 일이야. 네가 한 번도 안 삼켜봤다니까 말해봤던 거지. 네 남편한테 강력한 신호탄이 될까 해서. 난 입으로 받는 것도 연례행사나 다름없이 아주아주 가끔이야. 물론 블로우잡은 섹스와 상관없이 자주 하지만 그걸로 끝까지 가는 일은 아주 드물다고. 그건 섹스 전에 잠시만 하는 거잖아. 근데 이제부터는 은성 아빠가 위에서 하려고 하겠지. 남자들 그런 욕구 있잖아."

"사실 난 일반적인 섹스보다 핸드잡을 더 많이 해봤어. 오빠가 그걸 되게 원했어. 오럴과 핸드잡."

"뭐? 그걸 더 많이 해봤다고? 네 남편이 그걸 원해서?"

"응."

이건 또 다른 국면이다. 남편이 아내에게 주로 핸드잡만 원했다니, 이건 대체 무슨 상황이지? 무슨 질문을 해야 할지 몰라 혼란스러워하고 있는데 희수가 다시 말했다.

"맞다 언니. 엄청난 게 또 있어. 내가 뭐 하나만 사도 오빠가 일일이 가격을 물어보고 확인하거든? 근데 처음으로 안 물어봤어. 섹스토이 말이야. 얼마냐고 안 물어봤다고. 이게 진짜 엄청난 일이라니까?"

이건 또 무슨 소리야? 희수네 부부는 섹스 말고 또 무슨 문제가 있는 거지?

"괜히 두통약 먹을 때가 있잖아요?"

아이가 일찍 잠든 저녁, 우리도 늦지 않게 침대에 누웠다. 섹스 후의 나른함을 즐기고 있는 남편의 옆구리에 찰싹 붙어 누워서 남편의 팬티 속에 손을 집어넣었다. 조금 전까지 펄떡이던 성기는 새끼 고양이처럼 얌전하게 잠자고 있다. 말랑말랑한 성기를 조물거리다 한껏 늘어져 서늘해진 불알을 콩주머니 만지듯 손으로 굴리면서 말했다.

"희수 남편은 희수의 씀씀이를 하나하나 전부 다 감시하고 있는 건가? 근데 나 만났을 때 희수가 밥을 살 때도 많고 은성이 장난감이랑 책도 척척 잘 사던데."

눈을 감고 있던 남편은 내 다리 한쪽을 자신의 허벅지 위에 올려놓고 부드럽게 쓸어주면서 입을 열었다.

"그냥 그 사람의 성격으로 받아들이면 안 될까? 감시한다고 생각하지 말고, 꼼꼼한 사람이라고 말이야. 우리 집도 봐. 너는 돈에 신경을 안 쓰니까 대부분 관리를 다 내가 하잖아. 하다못해 휴지나 치약같은 것도 내가 알아서 다 주문해서 채워 넣고, 장 볼 때도 하나하나 가격 비교해보고 사는 건 나잖아. 희수 씨 남편은 부인이랑 계속 같이 있지 못하니까 뭘 사면 이건 얼마냐고 당연히 물어볼 수 있지. 그게 이상해? 그럼 가격을 물어보고 나서 이거 왜 샀냐고, 비싸다고 뭐라고 한대?"

"그런 얘기까지는 안 했어. 설마 그러겠어? 근데 뭐든 꼬치꼬치 물어보다가 딱 그것만 가격 안 물어보니까."

"아니지. 그것까지 가격을 물어보기엔 희수 씨가 그런 것까지 사서 자기한테 다가왔는데, 찬물 끼얹는다고 생각할 수 있지. 생각 없는 사람이라 봐. 끝나고라도 근데 이거 얼마냐고 물어보겠지? 그러면 희수 씨가 얼마나 어이가 없겠어? 몇 년 만에 섹스했는데 고작 그게 궁금한가 하고 맘 상할 수 있잖아."

"오빠 희수 남편 편들기로 작정을 한 거야? 이미 노선을 그쪽으로 정해 놓은 것 같은데?"

말은 이렇게 했지만, 남편의 말을 듣고 보니 일리가 있었다.

"아니야. 나는 감정에 치우치지 않고 최대한 객관적으로 생각해보려고 하는 거야. 남편이 감시한다고 이미 생각을 정해 놓고 모든 행동을 그렇게 보고 있는 건 희수 씨랑 너야. 그런 생각 좀 하지 말고 사랑하는 마음으로 매일 남편 고추 좀 살살 빨아주라고 해."

나는 만지고 있던 남편의 불알을 꽉 움켜쥐었다.

"살살 빨아주라고? 살살? 왜 꼭 살살 빨아야 해? 막 세게 빨고 물고 그러라고 할래. 이때다 하고 확 물어버리라고."

말하면서 나는 남편의 성기를 거칠게 움켜쥐었다.

"어? 섰어? 뭐야. 세게 물고 빠는 얘기 하니까 섰네? 오빠 사실은 막 거친 거 좋아하는구나?"

나는 팬티를 잡아 내리고 다시 단단해진 성기를 거칠게 빨다가 질끈 물었다.

"으윽. 아파. 아파. 그러면 아프다고."

아파서 그런지 성기가 다소 줄어들었다.

"난, 이 정도 크기가 딱 좋아. 적당히 커졌는데 겉은 말랑한 거."

입에 넣고 살살 빨다가 다시 단단해지자 멈추고 말했다.

"커지면 안 돼! 아까 정도를 유지해. 그게 아주 알맞다고."

"그게 내 맘대로 되는 게 아니잖아."

"커지면 또 깨물 거야."

남편은 이따금 신음을 냈다.

"어허~ 못 견디겠다는 소리 내지 마. 오빠 그러면 나 미치니까!"

"그래? 그럼 한번 볼까?"

남편은 내 팬티에 손을 넣어 만져보더니 감탄하며 말했다.

"너는 아까 만족을 못 한 거야? 이게 뭐야. 날 말려 죽일 작정이구나?"

남편은 재빨리 일어나더니 다리에 걸쳐 있던 팬티를 벗어 침대 위로 내던지고 내 팬티도 벗겨 내던졌다.

"이 나이에 내가 하루에 두세 번씩 이런다고 하면 내 친구들은 아무도 믿지 않을 거야. 다 허풍 떤다고 생각하겠지."

"오빠는 그런 걸로 허풍 떠는 사람 아니잖아. 그리고 부인하고의 섹스는 언급 금지 아니야?"

"다른 사람하고는 안 하는데 그럼 난 애들이 섹스 얘기할 때 한마디도 하지 말라고?"

"또 싸지 마."

"알았어. 그냥 넣어 놓기만 할게. 난 이게 너무 좋아. 네 안에 있는 거."

내 안에 들어온 채로 아기처럼 꼭 안겨서 가만히 있는 남편의 등을 쓸어주면서 옛날 생각을 했다. 남편이 사정하지 않겠다고 하면 짜증을 내고, 그렇게 끝낼 생각은 말라고 엄포를 놓던 그때를.

우리는 애틋함이 바래진 연애 6년 차에 결혼했다. 아이러니하게도 섹스의 암흑기는 바로 신혼 시절, 그때 시작되었다. 그토록 간절히 바랐던 우리만의 공간이 옜다 하고 떡하니 생겼지만, 섹스한 지 이미 4년도 넘은 우리에게 섹스는 더 이상 신비로운 행위가 아니었다. 결혼과 동시에 잡다한 삶이 폭풍처럼 밀어닥쳤기 때문일까, 나는 결혼 전의 섹스가 그리웠다. 연애의 느낌이 담뿍 담겨 있던 그때의 섹스가. 그것은 풋내기의 설익은 맛이 있었고 그래서 상큼하니 좋았다. 우리는 결혼하기 한참 전부터 부지런히 해왔으므로 결혼할 즈음에는 섹스를 즐겨야 마땅했다. 최소한 섹스 공력이 10년쯤 되었을 때는 발군의 실력자가 되어 있어야 했다. 하지만 섹스는 그저 시간이 흐른다고 저절로 실력이 쌓이는 호락호락한 것이 아니었다.

내가 암흑기로 회상하는 그때도 남편은 최소한 삼 일에 한 번은 원했다. 그러니까 섹스 암흑기는 횟수의 문제가 아니라 즐거움의 문제였다. 남편에게 말은 못 했지만, 섹스가 즐겁지 않았다. 여전히 그

행위가 부끄러웠고, 절반 이상은 아팠다. 가끔 남편이 섹스 후에 좋았냐고 물으면 '응'이라는 짧은 대답만 했다. 나는 남편의 요구가 있을 때만 응하면 된다고 생각했고, 점차 몇 번에 한 번은 요령껏 거절하는 일이 생겼다.

"나 오늘 머리가 좀 아픈데……."

아닌 게 아니라 나는 종종 편두통으로 꽤 고생했기에 이 말이 잘 먹혔다. 두통이 있다는 부인을 올라탈 정도로 이기적인 남편은 아니었다.

"많이 아팠어? 참지 말고 약을 먹지 그랬어."

"약 먹을 정도는 아니야."

그러고서는 돌아누워 버리는 나의 뒷모습을 남편은 숱하게 보았을 것이다. 그때마다 등 뒤에 남겨진 남편은 어떤 마음이었을까.

그즈음이었다. 주말에 친구들이 놀러와서 함께 저녁을 먹고 이야기를 나누던 때였는데 TV를 틀자 마침 〈왓 위민 원트〉라는 영화가 나오고 있었다. 여자의 마음을 읽을 수 있게 된 남자가 주인공인 코미디 영화라서 남편까지 합세하여 보게 되었다. 영화 중반쯤, 섹스 회피 목적으로 아프다는 거짓말을 종종 한다는 여자의 속마음을 읽은 남자 주인공이 가짜 두통약을 판매하자는 의견을 내놓는 장면이 나왔다.

"오늘은 머리가 아프다면서 괜히 두통약 먹을 때가 있잖아요?" 하는 대사까지 떡하니 나왔다. 그 장면에서 함께 영화를 보던 친구들은 동시에 웃었고 나도 따라 웃었지만, 속으로는 불에 덴 듯이 놀랐다. 앞으로 내가 머리 아프다고 말하면 오빠가 오해할까? 아니 알아챌까? 아니면 이미 나를 의심하게 되었을까? 오빠가 지금 저 장면에서 안 웃었나? 나는 꽤 복잡한 심경인 채로 영화를 보았다.

그때는 내가 먼저 요구한 적이 한 번도 없었다.

"너는 왜 먼저 안아주지 않아?"

언젠가 남편이 이렇게 물었다.

"내가 먼저 안아줄 틈이 어디 있어? 오빠가 언제나 먼저 선수 치는데."

그 말이 사실이 아니라는 것은 남편도 나도 잘 알고 있었다.

등을 돌리고 모로 누워 잠을 청하는 나를 남편이 뒤에서 감싸 안고 젖꼭지를 만지면 싸늘한 목소리로 "아파!" 하면서 손을 떼 놓은 적도 더러 있었다. 만지는 것으로 끝나지 않고 섹스로 이어질까 봐도 그랬고, 생리 전에 가슴이 뭉쳐서 정말 아파서일 때도 있었다. 또 저릿저릿한 기운이 내 몸을 휘감는 느낌 자체를 감당하기 어려워서 뿌리치기도 했다. 젖꼭지를 타고 발끝까지 내려가는 감각이 낯설었다. 간지러운 것 같다가도 벌레가 몸속을 기어가는 것 같기도 했다. 이 느낌을 쾌락으로 이해하고 좋게 받아들여 승화시킬 방법을 몰랐다.

"아, 너무 좋아."

그 당시에도 남편은 흥분해서 곧잘 이렇게 말했다. 지금과 달리 이 말이 때때로 불편했다. 조마조마했다. 남편이 좋다는 표현까지 하는 것으로 보아 분명 오랫동안 하려 들 것이기 때문이었다. 사랑의 감정만으로 섹스가 마냥 좋지는 않았다. 한 달에 한 번쯤은 만족스러운(지금과 비교하면 이 표현도 아깝다) 섹스를 했지만, 보통 때는 그저 그랬고 아픈 것을 참으면서 어서 빨리 끝내길 바랄 때도 꽤 많았다.

그래서인지 섹스 도중 곧잘 다른 생각에 빠져들기도 했다. 예를 들면 낮에 읽은 책에 대해 생각하거나 출근할 때 입을 옷을 머릿속으로 고른다거나, 이번 주에는 꼭 분갈이해야 하는데, 이런 생각들. 근데 지금 몇 분이나 지났지? 남편이 눈치채지 못하게 고개를 돌리는 척하며 시계를 살짝 봤다. 시작한 지 20분도 넘었잖아. 이제는 끝내면 좋겠다고 생각하고 있을 때 남편이 말했다.

"네 안에 있는 게 너무 좋아. 오늘 사정 안 하고 내일 또 하고 싶어."

사정으로 성욕을 다소 해소하면 바로 다음날 또 요구하기 힘들다는 걸 알았기 때문에 남편은 내게 허락을 구했다. 하지만 나에게 이 말은 선전포고 같은 말이었다.

"무슨 소리야? 내일 또 하면 아프단 말이야. 안 싸고 끝내면 안 돼."

지금 아픈 걸 참고 있다고. 인제 그만 끝내면 좋겠다고 생각하고 있는데 지금 무슨 소리 하는 거야? 이런 속마음까지는 차마 내뱉지 못했지만 나도 모르게 벌컥 짜증이 나서 큰소리를 냈다. 나였다면 당장 섹스를 멈추는 것은 물론이요 다시는 요구하지도 않았을 텐데, 남편은 나의 버럭 하는 말을 들으면 잠자코 다시 열심히 허리를 움직였다. 남편은 그때의 상처가 아직도 아물지 않았는지 이따금 그 일을 떠올린다. 늦었지만 이제라도 그때 받았을 남편의 상처를 나는 열심히 핥아준다. 지금이라도 상처에 딱지가 생겨 새 살이 돋길 바라면서 말이다.

그때의 나는 왜 그랬을까. 결혼하면서 섹스를 의무로만 여겼기 때문이었을까. 하지만 또 여유가 있는 주말이면 둘이 홀딱 벗고 지내거나, 야한 속옷을 사 입고 즐기기도 했으며, 로맨틱한 영화를 보다가 만족스러운 섹스를 나누기도 했다. 그런 곰살맞은 기억들이 있어서 줄곧 평범한 섹스를 하면서도 무탈한 일상을 보낼 수 있던 거였다.

비록 오르가슴은 몰랐어도 말이다.

"하고 싶으면 말해, 해줄 테니까."

다음날 아침, 궁금증을 못 참고 희수에게 카톡을 보냈다.

"어서 후일담을 들려주라고."

그냥 기다려 볼 걸 그랬나, 아무 일도 없었을지 모르는데. 후회와 동시에 희수의 글이 떴다.

"언니. 어젯밤에도 이 사람이 늦게 들어왔거든. 근데 난데없이 그 밤에 라면을 끓여 달라는 거야. 나한테 뭘 해달라고 한 게 진짜 얼마 만인지 몰라. 먹고 싶으면 혼자 끓여 먹었거든. 근데 라면을 끓여 달라는 소리를 들으니까 섹스했다고 저러나 싶은 거 있지. 그래도 일단 끓여는 줬어. 다 먹더니 서재로 가서 컴퓨터를 하더라고. 그래서 내가 은성이 얼른 재우고 오빠한테 가서 '오늘도 하고 싶으면 말해, 해줄 테니까.' 그랬더니 '아니야.' 그러는 거야! 오빠가 웃으면서 말하긴 했지만 거부한 거잖아. 나 완전 대실망! 권력이 손에서 모래처럼 빠져나가는 게 느껴지더라. 권력도 권력이지만 나는 오르가슴도 찾아야 하는데 말이야."

"희수야. 하고 싶으면 말하라니, 계속 섹스하던 사이가 아닌데 어떻게 말을 그렇게 해? 네 남편이 그 말 듣고 '오케이, 하고 싶어. 해줘.' 그럴 수 있겠어? 그냥 가서 만져주거나, 그러기 민망하면 계속 컴퓨터 볼 거냐고 말만 걸어도 눈치챌 거 아니야."

"난 오빠가 해달라고 매달릴 줄 알았어. 당연히 그렇게 나올 줄 알았다구."

하도 기가 막혀서 희수의 망발을 남편에게 고했더니 남편 역시 안타까운 표정으로 단식했다.

"나중에 자려고 누웠을 때 내가 오빠 거 먹었을 때 기분이 어땠냐고 물어봤어. 난 그게 너무 궁금해서 참을 수가 없더라구. 그랬더니 '글쎄.' 그러는 거야. 너무 황당하지 않아? 내가 얼마나 짜증이 났게? 충격받아서 아무 말도 안 하고 있었더니 '근데, 되게 고마웠지.' 이러는 거야. 옆구리 찔러서 절 받은 거지 뭐야? 근데 난 아직도 그걸 먹어주면 고마워지는 게 도대체 무슨 심리인지 도무지 이해가 안 가."

"그런 말을 하려니까 입이 안 떨어져서 주저한 거지. 그게 되게 고맙고 엄청나게 사랑받는 느낌이래. 저번에도 말했잖아. 근데 너 남편하고 같이 자는 거였어? 난 당연히 각방 쓰는 줄 알았어."

솔직히 꽤 놀랐다. 같이 잘 거라고는 상상도 못 했다. 희수네가 섹스하는 사이가 아니라는 걸 안 순간, 각방을 쓰는 건 너무 당연한 것이라서 물어볼 필요도 없다고 생각했다. 그런데 같은 침대에서 한 이불을 덮고 잔다니? 그러면서 섹스를 그토록 안 할 수 있다고? 그거야말로 도무지 무슨 심리인지 모르겠다.

"은성이도 같은 방에서 자는걸. 방이 책장으로 분리되어 있긴 하지만 같은 방이야. 책장 너머 공간에 이불 깔아 놓고 은성이는 거기

서 자. 은성이가 아직도 밤에 설핏 깨면 울 때가 많아서 다른 방에서
재울 수가 없더라구. 나도 어렸을 때 자주 깨서 울었는데, 달래주는
사람이 아무도 없었거든. 어린 마음에 너무 무섭고 그게 서러워서 다
시 잠들 때까지 땀을 뻘뻘 흘리면서도 이불을 폭 뒤집어쓰고 울다가
잠들고 그랬어. 그래서 은성이가 울면 바로 달려가서 토닥여주고 싶
은 거야. 나랑 오빠는 한 침대에서 자기는 해. 근데 예전에 언제 한
번은 잠에서 깼는데 오빠가 내 손을 잡고 자고 있더라? 잘 때 건드리
는 걸 내가 정말 진짜 엄청나게 싫어하거든. 그걸 아는데도."

"정말? 손을 잡고 자더라고? 너 잠들었을 때 몰래? 나 잠시 울다
가 와도 돼?"

희수는 나의 말에는 아랑곳없이 다시 얘기를 이어갔다.

"나는 잠이 정말 중요해서 자다가 깨면 너무 고통스럽거든. 어려
서부터 그랬어. 그래서 신혼 때 오빠가 젖 만지고 손 만지고 그러면
내가 맨날 화냈어. 사람이 왜 이렇게 이기적이냐고 했어. 그렇게 자
꾸 깨면 얼마나 피곤한데, 자기 생각만 하고 만지는 거잖아. 그러면
언니는 짜증 안 나?"

희수의 말에 나 역시 짜증이 났던 과거가 생각났다.

"나도 너처럼 싫어했어. 내내 혼자 자다가 결혼하면서 갑자기 같
이 자는 사람이 생긴 거잖아. 되게 불편하지. 나도 짜증 많이 냈어.
근데 그것도 익숙해지더라. 이제는 안 만지면 '어? 나한테 삐친 게
있나?' 그런 생각이 드는 거야. 그리고 막상 잠들면 끝이잖아. 보통
잠들기 직전에만 그러는 건데 뭘. 새벽에 얼핏 깼을 때 이불을 덮어

주는 것처럼 잠깐 깨면 껴안거나 손을 잡을 수도 있지. 그건 사랑의 표현이잖아. 싫으면 그러겠어? 그래서 난 이제 좋게 생각해. 예전에 회사 다닐 때는 피곤하니까 다 귀찮았는데, 지금은 넓은 맘으로 사랑받는 느낌을 즐겨."

희수도 자신의 옛날을 회상하는지 말이 없었다. 나는 스크롤을 올려서 희수의 글을 다시 읽어보았다.

"지금 네 글을 다시 봤는데, '오늘도 하고 싶으면 말해, 해줄 테니까.' 이거는 진짜 아니다, 아니야. 정말 맘이 식어버린다고. 나는 별로지만 인심 써서 한 번 대주겠다는 말투잖아. 형부도 저 말을 듣고 하자고 할 사람은 아무도 없을 것 같대. 성욕이 폭발 지경이라도 절대 하고 싶다고 답하지 않을 거래."

"언니 말 들으니까 좀 그렇긴 하네. 내 딴에는 선택지를 준 거였어. 난 존중해서 물어본 건데, 지금 다시 상황을 떠올려보니까 오빠가 오케이 하기 좀 그렇긴 하겠어. 근데 언니, 난 어제 못했다구 말하면 언니가 그냥 다음에는 잘해보라고 할 줄 알았어. 진짜 어디에서도 받지 못할 상담이다."

"별말씀을."

"근데 지난번에 오빠가 섹스 도중에 내가 불쌍해서 해주는 거냐고 물어봤다고 했잖아. 나 그때 깜짝 놀라서, '무슨 소리야. 나 오르가슴 찾으려고 이러는 거야.' 그렇게 말했다?"

"미친년!!!"

나는 대뜸 욕이 튀어나왔다.

"그렇다고 할 수도 없잖아. 동정 섹스도 아니고. 그게 더 싫을 거 아니야."

"당연하지. 남편이 불쌍해서 시작한 게 아니잖아. 근데 대뜸 오르가슴을 들먹여? 그냥 이제부터 다시 사랑하면서 살려고 그런다고 왜 말을 못 해? 안 되겠다. 말 나온 김에 오늘 얘기해라. 은성이도 이제 좀 컸으니까 오빠한테 많이 신경 쓰겠다고, 이제부터는 다시 사랑하면서 살자고 말하는 거야."

"알았어."

희수가 웬일로 토를 달지 않고 답하니 오히려 믿기지 않았다. 그냥 넘어가려는가 싶어 나는 재차 물었다.

"나한테 알겠다고만 하지 말고, 꼭 말해. 지난번에도 말하라니까 하라는 말은 안 하고, 뭐? 해줄까?"

"크크큭."

"말로 못 하겠으면 카톡으로 하는 건 어때? 네가 180도 달라졌는데 무슨 언급은 있어야지. 이게 심경의 변화인지 이혼의 전초전인지 알고 싶을 거 아니냐고."

"원래 어쩌다 할 때도 느닷없었어. 뜬금없는 건 익숙할 거야."

"아냐, 말해야 할 것 같아. 네가 다가간 건 처음인 데다가 이젠 한 번 하고 말 것도 아니잖아. 한마디 말도 없이 섹스하기에는 공백 기간이 너무 길었어. 우리 같은 경우는 어쩌다 싸워서 좀 데면데면해지잖아? 그럴 때 한 사람이 용기 내서 다가가는 거야. 그리고 툭 치거나 살짝 기대면 상대가 못 이기는 척 안아주지. 그리고 섹스를 하는 거

야. 그러면 바로 예전으로 돌아가거든. '우리 지금 섹스로 푼 거야?'
그러면서 킥킥거리고 웃고 넘어가거든. 근데 너희는 무슨 일 있었냐
는 듯 다시 하는 건 무리가 있을 것 같아. 게다가 너는 난생처음 삼키
기까지 했는데!"

"아, 나는 제일 센 걸 처음에 해버렸으니 앞으로 뭘 해야 권력을
오래 잡을 수 있지? 난 계속 그 생각뿐이야. 그리고 오르가슴!"

"예전처럼 사랑하는 마음을 찾는 것에 초점을 맞춰. 그러면 오르
가슴 그거 금방 찾을 수 있고, 또 권력? 사랑을 보여주면 자연스레 따
라올 거야. 부부 사이에도 그런 게 있는 거라면."

희수와 대화를 마치고 물끄러미 창밖을 바라보다가 창가 선반에
놓인 식물에 눈이 갔다. 해가 유난히 좋아서인지 오늘따라 먼지를 뽀
얗게 얹고 있는 식물들이 눈에 거슬렸다. 나는 벌떡 일어나 물수건을
만들어 와서는 잎의 앞뒤를 살펴가며 한 장씩 닦기 시작했다.

"어떻게 집에 먼지가 이렇게 많지? 준서가 나부대서 그런가, 청
소를 매일 안 해서 이런가. 이렇게 닦아도 며칠만 지나면 화초 잎마
다 먼지가 다시 잔뜩 내려앉아 있다니까."

남편 들으라는 소리까지는 아니었지만, 그래도 아무런 대꾸가 없
길래 남편을 쳐다보았다. 남편은 아까부터 소파에 앉아서 스마트폰
을 들여다보고 있었다.

"오빠, 대답 좀 하지?"

"아, 나한테 대답을 요구하는 말이었어? 몰랐지."

"우리도 건조기를 살까? 이게 다 옷 먼지라는 얘기가 있더라. 건조기를 돌리면 거기에 옷 먼지가 어마어마하게 모인대. 보면 기절할 정도로. 그래서인지 집안 먼지도 되게 많이 줄어든다는 거야."

"글쎄."

여전히 건성으로 대답하는 남편을 보면서 나는 희수가 말하는 권력에 대해서 생각했다. 15년 가까운 세월을 함께 살면서 나는 여태 부부 사이의 권력에 대해서 한 번도 생각해본 적이 없었다. 하지만 그런 게 있는 거라면 우리 집에서는 대체 누가 권력자일까.

남편을 다시 한 번 쳐다보았다. 평일 낮에 집에서 편안한 차림으로 스마트폰을 보다가 책을 보다가 하는 저 사람이 우리 집의 권력자일까? 아마도. 가장의 권위라는 건 크건 작건 있을 테니까. 그럼 남편은 자신의 권력을 인식하고 있을까? 아이한테는 몇 번이나 '우리 집에서 엄마가 제일 힘이 세잖아. 엄마 결정을 기다려 보자.' 이렇게 말하곤 했지만, 그건 아이 앞이니까 하는 소리였을 것이다. 정작 남편은 어떤 생각을 할지 모르겠다. 하다못해 준서는 자기가 이 집의 권력자라고 말할 거다. '엄마랑 아빠는 뭐든지 내 위주로 생각하고 결정하니까.' 그러면서 깔깔 웃을 테지.

"결국은 돈인가? 부부 중에 돈을 버는 사람이 대부분의 권력을 가지는 거지."

칼라테아 잎을 앞뒤로 반짝반짝하게 닦으면서 던진 느닷없는 질문을 남편은 용케 새겨듣고 잠시 생각하더니 대체로 그럴 것 같다고 했다.

둘 다 돈을 번다면 더 많이 버는 쪽일까? 아니면 더 힘든 일을 하는 사람? 아니면 결혼할 때 더 많은 돈을 보탠 쪽이 권력을 가질 수도 있지 않을까? 더 많이 배운 사람은? 집안이 더 좋은 사람? 돈은 별개로 사회적 지위가 더 높은 건 어때? 아니다. 보통 지위가 높으면 돈도 더 많이 벌겠지. 그렇다면 희생은 어때? 가족을 위해 희생이 많았던 사람이 그 집안의 절대 권력자가 되는 거지. 에이, 그럼 애 키우는 엄마들이 전부 권력자이게? 애 키우느라고 일도 관두잖아. 근데 일 관둬서 돈을 못 버니까 권력을 잃어. 이게 무슨 부당한 꼴이야? 근데 요즘에는 돈 버느라고 고생한다는 걸 무척 강조하는 것 같아. 결국은 돈 버는 게 제일 벼슬이네, 벼슬이야.

남편과 이런 얘기들을 하면서 글을 쓰겠다고 직장을 관두던 때를 떠올렸다. 영혼 없이 다니던 회사에 사표를 내고 글을 쓰겠다고 했던 그때를. 나는 돈을 벌지 못하게 되면서 권력을 잃게 되었을까? 남편은 어떨까. 회사를 관두고 종일토록 집에 틀어박혀 있는 나를 더는 두고 볼 수 없다는 이유로 남편도 일 년쯤 후에 회사를 관두었다. 전문지 기자였던 남편이 기고하는 만큼만 먹고사는 프리랜서의 삶을 선택하면서 줄어든 월급만큼 권력도 쪽박이 난 걸까? 그로 인해 권력 일부를 상실했다고 생각할까? 혹시 내가 그를 대하는 태도가 알게 모르게 바뀌었을까? 아니면 자신을 대하는 내 태도가 조금은 바뀌었다고 여길까?

나는 한 번도 권력이 없다는 것을, 혹은 낮다는 인식조차 해본 적이 없다. 돈벌이에서 손을 떼고 잘 팔리지 않는 책을 쓰는 작가가 된 나는 권력의 한 귀퉁이도 가질 수가 없어야 할 텐데 말이다. 그럼 권력이 있고 없고의 판단은 순전히 상대 배우자의 태도에서 기인하는 것 아닐까? 배우자가 나를 위해준다면, 그러니까 사랑해준다면 모든 조건에 상관없이 권력이 없다는 생각은 절대로 할 리가 없다.

"오빠, 섹스는 어때? 섹스도 권력에 영향을 미치는 요소가 맞을까?"

"아마. 어떤 남편이 있는데 섹스를 무지 잘해. 나처럼. 후후~ 하여튼 섹스를 무지 잘해서 부인이 진짜 매일 만족한다고 해 봐. 그럼 그 남자는 집에서 권력이 엄청나지 않을까? 왜 그런 얘기 있잖아. 밤일 잘하면 다음날 반찬이 달라진다고."

"나는 어때? 잘해? 섹스로 권력을 막 휘둘러도 될 정도야?"

나는 눈을 가늘게 뜨고 남편의 뻔한 대답을 채근했다.

"그럼. 너는 온 세상의 권력을 다 끌어모아서 휘둘러도 될 정도야."

"오빠, 희수네를 생각해봐. 정말 희수 남편이 희수한테 권력을 마구 휘두르고 있는 걸까? 독재자처럼? 근데 여태 라면도 자기가 끓여 먹었다는데 무슨 권력을 휘둘렀다는 건지 모르겠어. 물론 지켜본 게 아니니까 모르지만, 그냥 막연하게 생각해보면 말이야. 하지만 희수가 저렇게 말하는 이유가 분명하게 있을 거 아니야."

"일단, 남편이 희수 씨의 상사였고 나이 차이도 좀 있지. 그리고 혼자 벌어서 희수 씨랑 은성이가 경제적으로는 부족함 없이 살게 해주잖아. 근데 섹스를 안 해준다?"

나는 남편의 말을 막았다.

"왜 희수가 안 해줬다고 단정해? 무슨 일이 있었는지 모르잖아. 희수만 잘못 있다고 생각하면 안 돼. 그리고 돈 많이 번다며, 근데도 모든 씀씀이를 체크한다잖아. 생각만 해도 숨 막힐 노릇 아니야?"

"나도 얼마냐고 매번 물어보잖아. 그건 그냥 성격이라니까?"

"오빠가 물어보는 사랑은 달라. 오빠 모든 걸 다 물어보지도 않잖아. 친구 만나서 쓰는 돈이나 나 혼자 쓰는 그런 거까지는 안 물어보잖아."

"희수 씨 한마디 듣고 백 가지를 다 물어본다고 생각하지 말자. 그것도 어느 정돈지 우리가 자세히 모르니까."

"희수는 계속 언니가 알면 기절초풍할 일이 있다는 둥, 그런 얘기를 하면서도 정작 무슨 일이 있는지 말을 안 하는데, 이 상태에서 계속 섹스하라고 조언하는 게 맞을까? 난 상담사도 아니고, 전문가도 아니잖아. 내가 뭔가 잘못하는 거면 어떡해? 내 말이 다 맞는 것도 아닐 텐데 상황을 악화시키면 어떡하냐고."

나는 슬슬 걱정되기 시작한 것을 털어놓았다. 괜히 시도했다가 둘 사이가 더 틀어지는 일이 생기진 않을지 진심으로 걱정이 되기 시작했기 때문이다.

"네가 왜 조언해줄 역량이 안 된다고 생각해? 전문가들도 모두 섹스 잘하고 행복한 가정을 유지한다고 볼 수 있어? 너는 경험이 많잖아. 뭐든지 십수 년쯤 한 사람은 전문가 아니야? 게다가 섹스 경험만 있는 것도 아니고 오랜 세월 좋은 관계를 유지해 오기까지 했어. 이 정도의 경험은 지식만큼의 힘이 있는 거야."

"게다가 나는 희수를 진심으로 걱정하고 위하는 마음으로 최선을
다해 생각하고 있거든. 내 얘기가 도움이 되는 거 맞겠지? 그치?"

나는 내가 희수에게 도움이 될 거라는 확신이 필요했던 거다.

"걱정하지 마. 어찌 됐건 섹스를 시도해서 나쁠 것은 전혀 없어.
부부간에 섹스하는 건 자연스러운 거야. 안 하는 게 문제지. 사랑하
겠다는데 나빠질 일이 뭐가 있겠어?"

"근데 사랑, 지금 진짜 없는데."

"언니 나 어제는 악몽을 꿨어. 글쎄 꿈에서까지 입으로 받았는데 검은색 재 덩어리가 울컥울컥 나오지 뭐야. 게다가 그 장소가 시댁이 었어!! 설상가상이지. 내가 무슨 황제를 꾀어서 권력을 얻으려는 애 첩도 아니고 꿈까지 꿨어."

오늘도 아침에 희수한테 카톡이 왔다. 아이를 등교시킨 후에 커피 를 마시면서 글로 대화하는 것이 그녀와 나의 새로운 아침 습관이 될 것 같았다.

"어머, 그게 대체 무슨 꿈이니! 너 스트레스 받는 거 아니야? 희수 야, 오늘 그럼 간만에 전화로 얘기할까? 우리 너무 글로만 대화했잖 아."

오래간만에 목소리도 들어볼 겸, 희수의 마음을 좀 더 느낄 수 있 을까 싶어 말했더니 희수가 발끈했다.

"전화는 안 돼!! 글로 해야 해. 나 언니하고 대화한 내용을 몇 번 씩 다시 보면서 어떻게 해야 하는지 공부한단 말이야. 프린트라도 할 판이라구. 지금도 딱 노트북 켜고 말 건 거야."

"하! 그런 줄은 몰랐네. 알았어. 근데 너 남편한테 그 젤은 언제 사용해볼 예정이니?"

나도 컴퓨터를 켜면서 물었다.

"오늘 오늘. 여태 매일 늦게 들어오고 술도 꽤 마시고 들어왔어. 그래서 오늘 오빠 출근할 때 오늘도 늦냐고 물어봤거든. 생각이 있으면 술 많이 안 마시고 오겠지."

"근데 이런 거 물어봐도 되나? 너 물은 많아? 그게 한결같은 게 아니고 때에 따라서는 다르지만 대체로 말이야."

"아유 언니, 우리 사이에 뭘 그렇게 조심스러워해? 나 그리 없는 건 아닌 듯. 요즘에는 특히 웹 소설 보면 꽤 흥분한다구. 예전에는 아팠던 걸 보면 그땐 물이 잘 안 나왔던 건가? 어쨌든 없는 편은 아니야."

희수가 단언하니 안심이 되었다. 퍽 다행이라고 생각하면서 이런 것까지 물어본 게 민망해서 말을 덧붙였다.

"이게 사실 말이 안 되는 거긴 하잖아? 물이 안 나오는 여자가 어디 있겠어. 흥분이 안 된 거지. 그리고 여자는 마음이 가야 잘 되잖아. 남편한테 열 받는 게 있으면 물이 나오겠냐고. 아니면 남자가 오라지게 못하거나?"

"맞아. 지들이 전희를 안 하거나 못해서 물이 안 나오는 게 대부분 아니야? 여자가 무슨 섹스할 생각만 하면 미치도록 흥분해서 물이 절로 줄줄 흐르는 줄 알아!"

희수도 맞장구를 쳤다. 남자들이 물 많다 아니다를 지껄이는 것에 우리는 분노했다.

"오빠 친구 얘긴데, 여자 친구랑 헤어진 이유를 물었더니 물이 없어서라고 하더래. 정확하게는 '물이 없어서 맛이 없어.' 이거였대. 너무 어이없지 않아? 이게 자기 여자 친구였던 사람한테 할 소리야? 자기가 흥분 못 시킨 생각은 안 하고."

"미쳤다 미쳤어. 그건 핑계겠지. 다른 이유가 있지 않겠어? 근데 친구들한테 이유랍시고 그걸 말하고 다녔다니 너무 치졸하다. 그 생각나서 물어본 거야? 나 물 없을까 봐 걱정한 거야? 나 맛 없어서 남편이 안 하나 하구?"

희수는 말끝에 웃음 표시를 가득 달아서 보냈다.

"하하. 아니야. 너 물 나오는 거면 남편 사랑하는 거다. 그걸 말하고 싶었어. 남편을 사랑하진 않지만 어떤 목적 때문에 하는 것처럼 자꾸 얘기하잖아. 네가 섹스에 환장하는 것도 아니고 사랑하지 않으면 물이 나올 리가 있어?"

"그런가? 근데 사랑, 지금 진짜 없는데."

"네 속마음을 네가 인정하지 않는 건 아닐까? 근데 내 후배 중에도 자기는 도통 물이 없다고 하던 애가 있었어. 그 얘기를 듣고 너는 아직 너무 어려서 그럴 수 있다고 말해줬었거든. 근데 한참 후에 남자 친구가 그러더래. 너는 나 사랑하지 않는 거라고."

"결국, 그 남자도 또 여자 물 없다고 헤어진 거야?"

"다른 뉘앙스긴 하지만 어쨌든 헤어지긴 했어. 근데 되게 오래 사귀었거든. 3년도 넘었던가? 그 애들도 우리 과 커플이었어. 사귀는 동안 계속 섹스는 했대. 근데 어느 날 남친이 슬픈 얼굴로 그러더래.

자기가 아무리 애써도 너는 전혀 좋아하지 않는다면서 자기를 깊이 사랑하지 않는 거 같다고 하더래. 후배한테 말은 안 했지만 그 남자 후배 마음도 이해 가는 부분이 있어. 그 말대로 진짜 맘속 깊이 사랑하는 사람을 만나면 달라질 수도 있는 문제 아닐까 싶었거든. 여자애는 몇 년 후에 다른 사람과 결혼했는데, 남편과는 어떤지 몰라. 내가 먼저 물어볼 수는 없으니까. 근데 나중에 나한테 그런 말은 했어. 자기는 전 남친을 되게 사랑한다고 생각했는데, 지금 남편을 만나고 나니까 아예 비교가 안 되는 수준이라고 하더라고. 내가 히스토리를 다 아니까 에둘러 그렇게 알려준 게 아닐까 싶더라. 어쨌든 이 이야기의 결론은 너는 아직 남편을 사랑한다는 거야."

"물 안 나오면 언니가 추천해준 그런 걸 사용하면 되잖아. 후기에도 그 얘기가 있었어. 어떤 여자는 남편 몰래 쓴다더라?"

"이걸 남편 몰래? 그게 가능한가?"

"아마, 질 속에 넣어 놓고 시작하는 거 아닐까? 물 많은 척?"

"그러면 줄줄 흐를 거 아니야. 대체 어느 타이밍에 몰래 넣을 수 있는 거지? 섹스하자고 하면 바로 삽입부터 해버린다는 건가?"

"그거야 모르지만 그렇게라도 하는 거겠지. 남자가 못하면 나오던 물도 도로 들어갈 판인데 어쩌겠어. 근데 그 남자는 모르겠지. 그저 자기가 잘해서 물 많이 나오는 줄 알 거야. 아, 그것도 너무 싫다! 착각할 거 아니야. 지가 잘하는 줄로!"

"남편이 착각하든 자백하든 어쨌든 굿 섹스하면 되는 거 아니야? 부인이 그렇게까지 하는 거는 박수쳐 줄 일이다."

"오빠도 딱 넣을 정도로만 나오면 바로 넣으려고 그랬어. 그래서 내가 더 싫어했던 거야. 어쨌든 오늘 꼭 성공해서 내일 다시 언니의 지령을 받겠어. 올림픽도 아니고 언니 부부가 우리 부부 섹스를 이렇게 손에 땀을 쥐며 기다리다니. 그나저나 이 작가 부부가 글은 안 쓰고 맨날 섹스만 하고 있었던 거야. 내가 이제야 알겠네."

희수와 여자의 애액에 관해 얘기하다 보니 최근에 섹스할 때의 일이 떠올랐다. 남편이 흥분한 얼굴로 말했다.
"아유, 여기 완전 난리 났어."
남편은 나를 살짝 놀리는 듯하면서도 감탄의 말을 했다.
"예전에는 너 이렇지 않았는데. 그치? 그래도 난 예전은 예전대로 좋았어. 나는 너밖에 없고 나한테는 네가 늘 최고니까. 하지만 지금의 너를 경험한 상태로 다시 예전으로 돌아간다면 그건 하늘과 땅 차이일 것 같아."
"그치, 내가 예전에는 이렇지 않았지. 그땐 오빠가 침 묻혀 놓고 넣을 때도 많았잖아."
"뭘 그렇게 얘기를 해. 나는 너 애무한 건데."
"내 입장에는 잘 들어가게 침 바르는 거 같았거든. 그때를 돌이켜 보면 섹스 암흑기였다."
"암흑기라니! 지금과 초창기를 똑 떼놓고 단순하게 비교하면 안 돼. 점점 나아지는 거잖아. 그때도 우린 괜찮았어. 늘 열심히 했다고. 네가 거부한 적이 많아서 그렇지. 종종 되게 좋은 섹스도 했었고. 안 그래? 둘 다 섹스를 그렇게 못할 때였는데도 늘 그저 그랬던 건 아니었잖아. 그리고 나는 그저 너랑 하나가 되는 게 너무 좋았어. 사정 안 한다고 네가 화를 내서 그랬지."

"가뜩이나 아픈데 안 싸고 끝내면 다음날 또 하려 드니까 그랬지. 미안하게 생각해."

나는 위에 있는 남편의 두 볼을 감싸 안고 사과했다.

남편은 천천히 피스톤을 하면서 이야기를 계속했다.

"지금 이렇게 잘하는 상태로 과거로 돌아가서 그때의 너랑 할 수 있다면 정말 좋겠다."

"나도!! 지금 내 기술로 과거의 오빠한테 가는 거야. 나랑 하기도 전으로 가서 오빠를 기절시키고 오는 거지. 지금의 나는 블로우잡만으로도 그때의 오빠를 기절시킬 수 있어."

"같이 과거로 가서 각자 젊은 우리랑 하고 오자. 질투하지는 마라. 너랑 하는 거니까."

며칠 전에는 우스개로 이런 얘기를 했지만 정말로 그럴 수 있다면 얼마나 좋을까. 남편은 젊고 날씬했던 나와 섹스하고 오면 좋을 텐데. 나도 어리숙한 남편의 혼을 쏙 빼놓고 오면 좋겠고.

능수능란한 나에게 어쩔 줄 몰라 하며 속수무책으로 당할 젊은 시절의 남편을 상상하니까 마음이 몽글몽글해졌다. 나는 희수와 대화하는 내내 점심 식사를 준비하고 있던 남편에게 다가가 뒤에서 안고 바지 속으로 손을 넣었다.

"아유, 말랑말랑하게 코~ 자고 있었네. 요 귀여운 녀석이?"

"너 여태 컴퓨터 하다 온 거잖아. 더러운 손으로 왜 이러세요."

"손이 더러우면 좀 어때서요."

"점심 먹고 바로 하려고 했단 말이야. 아침에 샤워하고 깨끗하게 유지하고 있던 건데. 언제든지 네 몸속으로 들어갈 수 있는데 항상 손 씻고 만져줘."

"알았어. 근데 이미 더러워졌는데 어쩌지? 내가 깨끗하게 해 줘야 겠네."

나는 남편의 바지를 내렸다. 쌈 채소를 다듬고 있던 남편은 싫지 않은 듯 돌아서서 나의 애무를 달게 받았다.

남편의 시선을 정수리에 느끼면서 단단한 남편의 허벅지를 움켜 잡고 나의 사랑을 충분히 느낄 수 있도록 사랑을 퍼부었다. 전기밥솥 에서는 취사가 완료됐다는 명랑한 목소리가 나왔다.

"꼭 사랑이어야 되는 거야?"

아침에 눈 뜨면서부터 남편이 자전거를 타러 나가자고 했지만, 희수에게 연락이 올 것 같아 망설여졌다. 다른 사람은 몰라도 희수에게는 바로 반응하고 답을 주고 싶었다. 남편은 그럴 것까지 있냐고, 오히려 기다렸다는 듯이 바로바로 답을 하면 희수가 부담스러워할 수도 있다고 했지만, 나는 희수가 뜻대로 잘 안 되었을 때 혼자서 나쁜 생각을 하고 있을 것이 걱정이었다.

희수는 남편과 섹스하지 않는 긴 세월 동안 어떤 생각을 하며 지냈을까? 집에서 그저 아이만 돌보며 남편에 관한 모든 생각은 철저히 차단한 채로 살았으려나. 돌이켜 생각해보면 희수는 임신 기간에 그다지 유쾌해 보이지 않았고 출산 후에도 한동안 연락이 뜸했다. 오로지 아이에게만 집중하는 듯 보였다. 그럼 희수 남편은 섹스 없는 결혼생활을 어떻게 견뎠을까? 희수가 아이에게 그랬듯이 희수 남편은 일에만 그토록 집중했을까? 그 생각이 들 때마다 나는 마음이 심란하여 읽던 책을 덮는 것처럼 탁! 소리가 나게 마음을 덮고 저쪽 구석으로 밀어두었다.

우리는 결국 자전거를 타러 가지 않았고, 점심으로는 떡까지 잔뜩 넣어 라면을 끓였다. 운동도 안 하면서 떡라면을 먹는 건 너무 대책 없는 짓이 아닐까 하는 나의 한탄에 남편은 괜찮다고, 우리는 사실 굳이 따로 운동할 필요가 없지 않냐면서 장난스러운 표정을 지었다. 나는 속으로 '운동량은 오빠만 많은데……'라는 생각을 하면서 라면을 먹었다. 장난을 받아치지 않자 남편은 내 생각을 눈치챈 것처럼 한마디 했다.

"너는 거의 누워만 있지만, 온몸에 얼마나 힘이 들어간다고. 네가 몰라서 그렇지 너도 운동량은 꽤 될 거야. 어휴, 그 에너지를 생각해 봐."

남편은 과장하며 몸까지 부르르 떨었다. 듣고 보니 정말 그럴 수도 있겠다 싶어 라면이 더 맛있다. 국물까지 싹 퍼먹고 커피까지 다마시고 식탁에서 일어설 때야 희수에게 연락이 왔다.

"오빠는 어제도 역시나 술 마시고 들어왔는데 내일 출근 전에 준비할 게 있어서 새벽에 일어나야 한다면서 그냥 눕는 거야. 난 마음의 준비를 단단히 하고 있었는데. 그래도 마다할 사람 없다는 말에 용기를 내서 젤을 보여주면서 이게 엄청나다고 해서 샀는데 해줄까? 그랬더니 뜻하지 않게 그러라고 하더라? 그래서 살짝 아까웠지만, 젤 팍팍 쓰고 핸드잡을 해줬지. 근데 이 남자가 갑자기 키스해 달라는 거야. 나 진짜 키스는 언제 했는지 기억에도 없어. 신혼여행 때 하고 첨인가 싶을 정도라니까? 결론은 키스도 했다! 나한테는 이게 블로우잡의 열 배 이상의 용기가 필요한 거였어!"

희수 남편은 희수를 이제 온 마음으로 받아들였나 보다 싶었지만, 괜히 들떠서 오버하지는 말아야지 하고 침착하게 얘기했다.

"잘했다 잘했어. 그나저나 너, 또 '해줄까'를 한 거야? 그걸 손에 들고서 해줄까? 이랬냐고! 너를 대체 어떡하면 좋을까?"

"고새 입에 붙었나, 그 말이 또 나왔네. 근데 어제도 오빠가 고맙다고 했어. 그리고 내가 또 삼킬 줄 알았는지 직전에 다급하게 먹지마 먹지마 이러는 거야. 누가 또 먹어준댔냐구. 혼자 오해하고 그 야단이래? 하하!"

희수는 어젯밤에 일어난 모든 일이 흡족한 눈치였다.

"네 남편, 고맙다고 말하고 키스까지 해달라고 하다니. 아, 오늘도 나는 눈물이 난다. 그리고 제발 해줄까는 하지 마. 해줄게는 어때? 아니다. 넌 말을 아예 하지 마라. 그냥 가서 만져."

"알았어. 명심!"

"잠깐씩이라도 매일 하면 그게 제일 좋은데."

"힘들어서 매일 어떻게 하겠어. 뭐 지금 오빠는 계속 누워 있기만 해서 힘들지도 않겠지만."

"매일 하면 실력도 체력도 진짜 급속도로 늘어. 이게 근육 운동처럼 급격하게 단련되는 것 같더라. 나도 맨날 누워만 있으니까 체력은 몰라도 힘주는 느낌이나 그런 것을 점점 더 잘 알게 돼."

"매일 해서 나도 빨리 잘 느끼면 좋겠다."

"사정만 매일 안 하면 그렇게 힘들지는 않을걸? 매일 사정하면 정액 양이 아무래도 줄어드니까 쾌감이 조금 짧아지는 건 있대. 또 단단함의 정도도 이젠 조금 차이가 있다고 하면서 작년 말부터는 오빠가 사정을 이틀에 한 번만 하더라고. 그래야 하고 싶을 때마다 할 수 있고, 또 더 크고 단단해져서 내가 훨씬 더 만족스러워한다는 거야. 나는 별 차이가 없다고 생각하는데 오빠는 내가 좋아하는 정도가 눈에 띄게 다르다면서 이젠 두 번에 한 번만 사정하더라. 사실 사정 안 하고 피스톤만 하면 정력증진에는 좋대. 오빠도 그걸 느낀다고 했어. 진짜 강해지는 느낌이 있대."

"헉! 그런 디테일까지 생각해야 하는 거였어? 그럼 한 2~3일에 한 번쯤이 좋은 걸까?"

"굳이 따지자면 그렇다는 거지. 너네는 그냥 묻지도 따지지도 말고 할 수 있을 때 내키는 대로 뭐든 해. 더 나이 들기 전에."

"근데 지금은 전적으로 내 서비스만 받고 있으니까 체력 달릴 일도 없어."

"근데 그렇게 시작해도 자기가 올라타서 주도하고 싶은 그런 맘이 들지 않나? 오빠는 너무나 그렇거든. 그래서 난 그게 수컷의 본능이라고 생각했어. 사실 나는 여성 상위는 거의 안 해. 아주아주 가끔 처음 시작 때 잠깐 하고 내려와. 나도 단련이 안 된 몸이라 그런지 힘들어서 3분도 못 하겠거든."

"나 저번에 상위 처음 해봤잖아. 근데 이게 완전 스쿼트더라? 진짜 너무 힘들어서 그만하고 싶었는데, 여자는 그 자세일 때 오르가슴이 잘 온다는 글을 하도 봐서 내가 겨우 참으면서 했거든. 그나저나 언니만 살찌는 이유가 이거구먼! 말로만 들어도 형부의 칼로리 소모가 엄청날 것 같아!"

"너 여성 상위 때 말이야, 스쿼트 할 때처럼 움직였어? 그러면 열 번이라도 할 수 있냐고. 그걸 백 번을 한들 힘들어 죽겠는데 오르가슴이 오겠어? 보통은 삽입한 상태로 앉아서 엉덩이를 앞뒤로 흔드는 거야. 그게 남자도 여자도 더 좋아."

"뭐? 위아래로 엉덩이를 올렸다 내렸다 하는 게 아니야?"

"무슨 자동펌프냐? 그렇게 하기도 하지만 그 자세로는 오래 할 수가 없잖아. 나도 몰랐을 땐 위아래로 하는 건가 했거든, 근데 이건 뭔가 아니다 싶고 몇 번 만에 허벅지가 너덜너덜해지더라고. 그러다 언제 한번 포르노를 보니까 여자가 올라타서 앞뒤로 막 흔드는 거야. 남자도 여자 골반을 딱 잡고 앞뒤로 흔들어 재끼더라? 그래서 다음번에 그렇게 해보니까 그게 더 좋고 덜 힘들고, 오빠도 이거다! 그랬어."

"언니, 나 아무것도 모른다고 생각하고 다 말해줘야 해. 웬일이야. 어쩐지 위아래로 엉덩이를 펌프질하듯이 움직이니까 어정쩡한 게 섹시하지도 않구 되게 천천히 할 수밖에 없는 데다가 허벅지가 끊어질 것처럼 아파서 아무래도 이상한 거야. 물론 좋은 것도 눈곱만큼도 없고. 근데 오빠는 아무 말도 안 했어. 자기는 알았을 것 아니야? 오빤 아무 반응도 없고 난 너무 힘들어서 결국 핸드잡 한 거야. 그래서 포르노를 봐야 하는구나."

"너 포르노 본 적이 없어?"

"어, 난 안 봤어. 오빠가 보길래 내가 완전히 경멸했었거든."

내 친구들도 희수처럼 생각하는 경우가 허다했다. 심지어는 포르노

보는 것 자체를 다른 여자와 섹스하는 것처럼 여기는 친구도 있었다.

"다 큰 성인이 에로영화나 상업용 포르노 보는 거로 뭘 경멸까지 해. 포르노가 금지인 나라도 우리나라랑 이슬람 몇 나라뿐이래."

"내가 19금 소설 보면서 없던 성욕이 폭발하구, 오르가슴도 엄청 궁금하구 그래서 진짜 이번에 남자들을 좀 이해하긴 했어. 비슷한 거 겠지 싶어서. 예전에 같이 보면서 하자고 한 적이 있었는데 날 보고 흥분하는 게 아니고 화면의 여자를 보고 흥분하는 거잖아. 그게 너무 너무 싫은 거야. 자존심이 상하구."

"너는 이상한 데서 자존심이 상하더라? 남편이 속으로 저 포르노 속의 여자랑 한다고 생각할 거 같아? 포르노에 남자도 나오는데 그럼 여자도 지금 난 저 남자랑 하는 거다, 그렇게 자기최면 하면서 해? 포르노는 그냥 흥분하려고 보는 거지."

"알았어. 좀 친해지면 같이 보기도 할게."

"같이 포르노 보면서 우리가 적용할 만한 팁을 얻거나, 해볼만 한 체위가 나오면 따라서 해보기도 하고 그러는 거지."

"포르노에 나오는 걸 따라한다구?"

"거기서 배운 체위도 몇 개나 있는걸? 맨날 뻔하게만 하니까 재미가 없는 거잖아. 내 친구도 그랬어. 늘 똑같은 섹스, 지긋지긋하다면서 오죽하면 남편이 할 때 자기는 스마트폰 게임을 하면 그게 더 재밌을 것 같다는 거야. 그래서 같이 포르노를 좀 보라고 했더니 질색하더라? 그러더니 한참 후에 뭐라는 줄 알아? 밑져야 본전이다 하고 같이 봤는데, 보다 보니까 어떻게 해야 좋을지 알게 됐대. 게다가 남편이 배우처럼 노력도 좀 하게 됐고, 체위도 다양해졌다면서 무지하게 만족하는 거야. 그렇게라도 배우는 거지. 서로에게 해줄 수 있는 게 있나 엿보는 거야."

"그래? 나도 그럼 맘을 열고 봐야겠어. 나는 좀 배울 필요가 있으니까!"

"그리고 여성 상위도 계속 같은 자세로 하지 말고, 뒤로 팔 짚고 자빠져 보기도 하고 그래 봐. 몸이 뒤로 약간 활처럼 휘는 자세가 되는데, 그러면 질 앞쪽이 압박되니까 느낌이 새롭고 괜찮거든. 내가 좋은 지점이 어딘지 찾아보려면 다양하게 해보는 수밖에 없어. 그 자세일 때 남편이 클리를 만져주면 되게 좋아. 그때 바이브레이터를 사용해 볼 수도 있고."

"여러 번 읽으면서 상상해볼 때는 알 것도 같은데 실제로 막상 하니까 감이 잘 안 잡히더라. 지금 말한 것도 나중에 할까 말까일 거야. 여성 상위 때도 난 손을 어째야 할지 모르겠더라구. 짚을 데가 없이 하느라고 더 힘들었던 가봐."

손을 어째야 할지 몰랐다는 희수. 부자연스럽게 굴었을 것이 눈에 선했다. 희수는 난생처음으로 요리를 해내야 하는 생초보처럼 굴었던 거다. 모든 것을 조리법에 적힌 그대로 해야지만 겨우 먹을 수 있는 요리가 나올 거로 생각하는 요리 초짜처럼, 내가 글로 알려준 걸 머리로만 몇 번 상상해본 후에 그대로만 하려니 실전에서 엉망인 것이다.

"그냥 무릎 꿇은 상태로 걸터앉은 자세라면 남편 젖꼭지도 만지다가 가슴에 올려두거나 남편의 허벅지를 딱 잡아도 되고. 뒤로 젖힌 자세라면 바닥이나 남편 다리 어딘가를 짚어야지. 뭐든지 네가 편하고 자연스러운 자세를 하면 돼. 정답이 있는 게 아니야."

"언니가 뭐 알려주면 열 번씩 읽으면서 머릿속으로 동작을 상상해보는데, 여성 상위도 되게 어렵다. 잘 될지 모르겠네."

"경험이 너무 부족하니까 상상만으로는 어렵지. 이것저것 다 해봐야 점점 느는 거야. 별로면 말지, 그런 태도로. 늘 하던 자세로만 소극적으로 하면 아무것도 안 돼. 영상을 보면 딱 감이 올 텐데. 나는 이거 좋다 싶은 걸 지금도 발견한다고. 끊임없는 연구개발."

"숙지해서 내 오르가슴도 찾고, 남편을 휘어잡겠어."

"너 계속 그 생각만 하니? 너의 진짜 목적을 따져 볼 시점이다."

"내 목적은 무조건 권력이야."

희수는 단언했다.

"사랑이 있어야 권력도 생길 텐데?"

"그래? 사랑 없이 권력 없어? 정말? 언니 정말로 그렇게 생각해?"

희수는 오로지 권력만 중요한 것처럼, 그것만이 자신의 유일한 목적인 듯 재차 물었다. 희수의 상황을 내가 알 수는 없지만 사랑 없는 권력이 무슨 소용일까. 설사 권력이 생긴다 해도 금방 다시 불행에 빠질 거야. 희수의 세상이 핑크빛이려면 마음이 핑크가 되는 수밖에 없는 거다. 그래서 나는 호락호락 넘어가지 않을 생각이다.

"당연한 거 아냐? 부부간에 사랑 없는 권력은 폭력밖에 더 돼? 사랑으로 대하면 권력이 따라오는 거야. 넌 지금 앞뒤가 바뀌어 있어."

"어…… 그럼 사랑으로 바꿔봐?"

예상 외로 희수는 마음을 조금 누그러뜨렸다. 아니면 대충 얼버무리고 이 주제에서 그만 벗어나고픈 것인지 모르겠지만.

"남편이 너무너무 싫은데도 그 마음 숨기고 이러는 거 아니잖아. 그러면 어떻게 빨고 정액을 삼켜? 그럴 수는 없는 거잖아. 너한테는 사랑이 남아 있는 거야."

"언니, 솔직히 나 사랑이 없다. 구석구석 찾아서 끌어모아야 할걸."

"그래. 끌어모으면 모일 사랑이 한 줌은 있는 거잖아. 미량의 사랑이라도 넓게 넓게 펴서 덮을 수 있는 거야. 그러다 보면 그 사랑이 도톰해지기도 하고."

"근데 꼭 사랑이어야 되는 거야? 사랑을 못 찾으면 어떡해? 나 지금 복수할 마음으로 살아남아 있다구. 언니는 몰라, 모른다구. 나 정신과까지 다니고 있단 말이야."

나는 소리를 지를 뻔했다. 복수라니, 정신과는 또 뭐고! 대체 희수에게 무슨 일이 있는 거야?

"희수만큼은 잃고 싶지 않아."

마음이 복잡해서 지난밤 내내 자는 둥 마는 둥 하다가 아침을 맞이했다. 아이를 학교에 보내자마자 희수에게 만나자고 연락했다. 희수도 바로 응했다.

남편과 함께 집을 나섰다. 여태 같이 상의했다는 것을 아는 데다가 남자의 관점에서 얘기해줄 사람이 필요하다고 희수가 먼저 같이 나올 수 있냐고 물었다. 그러면서도 '형부가 보통 남자의 심리를 잘 알까?' 하는 의문을 내비쳤다. '어쨌든 남자니까'라는 나의 대답에 희수도 '그건 그렇지.' 하고 웃었다.

"오빠, 나 너무 무서워. 희수가 자기 얘기를 한다는데, 그걸 내가 들어도 되는 건지 모르겠어. 병원도 다닌다는데 전문가가 이미 충분히 도움을 주고 있을 거 아니야. 괜히 나한테 온갖 얘기를 했다가 희수도 나를 멀리하면 어떡하지?"

괜한 일을 벌여서 오래된 희수와의 관계에 금이 갈까 두려움이 앞섰다. 내게는 그런 경우가 몇 차례나 있었다. 누구한테도 말 못 할 속사정을 털어놓고, 그 대가로 멀어져 간 사람들이.

우리 부부와 모든 면에서 찰떡궁합인 부부가 있었다. 결혼한 지

십 년이 넘었지만, 애정을 나누며 사는 게 확연히 느껴지는 부부였다. 조심스레 몇 번 만나보니 대화도 아주 잘 통했다. 우리와 나이가 엇비슷한 부부 중에서 서로 사이가 좋은, 그래서 함께 만나 이야기할 수 있는 부부를 만나는 건 사실 꽤 어려운 일이었다. 그런 자리가 생길 때마다 우리는 매번 기대했지만, 대부분은 일회성 만남에 그치고 말았다. 보통은 남편들이 굉장히 어색해하면서 자꾸만 서성였고, 그걸 바라보는 부인들은 못마땅함을 감추지 않았기에 분위기가 싸늘해졌다. 이런 상황에 지쳐 있을 즈음 나타난 부부였으니 우리의 기쁨이 어떠했겠는가. 드디어 함께 만날 수 있는 커플을 찾은 것에 몹시 기뻐하며 우리도 그들에게 그런 존재이기를 바랐다.

우리 넷은 마치 정해져 있던 운명처럼 순식간에 친해졌다. 그 부부에게도 아들이 하나 있었는데 마침 준서와 동갑인 데다 성향까지 비슷해서 이보다 더 좋을 수가 없었다.

"서로 형제도 없는데 앞으로 둘이 의지하고 친하게 지내면 좋겠어."

그 부부 앞에서도, 우리끼리 있을 때도 입버릇처럼 이 말을 했다. 어쩌다 이런 인연을 만나게 되었지? 그들을 생각하면 절로 미소가 지어졌다.

우리 넷, 아이까지 여섯은 시도 때도 없이 만났고, 서로의 집에서 돌아가면서 아이를 재우고, 함께 음식을 해 먹었다. 생각하고 말할 수 있는 모든 것을 얘기하느라 함께 지새운 밤이 소복하게 쌓여갔다. 급기야 여행도 함께 갔다. 다른 가족과 여행하는 건 처음이라 신경이

곤두서긴 했지만, 같이 여행도 안 하고 무슨 친한 사이라 하겠냐고 생각했다.

여행의 마지막 밤에 아이들을 재워 놓고 아쉬운 마음에 긴 수다가 이어지던 참이었다.

"근데 너 아까 남편한테 너무 잔소리 퍼부은 거 아니야? 도현 아빠 혹시 기분 상할까 봐 걱정했어. 다행히 괜찮은 것 같지만."

고집을 부리는 아들을 혼내는 남편을 도리어 그녀가 심하게 다그치는 바람에 분위기가 퍽 어색해졌던 오후 이야기를 꺼내었다. 그녀는 가끔 남편을 몰아세울 때가 있었다. 그때마다 그녀의 남편은 과장되게 웃으면서 그녀를 안아주거나 장난을 치곤 했기에 처음에는 그들만의 애정표현인가보다 했었다. 하지만 우리가 편해지면서 남편을 몰아붙이는 일이 부쩍 늘어났다. 그런데 가장 심하게 다그치는 일이 하필이면 여행 중에 벌어졌고, 그걸 지켜보는 우리는 불편하고 민망했기에 그녀 남편이 먼저 자러 들어간 틈을 타서 말을 꺼내었다. 사실 한 번쯤 말하고 싶기도 했다. 계속 이런 일이 반복되면 우리와의 만남을 꺼리게 될까 걱정이 되었기 때문이다.

"아니야, 언니. 애가 뭘 그렇게 잘못했다고 혼을 내? 준서도 옆에 있는데 말이야."

그녀는 준서 앞에서 혼나는 자신의 아이가 마음에 걸렸던 거였다.

"근데 너도 우리 앞에서 도현 아빠를 너무 구박했어. 밖에서는 남편 좀 봐줘라."

나는 그녀 마음을 이해 못 하는 것도 아니었으므로 웃으며 달랬다.

"아니야. 언니가 잘 몰라서 그래. 종종 내 속을 뒤집는다니까? 내가 진짜 참고 사는 거야."

"그래도 도현 아빠 성격이 진짜 좋아. 내가 이 사람한테 그랬어 봐라. 어유~ 아주 난리가 날걸?"

나는 조용히 차를 마시고 있던 남편을 끌어들여 마무리하려 했다.

"그 사람도 언니네 앞이니까 그런 거지. 둘만 있었으면 난리 쳤을걸?"

이야기를 끝낼 생각이 없는 건지 맥주를 마셔서 말이 많아진 건지, 그녀는 계속 이야기를 이어갔다.

"진짜 내가 속 터진 거 말하면 끝도 없어. 내가 이혼 서류도 몇 번을 내밀었는데."

그 순간 이건 우리가 들을 이야기가 아니라는 느낌이 왔다. 어쩌나 싶어서 남편을 쳐다보니 남편 역시 곤란한 얼굴로 나를 쳐다보고 있었다. 우리의 불안한 눈빛 교환을 알 턱이 없는 그녀는 맥주캔 겉에 달라붙은 물기를 검지로 죄다 훑어 내리더니 다시 말을 이어갔다.

"남편도 이혼에 동의했었어. 근데 왜 이혼 안 했는지 알아? 도현이 때문에."

"그래그래. 그럴 때마다 애 보고 참는 거지. 그러면 또 이렇게 다시 재미있게 지내기도 하고. 안 그래? 누구나 다 그러고 산다."

나는 이쯤에서 마무리를 하면 그래도 괜찮을 것 같아서 서둘러 장단을 맞추었다.

"아니야. 이 인간은 그런 게 아니야. 두말없이 도현이는 나보고 키우래. 그래서 내가 알겠다고, 대신 애 양육비는 이만큼이 필요하다고 했다? 그랬더니 애 키우는데 무슨 돈이 그렇게나 필요하냐면서 난리를 치는 거야. 우리 결국 양육비 합의를 못 해서 매번 이혼을 못 한 거야. 이게 오래된 얘기도 아니라니까. 최근에도 이랬어. 웃기지?"

그녀는 그 밤, 자신이 꺼내놓은 말들을 얼마나 후회했을까? 나와 남편도 새벽이 밝도록 잠들지 못했다. 그녀의 후회가 우리 방까지 파도처럼 밀려 들어왔다.

"어떡해. 지금이라도 술을 왕창 더 먹어서 아예 기억을 못 하게 할까?"

남편은 충격이 심한지 아무 대답이 없었다. 그녀는 어쩌다가 그 얘기까지 꺼냈을까? 무슨 생각이었을까? 내일 아침에 그녀는 우리를 예전처럼 대해줄까? 아, 제발 그럴 수 있기를⋯⋯.

이후로 우리 가족은 도현이네를 딱 한 번 더 만났을 뿐이다. 나와 남편은 그들을 이전과 똑같이, 아무렇지 않게 대했다고 맹세할 수 있다. 하지만 그녀는 자신의 치부를 내보인 상대와 아무 일 없던 듯이 어울릴 수 없었을 것이다. 서로 죽을 듯이 사랑하는 사이좋은 부부라고 정평이 나 있는 자신들이 실은 쇼윈도 부부라는 사실을 털어놓은 순간 그것은 당연한 거였다. 하지만 그녀 남편은 영문을 모를 텐데⋯⋯. 온갖 핑계를 대고 약속을 미루는 그녀가 남편에게 이유를 말했을까? 아마 그럴듯한 거짓말을 했겠지. 알고 보니까 이상한 사람이라서 더는 안 만나는 게 좋겠다고 했을 것이다. 우리는 이 일로 상당한 상처를 받았고, 한동안 시무룩했다.

이뿐만이 아니었다. 글쓰기 모임에서 만난 미영, 난 그녀를 떠올리기만 해도 여전히 심장의 한구석이 날카로운 송곳에 찔린 듯 아프다. 나보다 나이는 한 살 적었지만 우리는 마치 학창 시절의 단짝처럼 금세 친해졌다. 몇 년이 지나도록 때가 되면 만나서 이야기를 나누고, 서로의 글도 읽어주고 의견을 나누었다.

증권회사에 다닌다는 그녀의 남편은 나이에 비해 꽤 괜찮은 외모였다. 1초만 봐도 고가인 것을 알 수 있는 슈트를 몸에 딱 맞게 입었는데, 나는 옷에서 옷감이 미치는 막대한 영향을 그때 미영의 남편이 입고 나타나는 슈트를 보고 알게 되었다. 그녀의 남편은 너무 잦지도, 드물지도 않게 우리 글쓰기 모임에 나타나서 음식값을 계산해주었다.

"미영 씨 남편, 너무 근사하다."

사람들은 매번 사라지는 그녀 남편의 뒷모습을 보면서 칭찬했다. 그냥 하는 말이 아니고 진심에서 나오는 감탄이었다.

"지금도 관리를 계속하시나 봐요. 우리 남편은 배가 잔뜩 나와서 정말 걱정인데."

어떤 작가는 이렇게 얘기했다.

"난 미영 씨 남편이 왔다 가면 기분이 좋아지더라. 그렇죠? 나만 그런 거 아니잖아요? 계산해줘서 그런 거 아니고. 하하!"

호탕하게 웃으면서 이렇게 말한 또 다른 이는 실제로 기분이 한층 더 좋아진 것처럼 보였다. 나도 그에게 호감을 느꼈다. 미영이를 향해 짓는 미소가 매력적이라고 생각했다. 미영이 남편은 우리가 그녀를 부러워하게 만드는 것이 목적인 양 아내를 향해 사랑이 담뿍 담긴 눈빛을 보냈다. 타이트한 슈트에 긴장감이 살짝 생기는 선까지만 몸을 구부려 앉아 있는 미영이의 어깨를 살포시 안아주었고, 질척이며 오래 버티지도 않고 썰렁한 농담을 건네며 억지웃음을 유발하는 일도 없었다. 그리고 아주 좋은 타이밍에 퇴장하는 것이다. 그러면서 계산까지 하고 가니 모두의 찬사를 받을 만했다.

어느 날 미영과 둘이서만 만났을 때였다.

"그제 네 남편이 또 계산하고 가서서 너무 죄송하더라. 우리도 한 번 인사를 해야 할 것 같아. 다들 너무 미안하대. 와인 좋은 거 한 병 선물하면 어떨까? 네 남편이 좋아하는 브랜드가 있으면 알려줘. 모임 돈으로 사 보내게."

진지한 나의 말을 들은 미영이 풉, 하고 웃었다.

"됐어. 너희가 뭐하러 미안해해? 그냥 자기 멋지게 보이고 싶어서 그러는 건데."

"너도 참. 무슨 말을 그렇게 해? 왜, 어제 싸웠니? 못되게 말하는 거 보니까 맞네."

"너한테만 하는 소리지만, 그 인간이 지은 죄가 많다."

나는 무슨 일이냐는 대꾸도 못 했다. 싸한 느낌이 들었다.

"남편들이야 부인한테 다 죄인이지. 남자들이 그렇지 뭐. 우리 대신 맛있는 거나 먹자. 오늘 내가 살게. 내 엉망진창인 글 읽느라 고생했을 거잖아."

소중했던 인연이 무참히 깨진 경험이 있던 나는 재빨리 받아치고 다른 이야기로 넘어가려 했다. 하지만 이번에도 역시 미영이는 멈출 생각이 없었다.

"그 인간, 결혼 전부터 내 속을 썩였다. 결혼 일주일 전쯤 어떤 여자가 날 찾아왔어. 결혼하지 말아 달라는 거야. 기막혀. 우리 신혼집까지 덜컥 샀잖니? 결혼은 일주일밖에 안 남았고. 그 여자 말이 자기랑 그 인간이랑 사랑하는 사이래. 자기 몰래 결혼할 줄 몰랐대. 너무 기가 막히니까 화도 안 나더라. 남편한테 물으니까 그 여자가 쫓아다니고 야단이라는 거야. 자기는 잘생겨서 어렸을 때부터 그런 일이 많았다나? 도리어 자기가 얼마나 열을 내던지. 그 여자 가만두면 안 되겠다면서 난리를 치더라고. 고소하겠다느니 하면서. 내 돈도 보태서 집도 샀지, 부모님은 또 어쩌고. 청첩장 이미 다 돌리고 멋진 사위 얻는다고 얼마나 신나셨는데. 그 여자가 일방적으로 저러는 거라고 스토커나 다름없다면서 남편이 길길이 날뛰니 어쩌겠어. 그냥 결혼했지."

하지만 결혼 후에도 미영의 남편은 그림자처럼 여자 문제를 달고 다녔다. 스토커 같다는 그 여자도 잊을 만하면 만나서 이혼하겠다고 한 것도 두 번이나 된다고 했다.

"애들 때문에 사는 거지 뭐. 돈은 썩 잘 벌어오니까. 또 애들은 끔찍하게 생각해서 내가 이혼하자고 할까 봐 되게 무서워해. 그래도 끊임없이 여자 문제로 속을 썩여. 자기 말로는 계속 여자들이 따라다닌대. 누가 마흔 넘은 아저씨를 좋다고 하겠어. 돈 쓰니까 여자들이 달라붙는 거지."

미영도 속을 탈탈 털어 보여준 후로 나를 피했다. 이번에는 나도 모른 척하지 않았다.

"너랑 나랑 일 이년 사이야? 너 그때부터 나 피하는 거잖아. 내가 다른 사람한테 말할까 봐 그러니? 그럼 너, 나 모르는 거다. 그런 거면 나도 이제 너랑 만날 이유 없어."

나는 열다섯 살 여자애처럼 따셨다. 이 나이에도 친구에게 따지며 살 줄이야!! 기가 막혔다.

"아니야. 내가 널 몰라? 그러지 않을 거라는 거 알아. 내가 쪽팔려서 그래. 어휴, 내가 미친년이다. 그 얘기를 왜 너한테 해서 너를 잃어야 하는지 하루에 천 번도 더 후회해. 근데도 안 되겠어. 네가 그럴 리 없지만, 나를 볼 때마다 불쌍하게 여기는 건 아닐까, 그 생각할 내가 싫어. 모임에서 사람들이 내 남편 얘기할 때 내가 어떤 표정을 지어야 할지도 모르겠어. 너는 사실을 아는데 내가 예전처럼 새초롬한 얼굴로 앉아 있을 수는 없잖아. 나 그렇게 뻔뻔하질 못해. 미안해. 정말 창피해서 그래. 괜찮아지면 곧 다시 보자."

미영은 다시 내게 돌아오지 않았다. 아마 다른 글쓰기 모임에 나가겠지. 그곳에서도 미영의 남편은 가끔 나타나서 사랑스러운 눈빛으로 자신의 아내를 바라볼 것이고, 미영은 다른 여자들의 부러움을 살 것이다.

"희수만큼은 잃고 싶지 않아."

남편도 나의 두려움을 이해했다.

"인제 와서 그럼 무슨 일이 있었는지 얘기하지 말라고 해? 우리하고는 섹스 얘기만 하자고 해? 이번에도 이미 벌어졌어. 희수 씨가 복수 얘기했을 때 이미."

남편의 말대로 이미 판은 벌어진 것일까? 상자의 뚜껑은 열려버린 것일까?

"대체 희수 남편이 무슨 짓을 했길래 희수가 복수한다고 저러는 걸까."

"진짜 복수할 짓을 했으면 벌써 헤어졌겠지. 생각보다 별일 아닐 거야. 너무 걱정하지 말고 일단 내려. 희수 씨 벌써 와서 기다리고 있을 거야. 10분이나 지났어."

차에서 내려 쇼핑몰에 들어가면서도 무거운 마음을 어떻게 해야 할지 몰랐다. 난 이미 완전히 지쳐버려서 남편의 팔에 거의 매달리다시피 하고 걸어야 했다. 큰 잘못을 저지른 아이가 혼나러 끌려가는 것처럼 어지럽고 속까지 메슥거렸다.

"언니!!"

익숙한 목소리에 고개를 들어보니 저쪽에서 우리를 발견한 희수가 손을 머리 위로 크게 흔들면서 해맑게 웃는 얼굴로 다가오고 있었다.

"아유, 언니. 주차장에서 여기 오는 길이 아주 그렇게 험난해서 형부 팔짱을 그렇게 끼고 어? 그렇게 매달려서 오는 거야?"

희수의 가식 없는 사랑스러운 모습을 보자 갑자기 눈물이 팽 돌았다. 나는 남편의 팔을 꽉 움켜쥐며 숨을 한번 크게 들이마시고 희수를 향해 미소 지었다.

"오늘 모든 게 새로운 시각이야."

평일 오전의 쇼핑몰은 우리처럼 아이를 학교에 보내놓고 나온 듯 보이는 사람들이 대부분이었다. 사람들의 말소리와 발소리가 벽에 튕겨 울리는 소음이 오히려 내 마음을 진정시켜 주었다. 나는 여전히 남편의 팔짱을 끼고 체중을 남편에게 반은 실은 채로 걷고 있었다. 희수가 어디에서 밥을 먹으면 좋겠냐고 묻는 말에 고개를 들었다. 우리는 처음으로 식사 장소를 정해 놓지 않고 만난 것이다. 주변을 둘러보다가 비교적 한산한 비빔밥집이 보이길래 남편과 희수에게 동의를 구했다.

"더 맛있는 거 먹자. 내가 오늘 형부랑 언니 밥 사주려고 나왔다구. 샤부샤부 먹을래? 언니랑 형부 그거 좋아하잖아. 여기 어디에 있을걸."

"아니야. 아침을 안 먹었더니 배고프다. 비빔밥 맛있겠어. 형부도 비빔밥 좋아해. 은성이 유치원 마치는 시간도 생각해야지. 저기로 가자."

큰 놋그릇에 나온 비빔밥을 비벼서 크게 떠먹으면서는 아이들 얘기만 했다. 남편과 내가 밥을 다 먹고 콩나물국까지 싹 비우도록 희수는 절반도 먹지 못했다.

"천천히 다 먹어. 시간 많아. 애 시간 맞추려면 너 또 점심도 못 먹을 텐데."

"아니야 언니. 다 먹으면 나 소화 안 돼. 큰일 나."

아닌 게 아니라 희수는 늘 내가 먹는 속도를 반도 못 따라왔다. 희수의 속도에 맞추기 위해 작정하고 내가 할 수 있는 최대한 천천히 먹어도, 내가 다 먹었을 때 희수가 자기 밥그릇의 반이라도 먹은 날이 드물었다. 희수는 식사 중간중간 그만 먹을 것처럼 숟가락을 테이블에 내려놓고 쉬었다가 먹는 일이 많았는데, 늘 그렇게 콩알만큼 먹는 것도 다 이유가 있던 거였다. 날씬한 애가 또 다이어트를 하는 건가 하였는데 이제야 알겠다.

비빔밥집에서 제일 가까이 있는 카페에 들어와서 커피를 한 잔씩 주문했다. 희수는 겨울에도 아이스커피, 나는 여름에도 뜨거운 커피다. 남편도 뜨거운 커피를 시켰다. 얼음이 조금 녹길 기다리던 희수가 시원해진 커피를 한 모금 마시는 것을 보고 나서 나는 마음을 털어놓았다.

"지금이라도 말하기 싫으면 안 해도 괜찮아. 완전 괜찮아. 솔직히 난 네가 말 안 하면 좋겠어."

"아니야 언니. 얘기할 거야. 언니네 조언을 듣고 싶어."

"알겠어. 그럼 복수하겠다는 건 뭐야? 남편이 무슨 큰 잘못을 했기에 네 입에서 복수 얘기가 나와? 바람피웠니?"

"바람까지는 아니구, 오피스 와이프 같은 사람이 있었어. 그걸 내가 은성이 임신했을 때 안 거야. 너무너무 충격을 받았지. 그때 처음 상담을 다니기 시작했어. 병원은 아니고 상담센터에.”

“뭐? 오피스 와이프? 오피스 허즈번드, 오피스 와이프, 이런 혐오 스러운 단어를 대체 누가 만든 거라니? 다들 회사에서 뭣들 하는 거래?”

나는 열부터 냈다.

“희수 씨, 그걸 어떻게 알았어요?”

잠자코 있던 남편이 물었다.

“제가 우연히 남편 핸드폰을 봤어요. 카톡을요. 둘이서 무척 친한 느낌이었고, 온갖 얘기를 다 했더라구요. 정말 온갖 일상 얘기요. 그 여자 소개팅 이야기도 있었고, 어디 케이크가 맛있다더라, 회사 끝나고 가보자. 그런 얘기도 있었어요.”

“소개팅? 결혼한 여자가 아니야?”

나는 단어가 주는 뉘앙스 때문인지 상대 여자도 당연히 유부녀라 생각했다. 근데 회사 끝나고 둘이 케이크를 먹으러 가자는 건 거의 사귀는 거 아닌가?

“싱글이야. 둘이서 카페 갔던 얘기도 있더라구. 둘이서 왜 카페를 가요? 할 말이 있으면 회사에서 하면 되잖아. 둘이서 카페를 갔다는 것 자체가 이미 이상한 거 아니에요?”

희수는 남편을 쳐다보면서 동의를 구했다. 남편은 몇 초 생각하다 가 입을 뗐다.

“둘이서 카페를 갈 수도 있죠. 남자랑 여자라서요? 사무실에서 눈치 보여서 말 못 할 상황이 있거나, 뭔가를 한참 상의해야 할 업무가 있을 수도 있잖아요."

희수는 어이없다는 표정을 지었다. 예상치 못한 대답이었다는 표시로 흘러내리지도 않은 머리카락을 귀 뒤로 넘기는 시늉을 하고 입맛을 한번 다시더니 몸을 앞으로 조금 더 기울이고 입을 열었다.

"자, 형부. 언니랑 어떤 남자가 카페에 둘이 있는 걸 우연히 봤다고 생각해보세요. 기분 나빠요, 안 나빠요? 언니도 생각해봐. 형부랑 어떤 여자랑 둘이 카페에 앉아서 얘기하는 거야."

"기분 나쁜 건 이해를 해요. 나도 기분 나쁠 거 같아요. 근데 그런 일 한번 없이 회사생활 하는 거 쉽지 않아요. 단지 그거예요? 둘이 되게 친하고, 카톡으로 일상 얘기하고 둘이 카페도 간 거?"

나는 제발 그것뿐이어라, 속으로 염불을 외우면서 남편의 말을 거들었다.

"희수야. 나라도 되게 기분 나빠. 근데 직장 다니다 보면 그런 일은 있을 수 있는 거 아닐까?"

나도 기분이 상할 것은 확실하다. 보면 안 되는 장면을 목격한 것처럼 괜히 심장이 두근두근할 것도 같고. 하지만 희수한테 영 이상하다고 할 수는 없잖은가.

"회사가 학교는 아니잖아. 나는 회사 안 다녀봤어? 결혼까지 한 사람이 직장에서 미혼인 여자랑 그렇게 친해진다는 것 자체가 난 이해가 안 가는 거야. 오빠가 나랑 사귈 때 뭐라고 했게. 남자들이 딴생각한다고 되도록 멀리하라고 했어. 남자 직원들이랑 회사 안에서 말

섞는 것조차 못마땅하게 생각하던 사람이야. 근데 휴가 중에도 둘이 카톡을 했더라니까. 임신한 나랑 여행하는 중에도 말이야."

뭐라고? 속으로는 욕이 나왔다.

"와, 그건 기분 나쁘겠다. 와이프랑 여행 중에 왜 카톡을 해?"

남편이 내 허벅지를 살짝 찔렀다. 도움 안 될 소리는 하지 말라는 건가. 하지만 여기서 기분이 나쁘지 않다고 말한다면 그건 오히려 희수를 기만하는 것 아닌가! 게다가 나도 남편이 회사 다닐 때 알게 모르게 그런 쪽으로 조금씩 상처를 받았었다. 희수의 말을 듣자 나 역시도 그때 일들이 다시 고스란히 수면 위로 떠올랐다. 그 상처와 짜증이 아직도 옅어지지 않은 상태로 남아 있다는 게 놀라웠다. 그러니 희수는 오죽해? 나는 희수의 심정을 백 번 천 번 이해할 수 있었다.

"그래서 톡 내용을 보면서 수상하다 싶은 점이 있었어요? 둘이 약간 달콤한 뉘앙스로 말을 하거나, 어떤 신체접촉을 했다는 내용 같은 거?"

남편은 희수가 복수를 들먹일 합당한 근거가 있는지를 물었다.

"제가 본 부분에서는 신체접촉을 암시하는 건 없었어요. 근데 나랑 단둘이 여행할 때도 말을 걸었다는 건 계속 그 사람 생각을 했다는 거 아니에요? 난 정말 이해가 안 가고 너무너무 상처를 받았어요. 둘이 둘도 없는 친구야 뭐야? 그 대화를 못 봐서 그래요. 진짜 둘이 엄청 친했다니까요."

희수의 목소리가 살짝 떨렸다. 몇 년 전의 상처가 또다시 벌겋게 벌어진 모양이었다.

"직장에서도 친구가 있을 수 있잖아요. 그게 어쩌다 여자가 될 수도 있겠죠. 드물지만 그런 경우도 있을 거예요. 남자 동료 중에 영 마음 맞는 사람이 없으면 여자랑 친구가 될 수도 있겠죠. 회사에서 혼자만 지낼 수는 없는 거잖아요. 그리고 성별을 떠나서 정말 친한 동료면 휴가지에서도 카톡 할 수도 있을 것 같아요."

"뭐라고?"

"뭐라구요?"

남편의 말에 나와 희수는 동시에 발끈했다.

"그러니까 남편이랑 그 오피스 와이프? 그 개념이 정확하게 뭔지 모르겠는데……."

남편이 나와 희수의 반응에 놀라 다시 말하려 했다.

"아, 그것도 몰라?"

이미 열이 받은 나는 남편의 말을 잘랐다.

"직장에서 서로 와이프네, 허즈번드네 하고 꼴값들을 떠는 거잖아. 서로 그렇게 짝지어서 부부처럼 의지하는 거래. 진짜 와이프랑 허즈번드는 그렇게들 싫어하면서 직장에서는 또 그렇게 와이프랑 허즈번드를 두고 싶다는 거지. 진짜 꼴불견들이야."

"왜 화를 내고 그래. 목소리 좀 낮춰."

남편이 주변을 둘러보면서 나를 진정시켰다. 하지만 나도 예전에 받았던 자잘한 작은 상처들이 다시 살아났겠다, 목소리가 좀 컸기로서니 그걸 진정시키려는 남편이 꼴 보기 싫었다. 나는 목소리를 낮추지 않고 말했다.

"왜 결혼도 안 한 여자들이랑 유부남들이 서로 친근하게 구는 거야? 뭘 원하는 거야? 나도 속 터지는 일이 있었다니까? 우리가 일찍 결혼했잖아. 스물일곱 살인데 유부남이라고 하니까 회사 여자들이 다 기절초풍하더래. 나는 그것부터가 기분이 나빴어. 유부남이라서 실망스럽다는 거야 뭐야? 그러더니 유부남인 걸 아랑곳하지도 않고 이 사람을 오빠 오빠하고 따르면서 좋아하더라니까? 직장에서 웬 오빠? 주말에도 자기들 모여서 논다고 유부남한테 나오라는 전화를 다 했어. 미친 거 아니니? 내가 진짜 어이가 없어서."

나는 열이 끓어올라서 또다시 남편을 째려봤다. 남편은 진정하라는 듯 내 허벅지에 손을 올려놓고 희수에게 말했다.

"직장에서 친해야 서로 편한 게 있잖아요. 일부러 티 나게 거리를 두면 같이 일할 때 힘들어지니까. 희수 씨도 같은 직장에 있어서 알잖아요. 업무 관련 직원들끼리는 성별 따지지 않고 일부러 친해지려 작정하기도 하는 거죠."

남편의 말은 나는 물론이고 희수에게도 조금도 위로가 되지 않을 것 같았다. 그렇게까지 친밀하면 안 되는 것이다. 그건 남편도 알고 있을 터였다.

"그때 난 너무너무 상처받았고 그게 절대 아물지가 않는 거예요. 은성이도 이제 많이 키웠으니까 나도 다시 일해서 오피스 허즈번드 만들 거예요. 그래서 아무렇지 않게 매일 카톡도 하고 카페도 가고 밥도 먹고 같이 볼링도 치고 놀 거야. 내가 그렇게 해도 남편은 자기가 한 짓이 있으니까 나한테 아무 말도 못 할 거 아니에요? 난 조만간

어떻게든 다시 일할 생각이고 그때 반드시 그렇게 하고 말 작정이에
요."

이게 희수가 말하는 복수인가?

"그러니까 그게 은성이 임신했을 때란 거잖아요? 그럼 그때 일로
지금까지 화가 나 있다는 거예요?"

"형부, 그게 다가 아니에요. 남편은 제 자존감을 너무 떨어뜨려요.
때려야만 폭력이에요? 언어 폭력도 심한 폭력이잖아요. 소리 지르면
얼마나 무섭다구요."

"언어 폭력? 일단 너를 때리지는 않았고."

내가 끼어들었다. 나 역시 예전의 일로 여전히 열 받은 상태였지
만 희수 얘기가 더 급하니까.

"내가 털어놓으니까 의사 선생님도 남편의 폭력 지수가 높다고 했
어. 제일 심한 거, 그러니까 직접 때리는 거 빼고 다 했다니까?"

"그럼 물건도 집어 던지고?"

"매번 너무 꼬투리를 잡고, 화를 내. 작은 일에도 화를 내요, 형부.
너는 잘하는 게 뭐가 있냐고 해요. 나는 애도 잘 못 키우고, 살림도
못한대요. 퇴근하면서부터 집이 엉망이라고 화내고, 설거짓거리 남
아 있어도 화내고, 일일이 다 말도 못 해요. 온갖 꼬투리를 잡아서 화
를 내고 말로 날 잡아 내려서 자존감이 바닥 치게 만들어요. 오빠가
덩치도 되게 크잖아요. 알죠? 딱 한 번이었지만 물건을 던진 적도 있
었다니까요. 그때 내가 얼마나 무서웠는지 알아요? 살다 살다 그렇게
무서운 건 처음이었어요. 그러다 보니까 이 사람 언제 오나 조마조마

하고, 도어록 누르는 소리만 나도 막 심장이 뛰는 거예요."

"그래서 정신과 간 거야? 두렵고 무서워서?"

"잠도 잘 못 자고 그러니까 약 먹으면 좀 나아질까 하고 갔지. 한결 나아지긴 했어."

"희수야, 그 여자 아직도 회사에 있어?"

"아니, 그때 그러구 금방 다른 데로 이직했어."

"그래? 그럼 그 이후에도 계속 톡 하거나 만나는 거 같아? 되게 친했다며."

"모르지 뭐. 한번 걸렸으니 만나도 조심하지 않겠어? 대화창도 바로 지우겠지."

"그렇게 감정적으로 생각하면 그 상처 계속 간다. 나 지금 옛날 일로 확 열 받는 거 봤지? 그럼 그 이후에 네가 눈치챈 건 없는 거잖아. 그 여자도 다른 데 갔고. 그거 봤을 때 남편한테 난리 쳤어? 따졌어? 아니면 말도 못 하고 여태 너만 상처받은 채로 계속 있는 거야?"

"당연히 난리 쳤지. 가뜩이나 임신해서 기분도 오르락내리락하잖아. 임신했을 때 서운하게 하면 평생 간다는데, 이건 뭐 말해 뭐해. 내가 정말 배신감에 치를 떨면서 엄청 난리를 쳤어. 나 원래 그런 법이 없잖아. 알지?"

"그랬더니 뭐래?"

"절대 그런 사이 아니라면서 스크롤해서 옛날 대화부터 막 넘기는 거야. 내용이 보이지도 않을뿐더러 그만큼이나 얘기했다는 사실에 짜증만 더 증폭됐지. 어쨌든 오빠가 나중에는 기분 나빴겠다고, 미안

하다고는 했어."

"뭐? 남편이 미안하다고 했다고? 그리고 그 여자는 이직했고? 근데도 너 지금 몇 년째 이러는 거야?"

나와 남편은 희수에게 한바탕 야단을 부렸다. 그럴 때 남자들이 절대로 미안하다는 말은커녕, 아무 사이도 아닌데 왜 그러냐며 오히려 화를 내고 상대보다 더 길길이 날뛰면서 적반하장으로 나오는 것이 보통이라고. 남편이 공감하고 사과까지 했으면 진작에 끝을 냈어야 한다고 말이다.

자신의 감정을 이해받지 못하면 여간해선 그 상처가 아물지 않는다. 더욱 상처받고 더 의심스러워지고 결코 화가 풀리지 않는다. 세월이 지나도 그 상처가 아물지 않고 계속 아픈 이유가 그거다. 그걸 다들 잘 모른다. 정말 별 게 아니어도 상대가 기분 나빠하는 지점은 이해해주는 것이 배우자의 도리다. 희수 남편이 희수가 기분 나빠하는 지점을 이해하고 사과까지 했다는 건 놀라웠다.

"그거 인정하는 사람 별로 없어. 다들 괜히 부인이 히스테리 부리는 것처럼 몰아가지. 자기가 처신 잘못한 생각은 안 하고 자기 부인을 엄청 예민하고 이상한 사람으로 만드는데, 그게 사람을 더 미치게 만드는 거거든."

"그래서 희수 씨. 그 이후에 다시 그런 일 없었죠? 지난 5년 동안 또 그런 일은 없는 거잖아요. 근데도 여태껏 무슨 허즈번드를 만들어서 복수하겠다는 생각을 대체 왜 하고 있어요? 그럼 기분이 좋을 것 같아요?"

"네. 그러면 아주 기분이 좋을 것 같아요."

희수는 한 치의 물러섬도 없었다. 반드시 그러고 말겠다는 듯 결연한 표정이었다. 저 정도라면 정말 그리 해보는 것도 나쁘지 않겠다는 생각마저 들었다. 하지만 나는 불 난 집에 불을 끄러 온 소방수다. 본분을 잊지 말고 불을 꺼야만 했다.

"아니야 희수야. 막상 그렇게 한다 해도 그걸로 기분이 풀리지는 않을 거야. 나 믿어봐. 너는 진작에 마무리된 일로 계속 힘들어하는 거야. 인제 그만 넘어갈 때 됐어. 지난 세월 아까워서 어쩔 거야."

"내 친구들은 내 얘기 듣고 모두 미친 듯이 분노했었어. 다 뒤집어버리고 이혼해야만 할 일처럼 말이야. 나도 그렇게 느꼈고. 이혼은 못 해도 또 내 기분이 나아지지 않는다고 해도 오빠한테도 내가 느꼈던 그 기분을 꼭 느껴보게 하고 싶어."

희수의 말을 듣는 내내 이 얘기를 그간 왜 내게는 하지 않았는지 궁금했다. 희수가 임신과 출산할 즈음이 우리가 유일하게 연락이 뜸했던 기간이긴 했다. 나는 첫 장편에 매달려 있을 때였으니까. 그래도 그렇지. 그때 나에게 말을 해주었다면 좋았을 텐데. 그랬더라면 희수의 상황이 바뀌었을지 모를 일이다.

"그래요. 희수 씨. 그것 때문에 아직도 화나 있다는 걸 남편이 알아봐요. 바람피운 것도 아닌데 그거 가지고 여태 몇 년이나 복수의 칼을 갈고 있던 건가 싶어서 이번에는 남편이 도리어 화낼 것 같아요. 진짜예요. 그러니까 그런 바보 같은 얘기는 이제 하지도 말아요. 희수 씨 남편은 그 여자랑 별일 없었던 거예요. 친한 동료면 그 정도 카톡은 할 수도 있어요. 5년 전 일로 여태 그러고 있으면 희수 씨야말로 답 없어요. 진짜."

남편은 강경하게 나섰다. 우리가 하도 야단을 부려서인지 희수는 얼마간 마음이 풀린 것처럼 보였다. 그때 받았을 상처와 배신감을 어찌 우리가 짐작할 수 있겠는가. 하지만 그 때문에 현재와 미래의 행복을 계속 밀어내겠다는 건 미련한 짓이다. 이미 뒤틀려버린 세월이 몇 년인데.

"그래서 너, 임신했을 때 받은 상처가 너무 커서 그때부터 섹스를 거부한 거니?"

"아니, 섹스는 그전부터 거의 안 했지. 임신 이후에는 아예 안 했구."

"뭐라고?"

희수가 결혼하자마자 임신한 것도 아니다. 4년 차에나 임신한 건데, 사실 그때부터 섹스리스였대도 기가 막힐 판이다.

"그 전부터요? 그전에는 왜요?"

남편은 놀라서 그런지 눈을 크게 뜨고 목소리 톤까지 높아져 있었다.

"아팠어요. 너무 아파서 못 했어요."

희수가 섹스하지 않은 이유를 듣고 나와 남편은 동시에 얼이 빠져버렸다.

"뭐? 아파서? 완전히 익숙해질 때까지는 아픈 거잖아. 그렇다고 아예 안 했다는 거니?"

"오죽하면 첫날밤에도 못 했어. 아파서 눈물이 다 나더라구. 그랬더니 오빠가 천천히 시도하자고 했어."

"근데?"

"내가 섹스보다 핸드잡을 더 많이 해봤다고 했잖아? 내가 아파하니까 오빠가 그럼 손으로 해달라고 해서 줄곧 그것만 하게 된 거야. 근데 노상 그러고 있으니까 싫어서, 그래서 내가 좀 거부하기도 했고. 어쨌든 급격하게 횟수가 줄다가 결국 안 하게 된 거야."

"아니, 그러면 삽입 섹스는 거의 못 해봤다는 거야? 은성이는 어떻게 낳은 거야. 그땐 이 악물고 아픈 거 참으면서 한 거야?"

"그게 언니, 오빠가 덤빌 때가 아주 드물게 있긴 했었어. 1년에 한 번쯤 말이야. 그때도 어쩌다가 오빠가 덤벼서 했는데 정말 무슨 운명인지 그 한 번에 임신이 된 거야. 나는 임신은 아예 물 건너갔다고 생각하고 완전히 접고 살고 있었거든. 근데 덜컥 임신이 돼서 나 한참이나 우울했었어. 마음의 준비가 전혀 안 되어 있는데 임신한 거니까. 내 생각에는 오빠가 내 배란일 따지고 있다가 임신할 수 있는 날에 맘먹고 졸랐던 거 같아."

"결혼 초에 아파서 거부하고, 여태 그렇게 산다는 말이에요?"

남편은 단단히 충격을 받았는지 아직도 저 질문에서 헤어 나오지 못하고 있었다.

"내가 한사코 거부한 것도 아니에요. 나는 그래도 해볼 마음이 있었어요. 근데 오빠가 내가 아파하는 게 싫은지 계속 조르지도 않았다구요. 나도 당장 아픈 게 싫으니까 그냥 있었구요."

"너 병원은 가봤어?"

"당연히 갔지. 두 군데나 갔었어. 의사가 대수롭지 않게 몇 년 지나면 나아질 거예요, 그러고 있어. 몇 년이나 계속 이렇게 아파야 한다는 거잖아. 또 다른 데서는 아기 낳을 때 처녀막이 완전히 다 찢어지면 안 아플 거라나? 그게 고작 해줄 말이야?"

아무리 오래전이라지만 의사들도 참 너무했다. 아파서 아예 못하겠다고 찾아왔는데 취해줄 조치가 그렇게도 없었을까. 성교통 치료도 여러 가지 방법이 있다고 하던데. 하다못해 윤활제라도 쥐여 줬어야 했다. 희수는 여태 그것도 모르고 있었으니까. 그럼 남편은 뭘 하고 있던 거지? 남자가 러브젤도 모른단 말인가?

"지금은 괜찮아? 지난번에 할 때 안 아프디?"

"어. 이제 안 아프더라구. 내가 작정해서 괜찮나? 아니면 진짜 애를 낳아서 안 아픈가?"

"그럼 제왕절개로 낳았으면 영원히 아플 거라는 거야? 말도 안 돼!"

속으로는 희수 말대로 작정한 것과 아닌 것이 그렇게 차이 날 수 있을까 가늠을 해보고 있었다. 남편은 약간 지친 표정으로 입을 열었다.

"희수 씨, 결혼하면 서로 의무가 있잖아요. 알다시피 섹스도 그중 하나고요. 꽤 중요한 의무죠. 계속 대화를 하면서 조금씩 해보고 방법을 찾았어야죠. 남편이 계속 조르지 않았다고요? 자꾸 아프다면서 거부하니까 남편이 하자는 말도 못 꺼낸 거예요."

"맞아. 몇 번 거부당하면 아예 말을 못 하게 된대. 또 거부당할까 봐 두렵고 자존심도 상하니까. 너 지난번에 남편이 거부했을 때 나한테 뭐라고 했어? 거부당하면 이런 기분이었냐며 좌절했잖아."

나도 거들었다.

"아프기만 한데 일단 피하고 싶은 생각이 드는 게 당연하잖아요. 그래도 간혹 남편이 요구할 때는 매번 응했어요. 그것도 애 낳기 전 일이지만."

"그럼 핸드잡, 그건 언제부터 안 했니?"

"글쎄, 결혼하고 일 년 좀 안 됐을 때쯤?"

희수의 대답에 남편은 한숨을 내쉬었다. 희수는 참담한 표정으로 말했다.

"난 그게 그렇게 중요하다고 생각하지 않았어요."

나도 그렇고, 희수도 그렇고, 내 친구들도 그랬다. 섹스가 결혼생활에 이 정도로 중요할 거라는 사실을 미처 알지 못했다. 짐작도 못했다. 그래서 매우 수동적인 자세를 취했고, 일의 순서에서 섹스를 뒤로 미뤘다.

부부간의 성행위만큼 한번 내리막길로 치달으면 다시 회복하지 못하는 곡선은 보지 못했다고 어느 섹스 전문가는 말했다. 박사님의 말이 그러하니 단념하는 게 현명할까? 뒤늦게 심각성을 발견했을 때는 이미 너무 늦어서 정녕 손쓸 도리가 없는 걸까? 하지만 누군가가 적극적으로 도와준다면? 희수 혼자서 그 곡선을 반등시킬 수 없다면, 정말 그렇다면 내가 고꾸라진 희수의 곡선을 있는 힘껏 끌어올리면 되는 것 아닐까? 더 내려갈 수도 없는 그래프의 가장 밑바닥, 그러니까 희수가 지금 망연자실한 채로 서 있는 저 자리는 변곡점이 될 수도 있다. 그리고 어쩌면 희수의 그래프는 이미 미약하게 방향을 바꾸었을지도 모른다. 우리 모두 침묵을 하는 동안 나는 이런 생각에 골몰해 있었다. 그때 남편이 정적을 깨고 입을 열었다.

"희수 씨, 남자가 자기 부인한테 섹스를 거부당하는 거, 그거 참기 어려운 거예요. 계속 화나 있을 사람은 남편이에요. 아! 그래서 희수 씨한테 계속 화낸 거 아니에요? 꼬투리 잡고?"

남편은 말하다가 실마리를 찾은 사람처럼 마지막에 목소리가 커졌다.

"어머? 정말 그 불만이 쌓여서 고작 설거지 따위로 화낸 거라고?"

설마 하는 생각이 들었지만, 가능성이 없는 것도 아니었다.

"내 생각은 이래요. 희수 씨 남편은 희수 씨를 포기 안 한 거예요. 얼마 전에 희수 씨가 몇 년 만에 다가왔을 때 받아줬잖아요. 나 같으면 그럴 수 있을까 싶은 생각이 들어요. 그리고 잔소리한댔죠? 내 친구들 보면 다들 잔소리도 안 해요. 귀찮으니까. 부인이 애들 일로 상의하려고 해도 그런 건 알아서 하라는 게 보통 남자들이에요. 집에서 벌어지는 일에 신경 안 쓰면 편한데 일일이 참견하고 잔소리하는 거, 그거 상당히 귀찮은 거예요. 관심을 꺼버리지 않았다는 거예요. 물론 소리 지르고 화내고 물건 던진 거는 희수 씨 남편이 너무 잘못했지만, 그게 전혀 이해가 안 되는 것도 아니에요."

여기서 나도 희수도 그건 아니지 않냐고 또 발끈했다. 남편은 말을 이어갔다.

"희수 씨 남편, 딱 봐도 모자라는 게 없잖아요. 근데 섹스를 못 해. 그것도 부인이 내켜하지 않아서요. 여자는 남자 자존심만 잘 세워주면 결혼생활은 무탈하다고 결혼생활 지침서에 나와 있더라고요. 남편이 그렇게 행동한 건 자존심 때문에 그런 거예요. 부인이 섹스도 안 해주는데 살림하고 애 키우는 게 자기 성에 안 찬다고 생각하면 제대로 하는 게 대체 뭐가 있냐는 소리가 나올 수도 있다고 봐요."

집으로 오는 내내 남편은 말을 멈추지 않았다.

"어떻게 그렇게 남자를 몰라? 저토록 나 몰라라 했다는 게 말이 돼? 그러면서 한다는 말이 자기 남편은 스킨십을 좋아하는 사람이 래. 그걸 뻔히 알면서도 내버려 둔 거야. 어떻게 그럴 수 있지? 그 이유가 자기는 스킨십을 싫어해서라고? 그게 말이 돼? 그럼 남편이 오해하지 않도록 말을 해줬어야지. 희수 씨는 앞으로 남편한테 진짜 잘해줘야 해. 그동안의 세월을 다 보상해줘도 남편 마음이 풀릴까 말까 야. 정작 화를 풀어야 하는 사람은 희수 씨 남편이었어. 그리고 지난 번에 한 번 했다고 무슨 권력을 누리겠다는 거야. 그 한 번으로 뭐가 바뀌길 기대하는 건 너무 한 거 아니야?"

남편은 상기된 얼굴로 운전대를 꽉 잡고 속사포처럼 말을 쏟아냈다.

"근데 희수 남편도 그래. 왜 지레 포기한 건데? 남자가 시도했어 야지. 아픈 사람이 자기가 나서서 해보자고 말하는 게 쉬워? 희수가 아파하니까 안쓰러워서 요구하기 어려운 심정은 이해해. 근데 희수가 아파서 쓰러진 것도 아닐 거 아냐. 희수는 해볼 생각이 있었다잖아. 남편이 좀 노력했어야지, 계속 핸드잡만 요구하면 누가 달갑겠어?"

남편은 여전히 굳은 얼굴이었다.

"희수는 그래도 남편 사랑하는 거야. 사랑이 전혀 없는데 그렇게 할 수 있는 거 아니잖아. 희수는 가능성 있어."

나는 여전히 희수에게 사랑은 있다고 생각했다. 화난 건 화난 거고, 사랑은 사랑이니까. 집에 돌아와 씻고 나오니 희수에게 카톡이 와있었다.

"언니 오늘 고마워! 나 진짜 사랑이 아니면 성공하기 힘들다는 말에는 절대 설득이 안 될 것 같았는데 언니랑 형부 말을 들어보니 다 일리가 있어. 집에 오면서 결심했어. 내가 당장 다정하게 대하긴 불가능하겠지만 먼저 다가가는 노력은 해볼게. 나도 언니처럼 매일 블로우잡을 해볼까? 1일 1블로우잡! 아, 이거 쓰고 보니까 너무 웃기네?"

언제나 유머가 있는 희수는 진지한 말끝에도 유머를 담았다.

"그래. 네가 조금만 달라져도 알아채고 네 남편도 바뀔 거야. 무뚝뚝한 사람 아니라며. 원래는 세상 부러울 거 없이 다정했던 사람이었다고 아까 네가 그랬잖아. 근데 그렇게 다정했던 사람이 화내는 사람이 됐을 때는 그 사람도 타격이 있어. 남편이 금방 안 바뀐다고 돌아서지 마. 상처받은 게 너만은 아니라는 걸 생각하고 마음을 달래 줘."

"난 잘못한 사람은 무조건 오빠라고 생각했어. 그런데 나도 처음부터 다 잘못한 거 같아. 지금 그걸 따지는 것도 의미 없겠지만 말이야. 오늘 정말 많은 걸 깨달았어."

이거면 됐다고 생각했다. 희수의 생각을 바꾼 것만으로도 상당히 의미가 있다고.

"지금 따지는 게 의미 없는 건 그 여자 사건이야. 그 일은 두 번 다시 생각하지 마. 그리고 다정하게 대하는 것도 처음엔 어렵겠지만 또 하다 보면 금방 적응될 거야. 작은 것부터 시작해 봐. 간식 같은 걸 좀 챙겨주든가. 의외로 남자들이 먹을 것에 약하다?"

"알겠어. 기회 봐서 아침 먹을 건지 물어봐야겠다. 근데 폭언할 때는 진짜 장난 아니야. 그거 다 얘기하면 언니 놀라 자빠질걸. 어쨌든 지금은 노력해야겠지. 나의 오르가슴을 위해서."

이 순간에도 오르가슴을 빼놓는 법이 없는 희수에게 웃음이 났다.

"그래, 너의 오르가슴도 찾고 행복도 찾아. 그게 다 일맥상통하는 거니까. 그리고 이게 은성이의 행복과도 직결되는 일이잖아."

"맞아. 은성이 행복도 걸려 있지."

"나도 섹스하고 씻을 때 너무 아파서 눈물이 난 적도 있었어. 근데 아프다고 말하면 오빠가 맘 상할 거 같더라고. 그리고 처음에는 다 아프다니까 나아지겠지, 나아지겠지 했어. 나도 몇 년을 그랬어. 둘이 대화를 많이 해야 했는데 그게 너무 안타까워."

"나 정말, 오늘 모든 게 새로운 시각이야."

"제일 좋은 건, 너의 이 모든 감정을 남편한테 다 말을 하는 거야.

속상했던 거 아팠던 거 모두 다, 울면서라도 전부 내뱉어 버리는 거
야. 너무 아파서 거부했는데 이렇게 된 거, 사실 스킨십이 익숙하지
않아서 싫어했었다는 거. 그 여자 얘기도 마지막으로 꺼내도 되겠지.
앞으로 노력할 거니까 오빠도 함께 노력해달라고 말해. 네 남편 태도
보면 정말 늦지 않았어."

"언니, 나 이런 얘기는 진짜 처음 들어. 내가 이런 얘기 꺼내면 모
두 다 남편을 돈 벌어오는 기계로만 생각하랬어. 어떤 기대도 하지
말고. 정말 인터넷에서도 다 그런 얘기뿐이었어. 사랑 따위는 아무도
입도 뻥긋 안 해. 심지어 유명 강사들이나 육아 책에서도 그래. 의사
선생님도 섹스 안 한다니까 아무 얘기도 안 했어. 그 누구도 섹스해
야 한다는 언급 자체도 안 했어. 이런 얘기는 진짜 처음이야. 나 그럼
일단 1일 1블로우잡 시도해볼래. 거부하면 할 수 없고."

"너무 길다. 1일 1잡이라고 말하자 우리."

"하하, 그래. 1일 1잡. 아까 형부가 언니는 매일 해준다고 그래서
나 정말 너무 놀라고 감동까지 받았어. 게다가 언니는 한 번도 거부
한 적 없다고 한 것도 그렇고."

"에이, 나도 거부한 적 있지 왜 없어. 근데 그게 옛날이라서 오빠
가 얘기 안 한 거야. 그리고 블로우잡은 섹스를 자주 하니까 그것도
자주 하는 거고."

"언니. 정말 고마워. 내가 다음에 진짜 맛있는 거 사줄게."

"남편이나 맛있는 거 챙겨줘."

우리는 웃음으로 마무리했다. 컴퓨터를 끄면서 오늘 대화는 꽤 성

공적이었다는 생각이 들었다. 희수가 자신에게도 상당한 잘못이 있었다는 사실을 깨달았다는 게 제일 큰 성과였다. 남편에게 응어리진 마음을 푸는 데에 큰 도움이 될 것이었다. 그나저나 오피스 와이프, 오피스 허즈번드라니, 세상이 이렇게 천박해도 되는 걸까.

"사랑을 확인하고 유지하는 절대적인 방법이야."

며칠이 지나도록 연락이 없는 희수가 궁금하고 걱정이 되었지만, 부담이 될까 싶어서 스마트폰만 괜히 만지작거렸다.

"우리를 만나고 나서 생각이 많아졌겠지?"

나는 희수 대신 남편에게 말을 걸었다.

"희수 씨가 자기 잘못도 꽤 있었다는 걸 인정했잖아. 그게 중요한 거 같아. 모든 게 남편 잘못이라고 생각하는 거랑 자기 잘못도 있었다고 인식한 거랑 앞으로의 관계 개선에 많은 차이가 있을 것 같거든."

"근데 연락이 없으니까 걱정이 돼. 남편이 또 거부해서 희수가 실망하고 포기해버린 건 아닐지."

"남편도 당연히 거부할 수 있다는 사실을 희수 씨가 받아들여야지. 희수 씨 남편이 진짜 얼마나 힘들었을지 나는 상상도 못 하겠어."

남편은 여전히 희수 남편의 입장이 되어 상처를 매만지고 있었다. 나는 답답한 마음을 못 이기고 희수에게 말을 걸기로 했다.

"우리 희수가 1일 1잡을 했을까? 은성 아빠가 거부하진 않았을까? 근데 거부했어도 너 그거 이해해야 한다."

나는 혹시 희수 남편이 거부했을 경우를 대비해 일부러 선수를 쳤다. 이렇게 보내놓고 화면을 째려보면서 손톱을 잘근잘근 씹었다. 잠시 후에 읽었다는 표시로 바뀌었다.

"오빠, 희수 읽었어!"

답이 온 것도 아닌데 대단한 속보라도 되듯 서재로 간 남편을 향해 소리 질렀다.

"그래, 이따가 말해줘. 나 이번 주 마감인 게 있어서 작업할게."

"나 언니 시간 너무 뺏는 거 같아서 얘기 안 하고 있었단 말이야. 언니 새로 소설 들어갔어? 지난번에 나한테 취재 못 했던 그거 말이야. 시작했지?"

희수는 내가 새로 소설을 시작했을까 봐 말을 못 걸고 있었던 거다! 뭔가 일이 틀어져서 말을 못 한 게 아니라는 사실에 조마조마했던 맘이 풀려서 좀 전에 먹은 점심이 바로 다 소화돼버린 느낌이 들었다.

"소설은 답보상태지 뭐. 어쨌든 나 하나도 안 바빠. 궁금해서 죽는 줄 알았어."

"결론은 했어. 히히. 근데 내가 또 그놈의 '해줄까'를 말해가지구. 그래서인지 오빠가 그냥 잔다는 거야"

"아니, 해줄까를 또?"

나는 기절해서 쓰러지는 이모티콘을 보냈다.

"그래서 정말 큰맘 먹고 용기를 내서 슬쩍 만지면서 이래도? 이래도? 그랬더니 여전히 피곤하다고 잔다는 거야."

"그래서, 그래서?"

결론을 이미 아니까 편한 마음으로 다음 말을 종용했다.

"그래서 뭐 어떡해, 나왔지. 설거지랑 정리를 다 끝내고 나도 자려고 누웠는데, 오빠가 다리가 너무 아프다면서 끙끙대는 거야. 어제 현장 가는 날이라서 종일 걸어 다니는 날이었어. 그런 날은 정말 다리가 아파. 내가 알거든. 그래서 종아리를 좀 주물러 줬어."

"잘했다. 그래서?"

"종아리를 주물주물 해주고 있는데 자기 섰다는 거야. 나 참, 그럼 아깐 왜 튕긴 거래? 좌우지간 정말 이해를 할 수가 없다 내가."

"그 망할 놈의 해줄까 때문에 튕겼지! 근데 남편이 말로 했어, 섰다고?"

"어. '나, 섰다?' 이렇게. 그래서 또 입으로 받았다니까?"

"또? 블로우잡은 섹스 전에 잠깐만 하거나 그냥 사랑의 표현으로 하는 거지. 삽입은 시도해보지도 않은 거야?"

희수 남편은 왜 가만 누워만 있는 걸까? 아무리 피곤하다고 해도 그러고만 있다는 게 이해가 안 됐다. 희수의 희생을 톡톡히 즐기고 있나 하는 생각마저 스멀스멀 올라왔다.

"나 어제부터 가임기거든. 위험한 날짜라서 삽입은 안 된다고 내가 처음부터 그랬어. 그러니까 아무 말 않더라. 나는 혹시라도 가임기라고 하면 넣겠다고 고집부릴까 봐 걱정했거든."

"그런 중요한 문제를 한 사람이 그런 식으로 고집을 부린다는 게 말이 되니? 얼른 대화해서 확실하게 결정해."

"대화하기가 힘들지만 한 번은 해야겠지."

희수는 해결하기 힘든 어려운 숙제인 듯 대답했다. 남편과 대화하기가 저렇게 힘들어서야 어찌하나.

"근데 니가 해줄 때 남편이 널 만질 거 아니야. 그러면 가임기고 뭐고 무조건 섹스하게 되는 거 아니야?"

"예전에 난 괜찮으니까 만지지 말라고 해서 안 만져. 난 그게 너무 별로야. 본격적으로 만지는 거 말고 그렇게 슬슬 간지럽게 만지는 게 너무너무 싫거든. 내가 그래서 스킨십을 싫어하는 거야. 근데 오빠는 자기가 좋아서 만진다고 했었어. 그게 대체 뭐가 좋다는 건지 이해가 안 가."

"그게 왜 이해가 안 가? 만지면 나도 기분이 좋아지잖아."

"엥? 누굴 만지는 건 순전히 상대방 좋으라고 하는 거 아니야?"

너는 귀찮기만 한데 순전히 남편을 위해서 지금 희생하는 거냐고 썼다가 얼른 지웠다. 혹시라도 희수가 그렇다고 하면 또 어쩔 건가. 그럼 앞으로 나갈 수가 없는데. 부부끼리의 섹스는 어떤 행위도 누구의 희생이 아닌 서로의 즐거움으로 느껴져야 마땅한데, 희수는 아직 그 마음까지는 힘든 거겠지. 나는 그렇게 이해하기로 했다. 지금 당장은 어쩔 수 없다고.

"아, 언니. 어제 블로우잡할 때 웃긴 일이 있었어. 오빠가 안 만질 테니까 옷 좀 벗고 해달라는 거야. 나 진짜 너무 당황스럽고 싫었는데 이런 요구가 처음이라서 그래도 벗어줬다?"

"야, 너 그럼 매번 옷을 다 입고 해줬던 거야? 그게 뭐야."

"응. 벗고 한 적은 없어. 어쨌든 기분이 좀 그랬지만 벗고 하는데 오빠가 약간 신음을 내더니 가슴으로 자기 몸을 좀 만져달라는 거야. 가슴으로! 속으로 내가 얼마나 놀랐게?"

"웬일이야! 그거 우리가 좋아하는 거야. 그래서 해줬니?"

"정말? 난 속으로 이건 이상한데, 계속 그랬거든. 해주긴 했어."

"그렇게 발견해 나가는 거지. 부부끼리는 서로 합의만 되면 뭐든 해도 되는 거라고. 그거 나도 너처럼 블로우잡 하다가 발견했었어. 내 젖꼭지가 오빠 허벅지에 닿은 적이 있었는데 그 느낌이 엄청 좋은 거야. 그래서 젖꼭지로 계속 오빠 허벅지를 이리저리 쓸었더니, 글쎄 오빠도 죽어 나가더라고. 오빠 말은 되게 색다른 느낌이래. 네 남편도 그걸 느낀 거지. 그래도 용기 있게 해달라고 말했네. 다음에는 너도 젖꼭지 감각에 집중해 봐. 느낌이 좋다니까?"

"이상한 게 아니었구나! 언니가 알려준 것도 아닌데 내가 뭔가를 발견하다니, 이게 뭐라고 성취감이 다 느껴진다."

"새로운 걸 처음 하려면 어색하고 민망할 수도 있는데 마음을 열고 다양한 시도를 해 봐야 해. 그래야 재밌지. 너희 부부가 날려 버린 세월을 만회하고도 남을 지름길을 알려줄 테니까 너도 적극적으로 찾아 봐."

"기술교육 너무 좋다!! 나 진짜 이 대화방 수시로 보면서 맨날 복습한다구."

희수의 마지막 말에 나도 희수와 나눈 대화를 쭉 훑어보았다. 희수는 정말 아무것도 모르는 상태이고, 나 역시 긴 세월을 혼자 애쓰며 터득해왔다. 그래, 섹스 학교가 필요한 거야. 우리 모두에게는 섹스를 잘 가르쳐 줄 누군가가 꼭 필요하다. 다들 너무 모른다. 몰라도 너무 몰라. 여자들은 남자와 남자의 성욕에 대해서 너무 모르고, 섹스에 대해서도 무지하다. 남자라고 다를까. 경험이 많은 것만이 능사가 아니라는 걸 남자들은 모른다. 여자의 마음과 몸을 이해하려고 노력을 기울이는 남자가 과연 얼마나 될까? 남자들 모두 자신은 엄청난 기술보유자인 양, 변강쇠라도 되는 듯 술자리에서 허풍을 떤다. 하지만 너도나도 지껄이는 그런 허세 때문에 더 압박감을 느끼고 기가 죽는다는 것이 아이러니다. 남자들도 정작 섹스에 중요한 것들을 배울 기회가 없다. 그저 남들에게 들은 허풍과 포르노에서 본 것이 자신이 아는 전부다.

부부간의 섹스 문제는 단순하지가 않다. 부부라는 묘한 관계의 전제 자체가 섹스하는 사이라는 것을, 섹스가 행복한 결혼생활의 키 역할을 하는 절대적인 요소라는 사실을 나는 결혼 10년이 넘을 즈음에 확실히 인지했다. 결혼 연식에 상관없이 주기적으로 섹스하는 사이라는 사실은 그들 삶의 많은 부분을 대변해 준다. 부부끼리 섹스를 안 한다(드물게 하는 것도 마찬가지다)는 것은 섹스만의 문제로 끝나지 않기 때문이다.

"우리는 거의 안 해. 따져보면 일 년에 세 번 정도는 하는 거 같네. 대부분 그렇지 않나?"

가끔 만나는 동네 언니는 이렇게 얘기했다. 일 년에 세 번 하는 섹스는 어떻게 이루어지는지 무척 물어보고 싶었지만 나는 입을 다물었다. 미리 날을 정해 놓는 걸까? 결혼기념일과 각자의 생일날에 하면 딱 세 번이 되는데……. 그렇게 미리 정해 놓지 않고서야 부부가 일 년에 세 번 섹스한다는 건 아무리 머리를 굴려도 이해되지 않았다. 동네 언니는 즉각 대꾸하지 않는 나를 보고 변명하듯 말을 더 보탰다.

"근데 너도 알다시피 우리 사이가 되게 좋잖니. 아직도 서로 사랑하고. 섹스만 안 하는 거지."

집에 돌아와서 남편에게 물었다.

"사이가 되게 좋은 부부가 섹스를 안 하는 게 말이 될까?"

"그게 무슨 소리야? 사이가 좋은데 왜 섹스를 안 해. 신체적인 문제가 있다면 모를까, 그게 아니고는 말이 안 되지."

남편은 내 질문 자체를 어이없어했다. 나는 동네 언니 얘기를 했다.

"근데 내가 봐도 그 언니네 사이가 좋아 보이긴 하거든. 근데 또 일 년에 세 번은 한대. 어쩌면 섹스하는 걸 안 좋아할 수도 있잖아. 마침 성욕이 없는 둘이 결혼을 한 거지."

남편은 대꾸는 하지 않고 턱없는 소리 하지 말라는 눈빛만 보냈다.

"왜 성욕이 없는 사람을 인정 안 해? 이 세상에는 온갖 사람들이 다 있고, 부부 둘 다 마침 성욕이 없을 수도 있지."

나는 정말로 그 가능성도 있다는 생각이 들었다.

"근데 사랑하면 그건 정말 힘들다고 생각해. 내가 예전에 읽었던 책에 뭐라고 쓰여 있었냐면, 섹스 없이 행복하게 살 수 있는 부부라는 건, 하얀 까마귀나 다리가 다섯 달린 강아지를 볼 확률이라고 했거든. 너무 단정적으로 쓰여 있어서 읽는 사람들이 좀 흠칫할 만한데 나는 작가의 말에 전적으로 동의해."

그래도 이 세상의 어딘가에는 하얀 까마귀와 다리가 다섯인 강아지가 있을 수도 있지 않나? 하는 생각을 하고 있는데 남편이 말을 이어갔다.

"알랭 드 보통도 책에 비슷한 얘기를 썼더라. 누구나 치명적인 단점이 있어서 도저히 받아들일 수 없는 요소를 갖고 있다고 하면서, 알고 보면 이상하지 않은 사람은 잘 모르는 사람뿐이래. 너무 웃기지? 근데 어느 정도 맞는 얘기라고 생각해. 그걸 사랑으로 극복하는 거지. 그래서 콩깍지가 씌었다는 말이 있잖아. 부부는 서로의 단점을 가장 많이 보는 사이인데, 여기에 사랑이 빠져버리면 참을 수 없는 존재가 되기 십상인 거야. 근데 부부를 남녀관계로 유지시켜 주는 것, 그러니까 서로 사랑하게 만드는 게 바로 섹스인 거지. 부부는 섹스로 사랑을 표현하고, 상대방의 사랑도 섹스를 통해서 느끼는 거야. 그러니까 섹스는 부부의 사랑을 확인하고 유지하는 거의 절대적인 방법이야."

나는 최대한 다른 예를 생각하려 애썼다.

"내 친구 수아 있잖아. 수아 전남편처럼 성 기능이 안 따라주는 그런 경우도 있잖아. 남편이 그런 상태라 섹스를 못 하는데 다행히도 부인이 크게 성욕이 없어서 섹스를 안 하는 경우, 그런 상황이 있지 않을까?"

왠지 억지 춘향 같다는 생각을 지울 수 없지만, 어쨌든 이런 조합이 있을 수도 있다.

"그래서, 수아 씨 부부가 지금 계속 사랑하면서 살아? 아니잖아. 성 기능이 안 따라준다고 성욕이 사라지는 건 아니야. 그래서 문제가 생기는 거잖아. 그리고 여자의 성욕도 남자와 다르지 않다더라. 정서적으로 억압된 거지. 그런데 좋은 걸 경험해보지 않으면 하고 싶다는 생각이 덜 하긴 하겠다."

"맞아. 모르는 맛인 거지. 아예 궁금하다는 생각조차 안 드는 거야. 물론 대단한 섹스 장면이 나오는 영화를 보면 멋지고 부럽고 흥분도 되지만 그건 현실 세계가 아니잖아. 평상시에는 욕구가 없을 수도 있어. 나도 옛날에 그랬잖아."

나는 어린 나이에 남편을 만나서 섹스 또한 비교적 일찍 시작했다. 연애 2년 차가 되어서야 섹스를 했지만, 그때도 우린 고작 스물하나, 스물둘이었다. 둘 다 처음이었지만 남편은 그간 보고 들은 것들이 있었기에 어떻게 해야 하는지 알고 있었고, 나는 그가 이끄는 대로 따랐다. 아팠지만 처음에는 원래 그렇다는 풍월을 들었기에 당연하다 여기고 참았다. 하지만 계속 이어지는 섹스 때도 줄곧 통증이 느껴졌다. 그래도 그를 기쁘게 하는 일이었기 때문에 견디었다.

그 당시의 내가 참기 힘든 건 사실 아픔이 아니라 부끄러움이었다. 내가 섹스한다는 사실만으로도 창피해 죽겠는데, 좋아하는 내색

133

을 한다니? 그건 아픔을 참는 것에 비할 바가 아니었다. 내겐 몇백 배나 더 어려운 미션이었다. 여자의 신음은 영화에서만 나오는 것 아닌가! 현실 세계의 내가 그럴 수 있으리라는 가능성은 아예 생각조차 하지 않았다. 다행히 아프지 않을 때도 신음이 절로 터져 나올 정도의 쾌감을 느낄 섹스는 하지 않았다. 굳이 말하자면 우리는 줄곧 다정한 섹스를 나누었다. 간혹 영화 속 배우들의 희열에 달뜬 소리를 들을 때마다 나는 더더욱 움츠러들었다. 섹스할 때 아주 잠깐이라도 저런 소리를 냈다간 창피해서 다시는 남편 얼굴을 볼 수 없으리라 생각했다. 나는 마음을 더 단단히 먹었다.

그래도 때때로 좋았다. 뱃속 깊은 곳에서부터 발끝까지 짜르르한, 이전에는 내가 전혀 알지 못했던 묘한 쾌감이 일기도 했다. 그럴 때면 나도 모르게 짧은 탄식 같은 소리가 나왔지만, 얼른 나 자신을 단속했다. 내가 쾌락에 의한 신음을 낸다니, 말도 안 돼!!! 게다가 오빠가 나의 소리를 들을 텐데, 그건 절대 있어서는 안 될 일이었다. 섹스 도중 내가 할 수 있는 최선의 반응은 단단해진 남편의 팔뚝을 꽉 잡는 것 정도였다.

나는 뒤로하는 자세를 좋아했다. 싫어하는 여자들도 더러 있다지만 나는 그게 좋았다. 내가 그 체위를 좋아한 결정적 이유는 남편이 내 얼굴을 못 보는 자세였기 때문이다. 나의 찡그린 얼굴, 입술을 깨무는 모습이나 눈을 질끈 감는 것을 내 연인이 볼 수 없다는 것만으로도 큰 해방감을 느꼈다. 그래서 조금이나마 과감해질 수 있었다. 우리가 섹스한 지 15년쯤 되었을 무렵에 남편에게 말했다.

"사실은 오빠가 내 표정을 못 보니까 좋아했던 거야. 그 자세."

"아니야, 네가 훨씬 더 좋아해."

남편의 믿음은 확고했다. 나의 반응을 민감하게 살피고 파악해왔을 테니까.

"오빠가 그렇게 생각할 만해. 그 자세일 때는 반응을 조금 보여도 덜 창피하니까 내가 약간 티를 내보기도 했거든. 근데 그러니까 더 좋은 기분이 들기도 하고 스스로 더 흥분되는 건 있는 거 같아. 그럼 내가 더 좋아하는 자세라고 할 수 있는 건가?"

"그거 보라니까? 뒤로 할 때 너 완전 난리 난다고."

지금은 이런 얘기를 밥을 먹으면서도 하지만, 예전의 나는 이런 대화를 끔찍하게 싫어했다. 평소에는 두말할 필요도 없고, 심지어 섹스하는 중에도, 또 섹스가 끝난 직후조차 섹스 관련 대화는 딱 질색이었다. 남편이 섹스 얘기를 자꾸 꺼내는 바람에 다툰 적도 몇 번이나 되었다. 아까 이렇게 하니까 네가 훨씬 좋아하는 거 같더라? 지금 이거 좋아? 이런 식의 질문은 내게는 너무 어려운, 어찌 대답해야 할지 모르는 질문이었다. 별로라고 하면 실망할 테고, 좋았다고 말하는 것은 너무 부끄러워 어떤 대답도 할 수가 없기 때문이다.

남편이 포르노를 보는 것에 별다른 거부감이 없던 나는 가끔 같이 보기도 했다. 지금이야 "우와, 대단하네. 나도 저렇게 해줘. 저 여배우는 정말 예쁘고 연기도 잘하네." 이런 대화를 나누면서 재미있게 보지만, 예전에는 달랐다. 나는 포르노를 볼 때조차 부끄러움에 사로잡혀 있었다. 함께 보는 일도 지금과 비교하면 드물었지만, 같이 볼 때도 재미없는 다큐멘터리를 보듯 별다른 반응 없이 조용히 보았다.

신혼 시절, 포르노를 함께 보고 있을 때였다. 아마 결혼한 지 2년쯤 되었을 무렵일 것이다. 보는 도중에 남편이 내 밑에 손을 가져다 대더니 "거봐, 너도 좋아하잖아." 하는 것이었다. 그 말을 들었을 때의 수치심이란! 아직도 또렷하게 생각난다. 내 의지와 상관없이 젖어 있는 몸을 들켰을 때의 당혹감, 그리고 그때 남편의 말투와 눈빛과 미소를 고스란히 기억한다. 그때부터 나는 한동안 포르노를 보지 않았다. 나도 포르노를 보면 흥분하는 여자라는 사실을, 더욱이 그것을 남편이 알아차리는 것을 참을 수가 없었다. 여자도 야한 영화를 보면 흥분하는 것이 마땅하고 자연스럽다는 사실을 그때는 받아들이지 못했다.

내가 모든 부끄러움을 훌훌 벗어버린 건 첫 경험 이후 무려 15년이나 지났을 때였다. 그러니까 결혼한 지 10년쯤이 되었을 때다. 아주 천천히, 나조차 변화를 알아차리지 못할 정도로 느리게 느리게 움직였다. 어떤 건 내가 의도하기도 했고, 어떤 건 세월의 힘으로 저절로 되기도 했다. '아주 조금씩 내보이면 창피하지 않을지도 몰라. 오빠가 눈치채지 못하도록 차츰차츰 변하면 괜찮을 거야.' 그렇게 부끄러움을 한 꺼풀씩 소리 나지 않게 내려놓고 표현을 해보는 날들이 계속되었다. 그러던 어느 날 온전히 껍질 밖으로 나와 있는 나와 마주할 수 있었다. 매미는 땅속에서 열다섯 번이나 탈피하며 웅크리고 있다가 7년이 지나서야 땅 위로 올라온다고 한다. 나는 내가 가둔 틀 밖으로 완전하게 나오기까지 매미의 두 배가 넘는 시간이 걸렸다. 그래도 긴 어둠의 터널을 지나 결국은 세상으로 나와 높이 날 수 있게 되었다.

그때까지도 여전히 우리는 삼 일에 한 번 정도 사랑을 나누었다. 남편은 참으로 한결같았다. 사흘쯤 지나면 하고 싶어 죽겠다고 내게 속삭였다. 낮부터 재촉하는 날도 많았다. 어느덧 내가 부끄러움을 극복하고 땅 위로 나왔을 때였다. 섹스하는 도중에 '아! 이거구나.' 하는 느낌이 왔다. 내 위에서 열심히 움직이던 남편도 동시에 느꼈다. 나의 변화를. 그 리드미컬한 환희를.

"사실 그동안 나는 너에게 오르가슴을 줄 수 없는 건가 싶어서 의기소침했었어. 나는 너에게 진정한 기쁨을 줄 순 없나 하고. 나는 능력이 없구나 싶어서."

남편은 약간 울 것 같은 표정으로 말했다.

"오빠가 왜 나한테 오르가슴을 못 줬다고 생각해? 그동안은 그럼 뭔데."

"방금 이런 거 말이야. 나 그래서 지금 너무 기뻐!"

남편은 나름대로 마음고생을 꽤 했던 모양이었다.

"사실은 내가 마음을 못 열어서 그랬던 거야. 너무너무 부끄러워서 느낌이 올 것 같으면 얼른 나를 단속하고 그랬어. 내가 느끼고 좋아하고 그런 것 자체가 너무 창피해서."

나는 그제야 사실을 말했고, 나의 고백을 들은 남편은 믿기 힘들어했다. 하루가 멀다고 발가벗고 섹스를 하면서도 그 사람을 모르는 것이 부부다. 열린 마음과 대화가 섹스에 중요한 열쇠라는 것도 몰랐다. 나로 인해 남편이 기뻐하는 모습을 볼 때마다 사랑이 가득 차올랐으면서도, 나는 미련하게 남편 역시 그럴 거라는 마땅한 사실을 생각하지 못했다.

모든 구속에서 빠져나온 이후 나는 새로 태어났다. 이런 세상이 있었다니! 지금은 아이가 학교 간 틈을 타서 마음껏 소리 지르며 뒹굴기도 한다. '밖에서 누가 듣고 무슨 일 났다고 신고하면 어떡하지?' 이런 걱정을 진심으로 하면서.

"할 수 있는 게 무궁무진한 거야?"

"희수야. 요즘 우리 부부 유행어가 뭔지 아니? '해줄까?'야."

설마 희수가 남편에게 또 그 말을 했겠나 싶어 농담을 던졌다. 그리고 남편과 내가 최근 며칠 동안 그 말을 써먹은 건 사실이기도 했다.

"나 진짜 못 고치겠어. 그날 이후로도 또 했었다니까?"

거의 불치병 수준이라는 나의 말에 희수는 발버둥 치는 이모티콘을 보냈다.

"근데 희수야. 난 너랑 이렇게 얘기하면서도 믿을 수가 없는 거야. 어제도 오빠랑 얘기했는데, 너의 일들이 정말 믿기지 않는 거 있지. 그래서 급기야는 네가 소설을 쓰고 있는 건 아닐까, 그런 생각이 다 들더라? 그래서 어제 오빠한테도 내가 그랬다. 희수 이년, 지금 소설 쓰는 거 아니냐고."

"하하하하하하하하……"

희수가 웃는 소리를 두 줄이나 적어 보냈다.

"이게 무슨 소리야. 내가 미친년이냐구. 아이구 배야."

"막말로 그럴 수도 있는 거잖아. 오죽하면 내가 이런 소릴 하겠어?"

사실 희수는 아이를 낳기 전까지 계속 글을 썼었다. 희수를 처음 본 곳은 유명 소설가의 북토크장이었다. 그 소설은 어른이 읽기에도 벅찬 책이라 그랬는지 유독 나이 든 사람들 일색이라 나도 다소 소외감을 느끼고 있었는데 그 틈에 웬 고등학생이 버젓이 교복을 입고서 새초롬히 앉아 있어서 눈에 띄었다. 모인 사람들 모두가 의아한 듯 다들 한 번씩 쳐다보았는데, 그게 희수였다. 괜한 동질감을 느낀 내가 먼저 다가가 말을 걸었고 지금까지 온 것이다.

"근데 오늘은 오빠한테 어떻게 말할지, 약간 주저된다 언니."

"왜? 거절당할까 봐?"

"응. 오빠가 거절할까 봐."

"이야, 이게 웬일이야? 맨날 거절하시던 분이 완전히 처지가 바뀌셨어요?"

나는 일부러 희수에게 장난을 쳤다. 주저하는 희수의 마음도 너무 잘 알겠으니까.

"큭~ 그러니까 말입니다. 거절하면 어쩌지? 하고 걱정이 다 되네?"

"에이, 그러지 마. 형부 말 못 들었어? 다정하게 다가가면 마다할 남자 없다고 하잖아. 그리고 이 사람도 거절할 수 있다, 그렇게 생각해. 한 번 그랬다고 팽하니 돌아서지 말고. 아마 '해줄까'만 안 해도 괜찮을 거다. 입이 안 떨어지면 남편이 자려고 누웠을 때 너도 같이 누워서 안아달라고 해. 남편이 안아주면 안겨서 꼬추를 좀 만지작거리는 거지."

"으악! 안기라구? 차라리 빨겠어. 빨겠다구."

"너는 다정한 제스처를 왜 그리 싫어해? 블로우잡 하랬더니 맨날 쌀 때까지 그것만 하고."

"그러면 오빠가 다음 진도를 나갈까?"

"그럼. 남편 맘이 동해져서 하자고 하면 그때 하면 되잖아. 거절 걱정 없이. 하자고 안 해도 그런 스킨십이 쌓여서 다정함이 되는 거야. 너네 잘 때 뭐 입고 자니?"

"나도 오빠도 면티에 팬티만 입고 자."

"그럼 만지기도 편하잖아. 아니면 '오빠, 오늘 팬티 벗고 잘래?' 그래 봐. 자다가 잠깐 깨면 움켜잡기도 하고."

"으악! 팬티 벗고 자라고 하라고? 그리고 자다가 만지는 거 내가 되게 싫어하는 건데, 그걸 내가 하라고?"

"너나 싫어하지, 남편은 스킨십 좋아한다며. 네가 만지는 바람에 잠깐 깨도 금방 기분 좋게 다시 잠들 거야. 팬티 벗고 자면 장난 아닌데."

"아이씨, 못 하겠어. 일단 말을 못 하겠어. 어휴, 팬티 벗고 자라는 말을 대체 어떻게 해!!"

희수의 문제는 말이었다. 빨고 삼킬지언정 말은 못 하겠다는 희수다. 다정함은 말에서 나오는 것인데, 희수를 어쩜 좋을까.

"미친 것아. 몇 년 만에 빠는 건 괜찮고, 말은 못 하시겠어요? 그럼 말하지 말고 그냥 만져. 겉으로도 만지고 속으로도 만지고."

"근데 언니, 남자도 부끄러울까? 오빠는 부끄러워할 사람은 아니긴 한데."

"당연하지. 남자라고 다 철면피겠어? 게다가 네 남편은 몇 년 만이잖아. 용기가 더 필요할 거야."

"그냥 또 다리를 주물러 줄까? 이번 주 내내 현장 다녀야 해서 다리가 아프긴 할 거야. 근데 왜 다리를 주물러 주는데 섰다고 하냐고? 그것만 생각하면 난 너무 웃겨."

"네가 만지니까 섰지. 사랑하는 사람이 만지면 몸이 반응하는 건 당연한 거야. 아! 좋은 생각이 났어. 이번 주에 다리 많이 아플 거라고? 그럼 발 마사지를 해줘. 우리도 종종 하는데, 진짜 좋고 고맙거든."

"발 마사지? 으아, 발은 만지기 싫은데."

"씻었는데 뭐가 어때서? 정 그러면 또 다리를 하든가. 집에 마사지할 만한 오일 있어?"

"마사지 오일? 그런 거 하나도 없는데."

"이참에 보디오일을 하나 장만해둬. 현장 다니느라 피곤하겠다고 마사지해준다고 해봐."

"와, 마사지는 생각도 못 했어. 언니네는 진짜 아이디어가 샘솟는다. 부부끼리 할 수 있는 게 무궁무진한 거야?"

"그럼, 산더미지. 아!!! 진짜가 있어."

"진짜? 그게 뭔데?"

"등 마사지. 그것도 오일로 하는 거야."

"등 마사지? 뭔지 모르지만 그건 아주 격하게 땡긴다!"

희수는 반색했고 나는 회심의 미소를 지었다. 엄청난 것을 알려주마. 키보드를 두드리는 내 손이 빨라졌다.

"발 마사지는 주로 나만 받지만, 등은 나도 가끔 오빠한테 해주는 거야. 등에 오일을 바르고 손바닥으로 등을 펼치듯이 눌러줘. 어깨랑 목도 늘 피곤한 부위니까 같이 주물러 주면 되게 시원해. 체중을 실어서 누르니까 별로 힘들지도 않아. 그러다가 오일이 잔뜩 묻은 손을 가랑이 사이에 넣어서 엎드려 있는 남편의 불알과 꼬추를 만져주면 죽음! 완전 죽음!!! 뒤로 만져주는 맛이라는 게 또 있거든."

"으아 언니, 상상만 해도 몸서리가 쳐진다. 나 소름 돋았어. 완전 짱이야! 등 마사지하다가 불알과 꼬추라니!! 말만 들어도 남자가 환장할 듯해. 언니는 진짜 비기가 너무 많아."

희수의 반응이 활활 타오르니 덩달아 나도 흥이 났다.

"팬티도 아예 벗고 시작하면 좋은데 처음에 말하기 쑥스러우면 팬티쯤은 그냥 입은 채로 해도 돼. 하다가 팬티 내리고 만지면 되니까."

"그럼 언니. 그거하고 다시 목욕하라고 해야 하나? 오빠가 귀찮아 할까 봐."

"우리는 마사지 후에 목욕한 적 없어. 보디오일은 일부러 몸에 바르기도 하는 거잖아. 그럼 너는 수건 따뜻하게 적셔와서 닦아줘."

"아하!"

"수건으로 닦아내는 정도만 하고 티 입고 바로 자도 돼. 근데 그게 가능할까? 극도로 흥분해 있을 텐데? 우리는 아예 침대에 큰 수건을 깔고 마사지를 시작하거든. 오일 닦지 않고 바로 똑바로 누울 수 있게. 하다가 무조건 섹스하게 되니까."

"언니, 나 당장 나가서 오일을 사 와야겠어. 오일마사지 너무 좋은 생각이야. 등짝에서 불알로 넘어가기. 아니면 종아리부터 등으로 올라가기. 와, 상상만 해도 죽여준다. 오빠한테 아예 다 벗고 엎드리라고 해야겠네."

희수의 글에 신난 기운이 넘쳐흘렀다. 새로운 시도 거리가 생긴 데다가 마사지로 시작할 수 있다는 것에 걱정을 던 것 같았다.

"이왕 하는 거 엉덩이도 팔꿈치나 손바닥으로 눌러주면 진짜 시원하고 좋아. 자, 그럼 당장 오일을 사라고!"

"내 생각에는 오빠는 등만 만져도 바로 설 거 같아."

희수는 이미 성공을 확신했다.

"등 마사지를 어느 정도 할 때까진 성급하게 꼬추를 만지지 마!"

"으아, 그게 또 감질나게 그러는 거야? 그게 또 하나의 비기다. 정말 언니는 예상할 수가 없다."

희수의 반응이 웃겨 죽겠다. 이 얼마나 건전하고 유익한 대화인가!

"이미 네가 만지려 할 때 서 있을 거야. 그 후에는 알아서들 하세요. 아, 맞다! 진짜 좋은 게 뭔지 알아?"

나는 또 갑자기 생각난 게 있어서 오일을 사러 나서는 희수를 잡아 세웠다.

"아, 기절하겠네. 이보다 더 좋은 게 또 있다구?"

"너도 언젠가는 등 마사지를 받아야 하지 않겠니?"

나는 잠시 뜸을 들였다. 희수 남편이 희수의 등을 마사지해주는 장면이 선뜻 떠오르지 않았기 때문이다. 아니야, 사이만 좋아지면 언제든 가능한 일이야. 나는 얼른 말을 이었다.

"오빠도 나한테 등 마사지를 해주거든. 그때 오빠가 어떻게 하는 줄 알아? 마사지 중반쯤 지나서부터는 꽂은 채로 등 마사지를 해주거든."

"마사지하다가 뭘 꽂아. 뭐를……. 으악!!! 정말이야? 미치겠다 진짜. 언니네 웬일이야?"

희수가 한 박자 늦게 알아차렸다.

"그 상태로 등 마사지 받으면 장난 아니야. 상상이 가?"

"아아~ 너무너무 야하고 진짜 너무 좋아. 꽂은 채로 등 마사지라니! 정말 상상치도 못한 거야. 내가 19금 소설을 진짜 많이 봤는데 이건 너무 신선해. 경험에서 우러나온 비기라 그런지 진짜 참신하다. 이거 다 프린트해 놔야 하나 봐."

희수는 감탄을 금치 못했고, 나는 뿌듯한 미소를 지었다.

"처음에 아무것도 모르는데 섹스가 재미있을 수 있겠어? 그냥 의무감에 사랑으로 하는 거지. 재미있어지려면 서로 진짜 노력해야 해. 최대한 알려줄게."

"언니의 비기를 나만 알기 너무 아깝다 정말. 그러지 말고 여성잡지에 섹스칼럼 같은 걸 연재하는 건 어때? 제목은 '언니의 섹스 교실'로 하는 거야. 진짜 다들 알아야 하지 않겠어? 나처럼 아무것도 모르는 상태로 사는 사람도 많을 거라고."

"쓸데없는 소리 말고 이제 오일이나 사러 가."

"이건 진짜 아무도 상상 못 할 거야. 나는 우리 오빠를 언제 키워서 삽입 등 마사지를 받아보려나? 정말 너무 대단해. 삽입 등 마사지, 이거 내가 이름 지었다?"

끝까지 감탄을 쏟아놓으며 나간 희수는 40분 후에 보디오일 인증 사진을 찍어 보냈다. 향도 꽤 좋다고 덧붙였다. 한달음에 달려나가 마사지 오일을 사 온 희수의 노력이 헛되지 않기를, 희수 남편이 희수의 노력을 알아주길 간절히 바랐다.

"부부는 섹스해서 사랑한대."

아침의 커피 타임, 핸드폰을 보고 있는데 카톡 팝업이 뜬다.

"실패실패!!"

나는 인형을 안고 토닥이는 스티커를 골라 전송했다.

"오빠가 어제 너무 피곤해하면서 일찍 눕길래, 등 마사지해줄까 물었더니 빨리 자고 새벽에 일어나야 한다는 거야. 그래서 오일마사지는 포기하고 모로 누워 있는 오빠 옆에 가서 목을 좀 주물러 줬거든, 그랬더니 그냥 얼른 자야겠다고 또 그러길래 그냥 나왔어. 나 나오고 바로 코 고는 소리가 나긴 했어. 작년에도 이맘때 되게 힘들어했거든. 아무래도 바쁜 거 끝나야 할 것 같아. 그래서 마사지는 실패했어. 기대했는데……."

"저런!!!"

"하하하. 언니의 '저런'에서 진심으로 안타까운 마음이 느껴진다."

나의 짧은 탄식에 웃음으로 답하는 희수. 하지만 나는 가슴이 저며서 웃음으로 받아칠 수가 없었다. 어제 신나서 한달음에 오일을 사온 희수의 모습이 떠올랐고, 말하기 전에 몇 번이나 주저했을 희수가, 거절을 당하고도 목을 주물러 줄 마음을 먹은 희수가, 또 거부당했지만 정말 남편이 피곤했나보다 여기는 희수의 마음마저 모두 안타까워서, 내가 마사지 얘기를 꺼낸 것마저 후회가 됐다. 나를 원망했다. 동시에 희수의 남편이 미웠다. 그래도 이런 내 마음은 입 밖에 내면 안 되는 것이다. 나는 마음을 추슬렀다.

"너의 다정함은 느꼈을 거야. 그나저나 내가 책을 여러 권 봤거든. 성 전문가들이 말하기를, 나락으로 떨어진 부부 관계는 외부의 도움 없이는 다시 회복하기 매우 어렵다더라? 네가 나락으로 떨어진 건 아니지만 어찌 됐든 너는 적절한 외부를 만난 거야."

"정말? 이렇게 운이 좋네, 내가."

"섹스에 문제가 생기면 자기들끼리는 회복할 수가 없다면서 단정을 짓더라. 그러니까 전문 상담사가 있는 거겠지. 전문 상담사가 도움을 주면 더 빨리 회복하겠지만 나처럼 주변 누군가의 적극적 조언도 도움이 될 거야. 하지만 무엇보다 본인의 노력이 제일 중요한 거니까 너 계속 힘내!! 살다 보니까 힘들어서 그렇지 불가능한 게 없더라."

"언니, 너무 부담 갖지는 마. 내가 노력은 해보겠지만 잘 안 될 수도 있잖아."

희수는 이 와중에 내가 낙담할 것을 염려했다. 지금 그 걱정할 때인가. 내가 좀 실망하면 어때서. 하지만 희수의 글이 오기 전에 썼던 '나는 정말 너희 부부를 꼭 예전으로 되돌리고 싶어.'라는 문장을 지웠다.

"근데 의사 선생님이 정말 아무 말도 안 했다는 거야? 섹스 안 한다는 말은 했지?"

"처음 간 날 질문지를 줬는데 거기 섹스 항목이 있었어. '전혀 관심 없음'이라고 썼거든. 그래서 그런지 아예 언급을 안 하더라구."

"그래? 그건 성 전문가의 영역인가?"

"정신과 쌤은 증상을 보고 그거에 대한 약을 줘. 식욕이 없고 잠을 못 잔다고 하면 그거에 대한 약을 주는 거야. 오피스 와이프 때는 상담센터에 갔었어. 그때는 상담사랑 계속 상담을 했고 그건 도움이 많이 됐어. 지금 나는 약이 꽤 도움이 돼. 잠을 그래도 잘 자게 됐거든. 밥도 좀 더 잘 먹고."

"그때 상담센터가 도움이 됐는데 여태 그러고 있어? 복수의 칼을 갈면서? 네 정신만 갉아먹고?"

"그건 그러네. 근데 그거 말고도 오빠가 날 너무 억압하니까 힘든 거야. 돈도 그래. 난 모아 놓은 돈도 없잖아. 더군다나 비빌 언덕도 없구. 그게 내 최고 약점인 걸 아는 오빠가 돈으로 나를 흔들어대니까 너무너무 밉고 야속해. 폭언의 끝은 언제나 자기 집에서 당장 은성이 데리고 나가라는 거야. 자기 집이래!! 그럴 때마다 나는 탈탈 털려서 발가벗겨진 기분이 들어. 나한테 가장 절박한 건 사실 돈이야. 어떻게든 다시 돈을 벌어야 한다는 생각이 들어. 근데 오빠는 내가 직장 다니는 거 처음부터 싫어했잖아. 그래서 결혼 앞두고 오빠 뜻대로 회사도 바로 관둔 거구. 어렵게 들어간 곳인데, 이렇게 될지 모르구 말이야."

자기 집이라니!! 희수 남편도 모든 걸 자기 혼자만의 성취라고 생각하는 그런 남자였단 말인가? 희수에게 어떤 위로를 해줘야 할지 도

무지 모르겠다.

"네 남편이 혼자 충분히 벌 수 있으니까 넌 직장 안 다녀도 된다고 했던 거였잖아. 근데 돈을 안 벌면 돈 쓸 때 조금 주저하게 되는 건 있더라. 괜히 눈치 보이기도 하고. 그건 누구나 마찬가지야. 남편이 많이 벌든, 적게 벌든."

나는 바보처럼 이렇게 뻔한 소리만 늘어놓았다.

"근데 정도가 엄청 심해. 내가 결제할 때마다 남편한테 문자가 가고, 현금을 찾을 때도 마찬가지야. 뭐만 사도 왜 샀냐고 묻고, 누구랑 갔냐, 거기는 왜 갔냐, 누구랑 먹었냐고 모든 걸 꼬치꼬치 캐물으니까 나를 너무 구속하고 통제한다는 느낌이 들어. 그렇지 않겠어? 내가 이혼하겠다고 이를 갈 정도라니까. 근데 요즘 몇 번 내가 입으로 받아 주고 그랬더니 돈 얘기가 쏙 들어갔잖아. 난 이게 너무 웃기는 거야."

"네 남편이 마누라가 그거 몇 번 해줬다고 돈 얘기 안 하는 거겠어? '아이고, 마누라가 섹스를 다 하자고 하네.' 하고 감동해서 돈 얘기를 쏙 집어넣었겠냐고. 그냥 그런 자질구레한 건 넘기게 된 거야. 그럼 하나만 묻자. 사이가 좋았을 때도 돈으로 널 억압했어? 뭐 살 때마다 묻고? 또 너한테 큰소리치고 화내고 그러는 것도 사이좋을 때 그런 적이 있었어?"

"음…… 그때는 안 그랬던 것 같아. 맞아, 안 그랬어. 근데 사이좋던 시기가 결혼 초반에 아주 잠깐이고 그 담부터는 계속 안 좋은 상태니까, 모두 너무나 옛날이야."

"결혼하고 금방 사이가 왜 그렇게 됐어? 섹스 안 하면서부터 사이가 벌어지기 시작한 거잖아. 그럼 모든 문제의 원인, 알겠어?"

"확실히 그런 것 같네."

"네 남편은 어떤 것이든 좋게 넘어갈 수 없는 상태가 된 거야. 없는 트집도 잡게 생겼어. 맞다! 최근에 읽은 책에도 이런 내용이 있었어. 성적으로 불만이 쌓이면 화를 내기 시작한대. 이건 여자도 똑같대. 지난번에 오빠가 너 만났을 때 얘기했었지? 그게 책에 나와 있더라니까? 부당함을 당한 것처럼 계속 화가 난다는 거야."

"아!"

"화를 내기 시작하는 건 성적 불만족의 전형적인 반응이고, 그건 버릇이 된대."

"맞는 것 같다. 계속 화만 내는 사람이 되어버렸거든. 그래서 난 늘 두렵고."

"그리고 나 궁금한 게 있어. 남편이 예전에 블로우잡이랑 핸드잡 해달랬다고 했잖아. 그러면 그때 남편도 너한테 해줬어? 아니면 자기만 받았어?"

"나한테도 해줬어. 삽입하면 아프니까 다른 식으로 했던 거야."

"그치. 자기만 받는 건 말이 안 되지. 그럼 그 시간은 대충 비슷하게는 해줬어? 너한테도 충분하게 해줬는지, 자기 끝났다고 너한테는 하는 시늉만 했는지 물어보는 거야."

"뭐 충분하다고 생각했어."

"야야, 네 남편은 그래도 된 사람이다. 싸가지 없는 인간은 자기는 정말 안 해준대. 해도 대충 시늉만 하고."

"근데 언니, 오빠는 아픈 게 나한테 문제가 있는 거라고 계속 나를 몰아붙였어. 보통은 여자가 아프다고 하면 남자가 미안해야 하는 거 아니야?"

"초반에 어느 정도까지는 이해하지만 계속 아프다고 하면 싫어서 그러나? 그런 생각이 들어서 맘이 상할 수도 있을 것 같아. 해보지도 않고 싫다고 한 적도 있을 거 아니야."

"물론 그런 적 있지. 하지만 아플 걸 아니까 하기 싫은 거였어."

"근데 시도도 계속 안 하면서 아프다고 내키지 않는 내색을 하면 이해가 안 가고, 싫다는 의사 표현으로 생각했을 수도 있을 것 같아. 서로 대화를 안 하고 짐작만 하니까 문제가 커진다."

"근데 딱 한 번이었지만 전희를 진짜 오랫동안 충분하게 한 적이 있었는데 그땐 안 아팠어. 그러니까 내가 열이 받아 안 받아? 그래 놓고 나한테만 문제 있다고 말하는데 내가 그걸 어떻게 받아들여?"

"뭐라고? 그럼 그걸 얘기했어?"

전희를 충분하게 했을 때 안 아팠다? 그럼 몸이 충분히 데워지지 않아서였다는 얘기 아닌가! 한 번이지만 안 아팠던 경우가 버젓이 있었는데도 해결점을 못 찾고 섹스리스가 되었다니, 뭔가 이상한데?

"나는 오빠가 너무 못하니까 내가 아픈 거라고 했어. 우린 계속 서로를 비난했어."

"어휴, 서로 그러면 일이 해결돼?"

"어쨌든 오빠는 계속 오럴하고 핸드잡만 요구했는데, 그때 형부

앞에서는 말을 못 했지만 내가 약간 업소 여자가 된 느낌이 드는 거야. 매번 그러고만 있으니까. 그래서 거부한 거야. 나는 다시 섹스 시도하면 어떨까 했었는데 서로 맘이 상한 상태라서 오빠도 더는 요구하지 않았어. 근데 난데없이 일 년 만인가 오빠가 너무 졸라서 했다가 그 한 번에 덜컥 은성이가 생겨서 나 정말 기절하는 줄 알았어. 이게 우리 섹스 스토리의 전부야."

"그럼 최근에 다시 시작한 이후에는 삽입 섹스를 얼마나 했어? 이젠 너 안 아프다는 얘기는 확실하게 했지?"

"당연히 이제 안 아프다는 얘기는 했지. 근데 내가 난생처음 상위 한 번 했던 거 빼고는 계속 오빠한테 오럴만 해줬어. 오빠는 나한테 식은 것 같아."

여태 그러고만 있었다니, 희수 남편은 대체 무슨 생각일까. 내 머리로는 도통 이해할 수가 없다.

"왜 벌써 남편이 식었다고 판단해?"

"난 내가 먼저 건드리기만 하면 오빠가 무조건 환장할 줄 알고 용기를 낸 거였어. 근데 몇 번 시도해본 결과 저 인간이 거부하기도 하고, 한다 해도 줄곧 서비스만 받고 있으니까."

"의기소침하지 마. 이미 남편이 예전과 달라졌잖아. 시간이 좀 필요한 거야. 네가 좀 기다려 줘."

말은 이렇게 했지만 나라면 이 상황에서 일방적인 노력을 하면서 남편의 변화를 기다려줄 수 있을까. 하지만 나는 희수에게 계속 용기를 북돋아 주는 수밖에 없다. 한 가지 확실한 것이 있다면 희수가 앞으로 남은 인생을 이렇게 살 수는 없다는 거다.

"아이러니한 게 내가 오빠에 대한 마음이 완전히 식은 상태였잖아. 그래서 거부당해도 전혀 아무렇지 않고 상처를 안 받을 자신이 있었어. 그래서 들이댈 수 있었던 거야."

"아무리 그렇다고 해도 실제로 너처럼 할 수 있는 사람은 아주 드물 거야. 너는 정말 용기 있었어!"

"용기가 아니었어. 나는 오빠한테 느낄 민망함조차도 없었던 거야."

내 마음에서 어떤 끈 한 가닥이 툭 하고 끊어졌다. 넌 대체 어떤 마음으로 살고 있었던 거니.

"우리 발랄한 희수가 왜 그렇게 기가 죽었어? 그래서 너의 마음 말이야, 남편에 대한 애정이 조금이라도 생긴 것 같아?"

"솔직하게? 아직 변화는 없어. 난 뒤끝이 심하잖아."

"너의 마음이 지금 그렇다 해도 결국은 좋아지는 거야. 안 그럴 거 같지? 아니다? 이거 내 생각 아니고 순전히 전문가들의 말이니까 믿어봐. 그리고 이제 그만할 때 됐어. 네 뒤끝으로 너나 남편은 물론이고 은성이까지도 힘들어지는 거야."

"남편은 내지르는 성격이라서 다 잊었을 거야. 나는 그런 사람이 너무 싫어. 할 말 못 할 말 다 해서 상대방한테 상처 줘놓고 자기는 뒤끝 없다는 사람."

"희수야, 너에게 알려주고 싶은 문구가 있어. 연인은 사랑해서 섹스하고, 부부는 섹스해서 사랑한대."

"부부는 섹스해서 사랑한대."

며칠 전 남편이 느닷없이 말했다.

"전후가 바뀌었잖아. 사랑해야 섹스를 하지. 남자는 몰라도 여자들은 그래."

남편의 말에 신경이 조금 거슬린 나는 이렇게 답했다.

"연인일 때는 그렇지만 부부는 섹스해서 사랑하는 거래. 마광수 교수 책을 읽었는데 거기에 그렇게 쓰여 있더라고. 그래서 내가 며칠 곰곰이 생각해봤거든. 근데 정말 그 말이 맞는 것 같아."

내가 대꾸하지 않자 남편은 계속 말을 이어갔다.

"지난번에도 한 말이지만 부부가 섹스를 안 하면 점점 사랑이 옅어질 거 아니야. 심하면 상대가 아예 싫은 사람이 되어버릴 수도 있고. 싫은 사람과 살아가야 하니까 짜증이 나고, 보기만 해도 화가 나는 존재가 되어버리는 거지. 상대를 생각하면 몸서리치는 사람들도 있잖아. 돌이킬 수 없게 되는 거야. 이혼하거나, 아니면 아이 때문에 겨우 참으면서 불행하게 살거나."

"그럼 왜 부부가 섹스를 안 하게 되었는지 먼저 얘기가 있어야지. 왜 섹스를 안 해서 급속히 사랑이 식었는데? 누구 잘못인데 그건?"

나는 왈칵 성질이 났다. 내 머릿속에는 섹스리스가 된 상황의 원인 제공자는 대부분이 남자이기 때문이다.

"일단 제일 큰 문제는 임신, 출산, 육아의 삼연타겠지."

남편의 말에 나는 크게 분노하고 말았다.

"임신, 출산, 육아 이건 다 여자의 일이잖아. 얼마나 힘든지 오빠는 옆에서 고스란히 다 지켜봤잖아. 그것 때문에 섹스리스가 된다고?

아아~ 그게 제일 큰 원인이었네. 부인은 화장실도 제때 못 가고 머리는 산발한 채로 힘들어서 죽을 지경인데 남자들은 그놈의 사정을 꼭 해야 하니까, 힘든 부인은 나 몰라라 하고 다른 데로 눈을 돌리기 시작한다는 거지? 어?"

"그럼 제일 큰 문제는 여자가 남자를 너무 모르는 것이라고 할 수 있겠다."

"남자도 여자 몰라. 자기네들의 거룩한 성욕 해소가 제일가는 문제라 온통 그 생각뿐인데 뭘 알겠어. 그저 일 년 열두 달, 발정이 나 있는 게 남자들이지?"

내 남편의 얘기도 아닌데 나는 머리끝까지 화가 차올라서 목소리까지 떨렸다.

"여자들도 남편의 심정은 생각해주지 않잖아. 힘들어 죽겠는데 이 남자가 왜 이렇게 치근덕거리지? 하면서 고깝게 쳐다보면 남편들은 어이쿠 하겠지. 그래서 참다가 다시 며칠 후에 시도하는데 부인이 또 거부해. 좋게 거부하는 것도 아니고 경멸에 찬 눈빛이라도 보내봐. 다시 말할 용기를 내기가 힘들지 않겠어? 그렇게 멀어지는 거지."

"그게 잘못이야? 임신하면 얼마나 힘든데. 애 낳고 나면 너무 아파서 딱 죽겠다고. 잠도 못 자니까 말도 곱게 안 나와. 게다가 너무 엉망이라 그 꼴로는 섹스하고 싶지도 않고. 남편이 되어서 그걸 고려해주지도 못한다는 거야? 결혼했으니 상황이 어떻든 무조건 대주라는 거야?"

"왜 감정적으로 그래. 무턱대고 요구하는 남편이 세상에 어디 있겠어. 내 말은 여자들이 남편의 상태를 알고는 있어야 한다는 거야. 그러면 가시 돋친 말까지는 안 할 거 아니야. 남편도 부인이 힘들고 피곤한 것 알지, 그래서 그때 다들 혼자 많이 해결해. 나도 그랬고. 그래도 어떡해. 사랑하는 아내랑 섹스하고 싶어 죽겠는데. 더군다나 애 낳으면 잠깐이라도 각방을 쓰잖아. 굳게 닫혀 있는 문을 섹스하자고 두드려야 하니까 남자들도 무척 고민한다는 거야. 수없이 고민하다가 말한 건데 몇 번이나 사납게 거부당했다고 해봐. 다시 말 꺼내기가 정말 쉽지 않을 것 같아. 그런 상황이 지속되면 여러모로 취약한 상태가 될 수도 있다는 거야."

"내가 그때 지속적인 거부를 했다면 오빠 어떻게 했을까?"

이제 불똥은 그쪽으로 튀었다.

"지금 그런 가정을 하면 뭐해. 너는 그때도 내가 하고 싶어 할 때마다 빨아주고, 손으로라도 해줬잖아. 몸 상태가 괜찮으면 섹스도 했고. 당연히 보통 때보다는 횟수가 말도 안 되게 줄었지만 말야. 내 말은 남자들의 욕구가 상당하다는 것, 그리고 그것은 오래 참기 꽤 힘든 종류라는 것을 여자들이 알아주면 좋겠다는 거야. 모르는 것과 알고 있는 건 반응에서 차이가 있을 수 있잖아. 그리고 섹스가 중요한 의무라는 사실도 서로 잊으면 안 되겠지. 출산 때문이건 다른 일 때문이건 간격이 뜸해지다 보면 한없이 어려워지는 게 부부의 섹스인 것 같아. 한번 벌어진 간격을 다시 좁히는 게 단순하지가 않대. 부부둘 다 섹스의 끈을 놓지 않는 게 매우 중요하다는 거지."

나는 여전히 굳은 얼굴로 다른 질문을 던졌다.

"자, 그러면 섹스를 안 한 지 꽤 됐다고 해봐. 그래서인지 사랑도 좀 식었어. 아니, 식은 정도가 아니고 이젠 저 인간이 싫어. 이런 상황이라면 제아무리 행복해지고 싶은 열망이 있다고 해도 이미 상대가 싫어졌는데 어떻게 싫은 인간하고 다시 섹스하냔 말이야."

이미 나에겐 싫은 사람이 되어버린 남편, 어떻게 다시 그 사람 앞에서 옷을 벗고 함께 뒹굴 수 있는가 말이다. 상상만으로도 나는 몸서리가 쳐졌다. 하지만 희수는 실천했다. 그러니까 나는 희수에게 계속 사랑을 말했던 거다. 희수가 사랑 따위 없노라고 한결같이 말해도, 그래서 나는 희수한테 사랑이 있다고 줄곧 확신하는 거였다.

"노력해야지. 희수 씨처럼 용기를 내야지. 그래서 우리가 희수 씨 대단하다고 생각하는 거잖아. 우리 같았으면 아마 못 했을 거라고 그랬잖아? 근데 희수 씨는 실천했어. 용기 내는 자가 행복을 쟁취하는 거지. 그냥 절로 잘 되는 건 없어. 섹스라는 게 단순하지 않잖아. 아주 오묘한 감정선들이 있다고. 특히 남자는 자존심에 타격을 입으면 '내가 너 아니면 섹스 못 하냐?' 이렇게 극단적으로 생각해버리기도 하더라고."

"남자들 맨날 자존심을 그렇게 들먹여. 여자도 자존심 있어. 남자보다 센 자존심 있다고. 나까지 자존심 부리자니 다 엉망이 될 거 같으니까 참는 거거든. 봐주는 거지."

"제일 좋은 건 대화야. 제일 힘든 것이기도 하지만. 희수 씨도 남편하고 먼저 대화를 하면 훨씬 수월할 텐데. 그래서 상담가들이 억지로 대화를 끌어내는 거잖아. 말도 안 하고 상담실에서 등 돌리고 있어도 계속 질문을 던지고 대화를 시키잖아. 그러다가 대화가 좀 되면 섹스하고 오라는 숙제도 내주는 거고. 스스로 대화도 섹스도 못 한다면 그런 강제적인 방법도 괜찮다고 생각해. 그렇게 억지로 한 번만 해도 마음이 변하는 경우가 실제로 꽤 많았대. 그러니까 이거야말로 시작이 반이라는 말이 딱 맞지."

"어느 정도여야 말을 하지. 남편은 맨날 술 마시고 와서 지독한 냄새나 풍기고, 밖에서 무슨 짓을 하고 다니는지도 모르겠는데, 다시 섹스하자는 말이 어떻게 나와."

"도저히 노력할 맘이 안 들면 계속 지옥에서 불행하다 불행하다 하고 살아야지. 사랑했던 사람들이잖아. 사랑해서 결혼했잖아. 왜 못 해. 눈 딱 감고 몇 번 시도해보는 거지. 얼마든지 다시 사랑의 불꽃이 타오를 수 있다고 생각해. 서로 끔찍하게 보였던 이유가 섹스를 안 해서였다니, 그게 믿겨? 억지로라도 다시 섹스를 시작하면 마음이 움직이고 사랑의 꽃이 피어오른다는 게? 하지만 사실이래."

사람의 마음이란 참 알 수가 없다. 머리부터 발끝까지 모든 게 지긋지긋하고 싫다가도 아주 작은 불씨로 다시 사랑의 감정이 생기기도 하고, 그렇게 사랑이 조금이라도 생기면 상대를 바라보는 마음 또한 순식간에 바뀔 수 있다니 말이다.

"근데 섹스리스의 기준이란 게 있나? 안 한 지 몇 년 됐다고 하면 당연히 섹스리스인데, 또 되게 희한한 게 일 년에 두세 번은 하면서 산다는 사람도 있잖아. 근데 자기들은 하긴 하니까 섹스리스라고 생각 안 할 것 같아. 위기의식을 못 느끼는 거지."

남편은 내 말을 들으면서 스마트폰으로 이것저것 검색을 했다.

"찾아보니까 한 달에 한 번꼴이면 섹스리스가 아니다, 그것도 섹스리스다. 의견이 반반인 것 같아. 최소한 한 달에 한 번이 마지노선인가 봐. 근데 부부끼리 겨우 한 달에 한 번만 한다는 게 정말 가능한 건가?"

"뭐, 각자의 사정이 있는 거니까. 마음이 있다면 그 잠깐의 짬도 안 날까 싶은데, 우리가 절대 짐작하지 못하는 사정도 있는 거겠지. 근데 남편이 도무지 하자는 말을 안 하면 어떻게 해야 해? 남편이 요구하지 않는 바람에 졸지에 섹스리스가 됐다는 사람도 있거든. 엄밀히 말하자면 희수도 그런 거 아니야?"

"그럼 여자가 먼저 하자고 하면 되잖아. 내가 너한테도 몇 번 말했었잖아. 너는 왜 하고 싶다는 말을 안 하냐고. 난 그 말을 들으면 너무나 기쁠 것 같다고 했었잖아."

"여자한테는 밝히면 안 된다는 심리적 저지선이 있긴 해. 성욕을 드러내면 안 된다는 뿌리 깊은 저항이 있다고. 지금이야 내가 먼저 덤비기도 하지만, 예전을 생각해봐. 절대 내가 먼저 다가서질 못했잖아. 근데 남자들도 마냥 쉬운 건 아니라니까 여자 쪽에서도 때로는 용기를 내긴 해야겠네."

나는 말끝에 또 희수를 떠올렸다. 단박에 용기를 낼 수 있었던, 아니 용기를 내야 했던 희수의 마음을.

"오르가슴, 그게 정말 죽도록 궁금하거든."

아이를 학교에 보내고 집을 대충 치우고 한숨 돌리고 나니 희수의 지난밤 일이 궁금해졌다. 그렇다고 먼저 말을 걸자니 주저하는 마음이 생겼다. 심지어 다른 용건이 있는데도 선뜻 말을 못 걸고 망설였다. 지난번에 희수가 얘기했던 책 제목이 도저히 생각나질 않아서 물어보고 싶었지만 이내 스마트폰을 내려놓았다. 이러다가 희수 부부가 더 안 좋아지기라도 하면 우리는 어색한 사이가 되진 않을까? 또 그 두려움이 들자 나는 지금 희수 부부보다 나와 희수의 관계를 더 걱정하는 것인가 싶어서 괴로워졌다. 나는 이런 생각만으로도 침울해지고 마는데, 희수는 그 모든 것을 어떻게 견디고 남편과 마주하고 있는 걸까.

점심으로 간단하게 병에 든 토마토소스를 데우고, 삶은 스파게티 면을 비벼서 먹으려는 참에 카톡이 왔다.

"언니, 며칠째 실패 중이야. 바쁜 시즌이라 피곤해서 그러는 건지, 그저 튕기려는 건지 잘 모르겠네. 형부 조언대로 자기 전에 잠깐 블로우잡 해주려고 했는데 귀찮은 듯 굴어서 못했어. 근데 내 생각에는 정말 귀찮아하는 것 같아."

어휴, 아내가 저렇게 노력하면 좀 받아 주지 않고.

"아무리 남자라도 정말 피곤하면 귀찮을 수도 있을 거야. 나도 회사 다닐 때는 애무도 귀찮을 때가 있었거든. 아니면 네 말대로 튕겨보는 걸지도 모르겠고."

나는 스파게티를 입에 잔뜩 넣고 씹으면서 손가락으로 대화를 했다.

"혹시 네 남편, 일단 시작하면 사정까지 해야 한다고 생각해서 부담스러워하는 것이 아닐까. 자기가 끝까지 가면 너한테도 똑같이 서비스해줘야 하고, 하다못해 다시 씻기도 해야 하니까 시간이 꽤 걸리잖아. 요새 가뜩이나 피곤한데 말이야."

"그렇겠지?"

희수는 그리 믿고 싶은지 바로 공감을 했다. 나는 스파게티를 거의 흡입하면서 손가락을 바삐 움직였다.

"그럼 하기 전에 미리 말하면 어때? '오늘은 섹스하지 말자, 내가 잠깐만 빨아줄게.' 이런 식으로. 둘이 대화 좀 해라 쫌."

"미리 말하면 괜찮을 듯도 하네?"

희수 부부의 모든 문제는 대화의 단절인 것 같다. 얘기만 하면 간단히 끝날 일을 항상 미궁 속에 처넣고 복잡하게 만드는데 선수다.

"남편이 부담 갖지 않게 먼저 말해봐. 나는 섹스할 생각 없어도 자기 전에 대부분 빨아주는데, 발기되면 오빠가 하고 싶어 할 때가 있거든. 그래도 내가 딱 잘라서 절대 안 된다고 하는 경우도 종종 있어. '지금은 안 돼. 쉬어야 해.' 하고."

"그럼 더 괴로운 것 아니야? 세워놓고 끝을 못 보게 하는 거잖아."

"아니야. 내일은 또 내일의 섹스가 있는 거야. 조금 아쉬울 수 있지만 서로 사랑을 충분히 느끼고, 그것만으로도 피곤했던 하루를 기분 좋게 끝내고 편안히 잠드는 거지. 마음이 충족된 채로."

"나는 세워놓고 내버려 둔다는 게 상상이 안 가. 오빠는 미칠 거 같은데."

"시도 때도 없이 서는데 그때마다 사정할 순 없잖아. 다시 잠재우기도 하는 거지. 어제도 오빠가 하고 싶어 했는데 너무 피곤하고 시간이 늦어서 안 된다고 했더니 그냥 한 번만 넣어보고 싶다고 하도 그래서 옆으로 누워서 넣었다가 그대로 잠들었어. 근데 그것도 되게 좋아. 점점 작아져서 스르륵 빠지는 느낌도 좋거든. 툭 빠지면 또 깨는데 그럼 둘이 주섬주섬 팬티 입고 다시 자는 거야."

내가 스파게티를 다 먹자마자 남편이 그릇을 치워가면서 한 손으로는 내 옷을 더듬어 젖꼭지를 몇 번 꼬집듯 만졌다.

"언니네는 거절이 상처가 안 되는 사이라서 어떤 것도 가능한 거 같아."

"근데 계속 조르면 하기도 해. 그럴 때는 사정은 하지 말라고, 모아 놓으라고 말할 때도 있어. 가끔 그 말이 먹혀."

나는 식탁에서 일어나 설거지하는 남편의 엉덩이를 두 번 움켜잡고 책상으로 가서 컴퓨터를 켰다. 남편은 설거지를 다 끝내면 언제나처럼 커피를 내려서 내게 가져다줄 것이다. 희수가 봤다면 권력의 최고봉이라고 할지도 모르겠다는 생각이 들어서 피식 웃었다.

"정말? 모아 놓는다는 발상이 너무 웃기는데? 그건 왠지 오빠한테도 통할 것 같다."

"우리도 결혼 초반에는 무미건조한 섹스 엄청 많았어. 전희도 안 하고 그냥 하는 거지. 둘 다 회사도 멀어서 늘 피곤하고, 새벽에 일어나서 출근할 생각을 하면 절대 시간을 많이 들여서 좋은 섹스를 할 여력이 없거든. 마음의 여유와 체력이 있어야 다정함도 생기는 거잖아. 애 키울 때 생각해봐. 체력이 달리면 애한테도 다정하게 잘 안 되잖아. 지금 네 남편도 바쁘고 힘드니까 그런 상태일 거야."

신혼 초반에는 남편이 전희를 하려고 해도 내가 기꺼이 받아들일 마음이 없었다. 전희까지 오래 하면서 섹스에 시간을 이토록 쓰는 것은 가뜩이나 부족한 시간에 낭비라는 생각이 들었다. 아침 일찍 출근하려면 어서 자야 한다는 생각이 지배적이었다. 결혼으로 인한 갑작스러운 집안일과 멀어진 회사 출퇴근에 너무나도 피곤했다. 섹스 대신에 할 일은 늘 있었다. 섹스는 내가 해야 하는 수많은 의무 목록 중 하나였다.

"언니네는 그럴 때도 서로를 비난하지 않았구나."

화나고 슬프고 상처받았던 기억들을 어떻게 깨부술 수 있을까? 역시 대화밖에 방법이 없을 것 같은데 희수는 그것을 제일 어려워하니 진퇴양난이다.

"난 내가 별로일 때 오빠라도 좋았으면 좋겠다는 생각은 했었어. 오빠까지 별로이면 너무 억울하잖아. 근데 그게 말이 안 된다는 걸 나중에 알게 됐지. 나는 안 좋은데 저 사람 혼자 좋기는 힘들어."

"언니네는 연애 때부터 했잖아? 언닌 그때도 오르가슴 비슷한 걸 느끼긴 했어?"

"아니, 절대 몰랐지. 심지어 결혼하고 나서도 한참이나 몰랐다고."

"정말? 그럼 아프지는 않았지?"

"설마. 당연히 아팠지. 한동안 대부분은 아팠어."

"나는 나만 아픈 줄 알았어. 근데 웹 소설을 보다 보니까 여자가 아파한다는 얘기도 많고, 또 고통을 동반한 쾌감이라는 표현도 있더라? 그래서 나만 아픈 게 아닌 건가 했지."

"고통과 쾌감이 같이 올 때도 있지만, 나중에는 쾌감만 있으니까 걱정 마. 그리고 내가 느끼는 이게 오르가슴이 맞는지 그걸 알 길이 없잖아. 근데 어? 하고 딱 느낌이 올 때가 있었어. 아, 이거구나! 하는 느낌. 내 생각에는 의문이 들면 그건 오르가슴이 아닐 경우가 대부분일 것 같아."

"난 글의 자세한 묘사를 읽어도 모르겠어. 내가 알아들을 수 있게 묘사해놓은 글이 없어. 그냥 '구름에 붕 뜬 느낌' 이런 식으로 써 놓으면 짐작할 수가 없잖아. 나 정말 너무너무 궁금해서 미칠 거 같아. 언니가 설명해줄 수 있어? 괜히 내 생각한다고 뭉뚱그리지 말고 솔직하고 자세하게 설명 좀 해줬으면 좋겠어. 나는 오르가슴, 그게 정말 죽도록 궁금하거든."

"나라고 잘 묘사할 수 있을지 모르겠네. 내 경우에는 온몸이 수축하는 느낌으로 시작되는 거 같아. 수축해서 압축된 힘이 하복부에 쫙 모이는 느낌이야. 그다음에는 음……. 내 의지가 아닌데 누가 밀어서 추락하는 느낌? 그래, 허어어억~ 하면서 아득하게 추락하는 느낌이다. 하지만 추락해도 죽지 않으리라는 건 이미 아는 상태로 쾌락의 골짜기로 떨어지는 건데, 좋으니까 한없이 떨어지고만 싶은 거야. 한 문장으로 말해보자면 '나 좀 어떻게 해줘!'랄까. 두렵지만 기다려지는 그런 거."

"아, 들으니까 더더더 궁금해진다. 막 죽을 것 같은 거야? 어떻게 해달라는 말이 나올 정도로?"

"에이, 좋아서 죽을 정도는 아니고. 어쨌든 그 느낌을 딱 캐치하면 그때부터 게임 시작인 거야. 그 이후에도 수없이 해보면서 그 느낌을 잘 찾기 위한 노력을 부단히 해야 해. 성감대나 더 잘 느끼는 체위도 사람마다 다르잖아. 나만의 방법을 찾아야 하는 거야. 그리고 상대한테도 말을 해야 해. 말을 안 하면 남자가 자기 좋을 대로만 계속할 거 아니야. 또 임박했는데 상대가 멈춰버리면 안 되잖아. 어쨌든 자위를 많이 해본 여자는 더 금방 찾을 수 있다는 말이 뭔지 알겠더라. 나는 섹스 시작한 후로도 한참이 지나서야 자위를 했거든. 그래서인지 너무 오랫동안 감을 못 잡았어."

"언니, 나는 클리를 만져서 오는 쾌감만 알거든. 질 속에서 느껴지는 오르가슴이 너무너무 궁금한 거야. 그건 어떤 거야?"

"난 클리와 질을 분리해서 생각하지 않아. 클리 오르가슴, 질 오르가슴을 따로 말하는 사람들이 있는데 나는 그 둘은 뗄 수 없다고 보거든. 클리 오르가슴이 오면 질도 요동치잖아. 클리만 혼자 좋은 경우가 어딨어. 클리 만질 때 질이 요동치지 않고 아련하게 좋은 것만 있는 건 오르가슴에 아직 도달하지 않은 거야. 질 오르가슴이라고 따로 말하는 건 뭘까? 클리에 자극을 주지 않을 때 질이 요동치는 걸 말하는 건가? 그거라면 그건 이미 오르가슴이 클리 거쳐서 질에 도달한 건데. 그때는 피스톤을 안 하고 가만히 있는 상태여도 계속 오고, 젖꼭지만 자극해도 오기도 해."

"피스톤 안 하고도?"

"응. 삽입만 한 상태에서 오빠가 누워 있는 나를 애무하는 거야. 특히 젤을 사용해서 젖꼭지나 클리를 만지면 질이 미친 듯이 요동치는데 그게 오르가슴이지 뭐야."

"형부는 그럼 꽂아놓고 언니한테 서비스만 해준다구?"

"그게 무슨 서비스야, 같이 섹스하는 거지. 삽입해놓은 채로 오빠가 내 젖꼭지랑 클리를 애무하면 내가 죽어 나가잖아. 오빠 말로는 내가 활어처럼 요동친대. 그러면 오빠도 거의 나만큼 좋아하고 흥분하던데? 질이 리듬타는 파동이 오빠한테도 고스란히 전달되잖아. 그때 피스톤하면 내가 자지러지는데, 그걸 보면서 오빠도 똑같이 미치는 거야. 여자의 오르가슴은 남자가 무조건 알고 같이 느끼는 거야. 그러면 완전히 하나가 됐다는 느낌이 들지."

"와~ 장난 아니겠는데? 하지만 상상이 안 된다."

"오르가슴에 도달하기 제일 쉬운 방법은 삽입하고 클리를 자극하는 거야. 오빠는 피스톤하면서도 내 클리를 사정없이 만져주거든. 그 젤의 진가가 그때 최고로 발휘되는 거지. 클리토리스라는 이름이 그리스어로 '열쇠'라는 것에서 유래됐대. 정말 그게 열쇠인 거야. 일단 먼저 클리를 자극해서 시동을 걸어주면 섹스 내내 몇 번이고 오르가습에 도달해."

"그게 정말이었구나. 나는 오르가슴은 한 번 느끼고 끝인 줄 알았는데, 시도 때도 없이 고추를 쥐어짜서 남자가 환장하는 장면이 소설에 자주 나오는 거야."

"쥐어짠다는 표현 웃긴다. 멀티 오르가슴이라는 말도 있잖아. 진짜 이날이다 싶은 날은 한 시간 내내 연타석 홈런을 계속 칠 때도 있거든. 또 질이 쥐어짜 봤자라는 생각이 들잖아? 근데 오빠가 아프다고 소리를 지르는 때도 있어. 진짜 잘리는 줄 알았다면서. 과장이었겠지만 상당한 힘이라는 거야. 그리고 우리가 '꽉 찼다'라고 말하는 경우가 있는데, 질 속이 팽팽하게 부푸는 건지 톱니가 맞물린 것처럼 되어서 피스톤도 안 될 정도가 될 때가 있어. 오빠는 질이 움켜잡고 안 놔준다고, 자기를 꽉 물었다고 표현하는데, 그때도 오르가슴의 여운이 있어서 작은 자극에도 계속 다시 오거든."

"그럼 꽉 낀 상태일 때는 더 좋은 거야?"

"극도로 흥분된 상태니까 좋지. 그때 난 오빠를 밀어내지 않고는 못 배기는 상태인 거야. 미치겠으니까 해소하고 싶은 거지. 근데 내가 계속 쥐어짜니까 오빠는 오빠대로 밀리지 않으려고 막 발악하거든. 성기끼리 치열하게 싸우는 느낌이야. 팽팽한 압력이 느껴지는데, 이때는 밖으로 힘이 분출되는 느낌이야. 내가 의도하는 게 아니고 저절로 그렇게 돼. 아! 애 낳을 때 힘 들어가는 느낌과 비슷하다. 어쨌든 그 대치상태는 오빠를 밀어내야 끝나."

"와, 직접 들어도 믿기질 않는다. 이건 진짜 상상이 안 돼. 나 또 질문이 있어. 그간 궁금한 게 너무 많았거든. 절정이 되기 전에 여자가 자꾸 '그만, 그만!' 그러는 장면이 자주 등장하거든? 그건 대체 왜 그러는 거야? 내숭이 너무 심한 거 아냐? 절정이 되어야 좋은 거잖아. 왜 그만하라는 건데?"

희수는 합당한 질문을 했다. 겪어보지 않으면 정말 내숭을 떨어도 정도껏 떨어야지,라고 충분히 생각할 수 있었겠다.

"무슨 소설에 그런 장면이 다 나오니? 근데 그건 나도 그럴 때가 있어. 오빠 손이나 몸을 딱 잡고 저지시킬 때가 있는데, 더 가면 안 될 거 같은 거지. 이건 내가 도저히 감당할 수 없을 것만 같다는 느낌이 오거나, 곧 오줌을 싸고 말 것 같은 위기감이 닥쳐서 저지하게 되는 거야. 죽을 것 같은데도 계속 간지럽힌다고 상상해 봐. 그만하라고 손을 막지 않겠어?"

"아하, 죽을 것 같다는 느낌이 들어서 저지하는 거였구먼? 그러니까 이 묘사들이 다 실제로 있는 일이란 말이지?"

"근데 문제는 저지시키려는 몸짓을 오빠가 보면 더 미쳐 날뛴다는 거야. 근데 그건 나도 그러니까."

"아직 확실히 이해할 순 없지만 이제 뭔지 조금 감이 온다. 난 작가가 왜 이런 허무맹랑한 내용을 계속 쓰나 그런 생각을 했거든. 그래서 형부가 더 미쳐 날뛰고 언니 뜻대로 저지가 안 되면 오줌도 싸는 거야?"

"오줌인지 뭔지 분출될 때가 있는데, 난 절대 그러고 싶진 않은 거야. 근데 남자들에게는 그런 로망이 있나 봐. 나 때문에 여자가 오줌까지 싸고 자지러지는 걸 보고 싶은 거지."

"언니, 나는 방수 매트가 있어! 아, 내가 그걸 쓸 날이 올까?"

아~ 희수야, 하필 너에게 왜 방수 매트가 있는 거니. 방수 매트가 필요한 날이 희수에게 온다는 보장이 있다면 나는 한 달 치의 오르가슴도 반납할 용의가 있다고 생각했다.

"장담할 수 있는 건 없어. 나도 예전에는 지금의 나를 상상도 못했으니까."

"그럼 그냥 오줌을 쌀 때랑 섹스하다 쌀 때 느낌이 달라?"

"정작 나는 싼 줄 모를 때도 많아. 오줌처럼 쏴아악 나오는 게 아니야. 소량이 칙~하고 나오는 거래, 오빠 말로는. 근데 내가 여자의 사정에 대해 찾아보니까 소변하고 다른 액체라더라? 난 잘 모르겠어. 자주 있는 일도 아니고. 오빠만 엄청나게 흥분하고 좋아해. 그래서 자꾸만 기대하면서 섹스 전에 큰 수건을 까는 거야."

"하하, 형부도 참. 그럼 그때 엄청 좋은 느낌인 거야?"

"내가 못 견디는 상황에서 그러는 거니까, 거의 최고조일 때 그런 일이 벌어지는 거긴 해. 가끔 오빠 몸에 튀기도 하는데 오빠는 그걸 또 미친 듯이 좋아하는 거야. 어쨌든 나는 오줌이든 뭐든 절대 싸지 말아야겠다는 생각뿐이거든."

"아. 그게 어떤 걸까."

"근데 그 정도의 섹스를 하고 나면 수영을 오래 했을 때처럼 머리가 띵해. 숨을 너무 참기도 하고 숨이 너무 모자라기도 하니까. 심장도 어쩐지 좀 무리가 된 것 같고."

"아, 그래서 숨이 차서 헐떡인다는 내용이 나오는구나? 나는 그것도 진짜 이해가 안 가는 거야. 섹스하는데 왜 숨이 차서 야단인가 했거든?"

어? 내 눈을 의심했다. 섹스하는데 숨이 평온할 수도 있는 건가? 백번을 양보해도 최소한 남편이 숨을 몰아쉬는 모습은 숱하게 봤을 텐데? 어안이 벙벙할 정도로 어이없는 말이었지만, 희수는 아마 제대로 된 섹스의 기억이 아득하게 사라졌을 것이다. 다시 나의 경험을 떠올리며 키보드를 두드렸다.

"섹스할 때야말로 최고 숨차지. 오빠도 나도 너무 호흡이 딸리는데 그보다 목이 너무너무 말라서 우리는 아예 물병을 옆에 가져다 놓고 시작해. 하도 숨을 헐떡이니까 입안이 바싹 말라서 말도 안 나오는 상태가 되거든. 가끔 장기전이 될 때는 완전 체력전이야. 나중에 씻으러 갈 때도 벽 잡고 갈 정도로."

나는 섹스할 때 숨이 차는 것 자체를 이해하지 못한다는 희수에게 전력 질주를 마친 경주마처럼 된다는 말은 차마 하지 못했다. 연애시절에 과천 경마장에 간 적이 있다. 돈의 욕망에 사로잡힌 사람들의 격렬한 함성 속에서 전력으로 달리는 말들이 만들어 내는 땅의 울림, 그것은 숨이 멎을 듯한 광경이었다. 경주를 마친 말들은 온몸이 땀에 흠뻑 젖은 채로 한발 한발 다리를 겨우 들어 올려 마구간으로 들어갔는데, 그 모습은 감동적이기까지 했다. 어느 날, 열정적인 섹스를 마치고 땀범벅이 된 채로 거친 숨을 몰아쉬고 있는 남편을 보자 불현듯 그 경주마가 떠올랐고, 남편에게 말했더니 남편도 그 경주마를 생각하고 있었다며 소리를 질렀다. 이후부터 우리는 열정적인 섹스를 하고 나면 전력을 다한 경주마가 되어 벌거벗고 누운 채로 그때 그 경주마를 떠올렸다.

"와, 작가들은 정말 그런 섹스를 다 해본 건가. 허풍이 아니었네? 나는 읽으면서 말도 안 되는 거 써 놨다고 생각한 게 한둘이 아니었거든. 언니한테 얘기를 들어보니까 다 사실에 입각한 묘사들이야."

희수는 경주마 이야기를 쏙 빼놓은 것만으로도 감탄했다.

"직접 해본 게 아닐 수도 있지. 포르노 보면서 감정이입하고 썼을 수도 있어. 아니면 취재를 했든가."

"아, 포르노를 보고 쓸 수도 있겠구나."

"남자가 사정 직전에는 전력 질주를 하잖아. 심지어 손으로 해줄 때도 흥분하고 열정을 불사르니까 꽤 숨차 하던걸. 내가 조금이라도 몸부림치면 팔뚝 근육이 땡땡해져도 멈출 수가 없는 거지."

"하하. 죽이겠다는 마음을 제어하지 못하고 팔이 떨어져 나가도록 하는 거야? 그것 참 감사한 마음이다!"

"바로 그럴 때 저지하는 몸짓이라도 보이면 절대 그만두지 못하지. 팔 근육이 다 찢어진다고 해도 남자는 그런 상황에서는 절대 멈추지 않을 거야."

"하아……."

희수는 감탄인지 한숨인지 모를 단어를 내뱉은 뒤에 백 년이 지난들 자기가 알 수 있었겠냐고 속이 다 시원하다고 고맙다고 했다. 하지만 줄줄이 설명해놓은 대화창을 다시 올려보니 막상 이게 잘한 건가 싫었다. 아무리 알려달라고 졸랐다지만, 그렇다고 이렇게까지 자세할 필요가 있었나. 오르가슴에 매달렸던 희수가 포기하지 않도록 경험담을 들려주고 싶었던 거라 해도 말이다. 나는 어쩐지 희수에게 몹쓸 짓을 한 것만 같았다.

"어때? 네 남편보다 낫지?"

"아, 너랑 하게 되다니!"

남자가 말했다. 나는 긴 머리로 가슴을 살포시 가린 채 여성 상위 자세를 취하고 있다. 남자의 가슴 위에 손을 얹고 골반을 열심히 흔들면서 남자의 감탄에 도발적인 질문을 던졌다.

"신입생 OT 때부터 나 좋아했지? 나랑 하는 상상도 숱하게 했지?"

"맞아, 나 처음부터 너 좋아했어. 너랑 사귀고 싶었는데 선배가 바로 채 가더니 결국 결혼까지 하더라?"

남자는 내 골반을 잡고 한차례 흔들더니 숨을 헐떡이면서 말했다.

"나 결혼해서 안타까웠어? 상심했어?"

"당연하지. 하지만 언젠가는 너랑 이렇게 될 줄 알았어. 정말 꿈만 같다."

"나도. 나도 그래."

나는 쓰러지듯 안겨서 잠시 숨을 고른 후에 남자의 젖꼭지를 빨았다. 남자는 나를 들어 바닥으로 눕히더니 다시 힘있게 허리를 움직였다.

"어때? 내가 더 낫지? 네 남편보다 더 잘하지?"

남자는 거친 숨을 몰아쉬면서 대답을 종용했다. 내가 대답하지 않자 남자는 다시 물었다.

"남편 것보다 훨씬 크고 단단하지? 어서 대답해."

"응. 훨씬 좋아."

"그럴 줄 알았어. 니가 내 걸 좋아할 줄 알았다고. 이제부터는 남편하고 할 때마다 내 생각이 날걸? 나 좋다고 따라다니던 동기랑 후배들이 얼마나 많았는지 알아? 날 유혹한 애도 몇 명이나 있었다고. 그래도 나는 너만 좋아했어. 네 생각만 했다고."

남자가 헐떡이면서 띄엄띄엄 내뱉은 말에 나는 갑자기 정색하며 물었다.

"정말? 누가?"

남자는 움직임을 쉬지 않고 중간중간 헉헉대며 대답했다.

"다들 나한테 반했었다고. 너만 빼고."

나는 올리고 있던 다리를 내리고 정색하고 물었다.

"누가 오빠 좋아했는데? 나랑 사귈 때 그랬지? 나 먼저 졸업하고 오빠 혼자 학교 다닐 때?"

남편은 움직임을 멈추고 어이없는 표정을 지었다.

"아잇! 갑자기 현실로 돌아오면 어떡해?"

"누가 오빠 유혹한 거지? 내가 짐작이 가는 사람이 있다니까?"

나는 남편을 추궁했다.

"무슨 소리 하고 있어. 내가 너한테 미쳐 있던 거 온 학교 사람들이 다 알았는데, 대체 누가 날 유혹하겠어. 아이, 진짜. 분위기 깨졌잖아."

남편은 토라진 얼굴로 옆으로 나 앉았다. 졸지에 단단함이 풀려버린 남편의 성기를 보고 웃음이 터졌다.

"알겠어 알겠어. 갑자기 실제 얘기인가 싶어서 그랬지."

나는 남편을 다독이며 눕혔다. 남편은 토라진 얼굴로 마지못해 누웠다.

"자, 손님 이쪽으로 누우세요. 여기 처음 오셨어요?"

나는 순식간에 다른 상황극을 시도했다.

"네, 가던 데가 있는데 서비스가 영 별로라서요."

남편도 바로 다시 상황을 이어받아 주었다.

"걱정하지 마세요. 한번 저에게 온 손님은 절대 다른 데를 못 가시거든요."

나는 금세 단단해진 남편의 성기를 최대한 천천히 정성 들여 빨았다.

"오늘 입으로 끝까지 할래? 진짜 오래됐잖아. 나 오빠 못 견디는 것 좀 보게."

"아니야, 난 네 속에 들어가 있는 게 너무 좋아. 이제 이리로 와."

"나 이 정도로 의기소침하지 않아."

눈 뜬 세상은 새벽처럼 고요했지만 지나치게 밝아서 나는 소스라치게 놀라 침대에서 용수철처럼 튀어 올랐다. 방문을 박차고 나가며 온 세상이 다 들을 정도로 "준서야, 늦었어!"라고 외치고 나서야 상황을 파악했다. 남편이 서재에서 웃으면서 나왔기 때문이다. 준서를 등교시키고 잠깐 다시 누워 있자는 게 두 시간이나 지나 있었다. 나의 늦잠으로 아이를 몇 번 지각시킨 적이 있는 나는 종종 낮잠을 자면 이렇게 놀라서 깼다. 상황파악을 했는데도 놀랐던 심장은 여전히 펄떡펄떡 뛰었다. 가슴께를 내려다보니 심장의 움직임이 보일 정도였다. 너무 놀랐다며 남편에게 투정을 부리고 물을 한잔 따라 들고서 이번에는 스마트폰이 어디 있나 두리번거리며 찾아다녔다. 검은 싱크대에 놓여 있는 검은색 스마트폰은 눈에 띄지 않아서 빨간 점이 깜빡이지 않았다면 항상 무음 상태인 내 스마트폰을 찾기 위해 10분은 돌아다녔을 거다. 빨간 점은 희수였다. 삼 일 만이었다.

"언니, 어제는 오빠가 술도 많이 안 마시고 집까지 일을 가지고 와서 컴퓨터 앞에 오래 앉아 있더라구. 자려고 눕길래 따라 들어가서 내가 잠깐 빨아주겠다고 확 깠거든? 그랬더니 아니라면서 막 다급하게 막는 것이야. 그래서 섹스하자는 거 아니라고, 잠깐만 빨아주겠다고 했더니 정색하면서 '그게 뭐가 좋아?' 그러는 거야. 그래서 내가 정말 내적 갈등이 생겼지만 잠깐 고민하다가 가서 안겼어. 그랬더니 덥대. 그래서 지난번에는 옆에 누워 보라고 하지 않았냐니까 그땐 그때고 지금은 더워서 싫다는 거야. 짜증내는 말투는 아니었는데 저러니까 내가 이 인간을 계속 예뻐해 줘야 하나 그런 생각이 들더라. 나는 이 정도로는 오빠한테 쪽팔리지도 않으니까 걱정 마. 근데 이번 주 내내 계속 실패하니까 조바심이 나기 시작했어. 결국 안 되는 건가 하구."

초반에는 비교적 쉽게 풀린다고 회심의 미소를 지었는데, 역시 이런 문제는 간단할 리가 없는 거였다. 하지만 그동안 차곡차곡 쌓여온 앙금에 비하면 찰나에 불과한 시간이 지났을 뿐이다. 다만, 희수 남편이 다급하게 제지했다는 것이 마음에 걸렸다. 굳이 왜 거부했을까. 대체 무슨 이유일 것 같냐고 남편에게 물었다. 내 얘기를 들은 남편은 별말은 없었지만, 얼굴의 온도가 조금 변한 것처럼 느껴졌다.

"그래서 결국은 그냥 나온 거야?"

나는 대수롭지 않은 듯이 물었다.

"저렇게까지 거부하는데 그냥 나왔지 뭐. 그리고 언니가 먹을 거 잘 챙겨주라고 해서 오빠한테 혹시 아침을 먹고 싶으면 말하라고 카톡을 보냈거든. 살찐다고 아침을 안 먹었었어. 사실 매일 술 마시니까 출근 시간 맞추는 것도 힘들어서 아침은 먹지도 못해. 근데 답이 없었어. 그래서 어제 오자마자 왜 답장 안 했냐니까 못 봤다는 거야. 내가 뻥인 거 알면서도 꾹 참고 아침에 뭐 먹고 싶은 건 없냐고 물어보니까 그냥 맛있게 알아서 차려달래. 그래서 오늘 되게 일찍 일어나서 이것저것 반찬도 하고 오빠도 일찍 깨웠어. 이건 맛있는 아침이냐고 물어봤더니 말은 진수성찬이라고 하더라."

"이야, 그래도 진수성찬이라는 말을 다 하네."

"근데 최근에 오빠가 진짜 순해졌어. 화를 안 내. 평소라면 엄청 짜증내고 화낼 일도 진짜 순하게 말하는 거야. 그게 밥 때문인지 블로우잡 때문인지 모르겠어."

"오늘 처음 차려줘 놓고 무슨 밥 때문이래? 이유가 어쨌든 순해졌다니 다행이다. 난 이런 생각이 들어. 자기가 확 달라진 모습을 보이는 게 쪽팔린다고 생각할 수 있을 거 같아. 남자들 좀 그렇잖아. 마누라가 처음으로 다가와서 자진해서 빨아주고 섹스도 하고 그랬어. 그랬다고 자기가 180도 바뀌자니 자존심이 상하는 거지. 그래서 너무 호락호락하지는 말아야지, 그랬을 수도 있어."

"근데 진짜 귀찮은 거 같더라구. 이 인간은 그게 왜 귀찮다는 걸까?"

어쩌면 희수 남편은 정말로 순수하게 귀찮았을지도 모른다는 생각이 들었다. 남자도 여자처럼 만사가 다 귀찮을 때가 있는 거겠지. 블로우잡을 마다할 정도로.

"네 남편의 변화는 전반적인 너의 태도 때문일 거야. 이제 자기를 조금 생각해주는 것 같으니까 맘이 좀 풀린 거겠지. 섹스는 너네 너무 오래 그러고 살아서 아무리 빨라도 몇 달은 걸릴 거고, 금방 바뀌는 것보다 그게 더 자연스럽잖아. 이걸로 의기소침하지 마."

"언니, 나 이 정도로 의기소침하지 않아. 그리고 계속 들이대는 것도 하나도 힘들지 않을 것 같아. 왜냐면 진짜 싫으면 짜증을 불같이 낼 인간이야. 근데 나한테 성욕이 안 생겨서 저러는 거 아닐까 하는 생각이 들어."

"그간 태산같이 쌓인 불만이 섹스 몇 번으로 다시 예전처럼 휙 돌아가겠어? 생각해봐. 보통 싸우고 냉전 중일 때 한 사람이 접고 들어오면 고마워도 괜히 한 번은 더 튕기고 싶잖아. 딱 한 번만 더 숙이고 들어오면 못 이기는 척 받아 줘야지 생각하고 있는데 상대방이 맘 상해서 그 한 번을 더 안 해주면, 그때 부랴부랴 접고 들어가기도 뭐하고 꼬이는 거야. 계속 다정하게 대해줘야 해. 네가 거부한 만큼은 아니어도 쉽게 받아 주기는 싫은 마음이 들기도 할 것 같아. 좀 강짜 부리고 싶으면 그러라고 하자."

"언니가 오빠를 몰라서 그런다? 이 사람 그런 성격이 절대 아니야. 자기 하고 싶은 거는 다 하는 성격이구, 민망하니까 몇 번 더 거절해야겠다, 그런 식으로 생각할 사람이 절대 아니야. 그냥 식은 거 같아."

희수는 기운이 빠진 것 같았다. 자기는 의기소침해지지 않는다고 말하지만, 당연히 희수도 상처를 받았을 것이다.

"네가 남편을 어떻게 다 알아? 그럼 물어보든가. 괜히 짐작하지 마. 우리같이 대화 많이 해도 말을 안 하면 속마음은 당연히 모르는 거야."

"시도는 계속할 거야. 아무리 식었다고 해도."

희수의 다부진 각오가 슬프게 들렸다.

"예전에 내가 거절하면 오빠도 다시는 먼저 하자고 말하지 말아야지, 그런 생각을 했었대. 그게 며칠 못 가서 그렇지 거절당한 직후에는 그런 생각이 확 들고 자존심도 상하고 내가 밉더래. 근데 너네는 이미 너무 오래 지나버린 상태인데 최근에 니가 몇 번 먼저 다가섰어. 그랬다고 네 남편이 배시시 웃으면서 좋다고 바로 달려들거나 대주고 있자니 그건 좀 모양 빠진다고 생각할 수 있지 않을까? 그럴 사람 아니라는 건 네 생각이고."

"아!!! 모양 빠지는 느낌이라니까 이해가 확 가. 오빠가 그걸 유독 싫어하는 타입이야. 그 모양 빠지는 거 싫다는 명목으로 돈도 얼마나 나가는 줄 알아?"

나는 약간 안도의 한숨이 나왔다.

"녹슬어버린 문이 바로 열리긴 힘들다고 생각해. 그래서 말을 해야 한다니까? 지름길이 있는데 왜 안 하는 거야? 눈 딱 감고 한 번만 얘기해. 예전처럼 오빠를 사랑하기로 단단히 작정했으니까 그렇게 알고 있으라고. 그것도 못 하겠어? 넌 전혀 그런 스타일이 아니었는데 갑자기 몸으로 덤비니까 어리둥절해 있을 수도 있잖아. 너의 의도를 모르는 상태로 마냥 좋아하고만 있긴 힘들어."

"대화다운 대화를 해본 적이 없어. 기억도 안 나. 말하는 게 제일 용기가 안 난다. 차라리 백 번을 삼키라면 난 무조건 그걸 택할 텐데."

"예전처럼 행복하게 살고 싶고, 은성이도 사이좋은 엄마 아빠를 보면서 행복하게 잘 크면 좋겠다고. 그래서 노력해볼 거라고."

희수는 내 글을 곱씹어 읽느라고 말이 없는 건지, 생각 중인 건지 몇 분간 말이 없었다.

"그때 얘기를 한 번도 해본 적이 없어. 예전에 좋았을 때 얘기를."

"생각을 정리해서 카톡이나 메일로 보내는 게 더 편하겠니? 아무래도 그렇겠지? 말로 하다가 나만 오르가슴 모른다는 그런 소리 또 나올라."

"헐! 오빠가 그 말을 싫어했을까?"

"그럼 좋았을까? 당신이 능력 없어서 나만 오르가슴 못 느낀다는 말인데. 이젠 안 아프다는 사실도 확실하게 다시 말해주고. 예전에 하도 아프다고 했으니 지금도 네가 혹시 아플까 봐 걱정할 수도 있어."

"오빠가 갑자기 왜 그러냐고 묻는 바람에 너무 놀라서 그런 말이 튀어나온 건데……."

"대수로운 건 아니야. 남자들끼리 모이면 하도 허풍을 떨어서 문제지. 여자가 반 죽었다느니, 숨넘어가는 줄 알았다느니 그런 허풍을 떨어대니까, 다들 그렇게 잘하는 건가, 나만 못하나? 하고 꽤 부담을 느낀다는 거야. 그게 남자들이 섹스를 거부하는 원인이 되기도 한대."

"아, 그렇구나! 다른 남편들과 비교하는 꼴이 됐겠네. 근데 이번 주말에 나 은성이랑 경주 친구네 가기로 했거든. 대학 때 나랑 제일 친했던 친구 있잖아. 가기 전에 한 번은 꼭 성공해야 할 텐데."

"주말 지내고 오는 거지?"

"응. 오빠가 되게 마뜩잖아 하긴 했는데, 내가 하도 그 친구 보고 싶어 하니까 결국 허락은 해줬어. 저 인간, 그때까지도 계속 거부하는 건 아니겠지?"

"아닐 거야. 네 남편도 어제 거부한 걸 마음에 담아두고 있을 거야. 아! 그럼 경주에서 밤에 카톡을 보내는 건 어때? 당장 얼굴 마주할 일 없으니까 덜 민망하지 않겠어?"

"그럴까? 말로는 나 진짜 못할 것 같구, 카톡 보내도 그날 저녁에 얼굴 볼 생각하면 너무 싫은데 딱 좋겠다. 그래야겠어!"

"나만 이러고 사는 줄 알았지."

부부의 섹스를 왜 '부부 관계'라고 부를까. 섹스가 부부 관계의 핵심이므로 이런 표현이 생겼나 싶다가도 부부의 성교는 되도록 완곡하게 표현해야 마땅함을 은근히 강요하는 인상이 들기도 한다. 병원에 가도 의사들은 섹스를 언제 했냐고 묻지 않는다. 마지막 관계가 언제였는지 묻는다. 친구들도 섹스에 관해 얘기할 때면 '잔다' 또는 '한다'라고 말하지 섹스라는 단어를 입에 올리지 않는다. 섹스라는 말에는 음란하다는 정서가 깔려 있으니, 부부 사이에서는 음란한 섹스 말고 정숙한 부부 관계를 해야 한다는 듯이 말이다.

사전을 찾아보니 '부부 관계'에는 두 가지 뜻이 병기되어 있었는데, '법률적으로 사실혼 관계에 있는 남녀'보다 앞서 적혀 있는 뜻풀이가 '결혼한 남녀의 육체적 행위와 관련된 일체의 것'이다. 나는 어느 순간부터 부부 사이의 섹스를 부부 관계라고 부르는 게 불만이었다. 뭔가 답답한 장벽이 드리워져 있는 느낌이 드는 것이다. 남자들이 '부인과 하는 것은 관계고, 밖에서 재미있게 하는 게 섹스'라고 생각할 것 같다고 말하면 너무 비약일까? 부부 사이의 섹스를 대놓고 말하지 못하는 사회는 아버지를 아버지라 부르지 못했던 홍길동의

억울함이나 답답함을 상기시킨다.

사회적, 도덕적, 법적으로 거리낌 없는 섹스가 인정된 유일한 관계가 부부인데, 왜 많은 부부가 섹스 때문에 그토록 애를 먹을까. 더 큰 골칫거리는 이게 섹스만의 문제로 끝나는 것이 아니라는 점이다. 부부 사이의 섹스는 마냥 기쁘게 다가오기는 꽤 어렵고, 낙담이나 실망, 혐오나 수치의 원인이 되기는 이토록 쉽다. 인간을 발정기가 따로 없이 항상 섹스할 수 있는 동물로 만들어 놓았으면 십상팔구 문제가 없어야 할 것 아닌가. 이런 생각을 하고 있을 때 희수에게 카톡이 왔다.

"언니, 나 경주 가는 기차 안이야. 은성이 잠들어서 톡 하는 거야."

"그래서 여행을 가기 전에 성공하셨습니까?"

"그저께는 은성이가 너무 늦게 자서 오빠가 먼저 잠들었고, 어제도 은성이가 여행 간다고 신나서는 밤 열두 시가 넘어서야 잠이 든 거야. 근데 은성이 재우고 나 샤워하고 나올 때까지 오빠가 안 자고 기다리고 있더라고. 그래서 이상하다고 생각하면서 자려고 누웠는데 오빠가 '나 왜 꼴렸는지 모르겠어.' 그러는 거야. 여태 안 자고 기다려 놓고. 그래서 또 블로우잡으로 끝까지 갔어. 오빠는 예나 지금이나 입으로 해주기만 바라는 거야."

희수 남편은 또 희수의 입과 손으로 사정을 하고 만 건가? 어떻게 그럴 수가 있지? 희수가 삽입을 강력히 요구할 때까지 누워만 있을 생각인가? 여전히 희수가 아플 것을 걱정하는 걸까? 분명 아프지 않다고 말했다는데 참말 이상하다. 내가 생각에 잠겨 별다른 대꾸를 하지 못하고 있는데 희수가 다시 말을 이었다.

"근데 며칠 전에 경주에 사는 이 친구랑 수다 떨면서 내가 요즘 얘기를 좀 했다? 그랬더니 애도 엄청난 관심을 보이는 거야. 정말 섹스는 모두의 관심사인가 봐. 내가 말만 꺼내면 다들 작정하고 달려든다니까? 그러더니 오늘은 뭐라고 카톡이 왔게? 자기도 우선 젤을 샀다는 거야. 나더러 오늘 밤에 강의해 달래."

"정말?"

"자기도 하나도 모른다고 나한테 알려 달라는데, 나는 뭐 알아? 언니 대화창 보면서 얘기해주는 수밖에 없지. 언니의 소중한 비기가 이렇게 퍼지는 건가."

"애들 재우고 신나겠네? 얘기하다가 잘 모르는 거 있으면 연락해라."

"언니, 더 웃긴 거 알려줄까?"

"뭔데?"

"은성이 유치원 엄마들이 있는데, 그 엄마들 몇이 다음 주에 나를 만나겠다고 지금 대기하고 있다는 거야. 나는 정말 이런 얘기를 해도 될 정도로 친한 엄마 딱 한 명한테만 언니가 알려준 거 조금 말해줬거든? 열흘쯤 전에 말야. 근데 며칠 동안 친한 사람들한테 서로 말했나 봐. 그래서 다섯 명이나 젤을 샀다지 뭐야! 그래놓고 나한테 얘기 듣고 싶다고 만나자는데, 이게 믿어져, 언니?"

은성이 친구 엄마들이면 결혼한 지 최소한 5~6년은 넘은 사람들이다. 그런 여자들이 섹스에 대해 배우고 싶다는 열망을 이토록 품고 있다니. 그것도 친하지도 않은 자기 아이 유치원 엄마에게 섹스 강의를 들어보겠다고? 대체 누가 이 말을 믿을 수 있겠나.

"웬일이야? 이게 다 뭔 일이야? 근데 친하지도 않은 엄마들하고 이런 얘기를 어떻게 해? 가능하겠어?"

"그러게. 내가 경험한 거라곤 블로우잡밖에 없는데. 제일 친한 엄마가 어제 전화해서는 지금 반응이 폭발적이라면서 빨리 만나자는 거야."

"와, 다들 이렇게 목마른 건가. 눈물이 나올 것 같다."

"다 나보다는 나은 상태겠지만 그래도 불만인 사람들이 태반인가 봐. 다들 이렇게 절박하다니, 상상도 못 했어. 나만 이러고 사는 줄 알았지."

"일단 너는 경주에서 재밌게 놀다 와. 남편한테 뭐라고 답변 올지 궁금하다."

"오빠가 원래 내 톡에는 답변을 안 하거나 ㅇㅇ 이라고만 답하니까 기대하지 마. 나는 그런 거는 이제 아무렇지 않은 사람이 되었거든."

칫! 자기 남편한테 실망할까 걱정하는 것 보니까 사랑하는 거 맞네. 나는 속으로 피식 웃었다.

"설령 네 남편에게 답변이 없다고 해도, 네가 보낸 글을 보면 마음은 많이 풀릴 거야. 사실 이미 좀 풀렸잖아. 아무리 사랑하는 사이라도 문제없이 섹스가 좋기만 한 것도 아니야. 서로 무지하게 노력해서 방법 찾고 대화도 하고 계속 용기 북돋아 가면서 해야 좋아지거든.

안 좋았던 섹스의 기억은 누구나 다 있어. 나도 마찬가지고."

"언니도 그랬다는 게, 나한테는 그 사실이 정말 희망인 거야. 언니가 처음부터 좋기만 했다고 말했으면 나 솔직히 분노를 느꼈을 수도 있어. 진짜야. 재벌 2세가 돈 자랑하는 꼴 보는 거랑 뭐가 달라?"

"우리가 섹스의 참맛을 알게 된 건 몇 년 전부터였다고. 예전에도 부지런히 하긴 했는데 뻔한 섹스였어. 지금처럼 열정을 불사르진 않았어."

"그럼 제일 안 한 기간이 얼마 동안인데?"

"연애할 때는 마땅한 장소가 없으니까 2주까지 못한 적이 있었어. 결혼하고 나서는 생리 기간이거나 시부모님 와 계시거나 그러면 최대 일주일 정도? 출산 직후는 빼고."

"뭐? 결혼 이후에 제일 뜸했던 기간이 일주일이라고? 그리고 15년을, 아니 연애 때부터 했으니까 몇 년이야? 설령 전혀 좋지 않았다고 해도 분노가 생길 지경인데? 어떻게 그럴 수가 있는지 이해 불가야. 와, 이렇게 대단할 수가 없다. 근데 내가 어디서 봤는데 매일 하는 사람은 정말 매일 한다더라."

"맞아. 근데 매일 하다 보니까 이틀만 안 해도 진짜 오랫동안 안한 것 같고, 저 사람이 나한테 맘이 식었나? 그런 생각이 들더라니까? 되게 웃기지? 아무튼, 부부 사이에 섹스는 진짜 중요한 거야."

"나도 이번에 진짜 많은 생각을 했어. 그리고 맞다, 나 언니한테 이거 말하려고 카톡 한 건데. 나 어제 병원 가는 날이라서 은성이 보내고 병원에 갔거든. 병원 갈 때마다 1층 카페에서 내가 커피를 사는데, 그때마다 마주치는 아줌마가 있어. 몇 달째 마주치는 거 보니까 매일 오전 그 시간에는 거기서 커피를 마시는 거 같아. 몇 번 어색하게 눈인사했는데 어제는 말을 시키는 거야."

"몇 번 본 사람이래도 그러기는 힘든 건데?"

"나도 아줌마한테 호감이 있긴 했었어. 패션 센스가 장난 아니거든. 어쨌든 나 금방 약 타 가지고 와서 다시 만나기로 했다?"

그 아주머니는 그리 보이지는 않았지만 쉰두 살이라고 했다. 그녀 역시 한 달에 한 번씩 남다른 패션 감각으로 나타나는 희수에게 호감을 느껴서 말을 걸어본 것이었다. 희수는 불안증으로 병원에 다닌다는 것과 남편과 다시 섹스하려고 시도 중이라는 것까지 말하게 되었다. 그러자 그녀는 반색하면서 자신의 경험을 말해주었다고 한다.

"아줌마 말이 자기도 섹스리스였대. 되게 오랫동안. 그런데 남편하고 사이가 정말 좋았다는 거야. 남편이 천성적으로 다정한 사람이었대. 가족이나 친구들도 다 인정하는 사이좋은 부부였고, 물론 자기도 그렇게 생각했다는 거야. 섹스 안 하는 것에도 딱히 불만이 없었고, 그건 남편도 마찬가지였대."

나는 동네 언니 생각이 났다. 동네 언니도 섹스는 안 하지만 사이는 좋다고 했었고, 내가 볼 때도 그랬다. 남편은 말도 안 된다고 어이없어했지만, 여기도 이렇게 있는걸?

"근데? 아줌마 얘기 완전 궁금한데?"

"은성이 깰까 봐 짧게만 얘기할게. 이 아줌마가 성 상담사를 찾아갔대. 불만이 없는데 왜 갔냐까 말은 친구가 간다고 그래서 자기도 심심해서 갔대. 돈은 있어 보이더라구. 어쨌든 가서 상담했는데, 거기서 섹스하라고 강권했대. 어떻게 시작할지도 알려줬겠지. 남편도 다정하다니까 나랑은 비교도 안 되게 쉬웠을 거야. 한 시간도 넘게 얘기했는데 결론만 말하면, 자기가 완전히 착각하고 살았다는 거야. 물론 그때도 사이가 좋고 지금도 좋대. 근데 그 전하고는 너무나 다른 관계가 됐다는 거야. 정말 신기하지? 자기는 그동안 우리는 이대로도 정말 행복하다, 괜찮다, 그렇게 생각하고 살았고 자기의 행복을 추호도 의심하지 않았대. 근데 그게 오만이었다는 거야. 지금은 완전히 다른 인생이래. 뭐라고 했냐면 예나 지금이나 행복의 울타리 안에서 사는 건 맞지만, 지금은 생활의 요소요소가 다 기쁨이래. 자기 남편도 당연히 그럴 것 아니겠냐면서, 사이가 좋은 거? 원만한 거? 그거랑 사랑하면서 애정을 나누고 사는 건 어마어마한 차이가 있는 거라고 했어. 그러면서 나한테 지금 잘하는 거라고 힘들어도 계속 용기 내라고 하는 거야. 나 울고 싶은 걸 겨우 참았어."

"와, 웬일이야!!! 그 아줌마는 우연히 친구 따라간 거였다지만 그걸로 인생이 바뀐 거잖아. 근데 그 아줌마가 너에 비해서 쉬웠을 거 같니? 최소한 너의 두 배는 넘는 기간 동안 섹스리스였을 거야. 그런 상황에서 남편한테 다가가는 거 쉬운 거 아니야. 그 아줌마도 너처럼 용기를 낸 거야. 아줌마의 인생에 내가 다 기쁘다. 그나저나 너도 그 상담사한테 가보면 어때? 연락처 물어봤어?"

"무슨 소리야 언니, 나한테는 언니가 있는데. 오빠한테 카톡도 보내야지, 친구도 가르쳐야지, 오늘 밤은 아주 바쁘겠어."

아줌마와 나눈 대화로 희수가 좀 더 확신을 가졌을 테니 기쁘면서도 나는 복잡한 마음이 되었다. 희수도 처음부터 전문가에게 갔더라면 벌써 행복한 하루하루를 보낼 수 있었던 건 아닐까 하는 생각이 들어서였다. 성 상담사라면 희수에게 어떤 조언을 해주었을까? 나의 조언이 희수의 인생에 도움이 되긴 하는 걸까.

"언니, 오빠한테 말했어. 문자를 보낸 거지만."

다음날 낮에 생각지도 않았는데 경주에 간 희수에게 전화가 왔다. 뭐라고 보냈을지 궁금했지만 그건 묻지 않기로 했다.

"오~ 잘했어."

나는 희수 남편이 혹여 답장을 안 했을까 봐 답장 얘기는 쏙 뺐다.

"어젯밤 12시에 보냈는데 일찍 잠들었는지 안 읽더라구. 새벽까지 오빠가 읽나 안 읽나 계속 확인하느라고 나 잠도 거의 못 잤어. 근데 아침 7시에 '별 얘기를 다 한다. 재밌게 놀다 와.' 이렇게 답장이 왔어. 난 10줄도 넘게 써서 보냈건만. 그래도 반응은 나쁘지 않지?"

"그 정도면 됐지! 은성 아빠도 네 글 보고 감동했을 거고, 생각도 많이 했을 거야. 너 달라진 거야 이미 알았던 거고, 너의 글 보고 네가 왜 달라졌는지 이제 명확히 알았을 거니까."

"감동까지는 아니고, 이런 말을 뭘 굳이 하고 그래? 이런 느낌이었어. 근데 말을 해놨으니까 앞으로는 내가 거부할까 봐 남편이 시도하지 못하는 일은 없겠지."

"뭐가 되었든 긴가민가한 상황은 진짜 좋지 않아. 너 정도는 아니어도 나도 되게 말을 안 하는 스타일이었거든. 물어보면 될 것을 괜히 혼자 맘 상하는 일도 생기고, 살다 보니까 이게 감정적으로나 시간적으로도 얼마나 손해인지 알게 된 거야."

"하여튼 말을 하니까 속은 시원하다. 당장 오빠 얼굴 안 봐도 되니까 민망하지도 않고, 진짜 적절한 타이밍이었어."

"그나저나 친구한테 비기를 전수해줬어? 아, 나랑 계속 얘기하고 있어도 되는 건가?"

"친구가 나 어제 잠 못 잤다니까 자라고 애들 데리고 나갔어. 그나저나 내 친구 지금 각오가 대단하거든."

"너에게 배우겠다고 했으니 어떤 각오는 있었겠지. 무슨 일인지 말해도 돼?"

"말하자면 내 친구도 다시 섹스라이프를 시작하고 싶은 거야. 친구 주말부부거든. 남편 직장은 부산에 있어. 원래 부산에서 살았구. 내 친구가 쌍둥이를 낳았는데 임신부터 출산 때까지 말도 마. 무지 고생해서 어쩔 수 없이 친정 근처로 온 거야. 근데 남편이 출퇴근 힘들다고 금방 회사 앞에 방을 얻었대."

희수 친구 부부는 주말부부를 시작하고 초반에는 훨씬 더 애틋한 사이가 되었다고 한다. 다시 신혼으로 돌아간 기분이었다. 힘들었던 임신과 출산으로 멈추었던 부부의 시계를 누군가가 옛날로 돌려놓은 것 같았다. 하지만 그 애틋함은 생각보다 금세 사라졌다. 함께 식사하고 섹스하고, 주말 중 하루는 쌍둥이를 데리고 나들이 가는 일들을 남편이 점점 꾸역꾸역 하는 것이 느껴졌다. 머잖아 회사 사람들과 골프를 시작했다는 남편은 주말에 집에 오지 않는 일이 잦아졌다. 저녁 식사 대신 회식을, 쌍둥이와의 나들이 대신 동료들과의 골프로 주말의 습관을 점차 바꾸기 시작했다. 또 집에 왔다고 해도 피곤하다며 대부분 잠을 잤다. 섹스가 뜸해진 것은 말할 필요도 없다. 주말에 하필 생리한다고 몹시 안타까워하던 남편은, 이제 부인의 생리 주기 따위에는 관심이 없었다. 평일에도 남편과 전화통화가 되지 않는 날들이 생겼고 희수 친구는 불안과 분노, 슬픔과 우울감으로 몹시 지쳐갔다. 고작 두 시간이면 갈 수 있는 거리였지만 남편의 원룸에 불쑥 찾아가 볼 용기가 나질 않았다. 결국, 희수 친구도 섹스리스가 된 채로 산 지 몇 년이 지났고, 어떻게든 벗어나고 싶은 마음이 굴뚝이던 차에 희수가 섹스 이야기를 꺼냈으니, 지푸라기라도 잡아볼 심정이 되었다.

"이제 애들도 좀 자라고 몸이 괜찮아졌다면 주말부부를 청산하면 많은 것이 해결되지 않을까? 그리고 남편 방에 찾아가는 게 뭐가 어때서? 왜 못 가고 불안해하는데?"

"쌍둥이들 태어나면서부터 엄마한테 너무 의지해서 아직 혼자 감당하긴 좀 힘든가 봐. 게다가 부산으로 갈 경제적 여건도 안 되는 것 같아. 그리고 예전에 친구 남편이 바람 비슷하게 피운 적이 있었어. 오래전인데 딱 한 번 그런 일이 있었어. 그 이후에는 내가 알기론 별 탈이 없었는데 자꾸 집에 안 오고 섹스도 안 하니까 그 의심과 불안이 다시 수면 위로 올라온 거야."

"그래서 불쑥 못 가보고 불안해하는 거였구나. 어쨌든 친구도 몇 년 만에 다시 섹스를 해보겠다고 단단히 각오했단 말이지?"

"응. 내 친구도 이미 섹스리스지만 애 좀 키우고 나니까 성욕도 좀 생겼고, 앞으로 섹스를 안 하면서 이렇게 늙어갈 수는 없다고 생각했대. 근데 내가 마침 얘기를 꺼낸 거지."

"그래서 이것저것을 알려줬어?"

"얘나 나나 모르는 건 매한가지야. 언니랑 대화한 내용을 같이 보면서 미천한 내 경험담을 곁들여서 같이 공부했어."

"네 친구도 용기를 내보겠대?"

"어. 뭐든 해볼 생각이래. 잃을 게 없대. 다시 남편하고 섹스하면서 살 수 있다면 뭐든 다 할 거래. 그러면서도 조금 걱정하더라."

"왜? 남편 반응이 없을까 봐? 아니면 거부할까 봐?"

"그치. 나는 이미 시도했고, 일단 오빠가 받아줬잖아. 자기는 시도했다가 잘 안 될 걱정을 미리 하면서, 이런 섹스라도 다시 시작한 내가 부럽대. 아니, 나를 부러워하면 어쩌자는 거야? 나는 저기 밑바닥에 있는 사람인데."

"네가 왜 밑바닥에 있어? 쓸데없는 생각 말고 친구에게 용기를 줘. 네가 선구자인 거잖아. 네 친구 남편도 마다할 리 없어. 누울 자리를 보고 다리 뻗는다고 친구도 그런 결심을 할 정도는 되는 상황인 거야. 그래 볼까 하는 생각조차 못 하는 사람도 많아. 너와 네 친구는 바닥에 가라앉은 거 아니야. 잘해 봐. 같이 상의하고 의지할 수 있는 동지가 생긴 거잖아."

"맞네, 동지. 섹스 동지네. 대학 때는 우리 다이어트 동지였거든.

같이 음식 조절하고 운동에 열 올리고 그랬었거든."

"다이어트 말이 나왔으니 말인데, 며칠 전에 내 사촌 동생이 왔다 갔거든. 애 낳고 살이 너무 쪘다고 진짜 와 있는 내내 다이어트 얘기만 하다 갔어. 걔는 급하다면서 일단 약 먹겠다고 난리야. 나는 어쩔까 모르겠어. 약 먹긴 싫은데."

나는 티셔츠를 들어 올려 바지 고무줄 위로 볼록하게 나온 뱃살을 아프게 꼬집었다.

"언니는 형부가 계속 사랑해주는데 무슨 걱정이야."

"오빠도 나 65킬로 넘으면 사랑 안 해준다고 으름장을 놓는다고. 비밀인데 이미 그거 넘었다."

"근데 나도 살찐 남자는 매력 없어. 오빠가 살찌면서 내가 맘이 더 안 간 것도 있어."

"내 사촌 동생은 애 낳고 20킬로가 쪘어. 나도 결혼하고 10킬로 넘게 쪘지만, 사촌 동생은 단기간에 체중이 확 늘어난 거라서 지금 자존감이 바닥이야. 당연히 섹스라이프도 없고."

"따져보면 섹스 만족스럽다는 사람이 없다, 없어."

"사촌 동생은 이젠 남편이 자기를 여자로 안 본다고 생각해. 그 이유가 다 자기 살 때문이라고 생각하고 우울해하는 거야."

사촌 동생은 사실 그렇게 심각한 상태도 아니다. 그런데도 자기 혼자서는 어떻게 해볼 수 없는 상태가 되었다고 자포자기한 상태였다. 아마도 결혼 전에 매우 날씬했던 탓이 큰 것 같았다. 우리 집에 왔다 간 다음날 사촌 동생은 카톡으로 이런 말을 했다.

"언니, 형부가 커피 내려준다고 하면서 언니 옆을 지나갈 때 언니 옆구리를 쓰다듬더라? 나 너무 놀랐잖아. 어떻게 거길 만지게 둬?"

무슨 말인지 이해가 안 가 다시 물었더니, 어떻게 허리의 두둑한 살을 남편이 만지도록 내버려 둘 수 있냐는 거였다. 사촌 동생은 자신의 뚱뚱한 몸을 남편에게 보여주고 만지게 하는 건 도저히 감당할 수 없고, 그래서 섹스도 거부하게 되었다고 했다.

"그런데 섹스할 때 몸을 잘 볼 수가 없잖아."

내 얘기를 듣던 희수가 말했다. 아니, 이건 또 무슨 소리야. 얘는 어떻게 매번 이런 폭탄 발언을 하는 거지?

"어디 원시 동굴 속에서 섹스하냐? 하다못해 섹스하려고 씻거나, 옷 벗을 때라도 보잖아. 여하튼 내 사촌 동생 맘도 난 이해는 해. 나도 예전에는 그래도 날씬했잖아. 아, 내가 모텔 거울방 얘기 안 했지?"

"모텔? 연애 때 얘기야?"

"아니 아니, 재작년인가, 우리 가끔 모텔에 가거든. 둘이 들어갈 수 있는 큰 욕조 있는 곳이나 그런데 일부러 가는 거지."

"와, 언니네 진짜 웬일이야? 준서 없는 시간이 그렇게 많은데 일부러 모텔을 또 간다구?"

"야, 섹스는 분위기지. 그런데 가서 가끔 미친 듯이 소리 지르면서 하면 뭐랄까 응어리가 좀 풀려. 밖에서 처음 만난 사람처럼 설정하고 들어간 적도 있어."

"대박. 언니네 진짜 대박이야. 근데 거울방 얘기는 뭐야. 천장이

거울로 되어 있는 그런 거?"

"천장뿐 아니라 벽도 다 거울이더라고. 우리 그런 방은 또 처음이라서 완전 대박이라고 하면서 잔뜩 기대했거든."

"벽까지? 장난 아니겠다."

"어디서도 다 보이니까 되게 창피한데 흥분되는 건 있더라. 근데 나 거기서 기절초풍했어."

"왜?"

"사방에 있는 거울로 보이는 내 모습이 정말 너무너무 살쪄 보이는 거야. 아니, 실제로 살이 찐 거지만. 오빠는 맨날 내 이런 모습을 보고 있었던 건가 싶어서 너무 창피하고 그 순간 머릿속이 새하얘지면서 몸이 굳더라."

내 몸에 붙은 살이 유동체가 아닌데 저토록 출렁일 수 있다니!! 나는 핵폭탄급 충격에서 헤어 나오지 못했었다.

"언니가 무슨 살이 그렇게 쪘다고?"

"나 벗은 거 못 봤잖아. 말도 마. 특히 뒤로 할 때 벽 거울을 슬쩍 봤거든? 중력 때문인지 뱃살이 축 처져 있는 거야. 그게 제일 충격이었어. 힘줘서 배를 집어넣으려 해도 어림도 없더라고. 내가 영 집중을 못 하고 반응이 없으니까 오빠가 멈추고 무슨 일이냐고 하는 거야. 나 그 거울방에서 울 뻔했잖아. 그 담부터는 방에 큰 거울이 있을까 봐 무서워서 선뜻 모텔을 못 가겠더라."

내가 살쪘다는 이유로 남편이 날 거부하진 않을 거라고 믿지만, 그렇다고 이렇게 마냥 퍼지고 있을 수는 없다는 생각에 다시 한 번

지긋지긋한 내 뱃살을 아프게 움켜잡았다.

"언니네만 순탄한가 보다."

희수의 탄식 섞인 말에 빨개진 뱃살을 얼른 티셔츠로 덮었다.

"아니야. 우리도 꾸준했던 거지, 만족도가 높았던 게 아니었어. 아무리 타고났다고 해도 초반에는 만족할 수가 없어. 어설프고 서투른 게 당연해. 사랑하니까 처음부터 무조건 좋을 거로 생각하는 게 문제인 것 같아. 고작 몇 번 해보고 왜 이렇게 별로지? 하면서 실망하는 게 제일 말이 안 되는 거야. 너네는 결혼한 지 좀 됐어도 이제 시작이나 다름없잖아. 노력과 시간을 쏟아 부어야 잘하게 되는 건데, 서로 다른 둘이 맞춰가야 하니까 보통의 노력으로는 단숨에 좋아질 리가 없어. 대화도 너무 중요하고. 예전의 나는 섹스에 관한 대화는 사절이었어. 그러지 않았다면 얼마나 좋았을까 싶다. 너도 어렵다 하지만 말고 대화에 노력을 좀 기울여야 해."

"아, 난 정말 대화가 제일 힘들어. 오빠랑은 그냥 일상 대화도 힘든 마당에……."

"나도 섹스 얘기하는 거 정말 싫어했는데 지금은 아무렇지도 않게 해. 뭐든지 장담하지 마."

"그럼 2위도 있어? 3위도 있고?"

나는 어제부터 24시간째 옷장 정리에 몰두하고 있었다. 희수와의 대화 이후 다이어트는 이제 물 건너갔다는 사실을 받아들이기로 했기 때문이다. 살을 빼면 입을 거라고 보관해둔 옷들이 옷장의 절반이나 차지하고 있는 꼴을 보고 미련함에 치를 떨고 마음을 먹었다. 큰 비닐 가방에 작아진 옷을 척척 담아 나가면서 역시 사람은 계기가 필요한 거구나 했다. 고작 옷을 정리하는 데도 말이다. 그럼 희수에게는 나의 말이 계기가 된 것일까? 고작 내 말 한마디가? 도저히 넘어설 수 없는 큰 장벽이라 생각한 것도 아주 사소한 말 한마디로 인해 부술 용기가 나기도 한다는 걸 사람들은 상상이나 할까.

모처럼 소리를 켜놓은 스마트폰에서 기다리던 알람 소리가 울렸다. 역시 희수였다.

"내가 너를 격하게 기다렸다!!!"

"어제저녁에 집에 와서 정리하는데 오빠가 왠지 날 기다릴 거라는 느낌이 있었어. 근데 애 재우다 보니까 코 고는 소리가 들리잖아? 그래서 포기하고 그냥 나도 애 옆에서 한참을 더 있다가 침대에 올라갔는데, 갑자기 오빠가 눈을 딱 뜨는 거야."

희수는 여기까지 얘기하고 뜸을 들였다. 이것이 나 궁금해 하라고 뜸을 다 들이네 싶어 웃으면서 글자를 입력했다.

"너 기다리다가 잠깐 잠들었나 봐. 체력보충?"

"언니, 내가 말 못 한 게 있어. 경주에서 언니랑 얘기하고 오후 늦게까지 애들이랑 놀다가 저녁에 폰 확인하니까 오빠한테 전화가 와 있는 거야. 나한테 진짜 생전 전화를 안 하는 사람이거든? 그래서 무슨 큰일이 생겼나 놀라서 카톡을 했어. 그랬더니 '무슨 일은, 그냥 했지.' 이렇게 온 거야. 나 진짜 쓰러지는 줄 알았어. 이게 무슨 닭살 멘트야? 언니가 몰라서 그렇지 평소에 절대로 이런 분위기는 상상도 못 해. 오빠한테 몇 년간 전화는 어림도 없고 문자도 'ㅇㅇ' 이것만 받았었다구."

나는 '지금 기쁨의 눈물을 흘리는 중'이라는 대답과 함께 눈물을 줄줄 흘리는 이모티콘을 보냈다. 고민하다가 저런 대사를 보냈을 희수 남편도 짠하고, 그냥 전화했다는 남편의 글만으로도 닭살이라며 발을 구르는 희수의 모습도 너무 짠했다. 희수네 부부는 알콩달콩 사랑하며 살 수 있는 사람들이었다. 얼마든지 행복하게 살 수 있던 사람들이 여태 이게 뭐야.

"이렇게 다시 다정했던 그때로 돌아가는 건가? 그래서 어제 한 거야? 아, 너무 궁금하다 진짜!"

나는 진정하고 다시 발랄하게 물었다.

"오빠가 눈을 딱 뜨더니 만져 달라더라구. 오빠가 먼저 요구한 거야. 그래서 이때다 싶어서 맨날 서비스만 하냐고 그랬더니 가임기냐고 물어보더라? 그래서 아주 약간 불안하긴 한데 콘돔 있다니까 그건 싫다는 거야. 그래서 또 서로 서비스만 했지 뭐."

"아, 뭐야! 나 진짜 화나려고 해. 가임기가 뭐 그렇게 길어? 너네는 정말 둘째 얘기 빨리 결론을 내라. 정관수술 하면 이런 일이 없잖아. 섹스에 제일 좋은 것 1위가 그거라니까 그러네. 근데 오빠 친구들도 되게 싫어한대. 아무리 적극적으로 권해도 어디서 주워들은 건지 정관수술을 하면 정력이 약해진다나? 정작 제일 나쁘다는 술 담배 다 하는 사람들이 그런 허무맹랑한 소리를 하면서 손사래를 치는 거야."

하지만 나는 이해가 안 되기 시작했다. 가임기고 나발이고 간에 희수 남편은 어떻게 계속 삽입을 참고 있는 거지? 그건 남자의 본능 아닌가?

"어제 오빠가 해주면서 뭐라는 줄 알아? 나 또 쓰러지는 줄 알았잖아. '나 잘했어? 기계보다 나은 거 같아?' 이러는 거야. 진짜 난데 없이 이런 말이 웬말이냐구."

나는 폭죽 터지는 이모티콘, 하트가 쏟아지는 이모티콘을 연달아 보냈다.

"진짜 웬일이니!"

"꽤 취해 있어서 그런지 저런 말을 다 하더라?"

"니가 보낸 글을 보고 은성 아빠도 이제 작정한 거지."

"언니 늦게 자는 거 아니까 당장 말하고 싶었는데, 혹시라도 언니네 하고 있을까 봐 참았다가 지금 하는 거야. 언니네 맥 끊으면 안 되잖아. 하하!"

"설마 카톡 왔다고 섹스하다 말고 그걸 들여다보겠니? 어제는 오빠랑 이런 얘기를 했어. 결국에 희수네 부부를 예전으로 되돌린다면 우리 진짜 천국 갈지도 모른다고."

"천국행이야 당연하지. 근데 내 주위만 봐도 그런데, 언니 주위에도 알고 보면 잔뜩일걸? 다 언니네 부부한테 상담하면 좋을 텐데. 언니네가 그렇게 세상을 바꾸는 거지."

"난 너의 세상만 바꾸면 돼. 그걸로 충분해. 그나저나 생각지도 못한 가임기가 또 복병이네. 가임기가 한 달에 하루 이틀도 아니고, 너는 생리도 일정치 않다니 넉넉하게 날짜 피할 거 아니야. 그러면 섹스는 대체 언제 해. 완전히 안전한 날이라는 게 한 달에 일주일쯤 되겠니?"

"내가 피임약을 먹기 시작할 때까지는 제대로 못 하지 않을까? 나 생리가 일정치 않아서 너무 무서워. 이 나이에 또 애를 낳을 순 없잖아. 그런데 언니, 아까 1위로 꼽은 게 정관수술이라고 했잖아? 그럼 2위도 있어? 3위도 있고?"

희수는 정관수술을 말할 때 1위라고 했던 걸 흘려듣지 않고 질문을 했다. 남편과 나는 최근에 우리의 섹스에 좋은 영향을 준 것들의 순위를 매겨본 적이 있었는데, 1, 2, 3위를 아주 수월하게 정했다.

"물론이지. 3위까지 있지."

"사랑하는 마음이라고 하기만 해?"

"하하. 사랑하는 마음이야 기본 대전제지. 어쨌든 부동의 1위는 말했다시피 정관수술이야. 걱정 없이 아무 때나 할 수 있다는 건 완전히 다른 차원의 자유야. 섹스가 심리적인 요인에 꽤 좌우되잖아. 완벽한 안전이 담보되어 있으니까 날개를 다는 거지. 그리고 2위는 …… 에이, 불가능할 거 같아서 말 안 하련다."

사실 희수 남편은 정관수술도 할 리가 없다는데, 2위 또한 그림의 떡이나 마찬가지일 것이 분명했다. 나는 희수가 내 말을 듣기 전부터 이미 각오를 하고 덜 실망하기를 바랐다. 희수는 이런 내 속도 모르고 어서 말해 달라고 졸랐다.

"2위는 브라질리언 왁싱"

나의 말에 희수는 자지러졌다.

털이 없으면 섹스할 때 정말 좋다는 글을 봤다고 남편이 말했다. 브라질리언 왁싱이라니! 그런 건 생각해본 적도 없고 엄두조차 나지 않는 일이었지만 며칠이 지나도록 그 좋다는 느낌이 참을 수 없도록 궁금해진 우리는 실행을 결심했다. 결심이 서자 당장 왁스를 주문했고 다음날 나는 남편의 중요 부위의 털 전체를 없앴다. 하지만 보드라운 피부는 얼마 가지 않았다. 뽑는 고통에도 불구하고 털은 생각보다 너무 빨리, 한층 더 빳빳하게 올라왔다. 우리는 몹시 실망하며 왁싱을 중단했다. 다만 극도의 매끄러움을 이미 경험한 터라 아쉬운 마음에 '기둥'의 털만큼은 없는 상태를 유지하는 것으로 타협을 보았다.

"그래서 기둥과 그 주변만 조금씩 삐져나오는 털을 매일 뽑고 있어. 근데 그게 미치도록 재미있는 거야. 안 해본 사람은 모른다? 내가 그거에 완전히 중독돼서 매일 요리조리 살피면서 새로 나오는 털을 뽑는다니까? 털이 수북하게 있을 때는 몰랐는데 무진장 부드럽고 사랑스러운 애가 거기 있더라고."

"아무리 그래도 그렇지, 매일 붙들고 털을 뽑는단 말이야? 그 정
도로 좋단 말이야? 너무너무 궁금한데?"

나의 말에 희수가 굉장히 혹했다.

"삽입 때도 감이 어마어마하지만, 특히 블로우잡 할 때가 대박이
야. 매끄러움이 장어 저리 가라 거든. 내가 정신을 놓고 심취해서 한
다니까?"

장어라는 얘기에 희수는 참을 수 없어 했다.

"아, 너무 궁금하다. 언니, 그냥 면도기로 밀면 안 되나?"

"밀면 따가워서 안 돼. 뽑아야만 장어가 되는 거야. 상상해 봐. 아
주아주 매끄러운 살이 들어오는 거랑 온통 거칠거칠한 털로 휘감긴
기둥이 들어온 거랑 얼마나 다를지. 그걸 경험해본 이상 매일매일 뽑
는 수밖에 없는 거야. 게다가 뽑는 게 완전 꿀잼이기까지 하니까."

"근데 남자만 털이 없으면 되는 거야? 여자는?"

"나는 털이 수북한 스타일이 아니기도 하지만, 사실 들어오는 녀
석만 털이 없으면 되는 거 아니겠어? 질 안에 털이 있는 게 아니잖
아."

"그 느낌이 어떨까 정말 궁금하다. 언니 말대로 우린 이것도 불가
능할 것 같아. 어서 3위나 말해줘."

"3위는 별 건 아니지만 익숙해지기 전에는 잘 못 하는 것이야. 섹
스에 관해 이야기하기. 내가 섹스 관련 대화를 싫어했었다고 했잖아?
그거 진짜 천하에 미련한 짓이었어. 시간을 되돌리고 싶다 정말. 섹

스할 때 모든 감각을 열어놓고 받아들이겠다는 마음가짐이 얼마나 중요하다고."

"3위도 지금의 나에겐 요원한 것 같지만, 그래도 그나마 가능성은 있는 거네. 좀 더 친밀해지면 나도 오빠랑 섹스 대화는 해볼 수 있겠어. 난 원래 섹스 대화를 좋아하기까지 하니까."

"섹스할 때 말고도 언제든지 섹스 관련 얘기를 할 수 있는 상태가 되면 제일 좋은 거지. 어제 정말 좋았다거나, 어떤 자세가 더 좋더라는 얘기도 너무 좋지. 야한 농담도 괜찮고. 생활의 양념 같은 거지. 그리고 순위 안에는 못 넣었지만, 그 젤도 빠질 수는 없어."

"맞아. 어떤 사람한테는 그게 1위일 수도 있을 거야."

"가성비가 제일 좋은 섹스 도우미잖아. 요즘 같아서는 나한테도 이게 1위야. 진짜 없어서는 안 될 물건이야. 섹스의 질을 한 차원 더 높여주니까."

"아, 나도 언니처럼 미친 듯한 애무를 당하는 날이 와야 할 텐데……."

걱정하지 마. 너도 곧……까지 썼다가 지우고 그냥 인사를 했다. 희수에게 봄날이 올까.

"다 여자가 거부한 탓이라는 거야?"

며칠 후, 나는 불현듯 희수에게 하는 조언이 괜찮은 것인지 의문이 들었다.

"희수한테 너무 희생을 강요하는 것 같아?"

커피 마실래?라고 물은 남편을 향해 나는 대답 대신 오전 내내 생각하고 있던 질문을 던졌다. 제대로 된 섹스는 해보지도 못하고 계속 예전처럼 블로우잡을 하고 있다니 맘이 불편하고 죄책감마저 들기 시작했기 때문이다. 희수 남편도 희수에게 해준다지만, 그건 내 알바 아니다.

"아니? 무슨 희생을 강요해? 왜? 자기가 너무 희생하고 있다고 희수 씨가 그래?"

남편은 전기 포트에 물을 따라 넣다가 목소리 톤을 높여 부정하는 마음을 강조했다.

"아니, 내 생각이야. 남편이 예전처럼 다정해지길 바라서, 아니 남편이 다시는 난폭해지지 않았으면 해서 섹스하는 느낌이 들까 봐. 그래서 희수가 자괴감을 느낄까 봐 그래. 빨아주면 남편이 순해질 거라고 그걸 강조한 것만 같고……."

남편이 이번에는 과장되게 놀라는 표정을 지으며 말했다.

"어떻게 그렇게 생각을 해? 그 생각 자체가 너무 이상하다. 둘을 다시 사랑하게 만들면 문제의 상당 부분이 해결되지 않겠어? 그러기 위한 첫발인데 그걸 희생이다, 대가성이다, 어떻게 부부간에 그런 생각을 해? 희수 씨 본인이 그렇게 말한 것도 아니고 네가?"

"만약에 희수가 블로우잡을 싫어한다고 해봐. 예전에 싫어했잖아. 지금은 생각이 바뀌었다고 하긴 했지만 어쨌든. 가정의 평화를 위해서, 원만한 결혼생활을 위해서, 더 나아가서는 남편의 바람을 막기 위해서? 남편의 성기를 빨아줘야만 하나 하는 생각이 들 수 있잖아. 내가 잠깐 희생하면 모든 게 다 편해진다, 그런 생각."

"그러니까 그걸 어떻게 사랑이 아니고 희생이라고 생각해? 그래, 여자들은 그걸 희생이라고 생각할 수 있다고 쳐. 그럼 희생 좀 하면 안 돼? 사랑하는데, 사랑하는 사람이 그걸 좋아하는데 해줄 수도 있는 거잖아. 그렇게 따지면 밥하는 것도 희생이고, 빨래, 청소, 설거지도 다 희생이야, 돈 버는 것도 희생이고, 결혼생활 대부분은 희생인 거지. 그래도 사랑하니까 다 기꺼이 하는 거잖아. 사랑하는 사람이 좋아하는 걸 자기가 제공할 수 있다는 건 행복한 일 아니야? 나는 내 행동으로 네가 기뻐하면 너무 좋던데? 하다못해 설거지도 그래서 내가 대부분 하는 거고. 당연히 둘 중 한 사람만 섹스를 원할 때도 있겠지만, 그래도 상대가 원하면 조금 귀찮다 싶어도 해줄 수 있는 거 아니야?"

"여자와 남자는 우선순위가 다르잖아. 집안일 할 게 남아 있으면 그걸 먼저 해야 하고, 내일 일찍 일어나서 먹고 치우고 출근할 생각만 해도 섹스하기 전부터 피곤해져. 조금 귀찮지만 해줄 그런 수준이 아니야. 나 예전에 회사 다닐 때를 생각해보면 그래. 아무래도 집안일 부담이 여자에게 더 많기 때문이겠지. 희수 같은 경우는 100% 희수 차지인 거 같은데, 애까지 있으니까 몇 백 배는 더 가중될 테고. 사랑 타령도 하루 이틀이지, 너무 지쳐서 혼자 달나라라도 가고 싶다니까? 어쨌거나 '자주 빨아주면 남자는 변한다.' 이 명제가 여자에게 거부감이 드는 건 사실이야. 물론 나는 좋아서 하는 거니까 오해하진 마."

내가 말하는 동안 남편은 커피 원두를 분쇄기에 넣고 갈았다. 커피콩이 분쇄되는 소리가 시끄러워서 큰 목소리로 말하는 바람에 실제보다 훨씬 더 격앙된 것처럼 들렸다.

"그건 잘 알지. 그래서 언제나 고맙다고 얘기하잖아. 그러니까 너는 남자랑 여자가 여러모로 다르다는 거잖아? 그런데 여자들도 남자를 온통 욕구만 가득 찬 동물로 생각하는 것도 문제야. 남자도 여자도 서로에 대한 이해가 너무 안 되어 있는 상태로 결혼하니까 문제가 생기는 것 같아."

남편은 종이 필터의 가장자리를 접어 도자기로 된 드리퍼에 끼우고 분쇄된 커피 가루를 쏟으며 말했다. 순식간에 집안 가득 고소한 커피 향이 퍼졌다.

"나 며칠 전에 머리 자르러 갔을 때 거기서 잡지를 봤는데, 남자들이 섹스할 때 섭섭해하는 열 가지라는 인터뷰 글이 있었거든. 기억나

는 게 남자들이 첫 번째로 꼽은 것이 오럴을 잊지 말라는 거였어. 그
것만 봐도 오럴이 남자에게 어느 정도의 위치인지 충분히 알겠더라.
육체적인 기쁨도 기쁨이지만 온전히 사랑받는 느낌이 들고, 미안하
기도 하고 되게 고맙다고 쓰여 있었어. 오빠도 같은 얘기 했었잖아.
그 글에 오럴 섹스가 자신에 대한 여자의 마음을 확인할 수 있는 계
기가 된다고 쓰여 있었어. 어느 날 오럴을 안 해주면 내가 뭘 잘못했
나? 그런 생각이 들기도 하고 되게 서운해진대. 난 여자지만 그 마음
이 뭔지 알지."

끝이 길고 뾰족한 드립 주전자 끝에서 일정한 속도로 나오는 뜨거
운 물줄기와 그걸 세심하게 드리퍼에 붓고 있는 남편의 옆모습을 보
면서 잡지에서 본 내용을 말했다. 남편이 침착하게 물을 붓는 동안
쪼르륵 떨어지는 물소리만 들렸다. 물 따르기가 끝나자 남편이 나를
돌아보며 입을 열었다.

"맞아. 여자친구나 부인이 오럴을 안 해주거나 마지못해서 겨우
해준다면, 이 여자는 날 사랑하지 않는 건가 하는 생각을 할 수 있을
거 같아. 혹시라도 예전에 사귀었던 여자친구는 정성껏 잘 해줬다고
해봐. 그럼 완전히 비교될 수밖에 없지 않겠어? 불만이 쌓이는 속도
가 훨씬 더 빠를 거야. 그건 여자도 마찬가지 아닐까? 남편이 나를 잘
만지지 않거나, 애무해주지 않는 건 사랑하지 않는 거잖아. 사랑하면
그럴 수밖에 없거든. 여자도 마찬가지로 과거 연인의 행동이 떠오르
면서 무척 비교될 거야."

남편이 말하는 사이에 드리퍼 밑으로 커피가 차올랐다.

"맞아, 나도 그런 글 읽은 적이 있어. 남편이 자기를 만지지 않는 다면서 옛날 남자 친구의 손길이 너무너무 그립다는 글이었는데, 정 말 절절하더라고."

"부부는 정으로 산다, 의리로 산다, 우린 괜찮다, 그러지만 그건 그냥 자기 위안인 것 같아. 어쩔 수 없는 특별한 상황이면 섹스 없이 도 살 수 있겠지. 힘들긴 하겠지만. 일반적인 상황이라면 섹스는 빼 놓을 수 없는 부분이야. 그건 너도 인정하잖아?"

커피가 담긴 따뜻한 머그잔을 양손에 들고 식탁으로 오면서 물어 본 질문에, 나는 손을 내밀어 커피잔을 받으면서 그렇다고 대답했다.

"근데 부부라는 게 한번 틀어지면 급격하게 나빠지는 관계란 말이 야. 그렇게 친밀했는데도. 되게 웃기지. 너도 잘 알다시피 섹스 요구 는 대부분 남자가 하잖아. 물론 거부당하기도 하지만. 너도 예전에는 그런 적 있고."

나는 약간 미안한 표정을 지어 보였다.

"근데 그렇게 몇 차례 거부당하면 이미 마음의 문이 꽤 닫혀버려 서 정말이지 다시 요구하기가 되게 힘들어진대. 여자들은 모르지, 그 게 상처가 되는지를. 그래서 또 거부당할까 봐 두려우니까 술 마시고 들어왔을 때 시도해보는 경우가 많아지는 거야. 너도 술을 마신 날에 는 더 좋아하고, 섹스 요구에도 적극적으로 반응하는 것 같았거든."

"그거 아니라니까. 술 마셔서 더 좋고 더 잘 느끼고 그런 거 없어. 술로 부끄러움을 조금 없앤 것뿐이야. 조금 더 적극적으로 좋아해도 창피하지 않은 마음이 되는 거라고. 부끄러움을 술의 힘으로 눌렀던 거지."

"그래, 바로 그거야. 말 꺼내기 부끄럽지 않고, 거부당해도 덜 민
망할 것 같아서 종종 싫다던 부인한테 술 마신 날 섹스하자고 덤벼보
는 거겠지. 그 말은 남자도 부끄럽고 때론 용기가 필요하다는 거야.
근데 그런 용기도 못 내서 점점 뜸해지게 되거나, 각방을 오래 써서
물리적으로 멀어지면 섹스는 굿바이 하는 거지. 그러니까 여자들도
거부할 때 하더라도, 귀찮다는 듯이 쌀쌀맞게 하지 말고 이유를 잘
설명하고 다정한 거부를 해야 해. 남편이 다시 요구할 때 용기를 따
로 낼 필요가 없도록 말이야."

"근데 오빠 친구들만 봐도 그렇고, 예전에 회사 다닐 때도 그렇고
남자들 상당수가 밖에서 하잖아. 하지만 여자들은 거기까지는 생각
안 해. 가뜩이나 신경 쓸 일도 많아 죽겠는데 불편한 진실 따위 알고
싶지 않은 거야. 회사일 피곤해서 만사 다 귀찮은 거겠지, 그렇게 여
기고 말지. 친구가 그러는데 이혼할 거 아니면 어떤 것도 묻지 않는
게 부인들의 불문율이래. 물어도 진실을 말해줄 것도 아니고, 술김에
라도 혹시 이상한 데 갔었다고 말하면 그걸 또 어떡하겠어?"

사원 아파트에 사는 친구가 그랬다. 회식이라도 있는 날에는 회식
을 몇 차까지 했는지, 남편이 몇 시에 집에 들어왔는지 부인들끼리는
절대 입 밖에 내지 않는다고 했다. "그런 거 절대 묻지도 먼저 말하
지도 않는 거야. 그 정도는 기본이지." 또 주말 근무를 정말 한 건지,
언제 누구랑 골프를 쳤다고 했는지도 발언 금지라고 했다. 남편은 집
안에서만 남편이지 나가면 내 남편이 아니라고 생각하고 눈과 귀를

닫고 살아가야만 가정이 무탈하게 유지된다는 거였다.

"사원 아파트라는 게 그래. 여자들끼리는 그냥 뻔한 얘기들이나 해. 그저 말 안 옮기고 잘 웃는 사람이 제일이야. 애가 공부라도 잘하면 그게 최고지."

친구는 아무 감정도 섞이지 않은 담백한 말투로 말했다.

나의 말에 남편은 약간 답답한 표정으로 말하기 시작했다.

"그러니까 여자들이 너무 모른다니까. 섹스를 거부하면 남편이 그냥 포르노나 보고 딸딸이만 치고 있겠지 생각한다는 거야? 우리나라 성매매 규모를 한 해 30조로 추정한다는데 이게 얼마나 어마어마한 건지 알아? 하루에 대략 30~40만 명이 성매매한다는 거라고. 지금 우리나라는 어느 지역이나 카페보다 더 많은 게 그런 업소라잖아. 접근이 너무 쉬운 거야. 섹스가 원활하지 않은 사람이라면 이 거미줄을 피할 수 있을 것 같진 않아."

"지금 남자들 성매매하는 이유가 다 여자가 거부한 탓이라는 거야?"

남편의 말에 나는 비위가 거슬렸다. 그러면서 희수와 희수 남편을 떠올렸다. 나와 남편은 이 문제에 관해 이야기가 오갈 때마다 집요하게 희수네 부부 이야기는 하지 않았다. 생각을 뻔히 하면서도 서로 그 말만은 피했다.

"그래그래, 여자가 거부한 탓은 아니고 서로 안 하게 된 탓이라고 하자. 내 친구들 보면 와이프랑 잘한다는 애가 없어. 근데 성매매를 안 하는 애는 없잖아. 나는 이게 영 상관없다고 생각하지 않거든. 근데 남자들 말하는 거 보면 거의 다 사회 탓을 하거든? 뭐 부인 탓도 하긴 하지만. 그래서 자기는 어쩔 도리가 없다는 거야. 사회생활 하려면 어쩔 수 없다는 게 제일 큰 핑계거든. 저번에 술자리에서 한 녀석이 그러더라. 회사에서 가정적이라는 걸 티낸다? 나는 오늘 술 안 마시겠다? 이 말은 2차를 안 가겠다는 뜻이래. 어쨌든 그런 식이면 왕따라는 거야. 뒤에서는 다 찐따, 쪼다 이렇게 부른다는 거야. 회사마다 분위기가 무척 다르겠지만 어쨌든. 그래서 내키지 않아도 어쩔 수 없다고 말하는데, 나는 그것도 약간 핑계 아닌가 하는 생각이 들어. 부인이랑 되게 사이가 좋은 데도 성매매하는 쓰레기는 정말 정말 드물다고 봐."

남편의 친구 중에 성매매를 한 번도 해보지 않은 사람은 없었다. 그것은 이미 남자들의 보편적인 문화가 된 지 오래였다. 예전에 남편으로부터 그렇다는 걸 처음 들었을 때는 좀체 믿어지지 않았다. 왜냐면 그들은 착실한 가장이면서 성실한 사회인으로 누가 봐도 꽤 괜찮은 사람들이었기 때문이다.

'마누라가 싫다는 걸 어쩌라고?'

'애 낳고 각방을 쓰기 시작하면서부터 안 하게 되더라.'

'가족끼리는 섹스하는 거 아니다.'

'성매매가 뭐가 나빠? 거기에는 좋은 것만 있다고.'

'그거 편의점에서 담배 한 갑 사는 거나 마찬가지야.'

'업소가 이렇게 널렸는데, 내가 고자도 아니고 버틸 재간이 있겠어?'

남편의 친구들은 핑계랍시고 이런 말들을 늘어놓았다. 남편은 그래도 친구들이라서 그런지 "다들 마음 깊숙한 곳에서는 떳떳하지 못하다는 생각을 할 거야. 하지만 자기 자신을 위한 변명은 두고 싶은 거겠지. 그렇지 않으면 못 견딜 테니까."라고 말했었다.

사회 탓이라는 남자들의 핑계에 나는 암담한 마음이 되었다.

"나도 그렇게 믿고 싶어. 사이가 좋은데도 그러는 쓰레기는 정말 없을 거라고. 우리 사회가 아무리 유흥 문화에 찌들었다고 해도 그건 일부의 얘기일 거라고 말이야. 근데 오빠 친구들이나 예전 회사 사람들 보면 빈도야 어쨌든 결혼 후에도 경험이 있잖아. 설마 그 사람들 모두 다 부부 사이가 엄청 나쁘다는 거야? 난 그 생각을 하면 너무 암담한 거야. 싫어도, 내키지 않아도 돈 벌라면 어쩔 수 없다, 남자들이 이 핑계를 댄다면 너무나 좌절이 된다고. 내가 어찌해볼 도리가 없다는 뜻 아냐? 그럼 우리나라 여자들은 절대 결혼하면 안 된다는 거잖아. 아무리 내가 잘해줘도 종교적인 신념? 도덕적 신념? 하다못해 자린고비라서 돈에 벌벌 떠는 사람이 아니고서야 그 '어쩔 도리 없는 상황'에 아주아주 드물게라도 노출이 된다는 거잖아."

"나야 전부 다 모르지만 정말로 그런 어쩔 수 없는 상황도 있는 거겠지. 확실한 건 섹스를 계속 안 하는 상황이면 취약해질 수 있는 명분이 되기도 한다는 거야. 그리고 그 늪에서 빠져나오게 해줄 사람은 마누라밖에 없어."

"부인은 그런 남편을 다시 모른 척하고 받아줘야 한다는 거야? 백 프로 남자 잘못만은 아니니까?"

"이혼할 생각이 아니라면 손을 잡아줘야 한다고 생각해. 남자들도 대부분 성매매 다니는 거 흔쾌하지 않대. 거기서 나올 때는 정말 다시는 내가 여기 오지 말아야지, 그런다는 거야. 도덕심이 왜 없겠어. 근데 어떡해. 또 배가 고픈데. 그 굴레에서 못 벗어나는 거야. 벗어나는 사람도 있긴 하지만, 굳은 결의만 가지고 혼자 빠져나오기는 꽤 힘들다고 해. 누구라도 실수는 할 수 있는 거잖아. 잘 걷다가 실수로 구덩이에 빠진 남편에게 손 내밀어 건져줄 수 있는 건 부인밖에 없어."

"그걸 배고픈 거랑 비교하는 건 진짜 말도 안 돼. 남자들이 맨날 식욕, 수면욕, 성욕을 3대 욕구라고 하잖아? 근데 난 그거 진짜 아닌 거 같아. 안 먹으면 죽잖아. 잠 안 자도 죽고. 근데 안 하면 죽어? 그걸 어따 비교해."

기가 막힌다는 표정을 지으면서 커피를 마시려고 커피잔을 들었지만, 어느새 컵 밑바닥에 갈색 얼룩만 동그랗게 남아 있었다. 잔을 도로 내려놓는 것을 본 남편은 두 모금 정도 남은 자신의 커피 잔을 내게 건네주었다.

"당연히 안 죽지. 혼자서도 어느 정도 해소할 수 있어. 근데 그런 얘기가 왜 나왔냐면 그 정도라는 거겠지. 그걸 그렇게 따지고 들면 할 말이 없는데, 남자의 성욕이 안 하면 죽는 기본욕구와 어깨를 나란히 할 수 있을 정도의 강한 욕구라는 걸 강조하려고 나온 얘기일 거야."

"그건 그렇다고 치고, 부인이 수렁에 빠진 남편을 어떻게 꺼내? 먼저 다가가서 섹스하자고 하면 꺼내져? 그렇게 단순한 거야?"

그러면서도 나는 그런 상황에서 남편을 수렁에서 꺼내고 싶은 마음이 드는 여자는 과연 몇이나 될까 생각했다. 모르는 상황이라면 가능할 수도. 아는 상황이라면? 그리고 구덩이에 빠진 게 실수가 아니었다면? 실수였다고 해도 손을 내밀어 꺼내줬는데 다시 또 구덩이로 점프하지 않는다는 보장이 있나?

"대부분은 우리 생각만큼 자주 갈 수도 없대. 그럴 돈도 없고, 성병도 두렵고, 여러모로 썩 내키는 일도 아니니까 참고 참다가 어쩔 수 없을 때 가는 거겠지. 기껏해야 몇 달에 한 번? 섹스리스가 되어서 처량하게 가끔 업소에서 해결하고 자괴감을 느끼고 있는 상황에 부인이 다가와 주면 남편은 정말 고마운 마음이 들고 다행이다 싶을 거야. 부인한테 차마 다가서지 못하고 있었는데, 희수 씨처럼 아내가 한 번이라도 용기를 내주면 다시 예전에 사랑했던 때로 순식간에 돌아갈 수 있다고 생각해. 부부라는 게 그런 관계잖아. 지금 상태가 얼마나 어긋나 있건 회복될 가능성이 있다고. 섹스의 힘이 있어. 섹스리스인 상태를 벗어나는데 더 효과적인 한 걸음은 여자 쪽이라고 생각해."

"꺼내놨더니 다시 또 빠지면 어떡할 건데? 그럼 타격이 너무 심하잖아."

"그거야말로 구더기가 무서워서 장을 못 담그는 상황 아니야? 해보지도 않고 어떻게 알아? 다시 또 빠질까 무서워서 그대로 내버려두겠다고? 지금 상황을 바꾸고 싶다면 용기를 내야지. 그래야 바뀌지!"

용기라……. 희수는 그 어려운 용기를 냈다. 그렇다면 해피엔딩이 되어야 마땅한 거다.

"계속 손도 안 대고 코를 풀겠다는 거잖아."

"언니 밥 먹었어? 대화 가능해?"

희수에게 이 카톡이 왔을 때 나는 며칠 전부터 먹어 치울 기회를 엿보았던 시금치나물과 무나물을 냉장고에서 막 꺼내놓고 있었다. 이미 한 덩어리가 된 찬밥을 큰 대접에 옮겨 담고, 고추장과 들기름까지 식탁에 준비해 놓은 참이었다. 남편이 외출한 지금이 아니면 저 나물들은 오늘 밤에 쓰레기로 버려질 운명이다. 일주일이나 지난 맛없는 반찬을 먹어 치우려는 걸 남편이 보면 당장 싱크대에 부어버릴 것이라 맘이 급했지만, 나는 희수에게 지금 막 식사를 끝냈다고 둘러대고 컴퓨터를 켰다.

"있잖아, 언니."

희수가 평소와 달리 뜸을 들였다.

"어제는 가임기가 완전히 지나서 한번 삽입을 시도해보려고 했거든. 근데 내가 지난번에 위에서 처음 해본 거였잖아. 어제가 고작 두 번째니까 당연히 잘 못 하잖아? 그래도 내 딴에는 열심히 해보고 있는데 오빠가 손이 더 낫다고 그냥 손으로 해달라는 거야."

나도 모르게 '헐~'이라는 소리를 육성으로 내고 말았다. 희수가

올라타서 애쓰고 있는데 손이 더 낫다고? 더군다나 그걸 희수한테 대
놓고 말했다고? 카톡이라서 천만다행이다. 나는 치닫는 분노가 튀어
나오지 않게 꼭꼭 눌러놓고 말했다.

"이게 무슨 상황이야 대체?"

당연히 남자가 올라탔어야지, 계속 누워서 가만히 있다가 손이 더
낫다는 소리를 한다는 게 상식적으로 말이 되는 상황인가.

"내가 놀라서 좀 주저했더니 손이 더 세게 잡아줘서 좋다고 하는
거야. 언니, 나 애 낳느라고 왕창 늘어난 걸까? 이제야 안 아파졌는
데."

희수는 급기야 자신의 질이 늘어났을 걱정, 그래서 남편이 탐탁지
않게 여기는 것 아닌가 하는 망상에 휩싸이려 하고 있었다.

"황당한 소리 좀 하지 마!"

"애 낳느라고 바람 빠진 풍선이 됐나 봐. 아니면 내가 전혀 쪼이질
못하나?"

"힘으로 쪼이는 건 한계가 있지."

나는 입술을 한번 질끈 물고 나서 키보드를 차분하게 두드렸다.

"희수야, 예전에 기사를 보고 남자들이 서비스 받는 것에 대해서
오빠랑 얘기한 적이 있었어. 그때 오빠가 뭐라고 했냐면, 육체적인
면만 따지면 삽입하는 것보다 더 좋을 수도 있겠다는 거야. 힘도 안
들고. 근데 하나가 됐다고 느끼려면 삽입하는 수밖에 없댔어. 그리고
자기가 주도하고 싶은 본능도 남자한테는 상당하대. 하지만 여기서
간과할 수 없는 게 그건 체력적으로 꽤 힘든 일이라서 섹스를 되게

오랫동안 안 했거나, 살이 많이 쪘거나 운동 부족이면 힘든 것이 꽤 부담으로 작용할 것 같다고 했어. 네 남편도 그런 상황 아닐까?"

나는 전송을 누르기 전에 쓴 내용을 다시 한 번 읽어보고 몇 군데를 고친 후에 보냈다. 그래, 희수 남편은 지금 체력적으로 되게 자신이 없는 것일 수도 있다. 몇 번 힘도 못 쓰고 지치는 모습을 희수에게 보여주기 싫은 거지. 희수 얘기를 들어보면 살도 많이 쪘다고 하니까. 아무리 생각해도 이 이유 말고는 없다.

"하! 그러니까 지금 이 인간이 자기만 좋으려는 거네? 힘들기는 싫다는 거야. 계속 손도 안 대고 코를 풀겠다는 거잖아."

"뭘 또 그렇게 생각해. 아직도 너 아플까 봐 겁나나?"

말하면서도 이건 억지다 싶었다. 그 트라우마가 제아무리 심하다 해도 정상 체위를 이렇게까지 피하는 게 가능한 건가? 힘든 정도야 자기가 조절할 수도 있을 테고 말이다. 막말로 섹스도 힘들어서 못 할 정도면 세상은 어떻게 살아가나.

"언니는 할 때 계속 쪼이고 있어? 아니면 힘을 풀고 있어? 하는 내내 최선을 다해서 쪼이고 있어야 해?"

희수는 자신의 질이 헐렁하다는 가정에서 벗어날 수 없는지 쪼이기에 대해 질문을 했다.

"하는 내내 계속 어떻게 쪼이고 있겠어. 흥분되면 저절로 조여지는 거지."

"케겔 운동을 해야 하나 봐. 이젠 별 걸 다 해야 해."

"케겔 운동이야 하면 좋지. 건강에도 좋고 사랑할 때도 좋고. 그리고 아무리 힘껏 조여도 그게 그렇게까지 드라마틱한 차이는 아니야. 예전에 내가 그게 궁금해서 오빠한테 느낌을 비교해보라고 한 적이 있어. 오빠가 큰 차이 없다고 괜히 힘들게 힘주지 말랬어."

"그래?"

"내가 일부러 조이는 건 가성비가 안 좋은 거지. 흥분해서 저절로 조여지는 거랑 힘의 크기가 완전히 다르대. 내가 일부러 조이는 건 말하자면 질 입구에만 힘이 들어가는 거고, 저절로 조여지는 건 전체적으로 꽉 움켜잡고 안 놔주는 느낌이라고 하더라."

"취향 차이인 건가, 아니면 오빠는 자기만 생각하는 건가. 손이 더 좋다고 하니까 너무너무 실망스러워. 그래서 어제도 결국 입으로 해주고 끝냈다니까?"

희수가 얼마나 낙담했을까. 나 같으면 토라졌으련만, 희수는 남편의 요구대로 해주었다니. 나는 타박하는 말들을 마구 늘어놓고 싶은 걸 겨우 참았다.

"계속 삽입해 버릇해야 둘이 맞춰가고 너도 느낌을 찾을 수 있을 텐데……"

"난 오럴 인생이다. 오럴 인생."

그간 희수의 남편이 안 됐다는 생각이 밑바닥에 깔려 있었는데 이제 나는 그 마음을 말끔하게 지웠다.

"지가 위에서 하면 힘들고 귀찮은 거야. 너무 얄밉지 않아? 결국은 자기만 좋은 걸 하겠다는 거야. 뭐든 이런 식이야. 이기적이구."

"블로우잡은 결합하기 전에 기분 좋게, 서로 흥분되라고 하는 건데 계속 그렇게 사정한다는 게 말이 돼? 이젠 너도 안 아프다는데?"

"이 인간은 그거에 연연하지 않는 거지. 맨날 술 퍼마시고 들어와서 잔뜩 늘어져서는 지 좋은 것만 바라니까 속 터져. 너무 밉상이지 않아?"

"그럼 술 마셔서 그런 거 아니니? 취하면 발기가 충분히 안 된다고 다들 그러거든."

"헐~ 그래서 헐렁하다고 느꼈던 거 아냐? 나는 지금 내 탓만 하고 있었더니, 이것 봐라? 그래서 그런지 손으로도 사정이 될 듯 될 듯 하면서 오래 걸리니까 자기가 미치려고 할 때가 있거든. 나는 너무너무 힘든데 말이야. 왜 이렇게 술을 마시는지 모르겠네."

허구한 날 술이나 잔뜩 마시고 들어와서 그저 서비스만 받으려 하다니, 희수 말대로 정말 밉상이다, 밉상! 하지만 그걸 티 낼 수도 없고, 속 터져 죽겠네!

"어떻게든 삽입 섹스를 해야 해. 남편한테 오빠가 상남자처럼 위에서 해주면 되게 좋을 것 같다고 말해 봐. 그래서 남편이 위에서 할 때 네가 느끼는 척이라도 하면 남편은 그거 벗어나기 힘들 거다? 그러면서 네가 좋은 방향으로 점점 유도하는 거지."

"어떻게 유도해? 그게 가능해?"

"별로일 때 아파하거나 목석처럼 있으면 상대가 흥이 안 날 거 아니야."

"그치. 그래서 어제 오빠가 입으로 해줄 때도 되게 별로였는데 좋은 척을 했다니까 내가?"

그 와중에 자기도 서비스를 해줬군? 나는 아주 쪼끔 화가 누그러 졌다.

"별로일 때는 무반응이다가 조금 좋다 싶으면 약간 오버해서 반응을 해. 그럼 그쪽으로 유도가 되잖아. 남편은 그 순간을 기억했다가 반드시 그 행위를 또 할 거야. 좋을 때마다 반응을 보이고, 이거다 싶으면 자지러져. 이거 완전 효과적이다?"

"하하. 미치겠다. 진짜 그렇게 조정하는 거야? 그런 거였어?"

"원래는 말로 하는 게 제일 좋다는데 말로 하기 좀 그렇잖아. 생각해봐. 네가 열심히 애무해줘도 남편이 가만히 있으면 그것만큼 힘 빠지는 게 어디 있어. 똑같은 거지. 무조건 네가 더 좋아하는 방향으로 유도할 수 있어."

"나는 오빠가 손으로 하면 너무 아파서 차라리 입으로 하는 게 나은데, 그럴 때도 반응을 확실하게 하면 되겠구나."

"아플 때는 말은 해야지. 어쨌든 반응의 여부와 강약으로 조절할 수 있어."

"해볼 만하겠네."

"그리고 손이나 입으로 해줄 때 니가 막 좋아하다가 고추를 넣어달라고 해."

"으하하하하하하하하하학~"

희수는 격렬한 웃음소리를 보냈다.

"제발 넣어줘!! 그러면 남편이 안 넣고 배길 수 있을 거 같아?"

"미치겠다, 미치겠어. 삼류 소설의 대사 같아!!"

"진짜로 그렇게 말해보라니까? 흥분해서 허겁지겁 급하게 넣을 걸?"

"아……. 근데 그걸 말로 해야 하는 거야?"

"지금 몇 년이나 제대로 된 섹스를 안 했잖아. 남자가 위에서 하는 거 진짜 힘들긴 해. 게다가 술 먹고 오면 더 힘들 거고. 어쩌다 술 안 마시고 들어온 날, 기필코 섹스를 해. 그래서 '오빠 안 취해 있으니까 훨씬 더 단단하고 좋다.'는 뉘앙스를 좀 흘리면 그거 효과 있을 거야. 하다 보면 정말 급격하게 변해. 쓸수록 발달하는 거잖아. 몇 년 전부터 우리 거의 매일 하면서 오빠 몸이 달라지고 체력이든 발기 능력이든 모든 능력이 예전과는 비교가 안 되게 좋아졌거든."

"우리 오빠는 일단 살을 빼야 해. 저렇게 매일 술을 마셔대니까 살이 찌지."

"그러면 뒤치기를 해봐. 뒤치기는 남자가 그나마 덜 힘든 것 같더라. 정상 위는 남자가 엎드려뻗쳐 자세가 되잖아. 오래 안 한 사람이면 무지 힘들 거 같아."

"언니, 근데 그 자세는 질 오르가슴을 느끼기 힘들지 않아?"

"넌 그 생각밖에 없냐? 일단 계속 삽입을 해야 할 거 아니야. 그리고 왜 못 느껴. 뒤로 할 때 장난 아닌데."

"글을 보면 다들 여성 상위에서만 질 오르가슴을 느낀다고 하던데?"

"그래? 상위가 깊이 들어가서 그러나? 아니면 몇몇이 그렇다고 하니까 다들 선입견이 생긴 건가? 나는 상위에서는 잘 안 되던데. 근데 어느 자세에서 잘 느끼는지는 사람마다 다르겠지. 하지만 일단 깊이 들어가야 잘 느끼는 건 맞는 얘기일 거야. 그리고 너는 오랜만에 다시 섹스 시작하려는 애가 당장 오르가슴에만 그렇게 연연하는 거야? 하기 시작하면 금방 찾을 수 있어. 그러니까 일단 삽입 섹스를 계속 시도해야 해."

"내가 위에서 할 때 한번은 오빠가 밑에서 올려치니까 약간 오줌 마려운 느낌 비슷한 걸 느끼기는 했어. 그걸 계속하면 오르가슴 느낄 수 있는 거 아니었을까? 근데 조금 아픈 것 같아서 겁나서 뺐어."

"조금 아픈 거로 겁내지 마. 통증과 쾌락의 경계가 모호할 때가 있다? 계속해보면 알 수 있을 거야."

"그걸로 진짜 오르가슴 오는 거지?"

"당연하지. 내가 무지 선호하는 자세야. 너희는 일단 계속 삽입하기만 하면 돼. 뒤로할 때 상체를 좀 세워 보기도 하고 조금씩 달리 해봐. 그러면 또 자극 부위가 달라서 되게 좋을 수도 있어. 요가의 고양이 자세 알지? 그 자세도 좋아. 가슴은 침대에 붙이고 엉덩이만 위로든 자세라서 제일 깊이 들어가긴 해."

"오케이! 시도해볼게."

"뒤로 할 때 젤 묻혀서 클리를 만져달라고 해. 오르가슴이 오려면 무조건 클리가 흥분해서 커져야 하는 거야. 어쨌든 지금 네 남편이 정상 체위가 힘들 것 같으면 뒤로 해봐. 너도 가만 있지만 말고 적극적으로 움직여봐. 둘이 같이 움직이면 움직임이 안 맞을 수도 있으니까 남편이 잠깐 멈췄을 때 네가 움직여. 그럼 남편이 그때 쉴 수도 있는 거잖아."

"뒤로 할 때? 내가 어떻게 움직여?"

"앞뒤로 움직여도 되고, 위아래로 움직여보기도 하고. 피스톤 하는 방향만이 능사가 아니야. 가장 깊이 꽉 밀어 넣은 상태로 네가 엉덩이를 조금 올렸다 내렸다 하면서 위아래로 움직이면 자극이 엄청나거든."

"아. 그러면 느낄 수 있는 것인가."

"오로지 너의 쾌락만 목표냐? 그러면서 남편이 쾌락만 추구하는 것 같다고 욕해?"

"ㅋㅎㅎㅎ흑~"

"너는 느낌을 잡으려는 노력을 적극적으로 할 테니까 훨씬 금방 찾게 될 거야. 나는 그런 노력도 안 했어. 노력해야 하는 줄도 몰랐고. 오르가슴을 받아들이겠다는 마음이 있다면 금방 찾을 수 있을 것이니라."

"예, 예~ 그럼 오늘은 일단 뒤치기 도전!"

"너는 일단 제대로 된 섹스를 해야 해."

"근데 넣어달라고 어떻게 말해. 진짜 자신이 없어."

"나도 그런 말 하기까지 10년도 넘게 걸렸다. 지금은 내가 딱 잡고 넣을 때도 있어."

"어머, 나도 그래야겠어! 말하는 것보다 난 그게 더 편할 것 같아."

"오르가슴 느끼려면 삽입된 상태로 클리를 만져야 감이 온다는 걸 잊지 마. 아!! 그래서 여자들이 여성 상위 때 느낀다고 하는 건가? 상위체위 때 클리가 좀 마찰이 되잖아. 보통 남자들이 여자를 위해서 섹스 내내 계속 클리를 만져주지 않을 거 아니야. 또 너무 거칠게 만지면 아플 수도 있고. 그래서 윤활제 그런 게 필요한 거라고. 그거 묻혀서 만져주면 절대 안 아프고 진짜 대박인데. 어쨌든 클리가 부풀어서 커져야만 질 안쪽에서도 감이 온다는 걸 잊지 마. 여자도 남자처럼 발기가 되어야 오르가슴이 오든지 말든지 하는 거라고!"

"아! 그런 거였구나. 이제 알겠어!!!!!!"

희수는 말끝에 느낌표를 줄줄이 찍어 보냈다.

"뭔지 알겠지? 진작 이렇게 말할걸. 그래서 내가 클리 오르가슴, 질 오르가슴 구분하지 않는다고 했던 거야. 클리가 부풀면 안쪽 자극만 가지고도 클리에 자극이 가니까 오르가슴이 오거든. 꽂은 상태에서 네가 스스로 만져 봐. 그럼 담에는 남편이 적극적으로 만져 줄 거야. 제일 쉬운 건 넣은 상태에서 바이브레이터를 사용하는 건데, 그건 너무 짧고 강해서 나는 오빠가 만져주는 걸 훨씬 더 좋아하거든. 끝없는 파도를 타고 싶은 거지."

"아, 알겠어. 이제야 뭔지 좀 알겠네."

"오르가슴으로 질이 파도치면 그게 남자에게도 전달되니까 여자의 오르가슴은 남자도 좋은 거지. 오빠도 거의 사정할 때만큼 흥분하는 것 같더라고."

"우린 애 잘 때 늘 숨죽이고 해야 하니까 좀 그렇긴 해."

"거실이나 서재에서 해 그럼."

"은성이 비염 때문에 소파도 싹 다 치워서 아무것도 없어."

"그럼 거실에서 싱크대나 식탁을 잡고 서서 뒤로 하면 되잖아. 침대를 벗어나서 하는 것도 색다르고 좋아. 서서 하면 남편이 네 가슴이나 클리 만지기도 되게 좋아. 훨씬 덜 힘들기도 하겠고."

"서서 한 번도 안 해봤어."

"그럼 해 봐야지. 집 말고 밖에서도 하고, 차에서도 하고. 모든 걸 해."

"소설에 나오는 것처럼 식탁이나 책상 위에 있는 거 싹 다 밀어버리고 하는 거야?"

"미쳤어? 나중에 내가 치워야 하는데? 마주 보고 선 채로 한쪽 다리 올리고 하기도 하고. 키가 좀 맞으면 그것도 괜찮은데. 하여튼 서서 뒤로 하는 거 괜찮아. 나는 삽입 안 해도 뒤에서 안고 가슴 만지거나 클리 만져주면 좋더라."

"오케이! 몇 가지나 시도해볼 것들이 생겼네. 내가 여성 상위 집착을 내려놓으니 할 게 많다."

"너도 이런저런 것들을 하다 보면 취향을 알게 될 거야. 술 안 마시고 왔을 때 꼭 시도해보고, 술 안 먹고 하니까 더 좋다는 뉘앙스를 꼭 전달해."

"알겠어. 이번 미션, 기대된다!"

희수 부부 둘 다 만족스러운 섹스를 한 번이라도 해서 서로 감정이 충만해질 수 있길 바랐다. 단 한 번이라도 연애할 때의 마음으로 결합할 수 있다면 앞으로의 시간은 의미 있게 흘러갈 것이다. 종교도 없는 내가 희수의 성공적인 섹스를 위해 기도라도 할 판이었다.

"남자도 사랑으로 먹고사는 존재야."

나는 하루 중에 밀도 높은 밤의 시간을 가장 사랑한다. 아이가 잠든 이후의 시간, 세상과 단절된 듯한 고요한 밤은 아예 다른 차원의 세상이다. 글도 그때 집중적으로 쓴다. 내게는 그 시간에 무얼 할지에 대한 계획이 언제나 있다. 그러니 저녁 내내 실컷 놀다가 자야 할 시간이 되어서야 "맞다, 국어 수행평가 내일까지인데."라고 하는 아이의 외침에 폭발할 수밖에 없었다. 내 시간에 대한 아쉬움 때문이었을 거다. 게다가 오늘은 모처럼 남편도 늦게 들어온다고 했기 때문에 나는 나 혼자만의 특별한 시간을 기대했던 터였다.

나의 모진 잔소리를 들으며 숙제를 엉망으로 끝내고 아이가 제 방으로 들어간 시간은 이미 11시 20분. 날아간 시간은 시간이고 이제부터라도 혼자 밀린 드라마를 볼 생각에 라면을 끓여와 컴퓨터 앞에 앉자마자 남편이 들어왔다.

"생각보다 일찍 오네? 나는 라면 먹으려던 참인데."

이 라면도 다 계획이 있던 라면이다. 청양고추 하나 썰어 넣고 꼬들꼬들하게 끓여서 냄비 채로 컴퓨터 앞에 놓고 섬뜩한 스토커가 나온다는 미드를 보면서 한 가닥씩 음미하면서 먹을 예정이었다. 베란

다의 상자 텃밭에서 한 움큼 뜯어온 바질과 잣과 치즈를 갈아 페스토를 만들어 아이만 먹이고 허기를 참아내며 기다린 라면이었다.

"이 밤에?"

"우리가 혼자 라면 먹을 기회가 얼마나 귀해? 오늘 재미있었어?"

옷을 갈아입는 남편을 향해서 준서가 깰세라 목소리를 낮추어 말하면서 냄비를 들고 다시 식탁으로 자리를 옮겼다. 라면 먹는 시간이 이토록 늦어진 이유에 대해 남편이 묻지 않아 다행이라고 생각하면서 라면을 한 젓가락 후루룩 먹었다. 남편은 대학 친구들을 만난다면서 간만에 밤 외출을 한 거였다. 예상보다 남편이 일찍 들어오는 바람에 라면을 먹으면서 드라마를 보겠다는 계획이 틀어진 건 조금 아쉬웠지만, 남편에게 전해 듣는 선배들의 근황 이야기도 내가 몹시 기다리는 것이었다.

"다들 술 실컷 마셨으면 집에 가지, 또 다른 데를 간다고 그래서 난 집에 왔어. 근데 오늘 승엽이가 5년 만에 나온 거야."

"승엽 오빠가?"

나는 깜짝 놀라 큰 소리를 냈고, 입에 가득 들어 있던 라면 면발 두 조각이 튀어나와 식탁 유리에 나란히 붙었다.

승엽 선배는 우리 과의 스타였다. 생긴 것도 물론 괜찮았지만, 외양에서 풍기는 모습은 부족함 없는 집안에서 가정교육을 잘 받은 사람의 기품이 있었다. 선배도 자신의 그런 이미지를 잘 알았고, 그에 걸맞게 행동하는 듯했다. 남녀노소 할 것 없이 모두 승엽 선배를 좋아했다. 수많은 여자에게는 선망의 대상이었고 소문으로는 구애도 많이 받았다지만, 학교 내의 그 누구도 승엽 선배와 공식 커플이 되는 데는 성공하지 못했다. 모두가 취업문제로 골머리가 썩고 있을 졸업반 때, 승엽 선배는 어학연수 명목으로 미국에 갔다. 모두가 팔자 좋다고 했다. 이미 취업 자리가 확보되어 있기 때문이라는 질투 섞인 소리도 들려왔다. 승엽 선배는 미국에서 사귀었다며 반년 만에 동갑의 여자친구를 데리고 나타났다. 승엽 선배가 데리고 나타난 여자는 선배를 티 나게, 혹은 속으로만 좋아하던 숱한 여자들이 모두 무릎을 꿇을 만큼 대단한 미인이었다. 승엽 선배는 정말로 정해져 있었던 건지 꽤 알찬 회사에 취업했고, 머지않아 그녀와 결혼했다.

"승엽이가 글쎄 이혼을 했대."

"승엽 오빠가 이혼했다고?"

'아니, 그 절세미녀와 왜 이혼을 했지?' 하는 생각이 먼저 떠올랐다. 그렇게 예쁜 부인과 왜, 어떻게, 어쩌다가?

"근데 더 놀라운 건 재혼도 했어."

이건 라면이 코로 튀어나올 정도로 놀라운 소식이었다.

"뭐? 아니 이혼을 언제 하고 재혼은 또 언제 했어? 그래서 그동안 한 번도 안 나왔던 거야?"

"아니야. 회사 일로 몇 년 동안 프랑스에 가 있었대. 이혼은 그 전에 했고. 재혼도 프랑스 가기 전에 했는데, 하자마자 갔나 봐."

"애가 있지? 애 돌잔치에 우리가 못 가서 따로 축의금 보냈던 게 승엽 오빠네였잖아."

"맞아. 그 애는 지금 엄마랑 산대. 그래도 승엽이랑도 자주 본다더라."

"와, 그 예쁜 언니랑 대체 어쩌다 이혼을 한 거야? 승엽 오빠 설마 바람피웠어?"

"뭐 결론적으로 말하면 그런 건데."

"결론적? 무슨 소리야 그게? 바람을 핀 거면 핀 거고, 아닌 거면 아닌 거지?"

오래간만에 만난 친구들 앞에서 승엽 선배는 금세 만취 상태가 되더니 그동안의 일들을 토해내기 시작했다고 한다. 그 어여쁜 아내와는 결론적으로 말하자면 섹스가 불만이었다. 순전히 승엽 선배의 증언에 따르면, 아내는 섹스를 좋아하지 않는 타입이었다. 결혼 전에는 그저 쑥스러워서 섹스에 소극적인 거로 여겼다. 하지만 결혼한 후에도 섹스에 대한 태도는 변하지 않았고, 이런저런 핑계를 대며 거부하는 일도 잦았다. 블로우잡도 결혼 초에 마지못해서 몇 번 해주었는데 그마저도 잠깐 시늉만 하는 정도였고, 억지인 티가 역력해서 이후에는 요구할 엄두를 내지 못했다. 아내가 거부할 때마다 상처는 소리 없이 쌓이는 눈처럼 차곡차곡 쌓여갔다. 그래도 아내를 사랑하는 마음은 변치 않았고 다정함도 잃지 않았다. 아쉬움은 포르노를 보는 것으로 달랬다.

2년쯤 지나 부인은 임신했고, 임신하자 미모는 더 물이 올랐다. 내 아이를 가졌다는 생각에 사랑하는 마음도 더더욱 커졌고, 그만큼 더 간절히 원했다. 아내는 스킨십 역시 좋아하는 것 같지 않았지만, 출

231

근할 때도 퇴근할 때도 습관적으로 입맞춤은 해주었다. 물론 가끔은 섹스 요구를 받아 주기도 했다. 하지만 달갑지 않은 마음을 숨기지 않고 내비쳤고, 아무리 공을 들이고 사랑을 퍼부어도 좋아하는 법도 없었다.

"승엽이가 이 말을 하니까 다 인정하는 분위기였어."

"무슨 인정?"

"바람피울 만했네. 뭐 그런?"

"이게 뭔 소리야? 오늘 만난 오빠들도 다 부인하고 섹스 안 한다며? 자기들이 안 하는 건 괜찮고 부인이 거부하고 안 빨아준다니까 다들 끄덕끄덕 공감했다는 거야?"

"다른 애들은 어쩌다 안 하게 되었는지 모르잖아. 근데 승엽이는 포기하지 않고 계속 원했대. 승엽이는 부인이 계속 거부할 때도 다른 짓을 한 번도 안 했다고 하더라. 몇 년이나 혼자 포르노나 보면서 자위만 했다는 거야. 임신했을 때도, 출산하고 나서도 계속. 근데 그 말을 듣고 다른 애들이 뭐라고 했는지 알아?"

"천하의 바보래?"

"아니, 안 믿었어. 다른 애들은 승엽이 말을 아예 안 믿는 거 있지. 이 새끼가 어디서 거짓말을 하냐면서, 몇 년이나 그러고 살았다는 게 말이 되냐고 그러는 거야. 오로지 나 혼자만 믿었다니까? 승엽이는 와이프를 많이 사랑하니까 힘들어도 혼자 그러고 견딜 수 있었을 거야. 근데 딴짓하고 다니는 놈들은 그건 아예 말이 안 된다고 치부해 버리더라고."

"와, 뭐 눈에는 뭐만 보인다고 다들 자기들 같을 줄 아나? 승엽 오빠가 여자 엄청 많을 거 같아도 학교 다닐 때도 좀 다르기는 했지. 순정파였네."

승엽 선배는 아이의 돌이 지날 무렵이 되어서 아내에게 다시 요구해보자고 결심했다. 하지만 여전히 아내는 섹스에 관심이 없었고, 아이의 이유식을 만들어야 한다느니, 컨디션이 좋지 않다거나, 피곤해서 안 되겠다면서 다음에 하자는 말로 피했다. 문제의 그날도 선배는 낙담한 채로 서재에서 포르노를 보면서 마음을 달래고 있었다. 평소에 승엽 선배를 먼저 찾는 일이 절대 없던 아내는 하필이면 선배가 포르노를 보고 있던 그때 방문을 열었다. 자위하고 있지 않았던 것이 참말 다행이었다. 컴퓨터 화면과 자신을 번갈아 바라보는 날카롭고 서늘한 눈빛이 심장이 와서 박혔다. 선배는 그간의 울분을 쏟아냈다. 다른 사람 같았으면 열 번은 더 바람이 나고도 남았을 거라는 말까지 했고, 심지어 앞으로는 자위나 하고 살지는 않겠다고 선언하고야 말았다. 그런데도 아내는 선배를 안아주겠다는 말을 끝내 하지 않았다.

"그때 처음으로 정이 떨어지더라. 나를 털끝만큼도 이해해주지 않는 거야."

당장 다음날부터 집에 들어가기 싫었다. 아내가 자신을 사랑하지 않는다고 생각하니 마주할 자신이 없었다. 그러고 보니 이제는 자신도 아내를 사랑하지 않는다는 걸 깨달았다. 그 절절했던 마음이 나쁜 마법에 걸린 것처럼 한순간에 확 식어버렸다는 사실에 깜짝 놀랐다. 그간 쌓여온 원망과 불만의 감정들이 모조리 튀어나와 순식간에 높고 단단한 철벽을 만들어버렸다. 그동안 참기만 한 자신이 바보 같다는 생각까지 들었다. 그 순간 떠오르는 얼굴이 있었다. 절대 곁을 주지 않는데도 몇 년을 따뜻한 눈빛으로 자신을 바라보던 회사 후배가 생각났고 처음으로 저녁 약속을 잡았다. 식사 후 술을 마시고 약속이라도 한 듯 자연스럽게 근처 모텔로 향했다. 몇 년 만에 진정으로 자신을 원하는 여자와 섹스하니 새로 태어난 것 같았다. 텅 빈 껍데기 같은 몸에 사랑이 가득 충전되는 느낌이 들었다. '이 여자는 날 사랑한다.' 이 생각이 드니까 더없이 예뻐 보이고 한없이 마음이 갔다. 다음날 아내에게 바로 고백한 후 너무 쉽게 이혼했고, 그로부터 8개월 후에 회사 후배와 재혼했다. 여기까지가 승엽 선배가 말한 내용이다.

"애도 있는데 쉽게 이혼에 동의해 줬네? 정말 승엽 오빠를 사랑하지 않았나?"

"모르지, 승엽이 얘기만 들은 거니까. 어쨌든 서로 섹스에 대한 근본적인 인식 차이가 상당했던 것 같아. 근데 정말 승엽이 같은 애는 없어. 그렇게 거부하는데도 몇 년이나 참고 또 변함없이 다정하고 섹스 시도를 하는 애는 진짜 없을걸. 애 낳고 잠시 각방을 쓰더라도 얼른 다시 합쳐야 해. 한 이불을 덮고 자는 건 부부에겐 정말 중요한 일인 거야."

"남편들 잠 못 잘까 봐, 그래서 회사생활에 지장 있을까 봐 각방 쓰기 시작하는 거잖아. 애 낳고 한동안 거의 좀비처럼 살아야 하는데 남편까지 그렇게 둘 수가 없는 거지. 다 남편을 위해서 시작한 각방

이거든."

"별거 아닌 것 같아도 몸이 멀어지면 관계가 순식간에 멀어질 수도 있을 거야. 싸워도 잠은 같이 자라는 말이 괜히 있는 말이 아닌 거지."

"어쨌든 승엽 오빠 지금 행복하대?"

"응, 너무너무 행복하대. 지금 부인이랑은 아주 잘 맞나 봐. 모든 게."

"지금 부인하고도 애는 낳겠지?"

"그렇겠지. 계속 그대로 살았으면 승엽이도 결국은 밖에서 배회하는 사람이 됐을 거야. 오로지 아이 때문에 사는 부부가 되는 거잖아. 돈만 벌어다 주는 존재가 되고 싶지 않은 거지. 누구도 그런 존재가 되고 싶지는 않아. 아이는 힘들 수도 있겠지만 서로 좋아하지 않는 부모를 보면서 자라는 것보단 나을 거야. 지금은 전 부인이랑 아이랑 같이 놀러도 가고 애도 오가면서 지내나 봐."

"지금 부인도 대단하네. 나 같으면 기가 죽을 것 같은데. 그치? 여자라도 반할 미모잖아. 지금 부인은 어떤 사람인지 궁금하다."

"사진 보여 줬어. 프랑스에 있는 동안 여기저기 다니면서 사진도 되게 많이 찍었더라."

"어때?"

"사진상으로 정말 행복해 보였어. 승엽이도 지금 부인도. 사진 보여주면서 설명해주는 승엽이 표정이나 말투 보면 딱 보이잖아. 정말 사이가 좋아 보였고, 진짜 잘 살겠다는 생각이 들더라. 섹스도 자주

하면서. 나는 승엽이 친구니까 아무래도 승엽이 편에 설 수밖에 없잖
아. 승엽이 영혼의 짝은 지금 부인인 거 같아."

"하~ 절세 미모여도 안 빨아주면 안 된다는 거지?"

"그렇게 비약하지는 마. 남자도 사랑으로 먹고사는 존재야. 사랑
받아야만 살아가는 인간이라고. 승엽이의 말이 모두 사실이라면 승
엽이 전 부인은 승엽이를 사랑하지 않은 거야."

"의무로만 하는 거야? 사랑은 없어?"

버스를 타고 가는 중에 문득 희수에게 너무 소식이 없다는 생각이 들어 대화창을 열어보았다. 벌써 일주일이 지나 있었다. 기대된다는 희수의 마지막 글자만이 화면 속에 박제되어 있다. 무소식이 희소식이어야 할 텐데, 희수의 성격으로 미루어 보아 조용한 대화창은 예감이 좋지 않았다. 옆자리에 앉아 있던 남편도 흘깃 보더니 따로 묻지 않았다.

대학 선배의 회사 앞으로 왔다. 11시 40분인데 이미 점심 식사를 위해 밖으로 나온 직장인들로 거리가 붐비기 시작했다.

"경수 오빠!!!"

해가 좋아서인지 건물을 나서자마자 눈을 심하게 찡그린 채로 손 차양을 하고 두리번거리는 선배를 향해 나는 머리 위로 크게 손을 흔들며 이름을 불렀다. 화단 가에 서 있던 나와 남편을 발견한 선배는 한쪽 손을 살짝 들어 반가움을 표시했다. 우리를 향해 걸어오는 선배의 은색 정장은 쏟아져 내리는 햇빛을 받아 살아 있는 물고기처럼 번뜩였다.

"직원들 다니는데 이름을 부르고 그래?"

면박을 주면서도 이름을 불린 게, 어쩌면 오빠라는 호칭이 오래간만이라 반가웠는지 즐거운 얼굴이었다. 남편과 내가 번갈아 가볍게 악수를 했다.

"오늘따라 오빠 얼굴도 좋아 보이고, 와~ 정장도 엄청 좋아 보이는데?"

나의 말에 좋은 옷 티가 나긴 나냐며 옷깃을 한 번 매만지며 씩 웃는 경수 선배는 남편의 친구이자 내 선배다. 대학 시절에 남편과 제일 친했고, 서글서글한 성격이라 셋이서도 잘 어울렸다. 때문에 내가 가장 편하게 생각하는 선배였고, 이제는 나와도 친구나 다름없는 사이다. 식사하러 가는 길은 날씨도 화창했고, 직장인들의 발걸음도 가벼워 보였다. 모두 미리 정해 놓은 목적지가 있는지 우왕좌왕하는 사람도 없었다.

"회사 근처를 지나는 김에 인사나 하려고 전화한 건데 시간 내줘서 고맙다."

한달음에 달려 나온 친구를 보고 남편은 반가워하며 말했다. 맛있는 식사를 해볼까 싶어서 오래간만에 시내에 나온 건데, 선배는 자기를 안 보고 간다는 게 말이 되냐면서 근처에 있다는 우리를 기어코 잡아 세웠다.

경수 선배가 앞장서서 이끈 곳은 옛날 스타일의 경양식집이었다. 자리에 앉으면서 선배는 자주 오고 싶은 식당이지만 요즘 사람들은 이제 이런 데를 별로 안 좋아하는 것 같아서 좀처럼 기회가 없더라는 설명을 덧붙였다. 그러고 보니 점심시간인데도 식당이 한산했다. 후추를 뿌린 크림 수프를 다 먹자마자 나온 얇게 두드린 돈가스와 마요네즈에 버무린 마카로니를 먹으면서 바보 같은 짓들을 일삼던 학창 시절 이야기로 킬킬거렸다. 식사 후에는 회사 사람들은 아예 안 간다는 옛날 스타일의 카페로 갔다. 고등학생 시절에 파르페를 먹기 위해 친구들과 들락거리던 카페가 단박에 떠오르는 곳이었다. 카페 가운데에는 큰 셀로움과 고무나무 화분이 있고, 그 주변으로 레자 소파와 테이블들이 놓여 있었다. 점원이 작은 메뉴판과 물이 담긴 유리컵을 사람 수대로 들고 왔고, 우리는 앉은 자리에서 커피를 시켰다. 서울 시내 한복판에 아직도 이런 방식으로 운영되는 곳이 있을 줄이야!

"정말 두 시에 들어가도 되는 거야?"

"점심시간 정도는 알아서 써도 되는 그런 나이다. 괜찮아."

우리는 아이들 교육에 관한 답답한 이야기를 나누다가 중년들의 단골 주제인 건강에 대해서 또 한참을 떠들어댔다.

"근데, 니들은 아직도 매일 하냐?"

챙겨 먹는 건강기능식품에 대해서 일장 연설을 하던 경수 선배가 느닷없이 물었다. 이런 질문이 나온 까닭은 2년 전으로 거슬러간다. 술자리가 으레 그렇듯이 섹스 경험담이 오갔는데, 너도나도 화려한 경험담을 늘어놓길래 남편은 이렇게 말했다고 한다. "한 가지 확실한 게 있어. 횟수만 따지자면 아무도 나를 따를 수가 없을 거다. 난 매일 한다고." 이 말을 들은 남편의 친구들, 그러니까 내 선배들은 나에게 전화를 걸어서 진상 파악에 나섰는데, 나는 나잇값 좀 하라고 타박을 하면서도 진실을 알려주었었다.

경수 선배의 질문에 나는 킥킥대면서 이렇게 답했다.

"우리 오빠, 이 시대의 변강쇠잖아. 아직 끄떡없지. 오빠 허벅지 좀 만져 봐라? 완전 돌덩이라니까?"

선배는 굳이 몸을 반쯤 일으켜서 미소짓고 있는 남편의 허벅지를 몇 번 움켜잡았다.

"와, 미친 새끼. 이게 사람 허벅지야 뭐야. 따로 운동도 안 하는 새끼가 배도 하나 안 나오고. 니들은 아직 청춘이구나. 나는 요즘 하루하루가 달라. 이젠 술 먹잖아? 그러면 그 여파가 며칠이나 간다."

남편과 경수 선배는 가장 친하면서도 제일 달랐다. 사회에서 만났다면 절대 친구가 되지 못했을 거였다. 유흥 문화를 질색하는 남편과 달리 경수 선배는 남편의 친구 중에서 유흥과 여색을 가장 즐기는 사람이다. 하지만 아무리 딴짓을 해도 부인한테 한 달에 한 번은 해준다는 사람이었다. 남자들의 유흥을 줄줄 꿰고 있는 경수 선배를 볼 때마다 나는 항상 선배의 직업을 탓했다. 접대가 많은 직업인 것이 경수 선배의 삶에 막대한 영향을 주었다고 생각하기 때문이다. 좋든 싫든 하루가 멀다고 룸살롱을 다니는 삶. 이제는 돌이키기엔 너무 늦었다는 생각이 들었다.

"경수 오빠, 우리나라 남자들은 왜 이렇게까지 부인하고 섹스를 안 하게 된 걸까? 여기 기사에 줄줄이 달린 답글처럼 성매매가 그 이유라고 생각해?"

섹스리스 기사를 보고 이야기를 나누던 중에 나는 경수 선배에게 질문을 던졌다. 경수 선배는 스스로 섹스리스가 아니라고 하지만 내 기준에서는 섹스리스나 마찬가지였기에 그의 생각이 궁금했다. 선배는 시계를 한 번 보더니 손가락 하나를 살짝 들어 입구에 서 있던 점원과 눈을 맞추었다. 점원이 눈을 조금 크게 뜨고 눈길을 주자 자신의 커피잔을 살짝 들어 올렸다. 그러면서 우리를 번갈아 쳐다보길래 남편과 나는 고개를 저었고 그 모습을 본 점원은 살짝 미소를 지으면서 고개를 짧게 끄덕였다. 감탄이 절로 나는 군더더기 없는 간단한 동작과 눈빛만으로 금세 따뜻한 커피가 새 잔과 새 받침에 담겨 놓이고 빈 잔은 치워졌다.

"글쎄, 되게 여러 가지 이유가 있겠지. 그냥 자연스럽게 뜸해지다가 안 하게 되는 거 같아. 애 낳고 대부분은 각방을 쓰게 되잖아. 떨어져 자면서 자연스럽게 멀어지는 거지. 일단 애 낳고 서로 피곤하고 시간도 안 맞고 귀찮아져. 한번 뜸해지기 시작하면 꼭 해야 하나? 그런 생각도 들고."

"애 낳고 멀어진다는 건 너무해. 부인은 자기 애 낳고 키우느라 너무 힘들어서 섹스도 못 하는 거잖아. 그 시기가 지나면 다시 해야 할 거 아니야."

"마누라 힘들어하는 거 보면 안 됐지. 근데 임신하면서부터 거의 안 하게 되잖아. 초반이면 조심스러워서 안 되고, 막달에는 애 나올까 봐 안 되고. 근데 이게 그렇다? 재성이처럼 다른 데서 안 해본 놈이야. 그러면 어떻게든 혼자 해결하고, 가끔 네가 달리 해결해주기도 할 거고. 그치? 근데 남자들 대부분이 자의든 타의든 결혼 전에 성매매를 해봤단 말이야. 한 번도 아니고 여러 번이나. 누가 너네처럼 그렇게 어릴 때 결혼하냐? 나도 서른 하나에 결혼했고, 요즘은 훨씬 더 늦게들 하잖아. 그럼 서른 넘어까지 가끔 누구 사귈 때만 하고 살아? 말이 안 되잖아. 근데 결혼하고 부인이 못 해주거나 안 해주는 상황이 왔다고 해봐. 다들 처음도 아닌데 그게 그렇게 어려운 일이 아닌 거야. 이거 정말이라니까?"

경수 선배의 말대로 우리나라는 성매매 공화국이라고 해도 과언이 아니다. 많은 남자가 고교 졸업이나 취업, 대학 입학 등 성인 대열에 합류하는 것과 동시에 성매매의 세계도 접한다. 매우 안타까운 일이지만 상당수가 성매매로 첫 경험을 한다. 남편의 친구들도 모두 성매매로 동정을 뗐다. 학교 근처의 여관에서 전화 한 통으로 너무 쉽게 여자를 살 수 있었기에, 갓 스무 살의 대학생들은 여관발이라고 부르는 나이 든 창녀에게 동정을 바쳤다. 처음이라 서툴고 금방 끝냈을 게 뻔했지만, 다음날이면 다들 허풍을 늘어놓았다. 남자들의 허풍은 첫 경험부터 시작되는 것이다.

"첫 경험을 그렇게 한 걸 나중에는 되게 후회하지 않을까?"

이 얘기를 들은 나는 분노에 앞서 안 됐다는 생각이 들었다. 그래도 소중한 첫 경험만큼은 사랑하는 사람과 해야 하는 것 아닌가. 나의 질문에 남편은 이렇게 말했다.

"당연히 그런 얘기는 아무도 안 하던 걸. 지긋지긋한 총각 딱지를 드디어 떼버렸다는 사실이 중요한 것처럼 보였어. 그때까지 상상만

해오던 걸 직접 해봤다는 거에 열광하더라. 중딩 때부터 매일 딸딸이 치면서 너무 지겨웠던 거야. 나도 선배랑 동기들한테 얼마나 종용당했나 몰라. 날 보면 애 취급하면서 무지 놀려댔어. 다른 애들도 사랑하는 사람과 해야겠다는 생각을 막연하게 했을지도 모르지. 근데 언제 여자 친구를 사귀어서 언제 섹스하게 될 줄 알고? 또 머잖아 다들 군대도 가야 하니까 말이야."

군대. 남자에게 또 하나의 복병은 군대였다. 드물지만 입대 전까지 총각 딱지를 떼지 못한 친구가 있으면 머리를 깎기 전에 강력한 다그침을 당한다. 숫총각은 군 생활을 제대로 할 수 없다는 듯, 마치 살아 돌아오지 못할 전쟁이라도 나가는 것처럼 '여자 맛'을 보고 입소하는 것은 일종의 통과의례처럼 되어 있다. 만에 하나 그때도 무사히 넘겼다고 치자, 그래도 안심하긴 이르다. 커다란 산이 또 있다. 군 복무 중에 가끔 외박을 나가면 모두가 피시방에 갔고, 맛있는 사제음식을 먹었고, '여자 맛'도 보러 갔다. 제대 후에는 친구와, 취직하면 직장 동료들과 다시 성매매를 시작한다. 어디가 더 좋은 서비스를 제공하는지 정보도 교환한다. 맛있는 밥집을 소개하듯 친한 사람에게 서비스가 좋은 곳을 소개하고 데려가기도 한다. 아는 사람들끼리만 입에서 입으로 전해지던 정보를 이제는 인터넷상에서 대규모로 교환하는 시대가 됐다. 정말 성매매 공화국이다.

"애가 자라면 상황이 좀 바뀌잖아. 여자들은 다 남편만 바라보고 있는데."

나는 경수 선배에게 다시 물었다.

"마누라가 말 안 해도 느낌이 올 때가 있지. 집에 딱 들어갔는데 그런 분위기가 있어. 너네는 모를 거야. 잘 안 하는 사이에서는 느닷없이 섹스하자, 그렇게 말이 안 나와. 근데 그런 분위기가 감지되면 '아, 오늘인가?' 그런 생각이 든다고. 그럴 때 평소처럼 씻고 되게 피곤해하면서 방으로 들어가면 며칠 정말 냉랭하다."

"알아차리게 분위기 잡았는데도 모른 척을 한다고? 와, 그건 너무 못된 거 아니야?"

"어쩌다가 한 번 얘기야. 난 한다고, 해줘. 의무방어전. 다른 놈들은 뭐라는 줄 알아? 몇 번 연달아 그러고 나면 마누라가 더 원하지도 않는대."

"왜 의무방어전이라고 말하는 거야? 의무로만 하는 거야? 사랑은 없어?"

경수 선배는 한 발 빠져 있는 남편 얼굴을 쳐다보고 씩 웃더니 대답했다.

"이 나이에 부부끼리 누가 사랑 타령을 하나? 그런 건 아무도 안 해. 마누라가 예전만큼 여자로 보이진 않아도 내 마누라로서, 애들 엄마로 존중하고 사랑해. 그래서 가끔 섹스도 하는 거고. 어떤 놈은 마누라 바람날까 봐 한두 달에 한 번씩 한다는 놈도 있고, 삐치면 골치 아프니까 가끔 한다는 놈도 있어. 그래도 관계를 유지하려면 가끔은 해야 한다고 생각하는 놈들은 양반인 거지."

"근데 대부분은 결혼하면 과거는 청산하지 않을까?"

경수 선배는 그렇지 않다는 것을 알기에 이 질문이 괜찮을까 잠시 고민했지만, 그동안 많은 술자리나 만남에서 아무렇지도 않게 자신의 경험을 들려주었기 때문에 나도 그냥 묻기로 했다. 남편의 말로는 경수의 세계에서는 너무나 당연하고 만연한 일이라서 그것을 말하는 것에 아무런 거리낌도 없어진 것 같다고 했다.

"어떤 이유로 다시는 안 하겠다고 굳은 맹세를 한 인간이 있다면 안 하겠지. 그런 사람도 어딘가에는 있겠지? 난 못 봤지만. 하지만 그 전에 해봤던 인간이라면 글쎄. 그래도 가다가 한 번씩 생각나면 하겠지. 와이프랑 싸워서 냉전 중이거나, 스트레스를 크게 받았을 때 홧김에 가기도 하고. 실제로 좀 풀리거든."

"근데 그 어쩌다 몇 번이 아내와의 섹스가 재미없어지는 계기나 멀어지는 결정타가 되기도 하겠지?"

"그걸 연결해서 생각해본 적이 없는데, 음…… 결혼하면 글쎄, 연애할 때처럼 공들여서 하기 좀 귀찮아지는 경향도 있고, 일단 재미가 없어. 보통 너무 수동적이잖아. 그리고 이 나이에 잘 안 될 때도 있잖아. 다들 술도 많이 먹으니까. 근데 마누라한테는 그게 창피한 거지. 좀 부담스러운 그런 게 있어. 가장의 비애랄까. 위신이 떨어지잖아. 여자들은 모를 거야."

"그럼 오빠, 마지막으로 하나만 더 물어보자. 부인이 되게 잘해줘. 남편 자존감 엄청나게 치솟을 만큼 반응도 끝내주고. 그런다고 쳐봐. 그러면 밖에서 안 할까?"

경수 선배는 반쯤 남은 커피를 아슬아슬하게 흔들면서 잠시 생각에 잠겼다.

"되게 잘해주는 부인이 잘 상상이 안 돼서 어렵네? 근데 진짜 그런 사람이 있으면 뭐 밖에서 안 할 수도 있을 거 같아. 근데 그건 불가능하지 않냐? 사이가 어떻게 마냥 좋아? 결혼 초반이라면 모를까 계속 서로 어떻게 만족을 줘?"

"노력해야 하는 줄을 몰랐으니까."

집으로 오는 동안 나는 우리 아이들이 사는 미래는 어떻게 될까, 그저 그것이 심각하게 걱정될 뿐이었다. 자기가 철저하게 망가지는 줄도 모르고 쾌락만 좇는 세태는 천재지변이 생겨 천지가 뒤바뀐다 해도 변할 것 같지가 않았다.

"오빠, 나한테 딸이 있으면 나는 결혼 안 시킬 거 같아. 앞으로 자라는 애들이 나아지겠어? 계속 이런 세상일 텐데, 아니 더 심해지겠지. 20대들도 무슨 주점인가 포차를 그렇게 다닌다는 기사 봤지? 별다른 것 없던 우리 세대도 다 저렇게 됐는데, 지금은 오죽하겠어!"

집에 들어오자마자 말을 쏟아내는 나를 보고 남편은 다 알겠다는 표정을 지었다.

"너무 황당하지 않아? 다들 쓰레기 인생도 아니잖아. 우리 주위 사람들, 오빠 친구들 다 봐봐. 어려서는 공부 잘한다는 소리 듣고 자라서, 괜찮은 대학 나와서 괜찮은 직장 들어갔지. 그래서 다들 괜찮은 부인도 얻었어. 근데도 저러는 거잖아."

"경수 말대로 모두가 그렇게 성매매하고 그러는 건 아니야. 지금 경수가 사는 세상에서는 그런 사람들이 압도적으로 많으니까 그렇게

247

말하는 거야. 그리고 누구나 다 하는 짓이라면 정당화될 수 있다고 생각하니까 그렇게 말하는 거고. 근데 생각해봐. 절대 그러고 싶지 않은 사람도 있고, 단지 더러워서 그런 짓은 하고 싶지 않은 사람도 있어. 자기 부인이나 연인을 너무 사랑해서 그런 생각은 하지도 않는 사람도 있고, 오로지 신앙이나 도덕심 때문에라도 그러지 않는 사람도 있어. 아니면 너무 창피하다고 생각할 수도 있겠지. 어쩌면 돈 아깝다는 사람도 있겠고. 이 세상이 미쳐가도 그런 사람들이 4, 50%는 된다고 생각해."

"반도 안 되는 상황을 감지덕지해야 하는 건가?"

"통계가 정말 정확하다고 볼 수도 없어. 솔직하게 답했는지 아닌지도 알 길이 없지. 그래서 성매매 종사자나 업소의 규모와 이용액으로 추산하는 게 맞는다는 주장도 있어. 근데 그 주장대로 계산하면 훨씬 높게 나온다는 게 문제지."

"나야 선배들하고 내내 어울리고 오빠한테도 얘기 많이 들어서 좀 알지만, 그래도 우리가 아는 건 빙산의 일각이겠지. 근데 여자들은 남자들 그런 거 잘 모르고 생각도 안 해."

"당연히 자기 남자는 저쪽에 속한다고 생각해야지. 근데 남편과 아예 섹스를 안 한다면 생각을 좀 해봐야 하는 거 아닌가? 남편도 내내 나처럼 참고 있겠지 하고 마는 건 너무 안일한 거잖아. 물론 모든 게 다 귀찮다, 그런 사람도 있겠지. 근데 내 친구들 보면 아찔하다고."

"막상 그런 상황에 닥치면 나도 어떻게 생각할지 모르겠지만, 그래도 난 들은 게 많잖아. 그래서 오히려 문제인 거지. 이미 상황이 그렇게 흘러갔다면 앞으로 오빠랑은 영영 하고 싶지 않을 거 같고, 내가 다시 노력을 기울여서 나에게 돌아오게 하는 게 어떤 의미가 있나 싶은 거야. 게다가 노력하고 싶지도 않고."

나는 말하면서 희수를 떠올렸다. 그러자 울고 싶은 심정이 되었다. 내가 희수에게 못 할 짓을 시킨 걸까? 희수 남편이 그러리라는 생각은 하고 싶지 않지만, 장담할 수 없을 정도로 너무 오랜 시간 방치되어 있었다. 만약 그렇다면 희수가 들이는 노력은 온당한 것일까? 어쩌면 희수가 원치 않는 방향은 아닐까? 나는 희수에게 그런 남편의 성기를 빨게 만든 걸까? 그러면 모든 것이 좋아질 거라고 희망 고문을 한 것일까?

"왜 의미가 없어? 행복하게 살기 위해서 노력하는 게 왜 의미가 없어? 지금이 행복하지 않다면 뭐라도 노력해 봐야지. 그 노력으로 조금이라도 관계가 나아진다면 엄청나게 의미가 있는 거지. 그리고 장담하건대, 관계가 나아져."

나는 복잡한 심정이 되어 뭐라고 말할 수가 없었다.

"다양한 상황이 있을 테니 뭐라고 말은 못 하겠지만 내 생각에는 여자가 남자의 성욕을 이해만 해줘도 큰 탈은 없을 것 같아. 대화도 많이 하고. 너만 해도 섹스 얘기를 얼마나 싫어했어? 안 그랬으면 우린 더 일찍부터 훨씬 좋은 섹스를 할 수 있었어. 파트너와의 섹스가 늘면 당연히 관계는 좋아지는 거고, 좋은 관계를 맺는 사람이라면 밖에서 그런 짓을 할 가능성은 당연히 줄어드는 거겠지."

"그런데 가끔 한다는 남편들도 죄다 의무방어전만 하잖아. 남자들이 성의 없이 자기만 후딱 싸고 내려오는데 좋을 수가 있어? 늘 그런 섹스뿐이면 하고 싶을 리가 없지. 좋은 건 없고 기분만 나빠지는 그런 섹스, 당연히 거부하고 싶지 않겠어? 거부까지는 하지 않더라도 매번 싫은데 억지로 해야 하는 상황에 놓여."

"남자만 의무방어전 하는 거 아니야. 여자도 많이 하잖아. 우리 사이에서 의무방어전은 거의 다 네가 했어. 알잖아."

당연히 여자들도 의무방어전을 한다. 관계를 유지하기 위해 내키지 않지만 어쩔 수 없이 하는 섹스가 의무방어전이라면, 남자들이 껄껄거리면서 말하는 그 의무방어전은 사실 여자들이 몇 배나 더 많이 할 것이다. 여자들에게도 남자들과 다를 바 없는 성욕이 있지만, 굳이 차이점을 생각해보자면 남자들보다는 마음의 품이 더 든다는 것 정도이다. 하지만 남자라고 무조건 욕구 우선주의자는 아닐 터, 남편의 경우를 보면 남자 또한 마음과 정신이 중요하다. 섹스로 상처받는 마음은 여자나 남자나 크게 다르지 않다. 나는 그것을 잘 알지 못했다. 남자들은 섹스만 할 수 있으면 어지간해서는 마음의 상처는 받지 않는다고 생각했다.

우리는 섹스를 하다 말고 곧잘 이야기를 나누었다. 아늑하고 편안한 자세로 결합한 채, 온갖 이야기를 나누는 것이다. 이야기가 너무 길어져서 남편의 성기가 말랑해지면 힘을 주어 단숨에 쏙! 밀어

내는 장난을 나는 무척이나 좋아한다. 내가 슬쩍 힘을 주어 밀어낼 거라는 경고를 날리면 남편은 속수무책이 되어서 "밀어내지 마, 밀어내지 마!" 하고 다급하게 외치지만 소용없다. 속절없이 빠져버린 성기를 남편은 따뜻하고 미끈한 내 성기에 비벼서 금세 다시 단단하게 만들어서 또다시 넣어놓고 우리는 이야기를 이어 나간다. 그걸 몇 번이고 반복하면서, 두어 시간이 훌쩍 지나도록 온갖 이야기를 하는 것이다.

"한때는 내가 불감증이라고 생각했어."

몇 년 전, 나는 남편에게 불쑥 고백했다.

"너 그래도 종종 좋아했잖아."

"그게 오르가슴이 아니라는 건 알았지. 그냥 정신적으로 좋았고, 가끔 몸도 좋을 때도 있었지만 그건 아주 가벼운 희열이었어."

지금까지 줄곧 다정한 쾌감만 있었다면, 나는 남편에게 결코 이런 얘기는 하지 못하겠지 생각하며 말했다.

"나는 지금도 오빠가 좋아하면 무척 흥분하고 기뻐하잖아. 오빠가 사정하는 순간을 내가 제일 좋아하고. 그래서 난 그것으로도 충분하다고 생각했어. 하지만 나는 큰 느낌이 없으니까 오빠한테 삐친 게 있거나 사랑이 좀 덜 할 때는 섹스하기 싫어했지."

섹스에 탐닉하며 살 것 같은 신혼 시절, 우리는 이미 섹스 4년 차였다. 그러니까 할 만큼 해본 사이였다. 결혼 전에는 언제나 섹스할 마땅한 장소를 찾아야 했고, 마음 한편에는 혼전 섹스에 대한 약간의 껄끄러움도 있었다. 결혼과 동시에 누구의 방해도 없는 우리만의 공간을 만끽해야 마땅했으나 곧 섹스가 심드렁해졌다. 한마디로 섹스 권태기였다. 남편도 나도 바빴다. 그게 제일 큰 이유였다고 생각한다. 내게 섹스는 밥을 먹었으면 설거지를 해야 하는 것처럼 어쩔 수 없이 처리해야 하는 일이 되어가는 듯했다. 아무리 바쁘고 색다를 게 없다 해도 남편은 20대의 혈기왕성한 청년이라 줄기차게 원했다. 내 생리 기간 며칠만 섹스를 쉬었는데, 그때는 긴장감 없는 밤을 맞이했던 기억이 난다. 오늘 하자고 하려나? 그런 생각을 하지 않는 것만으로도 한결 홀가분했고, 저녁 시간이 여유로웠다.

그때는 남편이 씻고 팬티를 입지 않고 방으로 들어오면 하자는 거였다.

"나 너무 피곤한데, 다시 씻어야 해? 자려고 오줌 싸고 들어왔단 말이야."

내가 아픈 날이 아니면 통한 적이 없는 데도 내키지 않을 때면 나는 꼭 이렇게 말했다. 이 말은 '나는 할 마음이 없어. 모든 게 귀찮아. 제발 그냥 자자고 해줘.'라는 속마음의 표현이었다.

"괜찮아, 안 씻어도 돼."

남편은 내 맘을 모르는지, 모른 척하는 건지 항상 이렇게 말했다.

"그럼 빨지 마."

나는 팬티를 벗으면서 굳은 얼굴로 말했다. 미소를 보여주지 않았다. 달갑지 않다는 티를 온몸으로 냈다. 나 같으면 그런 아내와는 하지 않으련만, 그런데도 남편은 내 안으로 들어왔다. 섹스 직전에는 통과의례처럼 시로 오럴을 주고받았던 것도 점차 남편만 내게 해주는 경우가 늘어갔다. '넣기 수월하게 침만 묻히는 건가?' 어느 날에는 그런 생각이 들었다. 근데 그래도 상관없었다. 내가 젖어 들 때까지 남편이 애무하는 것도 귀찮았다. 그냥 빨리 끝내주면 좋겠다고 생각했다. 돌이켜보면 섹스 권태기가 맞았다. 남편은 정떨어지게 말하는 나를, 그래도 한결같이 사랑한 건지 아니면 성욕이 끓어 넘치는 나이였기 때문인지 섹스할 때마다 언제나 좋아했다. 그때 남편도 나 정도의 권태기였다면 어떻게 되었을까? 어쩌면 우리는 섹스리스의 문턱을 넘었을지도 모른다. 그럼 다시 회복할 수는 있었을까?

'나는 왜 잘 느끼지 못할까?' 하는 의문도 그즈음에 생겼다. 많은 여자가 한 번은 하는 고민일 것이다. 느끼기 위해서 노력해본 적도 없으면서 말이다. 그런 걸 노력해야 하는 줄을 몰랐으니까. 비를 맞으면 옷이 젖는 것처럼, 섹스만 하면 쾌락은 불가항력처럼 다가오는 건 줄 알았다. 누구에게 물어볼 수도 없었고, 남편에게 "나는 사실 육체적으로는 좋지가 않아." 이런 말은 절대로 할 수 없었다. 그때의 나도 지금의 희수처럼 답답했다.

"그게 좋은 거야. 네가 느끼는 묘한 통증과 레몬을 먹었을 때처럼 신맛이 몸으로 퍼지는 그 느낌, 그게 바로 모두가 좋다고 느끼는 것이야. 애무해주면 엉덩이가 간지러운 그것이 좋은 느낌이 맞아. 다른 사람들은 그것에도 그처럼 자지러지는 거라고!" 누군가가 내 속에 들어갔다가 나온 것처럼 이렇게 얘기해주면 좋겠다고 생각했다.

영화의 베드신이나 포르노 배우들의 몸부림과 환희는 철저히 남자 감독에 의한 작위적인 설정이라고 생각했다. 나에게 그것은 부러워할 수도 없는 낯선 것이었다. 화면 속의 것은 배우의 숙련된 연기일 뿐, 현실에서는 여자의 절정에 대해 누구에게도 들어본 적이 없었다. 한마디로 그것은 실재하지 않는 것이었다. 망상이나 마찬가지였다. 현실에서는 만져볼 수 없는 뜬구름은 나에게 의미가 없었다.

그러던 중 우연히 섹스 상담을 해주는 사이트를 발견했다. 상당한 전문가로 보이는 온라인 섹스 상담가는 불감증 여부를 꼬리뼈로 판단할 수 있다고 했다. 꼬리뼈가 안쪽으로 휘어져 들어가 있으면 불감증이 될 확률이 높다나? 그 문장을 본 사람은 누구나 자신의 꼬리뼈를 더듬어봤을 것이다. 아니나 다를까, 그 글을 보자마자 더듬어본 나의 꼬리뼈도 안쪽으로 휘어 있는 것이 아닌가! '아, 나는 그렇게 타고난 것이었어. 내가 못 느끼는 것에는 이유가 있는 것이다!' 이 사실을 알고 나는 오히려 속이 후련했다.

그렇다면 남편이라도 충분한 기쁨을 느껴야 할 텐데 싶어서 그곳의 글들을 샅샅이 살폈다. 권태기였지만 놀랍게도 나는 남편에게 쾌락을 주고 싶었던 거다. 남자에게 만족을 주려면 어떻게 해야 하는지, 사정의 쾌감뿐만 아니라 섹스 전반에 걸쳐 쾌감을 주려면 여자가 어떻게 해야 하는지를 알고 싶었다. 많은 상담 글 속에서 내가 해볼 만한 건 딱 하나였다.

'남자가 피스톤을 할 때 쪼여라. 특히 성기가 들어갈 때보다 나올

때 쪼이면 더 좋다.'

나는 이 말을 신봉했다. 이 글을 본 이후로 십 년이 넘도록 섹스할 때 남편의 성기가 내 안에서 나오는 순간에 힘을 주지 않은 적이 단 한 번도 없었다. 이쯤 되면 종교와도 마찬가지 아닌가? 나중에는 숙달되어서 남편이 아무리 피스톤을 빨리한다 해도 나는 그 순간을 놓치지 않고 재빠르게 쪼일 수 있었다. 나는 나만의 종교를 충실히 따랐다. 섹스할 때는 오로지 그것에 집중했다. 남편의 만족이 유일한 목적인 것처럼. 내가 불감증이 아니라는 사실을 나중에 알게 되었지만, 습관은 무서운 것이라 남편이 피스톤을 할 때면 저절로 조여졌다. 그러다 하루는 남편에게 이 모든 사실을 이실직고했다. 물론 남편은 어이없어했다.

"내가 여태 그러고 살았는데 쪼이는 게 훨씬 더, 아니 조금이라도 더 오빠가 좋았어야만 해."

나는 억울한 세월을 보상받아야만 했다. 그것에 집중하느라 느낄 새도 없던 나의 쾌락이 아까워서라도 남편에게 더 좋았다는 말을 들어야만 했다.

"나도 너와 다르지 않아. 네가 흥분하고 좋아하면 그게 나도 제일 좋고 육체적으로도 참을 수 없는 지경이 되는 거야."

"아유, 내가 제일 못 견디는 게 오빠가 못 참겠다고 하는 건데. 그럼 내가 흥분하면 오빠가 참지 못하는 상태가 되고, 그러면 나는 못 견디고, 그러면 오빠가 또 못 참고……. 무슨 흥분의 물레방아야?"

제일 좋은 섹스는 어느 시점에 힘껏 쪼이느냐도 아니고, 남자들이

흔히 말하는 좌삼삼 우삼삼도 아니다. 사랑하는 서로를 향해 마음의
문을 활짝 열고, 이 섹스를, 내 몸의 반응을 모두 달게 받아들이겠다
는 태도일 때의 섹스다. 나는 그것을 너무 늦게 깨달았다.

"그런 건 결혼 전에나 하는 거 아닌가요?"

"우리 서로 누가 될까 봐 말을 못 걸고 있는 게 아닐까?"

2주가 지나도록 소식이 없는 희수에게 먼저 말을 걸었다. 내가 보낸 카톡이 '읽음'으로 바뀌길 기다리는 내내 두근두근했다. 무슨 일이 생긴 건 아니겠지. 손톱 옆의 거스러미를 잡아 뜯으면서 희수의 답을 기다렸다. 왼손 약지의 손톱 끝을 일부러 뜯어내고 있을 때 희수에게 답변이 왔다.

"언니, 나 이제야 일어났네."

오전 11시가 넘은 시간이었다. 은성이를 유치원에 보내고 다시 잠을 잔 모양이다. 혼자 있는 시간을 잠으로 보내긴 아깝다면서 낮잠은 자지 않는 걸 아는데······.

"어찌하다 보니까 타이밍이 안 맞고 그래서, 오빠하고 접촉한 적이 없네. 그래서 언니한테 보고할 일이 없었어."

2주 동안이나? 놀라는 내 얼굴이나 목소리를 숨길 수 있어서 다행이다.

"그랬구나. 연락이 없어서 그냥 말 걸었어."

"내가 보고할 게 없어가지구······."

"괜찮아. 여태 안 하고도 잘 살았는데 2주쯤이야 뭐. 남편 바쁜 것도 이제 곧 끝나겠지? 그러면 그때 다시 또 살살 시도해 봐도 되니까."

나는 짐짓 아무렇지도 않은 척, 글자 너머로 희수의 기분을 살피며 말했다.

"똑같은 시간대에 누워야 하는데 그게 쉽지가 않더라구. 내가 애 재우고 남은 집안일을 다 해놓고 들어가면 오빠는 완전히 잠들어 있어. 애 재우다가 내가 먼저 잠들어버린 것도 두 번이나 돼. 깨면 이미 새벽이지 뭐야."

"집안일을 미루면 좀 어때서?"

"청소가 말끔히 안 되어 있으면 오빠가 너무 화를 냈었거든. 그게 버릇이 되어서 그래. 오빠가 아침에 보기 전에 자는 동안 다 치워놔야 하니까."

"그나저나 너한테 배우겠다고 했던 엄마들은 어떻게 됐니? 그 엄마들이나 만나라. 남편은 지금 너무 바쁘니까."

나는 화제전환을 시도해보려고 가까스로 그 기억을 떠올렸다. 그러고 보니 어찌 됐나 궁금하기도 했다.

"아, 맞다. 만났어. 되게 웃겼어. 다들 놀이터에서 기다리고 있다고 해서 갔거든."

"아니, 그걸 놀이터에서 알려줄 예정이었단 말이야?"

"카페에서 얘기하기는 더 조심스러워. 시끄러운 놀이터가 백번 낫지. 근데 나도 지금은 자신감이 없어서 말할 게 없잖아. 그래도 어떡해, 다들 기다리고 있다니까 가서 최대한 아는 걸 얘기했지. 근데 언니, 이 만남의 핵심이 뭐였는지 알아? 다들 오럴은 싫다는 거였어. 상상하지도 못했다는 듯이 모두 펄쩍 뛰더라?"

"정말? 그거 안 하는 부부가 어디 있어?"

"다섯 명이 모였었거든. 근데 다들 그렇게 권력이 필요하다는 거야. 나 속으로 무지 놀랐잖아. 모두가 권력 없다고 그렇게 한탄할 줄을 누가 알았겠어."

"그거야말로 상상도 못 했다."

"그래서 내가 마음을 열고 먼저 다가가기도 하고, 블로우잡도 해주고 등등 우리가 나눴던 그런 얘기들을 했거든. 그랬더니 한 엄마가 뭐라고 한 줄 알아? '그런 건 결혼 전에나 하는 거 아닌가요?' 그러는 거야."

"뭐야? 결혼하면 오히려 안 하게 된다는 얘기야? 완전 새로운 발상인데? 남편한테 해주기는 싫다는 뜻인가?"

나는 졸지에 물음표가 몇 개나 생겼다. 그런 거? 결혼 전에나? 섹스에서 오럴은 필수요소 아닌가?

"놀이터 만남을 요약하자면 남편은 독재자 같다, 권력이 너무나 필요하다, 섹스는 하고 싶지만 그래도 오럴은 싫다, 이거야. 근데 추천해준 젤은 반응 좋았어. 사용해보니 좋았대. 혼자 사용했는지 남편이랑 사용했는지 그것까지는 모르지만 말이야. 여럿이 있으니까 오히려 솔직하게 얘기하기 좀 어려운 느낌이긴 했어. 별 얘기가 오간 게 아니라 까맣게 잊고 있었네."

"오럴 안 한다는 건 진짜 말도 안 돼. 한 사람이 먼저 저렇게 얘기를 해버리니까 다른 사람은 아예 말도 못 한 걸 거야. 게다가 애 친구 엄마들끼리 솔직하기가 쉽니? 근데 그렇다고 해도 오럴 얘기에 하나같이 펄쩍 뛰었다는 게 놀랍네."

"정말 오럴이라는 단어만으로도 다들 소스라치면서 야단이었다니까."

"나 참, 뭘 그렇게 소스라쳐? 모르는 남자한테 하라는 것도 아니잖아. 나는 내가 군림하는 느낌인 데다가 재미있기만 하던데."

"그니까 말이야. 나도 이젠 알겠거든."

"인식의 전환을 해야 해. 남편이 좋아하는 걸 해주는 게 뭐가 어떻다는 거야. 좋아하는 거 보면 자기도 같이 흥분되고 좋지 않나? 근데 그게 미칠 듯이 싫다면야. 그럴 수도 있지, 뭐."

"근데 언니, 생각해보니까 여태 제대로 된 섹스는 한 번도 안 한 거야. 내가 올라가서 하다 만 게 두 번이고 나머지는 계속 서비스만 해준 거잖아. 이거 영 이상하지?"

말해 무엇하리. 아무리 생각해도 희수 남편의 태도는 정말 이상하고 이렇게 야속할 수가 없다. 희수가 저렇게까지 노력을 하면 남자가 되어서 좀 달려들지 않고!

"네가 처음으로 덤빈 날 이후에 남편이 예전처럼 화내거나 막말한 적이 있었어?"

"아니. 일단 오빠는 순둥이가 되었어. 평소 같으면 지랄할 일에도 아무 말을 안 해서 어리둥절한 참이야 나도."

"그건 정말 신기하다. 이거 논문감이네."

"근데 이 인간이 삽입은 대체 언제 할 생각이지? 손이 더 낫다고 그걸 대놓고 말하기까지 했잖아. 나랑 하는 게 싫은가? 아무리 생각해도 그 이유밖에는 없다니까? 아니면 지는 힘쓰기 싫은 거야. 못된 놈!"

나도 기가 막혀 죽겠는데 희수는 오죽할까. 계속 손으로 해주기만 바란다니, 백 번 천 번을 양보해도 이건 절대 이해할 수 없는 부분이다. 희수는 섹스를 아예 못할 때보다도 불만이 팽배해진 것 같았다.

"삽입만이 섹스는 아니야. 둘이서 성적인 행위를 하면서 서로 애정을 나누는 게 중요한 거지. 둘이 침대에 누워서 야한 영화를 보는 건 어때? 포르노도 괜찮고. 금요일 밤에는 좀 여유로우니까 같이 침대에 누워서 봐봐."

"침대에 누워서? 오호~ 그것도 괜찮겠다. 한번 보자고 해야겠네! 어떤 걸 봐?"

"영화 목록은 내가 생각해보고 알려줄게. 포르노라면 네 남편이 잘 알 거고."

"맞아. 오빠 컴퓨터에 컬렉션이 있었던 것 같았어. 예전에 오빠가 볼 때 잠깐 본 적이 있는데, 오빠는 남자는 가만히 있고 여자가 해주는 걸 보더라고. 어머! 이 인간은 그게 취향인 건가?"

"너도 여성편향 웹 소설만 찾아서 읽는다며. 다 같은 심정 아니겠니?"

"아, 급공감이 간다. 똑같은 거네."

"어쨌든 침대에서 보는 거 추천! 예전에 컴퓨터로 볼 수밖에 없을 때는 의자에 오빠가 앉고 내가 오빠 다리 위에 걸터앉아서 꽂은 채로 같이 봤거든. 근데 내가 무거울까 봐서 난 그게 계속 신경이 쓰이더라."

"크하~ 역시 언니네는! 정말이지 난 상상도 못 해봤어. 포르노는 남자가 혼자 보는 거라고만 생각했어. 침대에서 이어폰 한쪽씩 끼고 보면 재밌겠다!"

"침대에서 볼 때, 핸드폰이든 노트북이든 일단 깨끗하게 닦아. 알코올 티슈 같은 거 있잖아. 영화 보다가 조물조물 만지고 그러는데 손이 깨끗해야 할 거 아니야. 그거 중요하다?"

"나 지금 완전 감탄! 언니네 집 쪽으로 큰절을 올릴 지경이야. 정말 그런 것까지 다 생각하는 거야? 세상에, 언니네는 진짜 전문가야 전문가! "

"그리고 술 안 마셨을 때 할 기회를 꼭 만들어. 지난번에도 말했지만, 그때 폭풍 칭찬을 꼭 해줘. 그리고 꼭 사정해야 한다는 강박에서 벗어나면 좋겠어. 너도 남편도. 그냥 그러고 놀다가 잘 수도 있는 거야."

"안 그래도 지난번에 언니한테 들어서 오빠한테 사정 안 해도 된다고 말했던 적이 있거든. 근데 자기는 그건 불가능이래."

"과거의 악몽에서 벗어나라고 해. 이젠 언제든 할 수 있다고."

"오빠가 그걸 받아들일 수 있을지 모르겠네."

"근데 너네 2주 동안 접촉을 못 했잖아. 그래도 네 남편은 순한 그대로라는 거지?"

아직 제대로 된 섹스를 해본 것도 아닌데 희수 남편이 변화했다는 사실이 너무 신기해서 나는 자꾸만 확인해보고 싶었다.

"응. 요 며칠은 은성이가 얼마나 말을 안 듣는지, 오빠가 오기 전에 미처 싹 치우지를 못해서 내가 얼마나 불안했는지 몰라. 근데 전혀 뭐라고 안 했어. 그리고 무엇보다 돈 얘기를 단 한 번도 하지 않았어. 장난 아니지? 그 대신에 이제는 밤에 라면을 끓이라거나, 아이스크림을 사 오라거나 그런 걸 시키는 거야."

"이젠 그런 것쯤은 시켜도 된다고 생각하게 된 건가?"

"술 잔뜩 먹고 와서 저런 걸 시키면 얼마나 짜증나는지 언니는 모를 거야. 그 밤에 술 취해서 아이스크림 사 오라고 큰소리치면 얼마나 짜증난다구. 생각해 봐. 형부는 열두 시도 넘은 밤에 절대로 이런 일로 언니를 내보내지 않을 거야."

희수 남편의 행태에 짜증이 났지만 그래도 마음을 다스리고 말했다.

"사이가 나쁠 때도 그런 것쯤 아무렇지도 않게 시키는 사람도 많아. 은성 아빠는 최소한 그 정도는 아닌 거지. 냉전 중인 마누라한테 라면 끓여 오라고 하면 미친놈이지."

"으하하, 맞아. 그건 미친놈이지."

"그런 건 아랑곳하지 않는 인간이 얼마나 많다고. 돈 버는 거드름은 하늘 끝까지 올라가는 거야. 집에 아이스크림을 넉넉하게 사 봐. 그럼 되잖아."

"근데 놀이터 아줌마들은 나만큼 절박하지 않나 봐. 안 하던 오럴을 시도해볼 생각은 안 하는 거 보니까. 목표가 나랑은 다른가 봐."

"궁극적인 목표는 같겠지. 남편과의 사랑, 그리고 행복한 결혼생활. 그리고 말은 그렇게 했지만 네 얘기 듣고 집에 가서는 시도했을지도 모르지."

"다들 섹스에 불만족스러우니까 혹시 만족할 수 있는 길이 있나, 그게 궁금했던 것 같아."

"남편들이 잘해야 하는데 여자들끼리 백날 떠들어 대봤자지. 근데 모든 여자가 좋아하는 포인트가 똑같지도 않잖아. 하지만 남자는 모두 오럴을 좋아한다. 아주 그냥 환장한다."

"싫어하는 남자는 정말 없을까? 내 친구들이나 놀이터 아줌마들도 얘기해보면 다들 남편이 올라타고 금방 끝내는 섹스에서 벗어나고 싶은 거야. 진짜 다 그 불만이야."

"그게 여자들끼리 아무리 얘기를 해도 해결이 안 나는 거잖아. 남편하고 깊은 대화를 해야지. 이놈의 남자들이 죄다 후딱 사정만 하고 끝내는 못된 버릇이 들었다고. 근데 보니까 여자들도 마찬가지네. 지금 블로우잡도 싫다고 말하는 거잖아. 서로의 헌신이 필요한 건데 노력도 안 하면서 서로 재미없다고 야단일 뿐이니까. 내가 장담하는데, 간만에 남편한테 정성 들여 블로우잡을 해줬다고 해봐라. 그럼 남편 태도 무조건 바뀐다. 백퍼! 보니까 상대가 먼저 정성을 쏟아주기만 서로 간절히 바라고 있는 거 같다."

"내가 그래서 친한 언니한테만 나중에 따로 얘기했어. 서로 만족스러운 성생활을 위해서는 오럴을 안 할 수는 없는 거라고. 근데 자기는 죽어도 하기 싫다고 단언을 하더라니까? 그 정도로 싫을 수 있을까? 난 차라리 오럴이 편했는데."

"사람에 따라서 정말 싫을 수도 있겠지. 근데 나는 그런 생각이 들어. 사랑하는데 그게 그토록 싫을 수 있을까? 싫어하는 사람이라면 당연히 너무너무 싫지. 막말로 섹스는 눈 딱 감고 한다고 해도 블로우잡은 절대 못 할 것 같거든."

나는 대번에 남편의 성기를 핥아주고 하물며 삼키기까지 했던 희수가, 사실은 남편을 사랑하는 것임을 말하고 싶었다. 희수가 내 말의 함의를 읽고 스스로 알아차리길 바랐다.

희수는 남편의 일이 한가해지면 다시 시도해보겠다고 했다. 이쯤 되어서 희수 남편이 먼저 섹스를 요구하면 좋겠다 싶지만, 지난 모든 상황으로 미루어 보면 어쩐지 불가능한 일처럼 느껴졌다. 둘 사이에 다른 문제가 있는 건 아닐까.

희수 남편은 희수의 변화에 대해 어떤 생각을 하고 있을까? 다시 예전처럼 돌아가려니 민망하고 어색한 것인지, 아니면 정말 희수와의 섹스가 이젠 달갑지 않은 건지, 그렇다면 그 이유는 무엇인지. 도무지 알 길이 없다.

그럼 나는 과연 희수의 마음은 잘 알고 있을까? 희수가 나에게 말하지 않은 부분은 없을까? 소설을 보다가 느닷없이 오르가슴이 궁금해져서 그저 섹스가 가능한 상대인 남편을 이용하고 싶은 것일까? 예전처럼 남편을 사랑했던 시절로 돌아가고 싶은 마음은 있는 걸까? 화를 자주 내게 된 남편이 두려워서 상황을 개선하고픈 마음일 뿐일까?

섹스를 거부한 이유가 단지 정말 아파서였을까? 혹시 말 못 할 다른 상처가 있지는 않나? 나는 희수에 대해 잘 알고 있는 건가?

"어떻게 남편이 좋아요?"

희수에게 놀이터 아줌마들의 이야기를 듣고 나니 다른 여자들의 생각이 궁금해졌다. 나도 긴 세월 동안 다양한 마음을 가지고 있었지만, 섹스를 좋아하지 않을 때조차 쉬어본 적은 없어서 섹스 없는 부부 관계에 대해서는 짐작하지 못한다. 섹스가 원활하지 않은 부부는 어떤 모습으로 살고 있는지, 또 어떤 마음일지 알고 싶었다. 물어볼 곳은 한 곳밖에 없었다. 여자들이 잔뜩 모여 있지만, 익명이 보장되는 인터넷 카페. 나도 임신했을 때부터 도움을 많이 받았던 육아 카페에 물어보기로 했다.

준서가 어렸을 때 하루에 수십 번씩 들여다보던 육아 카페에 몇 년 만에 접속했다. 어떻게 물어보면 좋을지 생각하며 뒤져보기 시작했는데, 이곳에는 굳이 내가 물어볼 필요도 없을 만큼 수많은 사람이 묻고 답한 방대한 자료들이 이미 그득했다. 어마어마한 사연들이 줄줄이 사탕이었다. 몇 가지 키워드만 검색해도 며칠 밤을 새워 읽어야 할 정도였다. 섹스에 관련된 질문과 이야기에는 유독 많은 답글이 달린 것이 흥미로웠다. 그만큼 관심이 지대하다는 방증이겠지.

이곳의 부부 게시판을 보아하니 대한민국의 유부녀 대부분은 섹

267

스 없는 삶을 사는 듯 보였다. 한다는 여자들도 고작 한 달에 한 번 남짓이 대부분이었고, 간혹 일주일에 한두 번 한다는 글에는 온갖 부러움의 답글이 달려 있었다. 섹스하지 않으니 편하겠다는 답글도 몇 개 보였지만, 절대다수는 섹스하지 못하는 상황을 불행하게 여기고 있었다. 서로 얼마나 자주 하는지에 관심을 기울이며 질투, 안도, 한탄의 글들이 어지럽게 얽혀 있었다. 임신과 출산 정보를 나누는 카페였기 때문에 대체로 결혼 초반인 여자들이 다수였는데도 벌써 그런 상황에 놓여 있다는 것이 놀라웠다. 2, 30대의 부부들조차 섹스리스가 너무 많았고 그들의 이야기는 짜인 각본처럼 비슷했다. 연애할 때는 하루에 몇 번씩 할 때도 있었고, 오로지 그 생각뿐인 양 만나기만 하면 덤벼들더니, 결혼하자 급격하게 변하더라는 것이다. 결혼과 동시에 남편이 불성실해졌다고 했다. 남자는 파트너 관계가 형성되면 섹스를 등한시하고 바람을 피울 생각을 한다는 구절을 읽은 적이 있는데, 이것은 남자들의 뿌리 깊은 속성일까?

"오빠, 결혼하면 남자들이 급격하게 섹스하려 들지 않는대. 볼 장 다 봤다는 건가."

나는 게시판 글을 읽는 중간중간 남편에게 브리핑을 해주었다.

"그런 사람들만 불만의 글을 써서 그렇겠지."

아무리 그래도 그렇지, 책망의 글은 태산처럼 많았고, 그러한 글에는 공감의 답글 또한 셀 수가 없었다. 그것이 절대다수의 이야기로 보여서, 사실이 어떻든지 간에 미혼의 여자가 이 사이트에 들어왔다가는 공포에 질려 결혼 생각을 완전히 접고 흔적도 없이 내뺄 지경이었다.

수많은 글을 읽다 보니 공통점이 보였다. 임신과 출산은 섹스의 무덤이었다. 간혹 섹스를 부지런히 하던 부부라도 임신을 하면서 섹스는 뜸해지고, 출산과 육아를 거치면서 남편과 급격히 멀어지는 패턴이었다. 여자의 삶이 급변하고 힘들어지는 가장 큰 요인이 바로 이것이었다. 모두 아우성을 치고 있었다. 아이에 대한 사랑과 책임감으로 쓰러지지 않고 겨우 버텨나가는 실정이었다.

"결혼이란 건 여자에게 정말 불리하기 짝이 없는 제도야. 결혼해서 온갖 부당한 일은 다 겪는 게 여자인데, 임신하고 출산하면서 남편과 멀어지는 경우가 부지기수야. 이건 너무 억울하고 슬픈 일이야."

여자들의 다수가 이 과정을 겪으며 섹스리스가 되었다고 토로했다. 더는 남편의 사랑을 받지 못한다는 불안, 절망, 좌절의 마음을 서로 도닥이고 있었다.

"우리도 준서 낳고 한 석 달은 몇 번 못 했을걸? 근데 그때는 워낙 힘드니까 섹스 생각이 그렇게 나지는 않았던 거 같아. 너는 시도 때도 없이 계속 젖 물리느라고 잠도 못 자고 정신이 나가 있으니까 나는 밥 차리고 치우고 그것만으로도 하루가 어떻게 가는지 몰랐지."

"내가 이것과 관련된 내용을 책에서 본 게 있어."

며칠 전에는 그냥 쓱 넘겼던 부분이었는데 사례들을 보고 나니까 생각이 났다.

"여기 봐. 외국 얘기이긴 하지만 통계에 따르면 첫 아이의 출산이 주요 이혼 동기 중 하나래. 이때부터 아주 조금씩 파트너 관계가 무너지기 시작하는데, 부부가 서로 육체적인 접촉을 하지 않게 된다는 거야. 외국도 이렇다는 게 좀 뜻밖이지? 외국 영화 보면 갓난아기를 따로 재우고 부부는 꼭 같이 자잖아. 어쨌든 접촉이 줄면서 자책감을 느끼거나 상대가 자신을 거부한다는 느낌을 받는대. 신체접촉이 없어지니까 상대의 사랑을 의심하게 되는 거지. 그럴 때 대화를 해서 그 끈이 완전히 떨어지지 않게 해야 하는데, 문제는 그래야만 한다는 걸 그때는 알지 못한다는 거야. 여자들은 출산하면서 온통 아이한테만 신경을 쏟게 되는데 그걸 보고 남자는 갑자기 배우자를 잃었다는 느낌을 받는대. 어떻게 그런 식으로 생각하는지 모르겠지만 그 상실감으로 바람을 피울 수도 있다고 나와 있어."

카페에 올라온 글을 보니 각방 기간이 길어지면서 여자들은 위협을 느끼기 시작했다. 애를 어떻게든 혼자 재워야 하는데 아이는 엄마 옆에서 떨어질 생각을 않고, 남편도 혼자 자는 것이 더 편한 눈치라 난감하다.

"우리나라는 각방이 제일 문제인 듯하네."

"우리도 준서 태어나고 한참이나 따로 잤었잖아? 셋이 같이 자다가, 번갈아 가면서 다른 방에서 준서 데리고 자는 걸 몇 년 반복했지."

"맞아. 뭘 어떻게 해도 너무 피곤하니까. 준서가 완전히 혼자 자게 된 게 초등학교에 들어가면서부터니까……. 웬일이야? 우리도 애 낳고 나서는 7년이 넘도록 둘만 잔 적이 없었던 거야."

"그래도 내가 아침마다 출근하는 게 아니었으니까 되게 유리했지. 애가 낮잠 잘 때도 우리의 시간이 있었고, 밤에 준서 재울 때도 애만 잠들면 너도, 나도 반드시 다시 일어나서 거실로 나왔잖아. 같이 자다가 마음이 맞아서 하게 되는 일이 없었을 뿐이지 다른 방에서 잔다고 섹스를 못 하지는 않았어."

남편 혹은 아내가 출퇴근하는 상황이라면 영 시간이 없겠다는 생각이 들었다.

"내 생각에는 임신과 출산이 부부의 섹스라이프에 중대한 영향을 미친다는 사실만이라도 부부가 완전히 인식하고 있으면 큰 탈은 없지 싶어. 누구도 그런 얘기를 해주지 않았잖아. 결혼하면 빨리 임신하라고만 부추기고, 왜 애 안 낳느냐고 참견만 하지, 임신했을 때나 출산했을 때, 또 애를 키우는 동안 부부가 섹스의 끈을 절대 놓으면 안 된다는 것, 섹스를 간과하면 훗날에 큰 문제에 봉착한다는 충고를 들어본 적이 없잖아. 어떤 육아 책에도 나와 있지 않고, 정보도 없어. 책이든 미디어든 어디서든 그걸 알려주고 사람들에게 인식시켜야 할 것 같아. 최소한 임신과 출산 관련 책에는 그 내용이 꼭 들어가야 해. 다들 문제가 커진 후에야 깨닫고 부랴부랴 검색해보는데 그때는 이미 희수 씨처럼 너무 힘든 상황이 된 후라고."

"그렇겠네. 잠시 각방을 쓰더라도 의식적으로 노력하고 아무리 피곤해도 최소한 일주일에 한 번은 어떤 방식으로든 서로 안아주는 행위가 필요하지 싶어. 그게 최소한인 것 같아."

다시 게시판의 글들을 읽었다. 남편과 섹스를 안 하게 되었고, 그래서 사랑받지 못한다는 생각에 괴로운데, 영화나 드라마 속의 사랑 놀이를 보면 부아가 치민다는 글도 많았다. 또 SNS를 보면 다정한 남편들뿐이라며, 나는 왜 사랑받지 못하고 사나 싶어서 뛰쳐나가고 싶은 마음이 들고, 다정하게 손을 잡고 걸어가는 부부만 봐도 서글픔 이 몰려와서 울기까지 했다는 글에는 한이 서려 있었다.

성 기능에 문제가 있는 남자들은 또 왜 그렇게 많은지 내 친구의 이야기가 생각나 가슴이 아팠다. 많은 여자가 홀로 냉가슴을 앓고 있 었는데, 느닷없이 화가 치밀어서 자다가도 벌떡 일어날 지경이라고 했다. 절절한 글에 줄줄이 달린 댓글도 흥미로웠다. 치료는 불가능하 니 포기하고 다른 방도를 생각해보라는 글, 1분이라도 해보는 게 소 원이라는 글, 남편이 그런 사실을 속이고 결혼했다는 사람도 있었고, 맘 같아선 당장 이혼하고 싶다는 사람도 잔뜩이었다. 남자들이란 모 두 술만 마시고 배가 남산만큼 나와서 하지도 못하니 나라에서 강제 로 운동이라도 시켜야 한다는 푸념도 있었다. 성적으로 불만인 여자 들의 공통된 감정은 너무나도 화가 치민다는 것이었다.

이곳에서는 좀처럼 보기 힘든 특이한 글도 있었다. 작성자는 결혼 한 지 10년 되었다는 여자였는데 아직도 남편이 너무 좋고, 섹스도 자주 한다는 글이었다. 이 짧은 글에는 무척 많은 댓글이 달려 있었 는데 어떤 것도 이보다 더 처절할 수는 없었다. 어떻게 아직도 남편 이 좋냐는 순수한 의문, 그럴 수 있다는 게 신기하다, 부러워 미치겠 다, 섹스를 잘해주면 나도 남편을 좋아할 수밖에 없겠다는 시샘 어린 반응까지. 여자들이 몸서리치게 부러워하는 대상은 바로 남편에게 사랑받고 사는 여자였다.

"그래도 다들 사랑해서, 같이 살고 싶으니까 결혼했을 거 아니야. 근데 남편이 좋다는 글에 어떻게 저렇게 많은 사람이 그게 가능하냐고 묻는 거지? 그냥 하는 소리가 아니고 진짜 순수하게 궁금해서 물어보는 거야. '어떻게 남편이 좋아요?' 하고."

남편이 좋다는 어찌 보면 당연한 글에 그게 가능하냐는 의문이 저렇게나 많이 쏟아졌다는 것이 최고로 슬픈 지점이었다.

"사랑해서 결혼했는데 서로 싫은 사람이 되어버린다니. 저렇게까지 싫은데 어떻게 같이 살 수 있지? 왜 그토록 싫은 사람과 계속 살아? 저 정도면 이혼을 하지?"

남편의 말에 나는 낙담하고 말았다. 저렇게까지 싫어도 밥을 해주고 빨래를 해주면서 같이 살 수밖에 없는 여자의 삶을 남자는 대번에 이해할 수 없나 보다고. 비슷한 처지가 아니어도 나는 충분히 이해할 수 있겠는데 말이다.

"애 때문인 게 제일 클 거야. 이혼에 따르는 수많은 편견과 난관을 여자들이 거의 다 뒤집어써야 하잖아. 이미 경력이 끊긴 여자 혼자 경제력을 유지하면서 아이까지 키우며 산다는 건 보통 일이 아닐 테니까. 이럴 줄 알았다면 결혼을 안 했겠지만, 결혼 전에는 알 수 없는데 어떡해. 경제력이 조금만 있어도 무조건 이혼하겠다는 여자가 얼마나 많다고. 이혼녀 딱지를 달고 무슨 일을 해서 애를 키우나 생각하면 차마 이혼 결심을 못 하는 거야. 그러니까 결국은 망할 돈 때문에 남은 인생을 그렇게 참으면서 사는 거야."

아니나 다를까, 아직 애는 없다는 문구가 들어간 한탄의 글에는, 당장 이혼하라는 댓글로 도배가 되어있었다. 그 상황에 아직 애가 없다는 것은 온 우주의 행운이 깃든 것이니 어서 이혼하라고, 아이 때문에 이혼하지 못하고 견디고 있는 여성들이 자기 일처럼 급하게 재촉했다.

반면 여자 쪽에서 섹스를 못 하겠다는 주요한 이유 중 하나는, 매일 밖에서 무슨 짓을 하는지 뻔히 알겠는데 그런 남편과 어떻게 섹스를 하냐는 거였다. 너도나도 노래방과 안마방 때문에 못 살겠다는 답글이 줄줄이 달려 있었다.

"오빠, 노래방하고 안마방 때문에 다들 죽겠대! 남편들이 허구한 날 그런 데에 간다는데?"

"맞아, 친구들이 그러는데 요즘 이삼십 대들은 그렇게 안마방을 다닌대. 우리 나이대는 주로 노래방이고."

노래방으로 검색해보니 가관이었다. 상당수의 여자가 노래방 때문에 이혼하느니 마느니 하고 있었고, 답글에는 노래방은 죽어도 못 끊으니 이혼할 생각이 없으면 모른 척해라, 노래방은 해결 방안이 없다, 남자는 누굴 만나도 똑같다는 글들이 몇 페이지에 걸쳐 있었다. 여자들도 생각보다 많은 것들을 알고 있었다. 그러니까 몰라서 아무렇지 않은 모습으로 사는 게 아니었다. 알지만 살아가자니 깊이 캐지 않거나 모른 척 덮어주는 것이었다.

"사태가 이 지경인데 나라에서는 어떻게 단속을 안 할 수가 있지?

성매매업소나 룸살롱, 안마방, 노래방, 키스방 이런 걸 싹 다 없앨 수는 없나? 그게 제일 나은 방법 아니야?"

남자를 잡아둘 순 없으니 일단 그런 업소들만 사라져도 평화로운 대한민국이 될 것 같았다.

"그건 또 다른 문제야. 어디서도 섹스를 못 하는 사람들은 그런 곳이 필요한 법이겠지. 뭔가 관리가 되는 시스템이 되어야 하는 게 가장 급선무인 것 같아. 또 근절할 건 과감하게 싹 없애야 하는데 이렇게 손을 놓고 있다니 정말 문제야."

"오빠, 우리 세대는 이미 글렀다 글렀어. 앞으로 자라날 애들을 생각해야 해. 빨리 아이들 성교육에 온갖 노력을 쏟아 부어서 인식을 바꿔야만 해. 100년 후를 내다봐야 할 거 아니야. 이대로 내버려두면 우리나라는 오물을 뒤집어쓴 나라가 되고 말 거라고. 성범죄에도 벌써 미성년자들 수두룩하게 연루되어 있잖아. 인터넷이나 TV에도 연일 연예인들이나 정치인들의 성 매수 얘기, 성폭행이다, 강간이다 하루도 안 빠지고 나오는데 애들이 뭘 보고 배우겠어. '유명한 사람들도 다 저러는데 뭐 어때.' 그럴 거 아니야."

"대수롭지 않게 생각하는 게 제일 무서운 거지. 남자들이 내세우는 핑계가 '모두가 그러니 나도 그런다. 모두가 그러니 괜찮다.' 이거야. 친구 한 녀석도 나한테 그랬거든. 너만 안 그런다고. 네가 이상한 놈이라고. 다들 하는데 너만 안 하면 이상한 놈은 바로 너라고."

"오빠는 친구들이랑 예전처럼 어울리고 싶은 생각은 안 들어? 학교 다닐 때처럼 말이야."

"글쎄, 옛날 친구들은 만나면 재미있긴 하지만 이제는 각자의 세상이 있잖아. 그렇다고 이 나이에 같은 성향의 사람을 일부러 찾아내서 친해지려고 노력하는 건 불가능한 일이야. 그리고 난 너랑 노는 게 제일 재밌어."

"혹시 나하고 사이가 별로라면 오빠도 친구들과 훨씬 더 어울리게 될 텐데, 그럼 친구들처럼 놀게 될까?"

남편은 한참을 생각했다.

"계속 혼자서만 지낼 수는 없는 거니까 지금보다는 훨씬 많이 만나겠지. 근데 나는 마지막 코스에서는 빠질 것 같아. 너와는 상관없이 나는 그런 짓을 하고 싶지 않아. 나는 기본적으로 성매매와 강간은 다르지 않다고 생각해. 예전에 유시민 씨도 TV에서 비슷한 언급을 하는 걸 본 적이 있어. 성매매와 성폭행의 본질은 같다고. 성매매 하는 남자들이 들으면 불같이 화를 내면서 헛소리하지 말라고 하겠지만, 그렇지 않은 사람의 눈에는 정말 그렇게 보여."

우리가 섹스도 거의 하지 않고, 애정 없이 그저 그렇게 살아가는 관계였다면 어떻게 되었을지는 아무도 모른다. 그래도 남편은 술을 못 마시는 사람이니까 그런 유흥에 동참하기는 조금 더 힘들지도 모른다. 경수 선배도 남편의 이런 태도를 술 못하는 덕분이라고 하면서 "내 딸은 재성이처럼 술 못 마시는 사람하고 결혼시켜야지."라는 말을 입버릇처럼 했었다. 그럼 이 모든 것의 원흉은 술이란 말인가?

"나는 이제 틀린 걸까?"

희수에게 연락이 없는 열흘 동안 나는 매끼 무엇을 먹을 것인지 고민을 하고, 식물에 병충해는 없는지 잎의 앞뒤를 살피고, 아이의 공부도 봐주고, 부지런히 책을 읽고 글도 썼으며, 매일 섹스를 했다. 간단한 인사 같은 짧은 섹스도 했고, 시간을 잊을 정도로 열정적인 섹스도 했다. 섹스 도중 수다를 떨다가 두 시간이 지나버린 적도 있었고, 한 시간 내내 희열에 몸부림치고 뻗어버리기도 했다. 영화를 보다가 분위기가 무르익어서 하기도 했고, 동틀 무렵에 깼다가 섹스로 아침을 맞은 적도 있다.

그 와중에도 나는 무시로 희수를 생각했다. 희수가 지금 어쩌고 있을까 생각하면 슬픈 기분이 들었다. 처음에는 남편을 버려둔 희수가 바보 같아 안타깝다고 생각했는데, 지금은 희수 남편을 너그럽게 보아주기는 힘들다.

"쉽게 변할 수 있는 상황이 아니었잖아. 나는 6개월은 지나야 변하지 않을까 생각했어."

남편은 이렇게 말했다. 실망하지 말라고 이렇게 말한 건지, 애초부터 넉넉하게 생각하고 있었던 건지 남편의 속마음도 알 길이 없지만,

사실 일이 년 된 일이 아니니 수긍하는 마음이 들기도 했다. 하지만 희수 남편이 밉다. 매일 술을 마시고 들어오는 희수 남편이 너무 밉다. 술만 없어도 세상 문제의 절반 이상은 사라질 것이다. 남자들은 왜 이다지도 술을 마셔대는 것일까? 인터넷 카페에도 그에 대한 한탄이 지긋지긋할 정도로 많았다. 하루도 빼놓지 않고 술을 마시고 친구들과 어울리는 남편에 대한 지독한 절망과 경멸들.

최근에 친구네 집에 갔을 때의 일이다. 친구 남편은 건강문제로 일을 쉬고 있었다. 미리 들었던 친구의 말에 따르면 간이 썩어 문드러졌다고 했다. "성한 간이 거의 없단다. 그렇게 매일 술을 퍼 마셔댈 때는 이 정도 각오를 하셨어야지." 친구는 내 앞에서 남편을 흘겨보면서 또 이렇게 말했다. 치료가 잘 되어 큰 걱정은 덜었지만, 친구 남편은 술과 담배와는 당연히 안녕을 하게 되었다. 차를 마시던 친구 남편은 씁쓸한 표정으로 내게 말했다.

"저는 이제 친구가 하나도 없어요."

왜냐고 묻자 서운한 표정을 미처 감추지 못하고 말을 이어갔다.

"제가 이제 술을 못 마시잖아요. 오래된 동네 친구들이 있었거든요. 전에는 하루가 멀다고 매일 만났죠. 저녁이면 늘 만나서 술 마시고 얼마나 재미있게 놀았는지 몰라요. 근데 점점 연락을 안 하더라고요. 만나도 자기들만 술 마시려니까 미안했겠죠. 이해는 해요. 그래도 십 년도 넘게 매일같이 놀던 친구들인데 몇 개월 만에 아예 끊어졌어요. 어쩌다 동네에서 마주치면 되게 어색한 거예요. 그게 정말 신기한 느낌이에요. 이게 뭔가 싶고. 그래서 이제 내가 이 친구랑만 놀잖아요."

그러면서 내 친구의 어깨를 툭 쳤다. 내 친구는 매일 밖으로만 나돌던 남편이 자기만 바라보게 되어 좋을까? 늘 그게 불만이었던 친구였는데.

"돈이 이렇게 풍족할 수가 없다 진짜. 이 사람이 술을 못 마시니까 세상에, 돈이 다 남아도는 거 있지."

그러면서 친구는 웃었다. 인제야 남편과 단짝이 된 친구의 얼굴은 그래서 더 좋은 건지, 아닌지 가늠할 수가 없었다. 병 때문에 자기 곁으로 돌아온 남편이었다. 술이 없으면 허물어지는 남자들의 우정. 술이 빠지면 만나서 뭘 해야 할지도 모르고 대화도 안 되는 남자들의 눈물 나는 우애에 기립박수를 보낼 지경이다.

"희수야, 네가 낙담했을까 봐 맘이 쓰인다. 어찌 됐건 너는 노력을 기울였다는 사실이 정말 중요한 거야."

나는 고민하다가 전송을 눌렀다.

"언니, 나 괜찮아."

희수가 금방 답을 했다. 다행이다. 맘이 놓이자 다 식은 커피가 눈에 들어와 한입에 들이켰다.

"나는 오빠가 엄청나게 원하는 줄로만 생각하고 있었던 거야. 지금은 성욕이 없는 게 확실해."

희수 남편의 성욕에 대해서는 전혀 알 수 없지만, 희수가 실망하고 낙담했다는 것만은 확실히 알겠다.

"아무래도 시간이 많이 지났잖아. 나이도 그러고 몸도 그렇고. 결혼할 때를 생각하면 안 되겠지. 그럼 물어보는 건 어때? 성욕이 예전 같지 않냐고."

"물어봤어. 진짜 그렇대."

희수는 이미 꺼내 볼 수 있는 카드는 다 꺼낸 모양이었다.

"말해봤다고? 성욕이 줄었대?"

"단정해서 말한 건 아니고, 줄었다는 식으로 말하더라구."

"그게 술과 너무너무 밀접한 영향이 있는 문제 아니야? 오빠 친구들 얘기 들어보면 그렇다던데. 배 나오면 더 힘들어지기도 하고."

성욕은 몰라도 몸 상태는 달라졌을 수 있다. 게다가 매일 같이 술을 마신다니, 나는 모든 것을 술 탓으로 돌리고 싶었다. 그리고 그게 사실일 것이었다.

"예전에는 안 해준다고 그렇게 화를 내더니 이제는 별로 관심이 없는 거냐고 물어보니까 그렇대. 난 세월이 흐른 생각은 안 하고 여전히 오빠가 나랑 하고 싶어 할 거라고 착각했던 거야. 완전 잘못 짚은 거지."

"타이밍이 이렇게 안 맞다. 남자들 결혼 초에 미쳐 나갈 때는 여자는 좋지도 않고 성욕도 남자 못 따라가잖아. 그러다가 애 좀 자라고 여자는 펄펄 끓기 시작할 때는 남자는 체력도 기능도 떨어지니."

아무리 그렇다 하더라도 노력하는 게 뻔히 보이는 부인에게 뭐? 이젠 별로 관심이 없다고? 자라나는 새싹을 짓밟아도 유분수지, 이런 법은 없는 거다. 나는 홀로 씩씩거렸다.

"아무튼, 오빠가 먼저 섹스하자는 말은 여태 한 번도 안 했어. 자기 섰다고 한 번 말했지만 그건 섹스하자는 게 아니잖아. 지난번에 언니랑 말 한 이후에 내가 두 번이나 먼저 만졌거든. 근데 한 번은 거부했고, 또 한 번은 내가 조르고 졸라서 하긴 했었어."

"했었어?"

나는 드디어 삽입 섹스를 했다는 말만으로도 반가웠다.

"술을 꽤 마시고 와서 그런지 내가 계속 뒤치기 해보자고 조르니까 결국에는 오케이를 하드라구. 근데 사정이 안 되는 거야. 아무리 해도."

사정도 안 될 정도였다니 얼마나 취해 있던 거지? 희수는 다급한 마음에 술에 잔뜩 취해온 사람을 조르고 졸라 섹스를 했던 거다. 하지만 술을 안 마시고 온 날을 고르려면 어느 천년에나 되겠나! 희수에게는 선택할 날이 없었던 거겠지.

"근데 언니, 느낌이 전혀 안 오는 거야. 당연히 오르가슴 비슷한 걸 말하는 게 아니라 그냥 하는 느낌 말이야. 정말 왔다 갔다 하는 느낌 자체가 없는 거야. 나 너무 충격을 받아서 그때 '오빠가 무척 작은 건가?' 하는 생각이 퍼뜩 들었거든."

"크기는 둘째치고, 술을 그렇게까지 마시면 발기가 안 된대. 대충 발기한 거랑 잔뜩 발기한 건 50%도 더 차이가 날 걸? 단단함의 차이도 심할 거고. 아, 정말 술을 어떡하냐!"

나는 화가 치미는 걸 가까스로 억눌렀다. 설령 좀 작다고 해도 그렇게까지 아무 느낌도 안 날 수 있을까? 혹시 삽입 자체가 안 되었던 건 아닐까? 아무리 생각해도 희수 남편이 심하게 취해서 삽입이 안 된 줄도 모르고 엉덩이만 움직였을 것 같았지만, 그건 희수에게 말하지 않았다. 맘 같아서는 희수 남편이 술을 마시면 죽는 병이라도 걸렸으면 싶을 정도다.

"예전에는 아무 생각이 없었는데, 오빠가 살찌니까 더 작아진 것처럼 느껴져. 왜 거기에는 살이 찌지 않는 거지? 그래서 내가 질 성형까지 검색해봤다니까?"

"뭐? 질을 어떻게 성형해?"

"질 성형을 찾아봤는데 많이들 했더라구. 효과 있다는 후기도 많았어. 섹스가 뭐라고 작은 고추들에 맞춰 여자들이 수술까지 해야 하나 싶어. 아, 울고 싶다."

"말만 들어도 아프다. 그렇게까지 했는데 잘 안 써먹게 되면 어떡해? 그리고 나중에 대물을 만나면 어쩌려고?"

나는 할 말 못 할 말 가리지 않고 해버렸다.

"아, 대물! 나 진짜 딱 한 번이라도 제대로 된 섹스를 해보고 싶어."

희수도 막말로 맞장구를 쳤다.

"희수야, 오빠 친구들 얘기 들어보면 마흔 살만 되면, 술 마시잖아? 그럼 아예 발기가 안 된대! 술 너무 많이 마시고 들어왔을 때는 시도를 하지 마. 너만 힘들잖아."

각목 같아도 모자랄 판에 인절미 상태로 무슨 섹스야. 그런데 희수가 얼마나 졸랐길래 결국 섹스를 하게 되었을까. 저 애를 어떡하면 좋을까. 가슴이 저몄다.

"근데 언니, 나는 권력을 원하는 거였잖아. 말이 권력이지 내가 원하는 게 대단한 것도 아니야. 그냥 나를 조금만 배려해주는 그런 거 원하는 거야. 언니, 내가 커피를 아이스만 마시잖아. 그 옛날부터도 언니가 사줄 때는 알아서 아이스로 주문해주잖아. 나랑 몇 번 만난 동네 엄마도 아는 거야 그건. 근데 오빠는 몰라. 연애할 때는 알았을까? 어땠는지 기억이 안 나. 근데 며칠 전에도 셋이서 어머니네 가는 길에 빵집에 들렀어. 은성이랑 빵 고르고 있는데 오빠가 무슨 커피 마실 거냐고 빨리 말하라고 큰 소리로 묻는 거야. 여태 몇 년을 '오빠, 나는 아이스 아메리카노' 이거 말고 해본 적이 없는 데도. 갑자기 그게 너무 어이가 없어서 머리가 새하얗게 되면서, 어머니네 어떻게 갔다 왔는지도 모르겠어."

희수의 말을 듣고 나조차 아득해졌다. 저건 너무 단적인 거니까.

"남자들이 신경을 안 쓰면 진짜 모르는 부분들이 있더라. 사람마다."

그래도 나는 이렇게 글자를 입력했다.

"우리 위층 할머니가 어제는 뭐라고 한 줄 알아? 오빠가 되게 가정적인 거 같대. 일요일에 내가 머리가 너무너무 아파서 꼼짝을 못하겠는 거야. 그래서 제발 둘이 나가서 점심만 사 먹고 와달라고 그랬어. 들어오다가 은성이가 우겨서 아파트 놀이터도 잠깐 들렀나 봐. 근데 그걸 할머니가 봤던지, 애랑 잘 놀아주더라면서 아빠가 무척 자상하다고 그러는데 나 정말 기가 막혀서 쓰러질 뻔했다니까."

"하하, 요즘에 아빠가 애랑 노는 풍경이 뭐 대단하다고? 주말에는 놀이터에 죄다 아빠들인데?"

"내 말이! 아빠가 자기 자식이랑 놀아주는 게 뭐가 대단하다고, 남자들은 그걸 한 번만 해도 아주 우쭈쭈해주고 야단났어. 진짜 백 년 만에 주말에 애 데리고 나간 거였다구. 엄마는 뭐만 잘못해도 온갖 비난을 당하는데 말이야. 그 할머니, 저번에 은성이 코 막힌 거 보고 왜 이 날씨에 애 감기 걸리게 했냐고 나 혼낸 사람이야. 비염이라고 하면 왜 비염 생기게 했냐고 잔소리할까 봐 말도 못 했어. 내가 정말 살 수가 없다."

"말을 말자. 엄마는 동네북이니까. 애 감기 걸리면 왜 감기 걸렸냐고 혼나지, 애 넘어져서 멍들면 왜 넘어지게 했냐고 혼나. 애 말랐으면 엄마가 밥도 안 주더냐고 내 앞에서 애를 다그친다니까? 심지어 남편 얼굴 까칠해도 비난받으니까. 남자는 얼마나 편할까? 애랑 놀이터 한 번만 나가도 최고 아빠 등극하니까."

"어휴, 내 팔자에 무슨 권력이야."

"권력 얘기가 나와서 말인데, 내가 그제부터 읽고 있는 책이 있거든. 되게 재밌는 얘기가 나오더라고. 미국 청소년들의 성문화에 관한 책인데 미국 여자애들은 중학생 정도만 돼도, 블로우잡을 수십 번은 해본대. 물론 다 그런 건 아니겠지만 많은 수의 아이들이 그렇대. 블로우잡을 굿바이 키스처럼 한다는 거야."

"힐! 어쩌다가?"

"인식이 바뀐 거지. 그래서 삽입 섹스는 오히려 줄었단다. 웃긴 건 블로우잡을 잘하면 평판이 좋아져서 데이트 신청이 줄을 잇는다는 거야. 인기와 권력이 대박이래."

"안 좋은 소문이 나는 게 아니라 인기가 많아진다고?"

"블로우잡은 아주 가벼운 것으로 취급되나 봐. 첫 데이트도 마무리는 블로우잡이라지 뭐야. 이게 말이 돼? 첫 데이트에서? 그걸 입으로 하는 악수로 생각한대."

"우리나라에서는 부부끼리도 싫다고 야단인데, 너무 신기하다."

"이거 읽다가 오빠랑 얼마나 놀랐는지 몰라. 미국이 기독교 문화라 의외로 청소년들에게 순결이 강요되는데, 그래서 순결을 잃지 않는 블로우잡이 그 대안이 된 경향이 있대. 어쨌든 키스는 안 해도 블로우잡은 한다니, 너무 충격적이지 않냐?"

"진짜 쇼킹해! 근데 블로우잡이 정말 그렇게 좋은가?"

희수는 여전히 블로우잡에 대한 의구심이 있는 모양인지, 그게 그렇게 좋을까를 또 물었다.

"되게 웃긴 게 이렇게 된 원인이 클린턴과 르윈스키 때문일 수 있다는 거야. 청소년들의 블로우잡 열풍이 시작된 시기랑 맞아떨어진대. 클린턴이 섹스하지 않았다고 증언했는데 나중에 오럴로 사정까지 한 게 밝혀져. 그래서 클린턴이 블로우잡은 섹스가 아니라고 주장하거든. 그 때문에 오럴이 섹스냐 아니냐로 논쟁이 붙기도 했대."

"그게 또 그렇게 영향이 미치는 거야?"

"당시까지도 오럴이 이렇게 만연하게 이루어지는 일은 아니었다고 해. 근데 이 일로 오럴을 가볍게 생각하는 인식이 확 퍼졌다는 게 너무 놀랍지. 더 놀라운 건 중학교 1학년 여자애들 사이의 유행어가 '너는 뱉니? 삼키니?'라는 거야. 중학교 1학년이! 말이 돼? 게다가 그냥 몇 번 빨아주는 게 아니라 사정에 이르게 하고 심지어 입으로 받고 삼키기까지 한다는 거잖아. 데이트를 끝내고 싶을 때도 이용한대. 사정하고 나면 남자애가 만족하고 그만 돌아가니까."

"와, 여자애들이 그렇게 해준다는 게 너무 신기하다. 블로우잡이 절대 쉬운 게 아니잖아. 자기들은 좋은 것도 없을 텐데."

"사랑하지도 않는데 당연히 좋지 않겠지. 하지만 그 얘긴 있었어. 자기의 행동으로 남자가 만족해하는 걸 볼 때 충족되는 기쁨 같은 건 있다고. 어쨌든 오럴 섹스를 한다고 순결을 잃는 것도 아니고 임신하지도 않으니까 좋은 관계를 위해서, 혹은 남자가 자기를 좋아하도록 친절을 베푸는 거래."

"미국 여자애들은 대인배다."

"남자애들은 해달라고 말도 안 한대. 그냥 여자애 어깨를 지긋이 내리누르면 여자애가 앉아서 해주는 거래."

"웬일이야 진짜?"

"책에 이런 얘기도 있었어. 드라마 〈섹스 앤 더 시티〉 있잖아? 거기에 브라질리언 왁싱을 하는 에피소드가 나오거든. 그 한 컷 때문에 젊은 여자들 모두가 왁싱을 하기 시작했대. 그래서 미국의 남자애들은 여자의 음모를 평생 못 본다는 거야."

대통령의 스캔들이나 드라마의 짧은 에피소드가 십대들의 인식을 이토록 급작스럽게 바꿔 놓을 수 있었다는 것이 놀랍다. 그렇다면 영향력 있는 사람의 언행 또는 매체가 움직이면 우리나라 사람들의 성매매에 대한 인식, 청소년들의 비뚤어진 성 의식도 생각보다 금세 바꿔놓을 수 있는 것 아닌가 하는 희망 섞인 생각도 들었다. 생각보다 어려운 일이 아닐 수도 있다.

"언니, 나는 이제 틀린 걸까?"

나는 생각을 멈추고 다시 희수의 문제로 돌아왔다.

"네 남편, 도저히 술을 줄일 수는 없는 거야? 가끔 늦게 출근하는 날이라도 같이 운동도 하고 섹스도 하면 얼마나 좋아. 남편을 설득해볼 수는 없겠어? 이제 건강도 생각해야지."

"제발 좀 그랬음 좋겠다. 뭘 해도 삽입 섹스로 이어지질 않으니까 우울해지기까지 해."

"술 마셨을 때는 시도하지 말아라. 가끔이지만 차라리 늦게 출근하는 날을 노려봐."

"나도 그게 애도 없고 젤 맘이 편하거든. 그래서 내가 오죽하면 얼마 전에도 늦게 나가는 날 은성이 보내놓고 나서 진짜 용기 내서 운을 띄웠다? 근데 오빠가 완강히 거부했어."

애도 없고 술도 안 취해 있는 시간에 부인이 하자는데 완강히 거부했다고? 이걸 어떻게 받아들여야 하나.

"근데 언니, 안 좋은 점이 생겼어."

뭐라고 답변을 해야 할지 고민하는데 희수가 다른 주제로 넘어갔다.

"최근에 내가 오빠를 좀 만지기 시작했잖아? 그랬더니 나도 모르는 새에 의도치 않게 친밀감이 좀 생긴 모양이야. 그래서 예전 같으면 아무렇지 않게 넘어갈 일에 상처받는 일들이 생기게 된 거야. 몸이 가까워지니까 맘도 좀 그렇게 되더라구."

오래간만에 반가운 소리였다. 억지로라도 시도하면 되는 거였어! 맘속에서 작은 환호가 일었다.

"친밀감이 생기는 건 너무 당연한 거야. 그건 네 남편도 마찬가지일 거고. 상담가면 억지로 숙제처럼 시킨다잖아. 그게 효과가 없으면 왜 시키겠니. 희수야, 그럼 이건 어때? '한 달에 딱 한 번은 맨정신에 하도록 하자.' 이런 룰을 정해보는 거야. 어떨 것 같아?"

"시도해볼 만할 것 같은데? 한 달에 딱 한 번만 하게 되더라도 맨정신에 하자는 말은 해봐야겠어. 거절당할 때 당하더라도 말은 해봐야지."

역시 희수는 용감하고 실행력이 있다.

"근데, 술을 안 마시고 오는 날이 정말 없어?"

"없어."

"그러면 몸이 무척 힘들 텐데 어떻게 버티지?"

"난 내가 섹스해준다면 오빠가 당장 술도 안 마시고 매일 일찍 들어올 줄 알았거든? 근데 똑같아. 그 부분에서 너무 실망이 돼서 우울해지는 거야."

아, 야속해라. 자기가 뭐라고 희수가 저렇게 변했는데 아직도 허구한 날 술타령인 건가. 진짜 술병이라도 오지게 나면 좋겠네. 우리는 이쯤에서 포기하는 것이 맞을까?

"왜 굳이 캐서 일을 만들고 그래?"

고등학교 친구를 만나고 집으로 돌아오는 길, 집 앞까지 가는 버스를 탔지만 세 정거장 전에 내렸다. 집에 경수 선배가 와 있다는 남편의 문자를 받았기 때문이다. 가끔이지만 우리 집에 놀러 올 때면 항상 와인과 과일을 사 오는 경수 선배에게 모처럼 우리 동네에서 제일가는 족발을 대접하려고 시장 입구에서 내렸다. 초저녁의 시장은 와자했고, 족발 가게 안에도 벌써 손님들로 가득했다. 제법 통통한 족발을 하나 골랐다. 솜씨 좋은 주인은 다른 손님들과 눈을 맞추며 대화를 하면서도 윤이 나는 족발을 금세 몇 덩어리로 분리하더니 일정한 두께로 척척 썰기 시작했다. 아주머니의 손놀림과 벼린 칼끝의 움직임을 감탄의 눈으로 보면서 오늘 만났던 연희를 생각했다.

"나 이혼한다. 아직 다른 애들한테는 말 안 했어."

연희는 슬쩍 웃는 얼굴로 불쑥 말했다. 고등학교 때부터 똑 부러지던 연희는 결혼도 잘했다. 결혼을 잘했다는 건 남편의 성격이 다정하면서도 서글서글하고 인물 역시 빠지지 않으며, 직업도 탄탄하고, 집안에 적당히 돈도 있다는 뜻이다. 또 들은 바에 따르면 시댁 식구들도 모두 교양이 넘쳤으며 연희에게 딱히 며느리의 의무를 지우지도 않았다. 그냥 각자 알아서 잘살자는 주의였기 때문에 친구들은 그 점을 가장 부러워했다.

연희는 대학 졸업과 동시에 외국계 회사에 취직했다. 월급도 꽤 많은 데다가, 임신과 출산과 육아에 눈치를 보지 않아도 되는 회사 분위기 때문에 아이를 낳고도 계속 회사에 다니며 승승장구했다. 휴가도 연월차를 모두 그러모아서 한 달 가까이 원하는 시기에 쓸 수 있었는데, 그래서 해외여행을 가도 한 달씩 다녀왔고, 아이가 초등학교에 입학할 때도 모아둔 휴가를 써서 적응을 도왔다. 연희 말에 따르면 남편이 집안일도 주부 못지않게 썩 잘하고 연희보다 더 세심하게 아들을 챙긴다고 했다.

"이혼을 왜?"

워너비 가정의 표본으로 잡지에 실려도 손색이 없을 연희 부부가 대체 왜 이혼을 하는 거지? 아마 이 소식을 들은 친구들은 단 한 명도 빠짐없이 정말 연희가 맞는지 몇 번은 되물을 것이다.

연희는 초등학교 2학년이 된 아들과 아들의 학교 친구 엄마들과 함께 한창 유행하던 '한 달 살기'를 떠나기로 했다. 아이들의 겨울방학을 이용해서 떠나자고 의기투합했는데, 제주도로 가자고 했다가, 연희의 영어 실력을 믿고 태국 방콕과 치앙마이를 가기로 했다. 같이 가기로 한, 두 집의 엄마들은 전업주부였으므로 연희만 휴가를 내면 만사 오케이였다.

"미친놈이, 그 한 달 새에 바람을 피웠다."

연희와 아들이 한국으로 돌아온 날, 남편은 어쩐지 어색해하는 눈치였다. 한 달이나 못 봐서 그런가 보다 싶었지만 아무래도 느낌이 싸했다. 태국에서 재미있던 일들을 신나게 떠들어도 예전처럼 자신의 이야기를 잘 들어주는 것 같지 않았다. 정신이 다른 데 있는 사람처럼 느껴졌다. 남편을 버려두고 한 달이나 놀다 와서 기분이 상했나 싶어 달래주려 했지만, 남편은 데면데면하게 굴었다.

"바보같이 그렇게 티를 내. 평소처럼 했으면 내가 뒤져봤겠어? 근데 영 이상한 거야."

남편은 바람을 피운 게 아니고 성매매였을 뿐이라고 했다. 노래방 도우미와 개인적인 연락처를 교환하고 카톡으로 시시덕거리고 따로 몇 번이나 만나서 그 짓을 했는데도 단순 성매매였을 뿐이라며 더 이상의 변명도 하지 않았다. 자기가 알고 있던 그 남자가 맞는가 싶었다.

"자기 말로는 처음이래. 뭐 처음이라면 용서해줄 줄 알고? 남자는 알 수 없는 거라는 말이 맞는 거야. 이 사람이 얼마나 가정적이었니. 진짜 영혼이 맑은 사람이라고 생각했었거든. 도덕적이고. 그래서 내가 결혼했던 거야. 그런 사람도 나가서 술 마시면 얼굴 싹 바꾸고 내가 모르는 인간이 된다는 게 소름 끼쳐. 전에도 그랬겠지. 근데 이번에는 아주 그냥 대놓고 살판이 났던 거지. 아니면 썩 맘에 드는 도우미를 만났던지."

다른 집들은 평온했다. 연희가 이혼한다고 말하자 같이 여행을 갔던 엄마들은 몹시 당황하고 크게 동요했지만, 곧 침착해졌다. 자초지종을 듣고 난 이후부터는 오히려 연희를 껄끄럽게 대하기 시작했다. 연희가 마치 불편한 진실이나 되는 듯 멀리했다. 나쁜 일이 전염이라

291

도 될세라 점점 티 나게 거리를 두었다. 연희는 직장이 탄탄하니 저렇게 쉽게 이혼해버린다는 뉘앙스의 말을 하기까지 했다. 하지만 살아갈 일이 막막하다는 이유로 바람난 남편이 참아지는 것인지 연희는 이해가 안 되었다. 연희는 다부진 표정으로 말했다.

"집도 옮기고 애도 전학시켜야 해서 요즘 알아볼 게 많아."

집으로 오니 경수 선배와 남편이 반겼다. 족발을 얼른 담아 내오고 경수 선배와 나는 와인을 나누어 마셨다.

"오빠, 고작 한 달이야 한 달. 그 한 달 동안 마누라 없다고 그럴 수 있는 거야?"

경수 선배는 아까부터 계속 빙빙 돌리고 있던 와인잔을 멈추고 말했다.

"한 달이 뭐가 고작이냐? 그냥 남자 맘이 확 풀어지는 거야. 마누라가 애 데리고 이틀만 친정에 간다고 해도 좋아 날뛸 판에 한 달? 잡아둔 야생마를 고삐 풀어서 들판에 내놓은 격이지."

"에이, 그러면 회사는 불안해서 어떻게 보내겠어?"

"이건 마음가짐의 문제야. 대부분 착실하게 산다고. 근데 마누라가 애 데리고 한 달이나 외국을 간다는 거야. 계속 연락하면서 체크할 리도, 불쑥 돌아올 리도 없잖아. 예전에 한 번이라도 그러고 놀았던 놈이라고 해봐. 아니, 그것도 상관없을지도 몰라. 난데없이 그런 상황에 놓이면 갑자기 고삐가 확 풀려버리는 거라고."

"가기 전에 다른 짓 하면 안 된다고 단단히 약속이라도 받고 가야 해? 나도 허튼짓 안 할 테니까 당신도 꼭 그래야 한다고 각서라도 써놓고 가? 그러면 안 그럴 것 같아?"

내 말에 경수 선배는 킥킥거리며 웃었다. 웃는 모습을 보자 경수 선배가 부인에게 몇 번이나 각서를 썼노라는 얘기를 남편에게 전해 들은 기억이 퍼뜩 났다. 각서 얘기를 괜히 꺼냈다고 속으로 생각하는데 경수 선배가 말했다.

"각서는 무슨 각서야. 그게 무슨 소용이냐? 아주 소심한 놈이면 더 조심은 하겠다. 근데 술 먹고 회까닥하면 다 부질없어. 한 달이나 마누라가 없는데 무슨 장담을 할 수 있겠냐?"

나와 경수 선배의 얘기를 듣고 있던 남편이 생각나는 게 있다면서 말을 꺼냈다.

"몇 년 전에 고발 프로그램이었나? 하이난 관광 가이드가 TV에 나온 걸 본 적이 있어. 거기에 골프 치러 오는 한국인들을 담당하는 가이드였거든. 13년 동안 가이드를 했는데 골프 치러 온 한국인 중에 성매매 안 한 사람을 딱 한 명 봤다는 거야. 자기는 절대로 딴짓 안하고 골프만 치고 오겠다고 부인하고 철저하게 약속했다면서 결국은 안 하더래. 나 그때 그거 보고 정말 엄청나게 충격을 받았거든. 너무 놀랍지 않아? 딱 한 명뿐이었다는 게? 자그마치 13년 동안 말이야. 어쨌든 약속을 단단히 하면 먹힐 수도 있는 거지."

"근데 그런 걸 약속한다는 거 자체가 너무 이상하지 않아? 부부끼리 그걸 따로 말하고 약속을 받고 각서까지 쓰고 그런 건 너무 웃기잖아. 그 말 꺼내는 것 자체가 '나 너 못 믿는다.' 그거잖아."

나는 당연한 것을 굳이 약속이니 각서니 하면서 유난 떨다가 오히려 잠자고 있는 일탈의 본능을 깨우지는 않을까 하는 걱정도 들었다. 일단 못 믿는다는 전제가 깔린 행동이라는 것도 마땅치 않았고. 내 말을 들은 경수 선배는 이렇게 말했다.

"믿으면 그냥 여행 갔다 오면 되지 뭘 그러냐? 갔다 와서도 그냥 착하게 잘 있었겠거니, 그렇게 믿으면 되잖아. 왜 굳이 캐서 일을 만들고 그래?"

"그럼 서로 믿고는 살지만 때때로 그런 쪽으로 간섭하고 의미심장한 말을 하고, 주의를 환기하고 그래야 하는 거야? 그럼 너무 못 믿는 것 같잖아."

나는 여전히 못 믿는다는 뉘앙스를 배우자에게 풍겨도 되는지 의심스러웠다. 부부의 가장 기본 덕목은 신뢰 아니었던가. 내가 만약에 친구와 여행을 가는 일이 생겼을 때 남편이 내게 단속의 말을 한다면 나는 몹시 기분이 상할 것이 틀림없다.

"믿지 믿어. 근데 마누라가 도통 아무 말 안 하는 것도 가끔 서운하게 느껴지거든. 간섭도 때로는 필요한 거야. 내가 뭘 하든 마누라가 아무 상관도 안 하고 온통 애들한테만 신경 쓰면 좀 그럴 때가 있더라. 나는 이제 관심 밖이라는 건가? 돈만 벌어다 주면 그만이라는 건가? 그런 비뚤어진 생각도 들고. 그렇다고 마누라가 내 뒤를 캐면 우리 집은 난리가 나겠지만."

이렇게 말을 하고서는 웃어버리는 경수 선배를 보니, 어쩌면 선배도 자신의 삶이 마땅치 않을지 모르겠다는 생각이 처음으로 들었다.

누구보다도 유흥을 즐기고, 자의 또는 타의로 업소에 들락거리는 남자, 친구들에게는 무용담처럼 자신의 경험을 흥미진진하게 들려주는 이 남자도 내심 그것이 싫고, 애초에 그러지 않았더라면 좋았겠다고 생각할지 모른다고.

"의처증이나 의부증처럼 계속 의심하고 닦달을 하면 못 견디겠지만, 내가 어느 정도는 계속 당신을 신경 쓰고 있다는 느낌을 주는 건 중요하지. 단속의 말도 못 믿어서 하는 게 아니고, 믿지만 파트너니까 관심을 기울이는 행위라고 보면 되지 않나."

족발 기름이 묻은 손을 휴지에 꼼꼼히 닦으면서 남편이 이렇게 말했다.

"맞아. 기계는 계속 닦고 조이라는 말이 있잖아. 사람도 마찬가지 같아. 의심하라는 게 아니라 계속 관심을 두라는 거지. 신경을 안 쓰면 나사가 녹슬거나 풀어져버리는 거 아닐까? 무턱대고 안일하게 있으면 안 돼."

남편의 말에 경수 선배도 이렇게 공감의 말을 덧붙이더니, 잠깐 담배 한 대 피우고 오겠다면서 밖으로 나갔다. 밤이 되어 구김이 많이 생긴 경수 선배의 셔츠가 문밖으로 사라지는 것을 보면서 경수 선배의 결혼생활은 어떨까 생각했다. 그러고 보니 막상 아는 게 별로 없었다. 아내와 어떻게 지내는지 감도 안 온다. 물으면 늘 어물쩍 넘어가면서도, 흐뭇한 표정으로 가족여행 사진은 잘도 보여준다. 딸이 성적을 잘 받았다는 자랑도 하고, 새로 맞춰준 안경이 썩 잘 어울리지 않냐며 아들 사진을 보여주는 모습은 누가 봐도 가정적인 남편이

다. 부모님께도 더없이 잘한다고 소문난 사람이다. 우리는 발끝도 못 따라가는 효자다. 밖에서는 용납이 안 되는 짓들을 하면서도 가정에서는 또 저렇게 가장의 역할을 다 하며 살고, 때마다 가족과 여행도 다니고, 부인과 주기적으로 섹스도 하고, 아이들하고도 저렇게 잘 지낼 수가 없다. 참 알다가도 모르겠다. 그러니 연희 남편이 티를 냈던 건 연희 말대로 참 바보 같은 짓이었을까. 이런 문제는 정말로 모르는 게 약일 수도 있는 걸까.

"내 몸이 딱 식었다니까!"

아침을 먹자마자 화장실 청소를 하기 위해 라텍스 장갑을 꺼내 들었다. 변기에 붉은 물때가 드문드문 끼어있는 걸 보고도 이틀이나 못 본 척을 하고 내버려두었기 때문이다. 이놈의 변기는 어찌 이리도 때가 잘 끼는지. 우리 집 남자들은 곱게 앉아서 싸는데도 이 모양인데 집안의 남자들이 서서 싼다면 화장실 꼴이 어떨까 상상도 못 하겠다. 변기를 깨끗이 닦고 나니 다른 것도 눈에 들어왔다. 여자들은 이를 닦으면서도 세면대와 수전을 닦고, 목욕하기 전후로 욕조 청소도 한다. 순간순간 자투리 시간을 이용해서 그렇게 틈틈이 집안일을 해야만 겨우 견딜 만큼 유지가 된다. 그렇다고 주기적으로 날을 잡아 대대적으로 청소하지 않아도 된다는 건 또 아니다. 머리를 감고 나서도 마찬가지다. 욕조 구멍에서 머리카락을 건지고, 그때마다 배수구의 물때도 닦는다. 간혹 귀찮다는 생각에 며칠 내도록 배수 구멍 속에 동그랗게 말려 있는 머리카락만 반짝 건져 올릴 때가 있는데, 몇 날 며칠 그러다 보면 머리카락이 없어도 물이 시원하게 내려가지 않는다.

욕조 배수 구멍 안쪽을 가느다란 솔로 문대면서 결혼생활도 이런 거 아닌가 하는 생각이 들었다. 부부 사이의 감정도 이렇게 매일매일 건져내고 치우고 정리하고 넘어가야지, 내키지 않는다고 쌓아두면 결국은 막히고 마는 것 아닌가. 매일 털어내고 말해야 하는 감정들을 치우지 않고 쌓아놓으면 머잖아 우리의 힘만으로는 어찌할 수 없는 상태가 되어버린다. 막힌 하수구를 볼 때마다 남편도 치웠겠지. 때론 둘 다 내버려두어서 줄곧 막혀 있을 때도 있었지만 그래도 우리는 비교적 게으름을 떨지 않고, 완전히 막혀서 곤란한 상황이 오기 전에 누군가는 소매를 걷어붙이고 그것을 치웠다. 머리도 싹 말리고 다시 발밑에 우수수 떨어져 있는 머리카락까지 치우고 나오니 스마트폰이 깜빡이고 있었다. 희수였다.

"언니 바빠? 바쁘면 나중에 얘기해도 돼. 일단 써놓을게. 지난 일주일 동안 나도 들이대기가 뭐 했고 오빠는 당연히 요구하지 않더라. 근데 오빠가 예전처럼 불같이 폭발할 것 같은 날이 지난 일주일간 두 번이나 있었어. 다행히 폭발하지는 않고 넘어가긴 했는데 그런 조짐이 보이니까 내가 잔뜩 긴장해서 움츠러드는 거야. 잠시 잊고 있던 두려움이 확 닥치더라구. 순식간에 예전의 나로 다시 돌아간 것 같아. 누가 나한테 찬물을 확 뿌린 것처럼 말이야."

희수의 상황이 짐작은 가지만 그 두려움의 깊이까지는 도무지 모르겠다. 종잇장처럼 얇아졌을 희수의 마음 가까이 가볼 수가 없다. 희수 남편은 다시 욕구불만이 쌓여서 또 화가 난 것일까? 아니면 내가 알지 못하는 큰 잘못이 희수한테 있는 건가?

"나 목욕하느라고 지금 봤어. 일단 남편이 폭발까지는 안 한 거네? 근데 대체 무슨 이유로 폭발의 전조가 있었다는 거야? 물어봐도 될까?"

"폭발하는 이유는 별거 없어. 보통 꽤 많이 취했을 때 그러는데, 은성이가 안 자고 있으면 여태 애도 안 재우고 뭐 했냐고 시작되거나, 단순히 화장실에 수건이 안 걸려 있어도, 휴지가 얼마 안 남아 있거나, 싱크대에 설거짓거리가 남아 있어도 집에서 하는 일이 뭐냐면서 폭발하는 거야. 근데 그런 조짐만으로도 내가 졸아붙는 걸 느끼니까 마음이 바로 옛날로 돌아간 거야. 그러니까 그동안에 내가 했던 일들이 너무 덧없게 느껴지더라."

정말 저런 단순한 이유로 화가 폭발해서 아내를 두려움에 떨게 만들다니. 수건이 걸려 있지 않으면 꺼내면 될 것 아닌가! 설거짓거리가 남아있다고 자기가 집에 와서 해야 하는 것도 아니면서.

"네 남편이 예전과 좀 달라졌다지만 만취하면 오래된 그 버릇이 또 나오나 보다. 그저 화낼 구실을 찾는 거 같아. 화내고 싶은데 둘러보면 그런 사소한 것들밖에 없으니까. 그런데 자기만 불만이 있냐고. 불만이 있는 건 너도 마찬가진데. 그래도 옛날처럼 소리는 안 지르고 참고 넘어간 것을 긍정적으로 여겨야 할까?"

"당장은 꽤 취해 있어서 내가 얘기해봤자 싸움만 날 테니까 그냥 참고, 다음날 아침에 오빠한테 말했어. 그랬더니 자기는 취해서 기억이 안 난다면서 미안하다는 거야. 근데 어제도 또 그랬거든. 그래서 오늘 아침에도 얘기했어. 나 이젠 참지 않고 그때그때 말하려구. 근데 오늘은 미안하다는 말도 없이 '다행히 소리를 지르진 않았네?' 그러고 말잖아?"

"그래도 이제는 네가 말이라도 할 수 있는 상태라는 게 긍정적이다. 하지만 역시 문제는 술이네."

"확실히 예전보다 순해진 건 맞아. 근데 정말 간만에 심장이 졸아붙는 걸 다시 느껴서 나 너무 충격이야. 이제 두려워하지 말아야지 단단히 생각했는데도 막상 그 상황이 되니까 무서운 거야."

나는 희수의 공포를 아예 짐작하지도 못한다는 사실이 미안했다. 희수의 상처를 함께 아파할 그 비슷한 상처조차 내게 없다는 사실이 절망스러울 지경이었다. 매일 마주하는 사람이 느닷없이 분노하여 내게 불같이 화내는 상황을 어떻게 견딜 수 있을까. 부서질 것 같은 공포를 희수는 그간 어떻게 견뎌왔을까.

"망할 술! 어쨌건 취중에도 폭발은 하지 않았다는 게 그나마 달라지긴 한 거네."

나는 해변에서 모래알을 뒤지는 심정으로 어떻게든 긍정적인 부분을 찾으려고 애썼다.

"그러고 나니까 다시 들이대기가 싫어졌어. 딱 싫어지는 거 있지. 오빠의 문제는 모두 술 때문이야. 근데 저렇게 매일 마셔대니까 끊는 건 상상도 못 해. 저번에 내가 또 오피스 와이프 얘기 꺼내니까 언니가 그런 거 생각하지 말라고, 몸 식는다고 딱 말을 잘라버렸잖아? 그 느낌이라면 알겠어? 내 몸이 딱 식었다니까!"

희수가 그간 오피스 와이프 얘기를 두 번이나 꺼내서 그 바보 같은 얘기는 다시는 꺼내지도 말고 생각하지도 말라고 하며 받아주질 않았었다. 오래전의 일로 다 망치고 싶은 거냐고 나무라니까 희수도 수긍하고 다시 깊은 골짜기에 묻기로 했었다.

"그래도 오빠가 하자면 거부할 생각은 없어졌으니까 그걸로 된 거지."

희수는 이렇게 한마디 덧붙였다. 이런 일이 있었음에도 희수는 여전히 포기하지 않은 거다. 하지만 먼저 다가오지 않는 희수 남편이 넘기 힘든 산이라는 사실은 마찬가지다.

"네가 변했으면 네 남편도 보답해야 할 것 아니야. 술을 좀 덜 마시는 성의는 보여야 할 거 아니냐고. 부인이 섹스할 마음이 있다는 걸 내비쳤는데도 술을 매일 그렇게 마시고 오면 어쩌자는 거래?"

"그래서 여자가 있는 게 아닌가 하는 생각이 들어."

희수의 느닷없는 말에 가슴이 철렁 내려앉았다. 상상도 못 한 전개가 한두 번도 아니고, 내 심장이 남아나질 않겠다.

"왜? 그 생각에 근거가 있어? 아니면 남편이 안 덤비니까 그런 생각을 하게 된 거니?"

"옛날 일이 있으니까 생각이 그쪽으로 향하는 거지. 형부가 회사 동료끼리 연애 감정 없이도 그럴 수 있다고 했지만, 나는 여전히 그렇지 않다고 생각해. 언니랑 형부가 날 위로해주려고 거짓말로 얘기해줬을 거 같아."

나는 반박하지 않고 희수의 말을 잠자코 기다렸다.

"안 그래도 며칠 전에 친구가 나한테 그 비슷한 하소연을 하더라구. 근데 내가 뭐라고 했는지 알아?"

"그럴 수 있다고? 바람피우는 거 아니라고?"

"응. 나도 그렇게밖에 얘기를 못 하겠더라."

"근데 그 친구도 너한테 얘기할 때는 네 남편 바람난 거 같다는 말이나 듣자고 꺼낸 얘기는 아닐 거야. 가뜩이나 속상한데 아니라는 말을 듣고 싶은 거잖아."

"모르겠어. 이혼할 거 아니면 너도나도 신경 쓰지 말자고 결론을 냈어."

"그러면 말 나온 김에 얘기해보자. 그때 그 오피스 와이프인지를 두고 우리가 절대 보통 사이에서는 그럴 수는 없다고, 그 여자한테 맘 있었던 거 같다고 말했다면 너는 그 몇 년 전의 일로 이혼을 요구할 거야? 정말 계속 그 일이 걸림돌이 되어서 못 살 정도고 이혼하고 싶은 거야? 그때 그 일 때문에 지금 모든 게 극복이 안 되고 불행 속에 있는 거야?"

"그때 만약에 정말 감정이 생긴 거였다면, 지금도 앞으로도 언제든 그럴 수 있을 거라는 생각이 들어. 그래서 그저께 오빠가 잘 때 몰래 핸드폰을 다 봤어. 오빤 내가 잠금 패턴 아는 걸 모르거든."

그 말을 듣자마자 나는 또 한 번 가슴이 요동쳤다. 내 심장 소리가 내 귓가에 선명하게 들렸다.

"근데 뭐가 없더라구. 있어도 다 지웠겠지. 예전에 방심하고 있다가 걸렸으니까."

"있어도 지웠을 거라는 생각을 하면 왜 보는 거야? 사실은 뭐가 나오길 바라는 거니?"

"나도 잘 모르겠어. 차라리 뭐가 나왔으면 하는 생각을 할 때도 있긴 해. 이혼 생각을 몇 년째 하고 있으니까."

"네가 이혼 생각도 하는 거 남편이 알아?"

"모르지."

"사람마다 반응이 다르겠지만, 내 친구 얘긴데, 이혼하자고 하니까 남편이 변한 경우가 있어. 부인이 이혼 요구할지 몰랐던 거지. 이혼도 불사하겠다는 아내를 보고 남편이 변했다는 게 씁쓸하지만, 그런 경우도 있더라. 그리고 남편이 화내는 거, 그걸로 네가 얼마나 조마조마하고 불안한지, 고통스러운지 남편에게 말했어? 그 얘기를 해야 할 것 같은데."

"언니, 그 얘기는 너무 많이 했지. 수없이 했었어."

"뭐야? 그런데도 계속 그런다고? 너 병원까지 다닌다는 말을 해보면 어때? 그러면 심각성을 확 깨닫지 않을까?"

"아니, 오빠한테 병원 얘기는 절대로 하고 싶지 않아. 말하면 날더 이상하게 취급할 게 확실해. 그건 절대 얘기 안 할래. 절대로!"

희수의 단호함이 느껴졌다. 남편에게 절대 그 말은 하지 않겠다는 이유까지 내가 다 알 수는 없는 거겠지.

"너를 제일 힘들게 하는 게 정확히 뭔지 생각해봐. 그것이 그때 오피스 와이프 일인지, 남편의 통제와 억압과 폭언인지, 사랑이나 섹스에 관한 문제인지, 아니면 그 모든 것인지. 리스트를 만들어 보는것도 좋겠어. 그리고 너는 이혼을 정말 원하는 건지, 그렇다면 현실적으로 이혼할 수는 있는지, 그냥 남편만 잠잠해지면 이렇게 살면서 만족할 수 있는지, 아니면 다시 예전처럼 사이좋게 알콩달콩 살고 싶은 건지, 그것을 위한 노력을 해보고 싶은지도 생각해보고. 너의 감정을 솔직하게 정리하는 시간을 가져 봐. 내 감정을 나 자신에게 솔직하게 드러내는 게 말처럼 쉬운 게 아니더라. 나한테조차 상처받기 싫으니까.".

"사실은 언니……."

희수가 뜸을 들였다. 글자의 공백이 이렇게 무서울 줄이야! 도망가고 싶어졌다. 하지만 나는 희수의 이야기를 들어줘야 하고 들어줄 수 있는 한 사람이었다. 내 심장의 요동은 모른 척하고 나는 침착하게 대답했다.

"말해 봐."

"저 사람 말이야. 스킨십을 좋아하는 사람이었다고 했잖아. 당연히 섹스도 그렇고. 뭐 남자들 다 그렇지만. 근데도 나 몰라라 했다고 언니랑 형부가 나무랐었잖아. 그래서 생각해봤어. 그런 사람한테 섹스를 거부한 거잖아. 나도 이유가 있던 거지만 어쨌든 말이야. 그럼 오빠는 여태 성매매했겠지? 아니면 섹스할 수 있는 여자를 계속 사귀었든지. 갑자기 그 생각이 들더니 떠나질 않아. 그전에는 왜 그 생각을 못 했는지 모르겠는데, 오빠랑 다시 섹스로 연결돼서 그런지 이제야 그걸 생각하게 된 거야. 다른 데서 얼마나 하고 다녔을지, 그래서 이젠 나랑은 안 하려고 하는 건지. 그러면 난 이제 어떻게 해야 할지 모르겠어."

올 것이 왔다. 한편으로는 그 생각을 참 빨리도 했네 싶기도 하고.

바보. 우리는 희수가 그쪽으로는 아예 외면하고 있는 건 아닐까 했다. 아니면 이제야 그것을 입 밖으로 내놓을 용기가 난 것일지도 모른다. 나는 희수와 이 대화를 잘 해낼 자신이 없었다. 남편한테 넘길까? 내 고민이 길어지면 안 되는데, 바로 대답을 해줘야 할 텐데 어쩌지. 시간이 쏜살같이 지나고 있었다.

"희수야, 내 얘기를 들어봐."

나는 일단 운을 떼놓고 약간의 시간을 벌었다. 희수가 제기한 문제에 대해 남편과 내가 대화를 안 해본 것이 아니었다. 우리도 처음에는 서로 이 주제만큼은 피했다. 하지만 언제까지 외면하고 있을 수는 없는 부분이었다. 섹스리스 부부를 보면 당연히 드는 의문이니까. 그럼 저 사람들은 누구랑 하는 거지? 여자도 남자도 이미 멀어진 파트너를 위해 몇 년을 독수공방하고 있으리라고는 상상할 순 없다. 사랑하지도 않을뿐더러 아마도 다시는 섹스하지 않을 배우자를 위해서 계속 그렇게 살아간다는 건 말이 안 되니까.

"네가 그런 생각을 하는 건 당연해. 그리고 어쩌면 남편도 같은 생각을 할지도 몰라. 물론 너는 너무 아파서 거부하게 된 거였고 내내 아이도 끼고 돌봤으니까 힘들겠지만, 그렇다고 가능성이 아예 없는 것은 아니잖아. 혼자만의 시간은 너에게도 분명히 존재하니까. 남편이 술도 좋아하니까 너로서는 그런 생각을 할 수 있어. 근데 반대로 술을 마시지 않는 사람이라고 다 깨끗한 건 아니거든. 그러니까 술을 좋아한다고 꼭 그러는 것도 아니야."

나는 책상 밑의 다리를 사정없이 떨면서 이게 말이 되는 건가 싶어 보내놓고 다시 읽어봤다.

"언니, 남자들 전부 다 한다잖아. 어쩌다 형부 같은 사람도 있겠지만, 성매매 기사 댓글만 봐도 정말 우리나라 남자들은 전부 다 한다는 얘기뿐이야. 그러면 여태 그래왔던 사람이랑 내가 다시 섹스하게 되는 것도 난 싫거든."

"나랑 오빠는 그렇게 생각하지 않아. 그런 사람들만 댓글을 죽도록 다는 경향이 있어. 바람도 안 피우고, 성 매수도 안 하는 부류가 꽤 있어. 진짜야. 오빠가 동지들을 찾겠다고 좀 뒤져본 적이 있는데 그런 남자들 모임도 꽤 있었어. 그런 모임에 속해 있지 않은 오빠 같은 사람도 잔뜩 있지 않겠어? 나는 이렇게 생각해. 남자도 여자도 바람을 피운 사람만 백퍼 잘못이 있다고는 생각하지 않아. 물론 바람기를 타고 난 사람도 있겠고 애당초 결혼하면 안 되는 못된 사람들도 있지만 말이야."

"나도 내 잘못을 알겠어. 내가 거부하다가 결국은 섹스리스가 됐고, 그 이후에는 오빠를 그대로 몇 년이나 버려뒀으니까. 근데 오빠도 내게 요구하지 않았던 거잖아."

"역지사지를 해보자. 줄곧 한쪽만 자존심을 굽히고 달가워하지 않는 상대에게 끈질기게 요구하긴 힘들어. 남편과 대화를 많이 하면서 이 문제를 어떻게 해결할지 상의했으면 좋았겠지만 그러지 않은 걸 어떡해. 그래서 이번에 네가 맘먹고 용기 내서 다가간 거잖아."

"오빠한테 물어보는 건 어떻게 생각해?"

희수는 정공법을 생각하는 건가. 이런 경우에 무슨 소용일까.

"뭘 물어 봐? 그동안 섹스 어떻게 했냐고? 성욕을 어디서 해결했냐고?"

"응. 바람을 피웠는지, 성매매하고 다녔는지. 둘 다인지."

"남편이 그러지 않았다고 대답하면 넌 그 말을 믿어줄 거야? 또 남편이 이따금 성매매했다고 하면? 그럼 그때는 어쩔 건데? 정 물어보고 싶으면 물어봐. 무슨 대답을 할지 궁금해서 못 견디겠으면 물어보라고!"

나는 짜증이 났다. 답은 뻔히 정해져 있는데 대체 뭘 위해서 물어보겠다는 건가.

"사실대로 말 안 할 것 같아. 근데 또 사실은 했다고 하면 그땐 어떡할지도 모르겠구, 안 했다고 하면 믿기 힘들 것 같구."

"거봐. 했냐 안 했냐를 물어보는 질문 자체가 이 시점에서 천하의 바보 같은 질문이야. 일단 너는 그게 왜 알고 싶은지 생각해보고, 그것을 알게 됐을 때 너의 마음이 어떨지를 먼저 생각해봐. 근데 그건 닥치지 않고선 모르지 않겠어?"

"언니라면?"

"나? 오빠가 솔직하게 말하고 용서를 구하면 용서해줘야겠지. 내가 버려둔 잘못도 있으니까. 물어볼 때는 그만한 각오는 있으니까 물어본 거겠지."

희수가 불쑥 던진 질문에 덥석 튀어나온 내 대답은 정말일까? 나는 정말 그 사실을 견딜 수 있을까? 상대방의 배신도 다 덮어줘야 할만큼 나만 그토록 잘못한 걸까? 솔직히 나만 버려둔 것도 아니잖나?

나는 그저 희수를 달래기 위해서, 아니면 희수가 앞으로 나아갔으면 하는 마음 때문에 쉽게 대답한 건 아닐까? 용서해줄 각오가 없다면 물어보지 말라고 지금 희수를 협박하는 걸까?

"언니가? 정말 용서할 수 있다고? 가정이니까 그렇게 말하는 거 아냐?"

희수도 같은 질문을 던졌다. 나도 나 자신에게 다시 물었다. 남편을 사랑하는 마음이 남아 있다면, 또 내 탓도 얼마간 있음을 내가 인지하고 있다면, 남편이 용서를 구하고 약속을 한다면, 앞으로 남편과 행복한 삶을 살고 싶다면…….

"다시 생각해봤는데 오빠가 자신의 잘못을 인정하고 처절히 반성한다면, 그리고 내가 오빠를 사랑하는 마음이 아직 남아 있고 앞으로 행복하게 살고 싶다면 용서하고 앞으로 나아갈 거야."

몇 분이나 지나서 온 나의 대답을 본 희수는 이번에는 되묻지 않았다.

"희수야, 나라면 남편한테 그런 건 묻지 않을 거야. 하지만 네가 정말 그 답을 들어야만 앞으로 나아갈 수 있을 것 같다면 말해보는 것도 방법이겠지. 나라면 나의 잘못이나 감정을 솔직하게 다 얘기하고, 오빠한테도 잘못이 있다면 전부 털어놓고 앞으로는 절대 그러지 않겠다는 약속을 해달라고, 그러면 새로 시작할 수 있다고 말할 거야. 그러기 위해선 솔직하게 말해 달라고. 그리고 남편이 말하는 것을 그대로 믿을 거야. 어떤 대답을 하더라도 그 대답이 솔직했다고 완전히 믿는 거야."

전송을 누르기 전에 다시 한 번 읽어보고 생각해보았지만, 진실에 조금이라도 다가갈 방법은 이것밖에는 없을 것 같았다. 그리고 그 말을 믿기로 하면 그럴 수 있겠다는 확신도 들었다.

"근데 언니, 그래서 오빠가 솔직하게 그런 일들을 털어놓았다고 해봐. 나는 잊고 새 출발을 하겠다고 말했는데 아무리 애써도 그게 도저히 안 되면 어떡해?"

희수는 첩첩산중의 어두운 골짜기에서 헤매고 있었다. 희수가 저 숲을 빠져나가려면 어느 방향으로 걸어야 하는 걸까. 기필코 출구를 찾아야 하는데.

"아무리 노력을 해봐도 도저히 극복이 안 된다면 할 수 없지. 그건 어쩔 수가 없겠지. 하지만 서로 관계가 틀어졌을 때, 자신의 잘못을 인정하고 사과하고 다시 신뢰 관계를 쌓아서 훨씬 더 좋아진 예는 수두룩하게 많아. 그건 극복할 수 없는 일은 아니라고 생각해. 때때로 생각은 나겠지만 솔직히 얘기하고 용서를 빌고 용서를 한 경험은 앞으로 나갈 힘을 갖는 거야. 깊이 생각해보고 도저히 용납을 못 할 것 같으면 아예 묻지 마. 자신이 없으면 묻지 마. 나라면 묻지 않겠어."

희수는 생각 중인지 말이 없었다.

"나랑 오빠가 이 문제에 대해서 정말 많이 찾아보고 얘기도 많이 해봤어. 전문가들은 우리나라 남자의 성 매수가 모두 남자만의 잘못이 아니라는 걸 여자들이 이해하는 게 중요하대. 여자로서 나도 그걸 인정하기 힘들지만, 아주 고질적인 사회 구조적인 문제가 있대. 내 남편이 나를 사랑하지 않아서, 내가 매력이 없어서, 남편이 천하의 쓰레기라서 그랬다고 생각하지 말고, 아주 복잡하게 얽힌 구조적 문제가 있다는 걸 인식하는 것도 필요하다는 거야."

"전문가들이야 남의 일이니까 그렇게 생각하라는 거지."

맞다. 아무리 남들이 뭐라 하건 내 손톱 밑의 가시가 제일 아픈 법이다. 나는 맘속으로는 희수의 말에 수긍했다.

"그럼 성매매가 아니라 바람을 피웠다면? 사랑하는 여자가 계속 있었던 거라면 언니는 둘 중에 뭐가 더 싫은데?"

진퇴양난이다. 예전에 남편 친구들의 성매매에 대해서 알게 되었을 때, 이 주제로 남편과 얘기해 본 적이 있다. 남편이 바람과 성매매 둘 중에 어떤 게 더 싫을 것 같냐고 내게 물었을 때 나는 바람이 더 싫다고 답했었다. 욕정에 의한 성매매보다 나 아닌 다른 사람에게 사랑을 속삭이고 지속적인 성행위를 했다는 사실이 훨씬 더 심적으로 타격이 심하리라 여겼기 때문이다. 그런데 생각해볼수록 아니라는 생각이 들었다. 다른 누군가를 사랑하게 되어서 섹스도 하고 사랑을 속삭였다는 건 그래, 어쩌면 그럴 수도 있는 거다. 그런데 성매매는? 그건 인간이면 하지 말아야 하는 행위다. 말하자면, 내 남편이 인간이 할 수 없는 나쁜 짓을 했다는 건데, 그렇다면 더 용납할 수 없는 건 성매매인 거다. 하지만 지금 희수에게 이걸 말할 수는 없는 노릇이다.

"미리 가정하고 괜히 속 끓이지 마. 일단 너의 마음을 찬찬히 들여다보는 시간을 갖도록 해보자. 시간은 넉넉해. 당장 뭔가 바뀌지 않으면 못 살겠다는 건 아니잖아."

"맞아. 여태 살아왔는걸."

"사람의 온도가 그리운 거잖아."

　시내로 나가는 버스의 뒷좌석에 앉아 창밖의 모습을 하염없이 바라본다. 어렸을 때부터 차가 달릴 때 3차원인 창밖의 세상이 평면으로 변하는 그 순간을 좋아했다. 차를 탈 때마다 나는 여전히 어린 시절의 버릇을 못 버리고 속도에 따라 변하는 풍경에 눈을 못 뗀다. 창너머의 세상에는 건물들이 그득하고, 그 건물마다 크고 작은 가게들이 빼곡하게 들어차 있다. 이렇게 많은 가게가 다 돈을 벌 수 있을까. 가게 앞에 나와서 허리에 손을 얹은 채로 오가는 사람들에게 시선을 주는 아저씨를 보며 이런 생각을 하고 있을 때 종각이라는 안내방송을 듣고 서둘러 내렸다.

　약속 전에 교보문고에 잠깐 들러볼 생각으로 일찍 나왔지만, 막상 서점에 들어가서 괜히 배회하며 책 껍데기만 훑을 생각을 하니 내키지 않아 곧장 약속된 카페로 향했다. 오후의 카페에는 사람들이 꽤 많았다. 약간 동떨어진 구석 자리는 혼자 노트북으로 무얼 하는 사람들이 전부 차지하고 있었다. 나는 뜨거운 커피 한잔을 들고 그들에게 방해되지 않을 빈 테이블을 찾아 잠시 서성이다가 상대적으로 모두와 가장 먼 제일 가운데 테이블에 가방을 내려놓고 앉았다.

오늘 만날 희재 언니는 대학 2년 선배다. 그러니까 내가 입학했을 때 3학년이었다. 신입생 OT 때 처음 만났고, 이후로도 곳곳에서 희재 언니를 자주 마주쳤다. 보통 3학년 여자 선배는 보기 꽤 어려운 존재였지만 희재 언니는 그렇지 않았다. 온갖 모임에 잠깐이라도 얼굴을 내비쳤다. 그냥 못 본 척 지나가도 괜찮을 거리에서도 아는 사람이 얼핏 보이기라도 하면 꼭 큰 소리로 이름을 불러 인사를 했다. 스스럼없이 어디든 나타났고, 선배랍시고 잰 체하지도 않았다. 언제나 자신만만한 모습의 희재 언니는 고등학교를 막 졸업한 어리바리한 내가 보기에 충격적으로 매력적이었다.

희재 언니를 떠올릴 때면 항상 언니의 가죽 잠바가 생각난다. 언니는 그 시절 여자들은 좀처럼 입지 않던 가죽 잠바를 정말 자주 입었는데, 치마든 청바지든 어디든 걸쳐 입던 짙은 커피색 가죽 잠바가 그렇게 멋질 수 없었다. 잠바의 여기저기가 헤져 있어 오래된 티가 역력했는데 그 때문에 더 멋졌다. 혹시 그 가죽 잠바를 버릴 생각이 들거든 내게 물려 달라 하고 싶은 마음이 굴뚝같았지만 물론 그런 말은 할 수 없었다. 대신 나는 비슷한 가죽 잠바를 살 수 있을까 해서 쇼핑몰을 꽤 많이 돌아다녔다. 하지만 언니의 가죽 잠바처럼 마음에 드는 건 어디서도 팔지 않았다. 아직도 나는 가죽 잠바에 대한 일종의 환상, 말하자면 나에게 찰떡같이 어울리는 적당히 헤진 커피색의 가죽 잠바를 언젠가는 찾을 수 있고, 그것을 입으면 누구라도 다시 돌아볼 만큼 멋질 것이라는 그런 착각에 빠져 있는데 그것은 모두 희재 언니의 탓이었다.

희재 언니에 대한 소문을 들은 것은 2학년 2학기가 시작될 무렵이었다. 희재 언니는 곧 졸업을 앞둔 상태로 이제 학교에서는 영향력도 존재감도 없는 부류가 되었을 때였고, 언니의 남자 동기들은 군 복무를 마치고 학교로 속속 돌아올 때였다. 이제는 나와 전공 수업을 같이 듣게 된 그 선배들의 대화에는 희재 언니 얘기가 많았다. 혼자서도 아무렇지 않은 기색이 역력한, 지나치게 솔직한 화법의 자신만만한 희재 언니는 다른 동기들에게는 그리 달갑지 않은 듯한 인상이었다. "걔, 남성 편력이 대단하잖아!" 급기야 이런 말까지 어깨 너머로 들렸다. 희재 언니는 입학하자마자 볼링 동아리에서 활동했던 적이 있었는데, 그 동아리의 남자회원 모두와 잤다는 말까지 나돌았다. 그것이 사실인지 아닌지는 그 누구도 몰랐다. 어쩌면 한 명과 잤을 것이다. 어쩌면 몇 명과. 어쩌면 아무와도. 하지만 소문은 늘 그렇듯이 확대 재생산되고, 돌고 돌아서 새로운 얘기가 되었다. 어쨌든 헤픈 면이 있나 보다는 생각은 소문을 들은 사람이면 모두 했을 것이다. 희재 언니는 2학년 때까지 2년 동안 세 번이나 커플이긴 했다. 이건 언니에게서 직접 들은 사실이었다. 1학년 때는 동기와 두 번, 2학년 때는 4학년 선배와 잠깐 사귀었다고 했다. 그것만으로도 이미 남성 편력 얘기가 무지하게 돌았을 것이다.

나와 남편은 일찌감치 커플이 되었다. 내가 입학하고 1학기가 끝나기 전에 공식적인 커플이 되었다. 3학년인 희재 언니는 1학년인 나와 2학년인 남편과도 자주 어울렸는데, 이제 막 커플이 된 우리를 몹시 귀여워했다. 이듬해 남편이 군대에 가서 홀로 남은 내가 마음에

쓰였는지, 4학년이 되어서도 2학년이 된 나를 각별하게 챙겨주었다. 나는 희재 언니가 좋았다. 하나부터 열까지 다 멋지다고 생각했고, 남편과의 경험도 유일하게 희재 언니에게 털어놓았다. 희재 언니는 그런 얘기를 마음 편히 털어놔도 되는 사람이었고, 물론 따로 당부하지 않아도 말을 옮기는 사람이 아니었다.

"일찍 왔구나?"

말라붙은 빈 커피잔을 보면서 그렇게 말하는 희재 언니는 초록색 관엽식물이 큼직하게 프린트된 하늘색 원피스를 입고 서 있었다. 여전히 내가 한눈에 반할 만한, 하지만 나는 꿈에서나 입을 수 있는 원피스를 입고 웃으며 서 있었다.

"언니, 이게 얼마 만이에요?"

나는 책을 덮고 벌떡 일어나며 언니의 손을 잡았다.

"왜 존댓말을 하고 그러니? 오랜만이다. 갑자기 너무 보고 싶어서 글 남겨 놨지. 언젠가는 네가 볼 줄 알고."

오래간만이라 그런지 갑자기 존댓말이 튀어나와서 민망했다. 며칠 전 문득 학과 게시판을 들여다보다가 희재 언니의 글을 보았다. 이제는 글을 쓰는 사람이 아무도 없는 죽어버린 게시판이었다. 그래도 일 년에 한두 번쯤 습관처럼 잠깐 들러 보는 곳이었다. 보고 싶으니 이 글을 보면 연락하라는 언니의 글은 올라온 지 두 달이나 지나 있었다. 언니가 졸업한 이후에도 몇 번 연락은 오갔지만 결국은 끊겼고, 그사이 전화번호도 몇 번이나 바뀌었다. 주기적으로 희재 언니 생각이 날 때면 목에 가시가 걸린 듯 불편한 마음이 들었다. 그럴 때마다 어떻게든 연락처를 수소문해서 다시 연락해볼까 하는 간절함이 들었지만, 금세 다른 일들로 시간이 훌쩍 지나가 버리곤 했다. 하지만 언니의 글을 보자 그리움이 왈칵 쏟아져 적어놓은 번호로 바로 연락을 했고, 만나는 데까지는 이틀이 걸리지 않았다. 누군가가 먼저 손을 내밀기만 하면 이토록 쉬운 일이었다.

"마흔 살이 넘어서야 다시 만나게 되네! 여전히 재성이랑은 알콩달콩하게 지내고?"

"네. 오빠도 잘 지내요. 종일 붙어 있는데 여전해요."

나는 계속 존댓말이 나왔지만, 언니는 이제 그것은 상관이 없는 듯했다. 뭐든 편한 대로라는 것이 희재 언니의 가치였다.

"학교 다닐 때 그렇게 둘이 좋아 죽더니, 아직도 그러고 사니? 결혼도 일찍 하고 여태 좋아? 그때 재성이 졸업하기도 전에 결혼한다니까 다들 너 임신한 거라고들 했잖아. 알지? 남의 일에는 말을 그렇게 쉽게 한다. 기정사실인 것처럼. 대책 없는 애들!"

희재 언니는 어쩐지 소문이라는 것 자체에 악감정이 있는 사람처럼 노여움을 드러냈다. 자신에 대한 소문도 몰랐을 리 없다. 소문의 종착지는 결국 당사자이니까.

"우리 3년이나 지나서 준서 낳았으니 다들 반성했겠죠? 근데 저는 신경도 안 썼어요. 나중에 아닌가 보다 하고 뿔뿔이 흩어지는 게 소문이죠. 좀만 지나도 다들 금방 잊어버리잖아요."

나는 어쩐지 희재 언니를 변호하는 것처럼, 소문이라는 것은 다 그렇게 허튼 얘기들로 이루어진 부질없는 것이라고 힘주어 말했다.

내가 낸 책들과 애 키우는 이야기로 대학 때처럼 수다를 떨었다.

"그래서, 요즘에는 뭘 쓰니?"

문득 희재 언니는 희수의 이야기에 새로운 의견을 주지 않을까 하는 생각이 들었다. 그래서 희수의 이야기를 새로 시작하는 소설인 양 말해보았다.

"소설이 너무 현실성이 없다. 하긴 그래서 소설인 거지?"

줄거리를 듣자마자 대뜸 현실성이 없다는 언니에게, 사실은 실제 이야기라고 말하고 싶은 걸 참고 물었다.

"현실성 없어요?"

"주인공이 섹스리스 부부라며. 뭐, 8년? 남자는 알 만한 상황이겠고. 근데 여자까지 계속 혼자 그러고 있었다는 게 말이 돼?"

보통 사람들의 시선으로 보면 희수의 상황은 소설로도 말이 안 되는 터무니없는 이야기란 말인가. 나와 희수는 판타지 동화 속 해피엔딩을 꿈꾸고 있는 걸까? 뒤통수가 뻐근했다.

"그럴 수도 있잖아요, 언니."

나는 그래도 가능성이 있음을 다시 한 번 말해보았다. 그리고 사실은 이거 실제 이야기라니까요? 아유, 답답해. 희재 언니는 내가 말한 가능성을 가늠해 보는지 눈을 요리조리 굴려보다가 콧등을 살짝 찌푸리더니 말했다.

"아니, 말이 안 돼. 여자는 성욕 없어? 천성적으로 섹스를 싫어하는 여자도 있긴 하겠지만. 그런 설정이니? 아니면 다른 이유가 나올 예정?"

나는 다급한 목소리로 부연했다.

"그럼 이건 어때요? 지금 남편이 첫 경험자라면요? 남자라고는 남편밖에 모르는 여자면 그럴 수도 있잖아요. 다른 남자 경험이 없는 여자라면 새로운 남자를 찾아 나서기는 아무래도 힘든 것 아닐까요?"

희재 언니는 다시 생각해보는지 일렁이는 커피에 비친 카페의 조명을 잠깐 응시하다가 고개를 들고 웃으면서 말했다.

"근데 이제 경험 있는 거잖아. 한다고 티 날 것도 아니고."

언니는 직설적으로 말했다.

"일 이년도 아니고, 그런 공허한 상태로 그렇게 오랜 시간 지낼 수는 없어. 그렇게는 안 돼. 웬만하면 사랑을 주고받을 수 있는 상대를 찾아 나설 거야. 그렇게 오랜 기간이면 그게 더 자연스러운 전개 아니야? 막말로 허벅지를 찌르면서 참는다는 건데, 그럴 정도로 남편에 대한 의리가 여태 남아 있어? 20년 전 얘기라도 그건 이상하다. 요즘 세상에 누가 그래. 아, 성적인 쾌감을 한 번도 경험하지 못했으면 어쩌면 그럴 수도 있겠지만. 아니다 아니다, 쾌락만 중요한 게 아니잖아. 인간적으로 사랑받고 싶은 거지. 사람의 온도가 그리운 거잖아."

언니의 말에 수긍은 가지만 나는 여전히 이런 상황에서도 여자들은 외도를 결심하긴 힘들다는 쪽이었다.

"근데 애 키우는 주부가 무슨 수로 새로운 남자를 찾아 나서요. 직장이라도 다니면 혹시 또 몰라. 전업주부는 사람을 만날 데가 없어요. 주위에 전부 애 엄마들뿐인데? 난데없이 길거리에서 남자를 찾을 수도 없고."

나는 이렇게 말하면서도 풀이 죽었다.

"취재가 부족했다 너. 요즘 세상에 누가 길거리에서 남자를 찾니? 남자들이 업소만 다니는 줄 알아? 업소도 다니는 거지. 유부남의 섹스 파트너는 거의 다 유부녀라더라. 어디서 만나냐고?"

희재 언니는 직사각형 모양의 갈색 가죽 핸드백에서 스마트폰을 꺼내더니 앱 검색창에 '데이트'라고 검색해서 보여줬다. 다시 '채팅'을 검색했다. 말로만 듣던 데이트앱과 채팅앱이 줄줄이 나왔다.

"봤지? 세상이 바뀐 지가 언젠데. 얼마 전에 기사도 나왔어. 앱 다운로드 순위 기사였는데 1위가 카톡이고 2위부터 5위였나? 그게 다 데이팅앱이라더라. 진짜 데이트를 하고 싶은 사람, 심심해서 채팅하고 싶은 사람이 이걸 이용하겠어? 말이 데이트고 채팅이지. 가까운 위치에 있는 사람을 찾아주기까지 한다더라. 목적이 같으니까 훨씬 깔끔하고 뒤탈이 없을 수도 있겠지."

나는 바보다. 왜 이 생각을 못 했지? 그래도 창피하게 앱으로 만난 사람과 어떻게 바로 섹스를 할까?

"쪽팔릴 것도 없어. 다 같은 사람들이니까. 외롭고 사랑이 필요한 사람들."

언니는 내 생각을 아는 것처럼 말했다.

"노력해보지도 않고 영혼을 잃은 듯이 무미건조하게 살아가는 걸 받아들이기로 작정한 건 뭐랄까, 너무 무책임해. 한 번뿐인 자기 인생을 왜 그렇게 단념해? 노력이라도 기울여 봐야지, 그랬는데도 안 되면 헤어지고 다른 사랑을 찾아 나서는 게 맞지. 대부분은 헤어지지 않고 다른 사랑을 찾아서 문제지만."

나는 복잡한 마음에 별다른 대꾸를 못 하고 있었다. 희재 언니는 말을 이어갔다.

"주인공은 남편이랑 오랫동안 접촉이 없는 거잖아. 게다가 옛날에 해봤던 것도 별로고. 그래서 다른 사람을 찾아 나섰는데 거기서 조금이라도 만족을 느꼈다고 해봐. 그러면 벗어날 수 있겠어?"

희재 언니의 솔직함과 자신 있는 말투는 예나 지금이나 그대로였다.

"만약에 남편보다 별로면 벗어날 수도 있잖아요?"

희재 언니는 내 말을 듣더니 깔깔거리고 웃었다. 웃음소리에 이어폰을 끼지 않고 있던 몇몇이 잠깐 쳐다봤다가 금세 다시 자신의 노트북으로 눈길을 돌렸다. 언니는 웃음을 멈추고 눈가의 눈물을 손가락으로 살짝 찍어내더니 말했다.

"와, 그것 참 미치고 팔짝 뛸 노릇이겠다. 남편이 못해서 다른 사람하고 했는데 남편보다 더 못하다니. 그래, 그럴 수 있지. 그런 천인공노할 상황이 생겼다고 쳐. 그러면 아이고 내 남편이 더 낫네? 하고 주저앉아? 애초에 불만족이었다는 걸 생각해야지. 만족스러울 때까지 여행을 떠나는 게 당연하잖아."

희재 언니의 결혼생활은 어떨까? 언니도 여행을 떠날 수 있는 사람일까?

"너는 만족하니? 네 남편을 내가 잘 아니까 이런 질문 좀 이상한

가?"

골몰해있는 나를 향해 언니는 질문을 툭 던졌다.

"이상하긴요. 옛날에도 언니한테는 이런 얘기 잘했는데. 저희는 시간이 갈수록 더 만족하고 즐겁게 해요."

나는 담백하게 말했다.

"너네처럼 비교 대상이 없다는 게 어떤 건지 모르겠다. 언제나 좋기만 한 사람은 없는데, 언제나 나쁘기만 한 사람은 있다는 게 참 신기해."

생각에 잠긴 희재 언니를 물끄러미 쳐다보았다. 세월의 흔적 뒤로 대학 시절에 줄곧 보던 언니의 얼굴이 보였다. 예전에도 지금의 저 표정을 자주 지었던 거겠지. 평소보다 입술을 살짝 내밀고 턱은 살짝 든 상태로 눈은 한 곳을 응시하고 있다. 무심하게 창밖이나 벽을 바라보는 것 같으면서도 실상은 아무것도 바라보지 않고 생각에 잠겨 있을 때 짓는 표정이었다.

"언니, 비교 대상이 있다면 더 좋았던 사람이 계속해서 생각날까요?"

나는 언니의 말을 곱씹어보다가 애초에 희수에게 물으려던 질문을 던졌다. 생각지도 못했던 희재 언니한테 이 질문을 던지게 될 줄이야! 나의 질문에 언니는 천천히 고개를 돌려 나를 쳐다보았다.

"사람들이 그러잖아요. 남자는 과거를 잊지 못하고, 여자는 현재를 더 중요하게 생각하기 때문에 과거를 잊어버린다고 말이에요. 정말 그럴까요?"

그래요?라고 묻지 않아 다행이라고 생각하면서 답을 기다렸다.

"내가 경험자로서 말해주자면 당연히 생각난다. 당연하게. 섹스의 기억은 정말 집요한 거야. 드라마나 노래, 어떤 냄새나 촉감 같은 거, 그런 아주 작은 실마리로도 생각이 나거든."

희재 언니는 언제나 이렇다. 돌려 말하는 법이 없다. 그것이 어떤 사람들에게는 견딜 수 없는 부분이었을 것이다.

"그럼 자주 비교하게 되는 거예요? 아니면 섹스가 별로일 때 불현듯 떠오르는 거예요?"

이젠 나도 언니의 경험을 물었다.

둘 다라고 했다. 모든 것들이 수시로 떠오른다고 했다. 그 사람은 이럴 때 이렇게 해줬지, 또 어떤 이는 섹스할 때 몹시 다정했고, 그때 그 남자는 꽤 컸다, 기술이 기가 막힌 사람도 있었지. 반대의 경우도 마찬가지였다. 발기가 잘 안 되어 애먹던 사람, 너무 금방 끝나서 당황하던 남자의 비명 같은 탄식이나 몸짓도 생생했다. 느닷없이 떠오르는 기억들은 마음을 굉장히 혼란스럽게 만들었다. 어떤 날은 죄책감에 시달리기도 했고, 때로는 추억에 젖어서 한동안 빠져나오기 힘들 때도 있었다. 얼굴은 선명하게 떠오르지 않아도 누워서 올려다보던 남자의 젖꼭지 모양이나 흘러내린 채 리듬을 타던 앞머리, 힘을 쓰던 미간의 주름이 생각나기도 한다. 죄책감이 들 때면 남편도 과거의 연인들을 종종 떠올릴 테니 괜찮다고 스스로 위로했다. 남편의 옛 연인은 남편에게 만족을 주었을까? 아니, 남편은 그때의 연인에게 만족을 주었을까? 그 여자는 어떤 소리를 냈을까? 오럴은 잘해주었을

까? 가슴 모양은 예뻤을까? 생각하면 할수록 불쾌한 궁금증만 줄줄
이 따라올 뿐, 죄책감은 고스란히 남아 있었다.

"윤주야, 나는 내가 자유롭길 열망했어. 그래서 언제나 남에게도
솔직하려고 애썼고 내 감정도 잘 들여다봤어. 사랑하는 사람이 생기
면 잠도 잤지. 나는 솔직한 것에 가장 가치를 뒀었다. 내 감정을 거스
르는 걸 억압이라고 생각했어. 그리고 나의 그런 사상이나 행동이 퍽
자유롭게 느껴지고 좋았어. 나는 솔직함과 자유라는 가치만 좇았던
것 같아. 그때는 몰랐던 거지. 너와 재성이야말로 진정한 자유를 만
끽하며 살아가게 될 거라는 걸."

"오빠의 행동들이 이제야 이해가 돼."

"우리 이제 희수 일에서 손 떼야 하는 걸까?"

오후에 비가 온다는 예보를 보자마자 창밖에 걸어둔 화분을 안으로 옮기면서 남편에게 물었다. 답을 바라는 질문은 아니었다. 이제 더는 도움을 줄 수 없으리라는 확신 같은 것이었다.

"왜? 희수 씨가 그만하겠다고 해?"

"아니, 더 노력해보라고 말하기가 싫어서. 희수 마음이 다시 예전으로 돌아갔대."

한 사람이 다가오다가 잠시 주춤하면 상대가 한 걸음쯤은 다가와줘야 한다. 그래야 각자의 우주로 떠밀려 가지 않는다. 화해의 말이나 행동을 먼저 하기가 그렇게 어려울 줄이야. 천근같은 발걸음을 조금 움직여서 상대를 향해 살짝 내디뎠을 때 상대가 그것을 알아채고 몸이라도 슬쩍 기울여주면 그게 그렇게 다행이었다. 그리고 고마웠다. 과연 희수 남편은 희수에게 몸을 기울여주었을까? 희수가 조금이라도 알아차릴 수 있게 방향이라도 틀어주었을까?

"오빠! 희수네는 어떻게 같이 잠을 자는 거지?"

다시 비를 맞힐 화분들을 골라 창밖 걸이대로 옮기면서 예보대로

비가 오지 않으면 꽤 열불 나겠다고 생각하다가, 번뜩 떠오른 궁금증
이었다.

"뭔 소리야?"

남편은 나의 말뜻을 알아듣지 못했다.

"아니, 각방을 안 쓰고 왜 계속 한 침대에서 같이 잤냐고. 은성이
도 그 방에서 잔다지만, 그래도 애는 책장 건너편에서 재운다잖아.
침대에는 희수랑 희수 남편만 있는 거야. 섹스도 안 하면서 몇 년이
나 계속 한 침대에서 잔다는 게 이상하지 않아?"

"그러게? 그러면서도 섹스를 안 했다는 건 정말 이상하네? 버릇이
되면 아무렇지 않으려나?"

"그치? 이상하지? 몸 돌렸는데 어쩌다 서로 마주 보게 되면 되게
어색하겠지? 움직이다가 몸이 닿을 수도 있잖아. 이불을 따로 쓰나?
희수네가 단칸방도 아닌데 그렇게 오랫동안 섹스도 안 하면서 왜 굳
이 한 침대에서 자는 거래?"

처음에 그 말을 들었을 때는 '그래도 같은 방에서 자니 희망이 있
다.' 그렇게 생각하고 말았는데 생각해보니 이건 좀 이상하다. 보통
의 섹스리스 부부는 각방을 쓴다. 최소한 침대라도 따로 쓴다. 각방
을 쓰다가 아이가 자라자 엄마 아빠가 각자 다른 방에서 자는 것이
눈치 보이기 시작했다는 친구는 남편과 다시 방을 합치면서 싱글 침
대를 두 개 들였다고 했다. 어찌 되었든 각방과 섹스리스는 어떤 것
이 먼저인지 몰라도 거의 세트처럼 따라오는 것이다. 하지만 희수네
는 그렇게나 오래도록 섹스를 안 하면서도 한 침대에서 나란히 누워

잤다니? 이게 어떻게 된 일인지 희수에게 물어봐야겠다고 남편에게 선언하듯 말했다.

나는 각오를 하고 컴퓨터를 켜고 카톡 대화창을 열었다. 숨을 한 번 들이쉬고 희수를 불렀다.

"희수야."

희수는 스마트폰을 보고 있었는지 바로 대답했다.

"여전히 네 마음은 예전으로 돌아간 상태야?"

"응. 생각대로 안 되고부터 흥미가 확 떨어졌어. 오빠가 히스테리 부리니까 아예 식어버렸어."

나라도 그럴 테지. 희수네 집안 공기를 나는 모른다. 나는 희수에게 노력하라는 말은 이젠 하지 않을 작정이었다.

"앞으로 섹스는 어떻게 할 거냐고 남편한테 물어보는 건 어때? 그냥 탁 터놓고."

마지막 제안이었다.

"글쎄, 우리는 대화가 제일 어려운 사람들이니까. 예상했던 것보다 어렵고, 엄청난 노력이 필요하다는 걸 깨달았어. 내가 처음에 몇 번 덤비기만 하면 그다음부터는 일이 술술 풀리고 나도 오르가슴 알게 될 거라고 단순하게 생각했지 뭐야. 근데 이젠 섹스할 일도 없을 것 같아. 다 끝났지 뭐."

희수도 더는 노력하지 않기로 한 모양이었다.

"마지막이다, 하고 직접적인 질문을 던져보는 건 어때? 앞으로 우리 섹스 안 하고 살 거냐고."

나는 같은 질문을 또 했다.

"시큰둥하게 대답할 것 같아서 물어보기도 싫네."

"희수야, 나 궁금한 게 있어."

희수는 뭐든 물어보라고 했다. 희수가 보낸 글자 끝에 희망이 엿보이는 건 나만의 착각일까?

"너희 섹스도 안 하고 살면서 왜 각방을 안 썼어? 사이도 안 좋은데 같은 침대에서 자면 불편하잖아. 단칸방도 아닌데 무슨 이유야?"

희수는 키득거리며 웃는 소리를 먼저 보내더니 "내가 못됐잖아 언니." 하고 운을 뗐다.

"나는 애 젖 먹이고 재우느라 잠도 잘 못 자는데 오빠만 내리 편하게 자게 할 순 없지. 내가 힘든 걸 조금이라도 알게 하려면 셋이 같이 자는 수밖에 없었어."

하필 임신했을 때 맘이 그렇게 상했으니 뒤끝이 길다는 희수는 남편 혼자 편하게 자는 꼴을 못 본 거였다. 어색함과 불편을 감수할 정도로 희수는 악에 받쳤던 상태였을까. 하지만 결혼하고 바로 애를 낳은 것도 아니고 그 앞에도 긴 세월이 있는데, 왜 줄곧 한 침대에서 잠을 잤을까? 그건 희수네 부부 사이에서 마지노선 같은 거였나.

"남편이 각방을 요구하진 않았어? 도저히 피곤해서 일할 수가 없다고, 그런 말조차 안 했단 말이야?"

"오빠가 간이침대를 하나 살까 하는 소리는 한번 했었어. 근데 실행하지는 않더라구. 작은 방에서 그러고 자면 모양 빠진다고 생각했을지도 모르지. 그리고 애랑 같이 자고 싶었던 거 같아. 어릴 때는 애를 옆에 끼고 잔 적도 많아."

희수 남편은 그 와중에 희수의 눈치를 봤던 걸까. 그래도 잠을 못 자는 데는 장사가 없는 법인데. 그 고통은 직접 당해보지 않으면 모르는 것이다.

"같은 침대에서 자는 게 어색할 때는 없었어? 몸이 닿거나, 눈이 마주칠 때 잠깐 어색해지지 않나?"

"아니, 전혀 어색하지 않아. 짜증만 나."

희수는 1초의 틈도 없이 바로 답을 보냈다.

"또 질문. 남편이 잠결이든 아니든 간에 손을 뻗어서 옆에서 자는 너를 만지는 일은 없었어? 가슴이나 몸이나, 아니면 다리라도 좀 올려놓는다거나."

"옛날에 한 번 손 잡고 자더라는 말은 저번에 했었지? 근데 몸을 만진 적은 없었어."

그 숱한 세월을 어찌 그럴 수 있지? 희수 남편이 돌부처도 아니고, 정말 대단한 인내다. 내내 싸우고 토라져서 등 돌리고 잔 것도 아닐 텐데. 희미하게라도 좋은 날이 몇 번은 있었을 텐데……. 하물며 술김이나 잠결에라도 자기도 모르게 만질 수 있는 것 아닌가? 당최 믿을 수 없는 이야기다.

"네가 덤빈 이후에도 그렇다는 거지?"

"그 이후에도 오빠가 먼저 내 몸에 손을 댄 적은 한 번도 없었어. 자기 섰다고 한번 말한 게 다야. 사정이나 하고 싶다는 거지."

진짜 이상하네. 희수가 거짓말할 리도 없고, 이건 믿기 힘든 얘기다. 도저히 이해가 가질 않아 남편에게 전하니 남편이 소리도 안 내고 놀랐다. 눈을 동그랗게 뜨고 미간에 주름을 잔뜩 잡고서는 마치 희수가 들으면 큰일 난다는 듯이 입 모양으로만 '한 번도?'라고 했다. 그 전이야 어쩌면 그럴 수 있다 해도, 아니다. 그전에도 그럴 수는 없다. 지금 몇 년의 세월을 얘기하는 건데, 단 한 번도 희수 몸에 손을 안 대더라고? 하물며 희수가 분위기를 만들어 놓은 이후에도 전혀? 매일 만취해 온다면서 술김이라도 수십 번은 다가왔어야 정상이다. 남편과 나는 어리둥절해서 쓰러질 지경이었다.

"희수 남편은 대체 뭐가 문제야? 이건 너무 말이 안 되잖아. 희수가 싫은 거야?"

"그러게. 희수 씨를 그 정도로 싫어하면 방을 따로 썼겠지. 막말로 섹스를 못 하는 상황이 아니고서야 이건 불가능할 것 같은데?"

남편과 말을 나누다가 머리에서 번쩍하고 떠오르는 것이 있었다.

"오빠, 지난번에 희수가 아침에 요구하니까 남편이 완강히 거절했다고 했었거든? 이상하지?"

"희수야, 네 생각에 남편이 섹스에 자신감이 없는 느낌이야?"

나는 내 질문에 남편이 답하기도 전에 희수에게 물었다.

"글쎄, 그렇게 생각해본 적은 없는데, 언니가 물어보니까 좀 그런가 싶기도 하구? 근데 나는 잘 모르겠는데."

희수는 잠시 틈을 두더니 이렇게 대답했다.

"만약 그런 거라면 먼저 손대지 않을 가능성도 있을 거 같아서. 좀 부담스러울 수 있잖아."

근데 그 정도로 자신이 없는 건 아닐 텐데, 내 말은 너무 억지라는 생각이 들었다.

"요즘에는 그런 일이 없었지만, 결혼 초에 술을 많이 안 마신 날에 했던 적이 몇 번 있었거든? 물론 그때도 핸드잡이었지만. 술을 조금만 마셨을 때 하면 많이 취했을 때 보다 빨리 끝나잖아. 근데 그럴 때마다 자기가 빨리 싸려고 노력해서 일찍 끝냈다는 말을 꼭 했었어."

그런 변명을 꼭 했다고? 한 치 앞도 보이지 않는 짙은 안갯속에서 저 멀리 희미한 빛을 본 기분이 들었다. 그렇다고 조루는 아닐 텐데. 예전에 남편과 함께 희수를 만났던 날, 남편이 희수에게 그것부터 물어봤었다. 남편이 혹시 조루이거나 성 기능에 다른 문제가 있지는 않은지 확인했었다. 섹스리스의 꽤 많은 비율이 남편의 성 기능 장애에서 기인한다는 글을 봤었기 때문이다. 그때 희수는 그런 문제는 전혀 없다고 분명히 말했었다.

"그래? 괜한 자격지심에 그렇게 말한 건가? 그걸 괜히 걱정하는 남자들이 꽤 있다고 했거든. 사람마다 자기 나름의 콤플렉스가 있잖아."

"뭐 그럴 수도 있겠지. 근데 내 생각은 그냥 나하고 하고 싶은 맘이 예전 같지 않은 거 같아. 아예 없는 걸 수도 있어. 물론 그걸로 지금 내가 상처받지는 않아. 나도 애정이 없으니까."

희수 생각은 틀렸다. 희수 남편이 희수에 대한 마음을 접었다면 희수가 덤빌 때 바로 받아 주긴 힘들었을 것이고, 출산 이후 그 기나긴 시간 동안 악을 품은 희수가 각방 요구를 무시했을 때도 마냥 견디고 있지는 않았을 거다. 마음을 접었다면 잔소리도 하지 않았으리라. 나는 조금 더 확신을 가질 필요가 있었다.

"네 남편은 네가 지난번에 말했듯이 조루는 아니지만, 그래도 스스로는 약간 자신이 없다고 여기는 거라면, 만약 정말 그런 거라면 지금까지의 상황이 아주 약간은 말이 되거든."

차라리 그랬으면 하는 마음이 슬그머니 올라올 정도였다. 다른 복잡한 이유가 없길 바라는 걸지도 모르지만.

"그래? 기억을 더듬어보면 오빠가 약간 걱정하는 건 맞는 것 같긴 한데……. 이상하네. 대체 왜 그러지?"

"결혼 직후를 떠올려 봐. 술을 마시지 않았을 때는 어땠는지."

"늘 술 마시고 했어."

"뭐? 맨정신에 한 적이 한 번도 없어? 정말?"

희수가 기억을 끄집어내는 동안 나는 미치고 팔짝 뛸 지경이었다. 어떻게 술에 취하지 않은 채로 한 기억이 없다는 거지? 희수 남편이 알코올 중독자도 아닌데 이건 말이 안 되잖아!

"아, 있긴 있었다. 물론 결혼한 직후였는데 어쩌다 낮에 한 적이 한 번 있었구, 여행 갔을 때 술 안 마시고 한 적이 딱 한 번 있었어. 그 두 번이 전부야."

"그래? 너무 오래전이라 기억이 안 나겠지? 지난번에 우리 같이 만났을 때 오빠가 그것부터 물어봤었잖아. 그때 네가 남편은 조루 아니라고 확실하게 말했잖아. 그래서 그런 걱정을 할 가능성은 아예 생각을 못 했거든."

"어, 조루는 아니야. 넣자마자 싸지 않는다구."

맙소사. 희수는 넣자마자 싸는 것만 조루라고 생각하고 있었단 말인가? 나는 잠깐 심호흡을 하고 다시 글자를 눌렀다.

"희수야, 조루라고 다 넣자마자 싸는 건 아니야. 그건 정말 심한 경우고……."

몇 분 동안 했었는지 물어보려다가 말았다. 너무 오래전인 데다 희수는 아파서 그만하기만 바라고 있었을 테니, 제대로 된 시간개념이 있을 것 같지도 않았다. 허둥대는 나를 보고 다가온 남편에게 상황을 설명하고 있는데 희수가 날 불렀다.

"언니!!!!!!!!!!!!!!!!!!!!"

느낌표를 많이 찍어서 날 부르는 것을 보니, 무슨 기억이 난 건가?

"언니, 지금 찾아봤어. 육아 카페에서 조루로 검색하니까 어마어마하게 많이 나온다. 5분 이내는 조루라고 한대. 맞아? 난 진짜 몰랐어. 나는 거기서 만날 오르가슴만 죽도록 검색하고 있었단 말이야. 조루로 검색하니까 끝도 없이 나오네!"

"그래서, 네 남편이 그 5분 이내에 해당이 되니?"

"피스톤 시간만 따지면 보통 2분? 3분을 넘긴 적은 없던 것 같아. 제대로 해본 적이 별로 없지만, 그 정도였을 것 같아. 아무리 기억을 더듬어 봐도 그래."

술을 마시고도 그 정도였다고? 아아, 희수야……. 탄식이 절로 나왔다. 하지만 희수를 탓할 수는 없다. 희수는 생각지도 못했을 것이다. 나라도 몰랐을 거다. 남편이 처음부터 늘 3분 정도로 끝냈다면, 섹스란 으레 그 정도라고 생각했을 것이다. 물론 희수 말대로 넣자마자 사정하는 상황이었다면 뭔가 이상하다고 눈치를 챘겠지만, 경험이 없는 여자라면 상대가 몇 분 안 걸렸다고 그걸 알아차리기는 쉽지 않다. 포르노도 본 적 없고, 설령 본다고 해도 과장되게 연기하는 배우와 남편을 비교해 생각하기는 힘들다. 나라도 희수처럼 원래 이런가 보다 생각했을 것이다. 어쨌든 안개는 걷혔다. 알고 나니까 여기저기에 보란 듯이 널려 있는 암시가 한둘이 아니다. 그런데도 한 번을 의심해보지 않았다니! 나는 정신을 가다듬었다.

"자, 희수야. 이제 모든 것이 선명하다. 남편이 너 잠깐만 외출해도 체크하고 확인한다고 했지? 네가 밖에 나가는 거 자체를 되게 싫어한다고 했잖아. 심지어 친정 가는 것도 싫어한다며. 어디서 돈 쓰는지도 다 체크하고."

"그거랑 이게 무슨 상관이야?"

"대체로 부인을 자기 영역 안에만 있도록 억압하는 경향이 있다고 책에 나와 있었어."

희수는 '으아악!' 하고 비명을 적어 보냈다. 글자로 보는 비명은 실제로 듣는 것보다 강력한 느낌이었다. 그래, 비명이 절로 날 것이다.

"설마 다른 남자랑 바람날 걱정을 하고 그런다는 거야? 그럴 수 없다는 걸 알 텐데?"

"그건 네 생각이고, 남자 입장은 또 다르겠지. 자기는 만족을 못 주니까 만족을 찾아 떠날 수도 있다고 늘 불안해한대. 한 마디로 자신이 없는 거야."

그나마 희수는 남편이 처음이었기 때문에 희수 남편이 집착을 덜 부렸을 수도 있다. 하지만 그 말은 희수에게 할 수는 없다.

"그래서 예전에 할 때면 좋으냐고 집착하듯 계속 물어봤던 건가? 난 아프기만 하고 눈곱만큼도 안 좋다고 했는데."

"그래서 네 남편이 먼저 섹스하자고 말을 못 하는 거고, 너에게 손을 못 대는 거였네. 남자가 위에 올라타서 하면 힘이 많이 들어가서 아무래도 빨리 싸게 되니까 그걸 꺼렸던 것 같아. 개인차가 있겠지만 보통 성기끼리의 접촉에는 더 민감하다고 하니까 네가 손으로 해주는 걸 더 선호했을 수도 있겠다. 손이 더 낫다는 말까지 했었잖아."

"전혀 생각도 못 했어. 나 정말 상상도 못 했어."

"네 남편은 심한 건 아니지만, 스스로는 자격지심이 있는 상태인가 봐."

애초에 대응방법이 틀렸다. 희수는 계속 어떡하면 좋으냐는 말만 했다. 남편이 꽁꽁 감춰왔던 사실을 알게 되어서 희수는 대혼란이 온 것 같았다.

"네가 알고 있던, 그러니까 넣자마자 싸는 그런 심한 상태인 조루가 아니면 할 때마다 조금씩 나아질 수도 있대. 마음을 터놓고 서로 격려하면 점점 나아진다고 들었어. 그게 육체적인 문제라기보다 심리적인 부분이 꽤 영향을 끼치기 때문에 부인의 역할이 중요하다고 했어."

"그게 잘 될까? 아무리 좋아진다 한들 앞으로 오래 하는 건 이제

물 건너간 거잖아. 지금 찾아보니까 남자가 5분 이내에 끝나면 여자는 절대로, 절대로 만족을 느낄 수가 없대. 그럼 나는 이제 오르가슴 영영 못 느끼는 거 맞지?"

"기계로 해. 그거랑 다르지 않아."

나로서는 최선의 위로였다. 희수에게 그것은 모르는 맛이니까 괜찮을 것이다. 그 맛을 아는 나 역시도 오르가슴이냐 다정함이냐 둘 중 하나를 선택하라고 하면 백이면 백, 두말할 것도 없이 다정함이다. 1%의 고민도 없다. 부부 사이에 다정함보다 더한 가치는 없다. 하지만 진정한 문제는, 성기능장애 남자는 자격지심을 가지고 있고 그로 인해 다정함을 곧잘 상실해버린다는 것에 있다. 절망스럽게도 부부 사이에서 다정함의 원천은 섹스다.

"그러고 보니까 언니."

희수가 뭔가 확신이 선 듯 입을 열었다.

"내가 덤빈 이후에 말이야, 내가 하자고 할 것 같은 날 있잖아? 그럴 때는 이미 취해서 왔는데도 술을 또 마시고 그랬어. 지금 생각하면 무슨 비아그라를 먹듯이 말이야. 이제 잘 건데 뜬금없이 맥주를 꺼내서 벌컥벌컥 마시는 거야. 자다가 오줌 마려우면 귀찮을 텐데 왜 저러나, 내가 속으로 그랬다니까?"

확인사살. 더 이상의 확인은 이제 필요치 않다.

"술을 마시면 발기가 완전하게 되진 않아도 사정은 늦춰지니까. 맨정신일 때는 거부했던 게 이제야 이해가 간다."

친구 수아의 일 때문에 조루와 조루약에 대해 검색해본 적이 있었다. 조루인 사람들이 조금이나마 극복해보고자 주로 술을 이용한다는 얘기가 많았다. 약은 수아가 말했던 것처럼 까다로운 부분이 있고, 남자에게는 병원까지 가서 조루약을 처방받는다는 자체, 그러니까 자신이 조루라는 확정을 받는 것을 몹시 꺼리는 심리가 있는 모양이었다. 사회적으로 조루를 희화화하는 것도 큰 영향이 있을 것이다. 고통의 크기에도 불구하고 발기부전약에 비하면 조루약은 시장 규모가 매우 작았는데, 이런 이유였다. 게다가 약의 효과가 술을 마시는 것이나 별반 차이가 없다는 말도 많았다. 어차피 마시는 술이다. 술에 취해 발기가 잘 안 되더라도 조금이라도 더 버틸 수 있다면야, 발기 따윈 손톱의 때만큼도 신경 쓰이는 일은 아닐 것이다.

"그럼 오빠는 자기가 조루라는 것을 계속 알고 있었다는 거지?"

희수는 아직도 남자를 모른다. 지금 나이가 몇인데 자기가 그것을 모를까!

"알겠지. 근데 경험이 많지 않은 남자의 대부분은 조루래. 첫 경험이야 뭐 말할 것도 없고. 근데 그게 하면 할수록 급격하게 좋아지는 거거든. 너네 너무 안 했잖아. 그러니까 네 남편도 지금이라도 하다 보면 좋아질 수도 있는 거야. 별별 이유로 갑자기 조루가 되기도 하고, 완벽주의자들에게도 종종 나타나기도 한다고 해. 어쨌든 정말 많대!"

"이럴 수가."

"일단 네 남편, 바람은 안 피웠을 거야."

"하하하. 좋아해야 하는 거야? 지금 나 기뻐해야 하는 거냐구."

분위기를 바꿔보려고 던진 말이었지만, 사실 아주 말이 안 되는 것도 아니었다. 또 희수가 제일 힘들어한 부분이기도 했다.

"네 남편의 마음을 조금이라도 짐작해 보자. 일단 너도 예전의 네가 아니잖아. 남편은 네가 눈치채게 될까 봐, 작은 의심이라도 하게 될까 봐 두려웠을 수 있어. 앞으로도 네가 몰랐으면 하는 생각뿐인데, 그럼 섹스를 하지 않는 수밖에 없는 거잖아. 어쩌면 그게 자신의 최대 약점이라고 생각할 수도 있고, 권위에 흠집이 날 거라는 생각을 할 수도 있으니까."

"나는 내 문제인 줄 알고 그것만 팠다구. 이 세월을 여태."

"아마 계속 해왔으면 좋아졌을 거야. 할수록 더 잘하게 되는 거니까. 그러니 20대 남자는 절반이 조루라는 얘기도 나오는 거겠지. 경험 부족에는 장사가 없어. 계속 안 하다 보니까 점점 더 자신감을 잃었을 거야. 잠든 너의 손을 잡고 잤을 네 남편의 심정을 헤아려 봐. 피곤한데도 술에 집착한 것도, 너의 일거수일투족을 체크한 것도, 문득문득 화가 치밀어 히스테리 부린 것도."

"그러네. 정말 모든 게 그러네."

이 놀라운 섹스의 파급력! 개차반인 남편도 밤일만 잘하면 데리고 산다는 우스갯말이 무슨 뜻인 줄을 이제야 알겠다. 모든 문제의 원인이면서 모든 문제를 덮을 수도 있는 것이 부부의 섹스다. 모두가 절로 잘 되리라고 쉽게 생각해서 망쳐버리고 마는 그 섹스. 마음을 열고 오랜 시간에 걸쳐 서로의 취향을 찾고 배우고 맞춰 나가야만 서로 만족스러운 섹스를 할 수 있다는 걸, 섹스에 대단한 노력을 기울여야 한다는 사실은 어디서도 가르쳐주지 않았다. 섹스라는 건 본능처럼 그저 다 잘 되는 거로만 알았다.

모든 잘못은 거기에 있다. 모두 쉬쉬하면서 뒤로는 허풍만 떨어대고 누구도 솔직하게 털어놓지 않는 것, 뜻대로 잘 안 되면 깊은 상실감에 빠지고 마는 것. 하지만 그 늪에서는 절대 혼자 빠져나올 수 없다는 것이 섹스의 본색이다.

"난 앞으로도 계속 모른 척을 해야 하는 거야?"

어려운 얘기다. 점점 나아지려면 서로 대화를 해야만 할 텐데.

"글쎄, 네가 어렴풋이 짐작하고 있다는 티를 내야 할까? 하지만 괜찮다는 티도 내고?"

"어떻게? 빨리 싸도 난 괜찮다는 말이라도 해야 한다는 거야?"

희수가 짐작하게 되었다는 눈치를 보여도 희수 남편에게 타격이 없을지 알 수 없다. 섣불리 티를 내면 안 되겠지. 남편은 둘 다 빨리 문제를 인식하고 열린 맘으로 대화하고 노력하는 것만이 극복할 방법이라고 했지만, 그것은 너무 이상적이기만 한 해결책이다. 희수 남편의 성격을 잘 알지 못하는 나로서는 섣불리 희수가 알아버렸다는 사실을 얘기해도 될지 알 수가 없다.

"어떤 상황이라도 당신만을 사랑한다고?"

나는 고민하다가 이렇게 보냈다. 남편은 내가 쓴 걸 보더니, 희수가 충성맹세 같은 것을 해서 희수 남편이 걱정하는 부분을 안심시키는 것이 효과가 있을 것 같다고 했다.

"아이참, 무슨 충성맹세야? 희수가 지금 그런 거 할 때야?"

짜증이 확 솟구쳤다. 희수도 나도 지금 대혼란의 파도를 맨몸으로 맞으면서 버티고 있건만 웬 충성맹세?

"불안한 마음에 희수 씨를 계속 잡은 거잖아. 그 원인을 이제야 알았잖아. 목에 칼이 들어와도 다른 남자에게는 몸과 마음을 주지 않을 거라는 걸 주지시키면 도움이 될 것 같아. 남자 마음이 그렇다니까? 게다가 희수 씨가 몇 년 만에 다가가면서 오르가슴 느끼고 싶어서 그런다고 했다며."

남편은 오로지 남자 입장으로만 희수 남편의 마음을 헤아려보고 있었다. 과연 남자는 저런 말에 안심하고 마음이 편안해진단 말인가? 정말로?

"어떤 상황에서도 오빠를 사랑하고 나한테는 오빠밖에 없다. 나한테 남자는 예전에도 앞으로도 오빠뿐이다. 이런 말들을 해주면 네 남편이 안심하지 않을까? 남편의 불안을 없애주는 거지."

고민하다가 이렇게 쓰고 전송 버튼을 눌렀다.

"그런 심리였다면 이해가 돼, 언니. 오빠의 행동들이 이제야 이해가 돼."

희수의 세상에도 안개가 걷힌 걸까? 이제 모든 문제의 원인을 파악했다. 하지만 문제의 원인을 알았다고 극복할 수 있을까.

"섹스하다가 실망하면 안 된대. 그러면 자신감이 완전 바닥을 친다고 했어. 결합 자체만으로도 기뻐하는 모습을 보여줘. 결합한 상태로 사정까지 하면 더 좋고. 제대로 된 관계를 하는 거지. 오빠가 내 안에서 사정하면 하나 된 느낌이 들어서 좋다고 말하면 좋을 것 같은데

……. 사실 그렇기도 하잖아. 육체적인 쾌락은 기계가 담당하면 돼."

"하아. 갑자기 다른 세상으로 빨려 들어왔어."

"서두를 필요 없어. 사랑하고 있다는 느낌을 서로 주고받는 게 중요해. 부부한테는 그게 중요한 거야. 섹스할 때도 결합한 채로 가만히 안겨 있어 봐. 이건 내가 되게 좋아하는 것이거든. 그냥 이러고만 있어도 연결된 느낌이 들어서 좋다고 말하면 남편도 기쁠 거야. 그리고 실제로 그런 느낌이야. 해보면 너도 알 거야. 그러면 섹스 시간 자체가 늘어나니까 남편은 더 만족스러울 수도 있겠다."

"언니, 여기 조루에 대한 글이 너무너무 많아. 나 너무 놀랐어."

희수는 계속 카페에서 조루로 검색되어 나온 글들을 보고 있었나 보다.

"그걸로 갈등이 있는 부부가 수두룩하더라고. 근데 거기 글 너무 많이 보진 마. 타박하는 글이 너무 많잖아."

"다들 참다못해서 올린 글이라 그런지 울화가 장난 아니다. 나만 그런 게 아니구나 하는 생각이 들기도 하구."

"동지가 있다는 생각에 위로가 될 수도 있지만, 그렇다고 남편 버릴 거 아니면 해결해 나갈 방법을 모색해야지. 계속 카페에 타박 글만 올리고 같이 한탄만 하면 뭐해. 무조건 다정한 말을 해줘야 해."

"말로 내가 북돋을 수 있을지 모르겠어. 난 말로 하는 건 자신이 없는데."

"이 세상에 마법이 있다면 그건 '말'이야. 상처를 주는 것도 상처를 치유해 주는 것도 다 말이야. 너는 할 수 있어."

희수와의 대화를 끝내고 숨을 몰아쉬었다. 뭔가 어려운 경기를 한 바탕 치른 느낌이 들었다. 희수 남편은 희수가 알아버렸다는 사실을 받아들일 수 있을까. 그보다 희수는 남편이 그런 상태였다는 사실을 받아들일 수 있을까. 그 오랜 세월 동안 자신이 감쪽같이 모르고 있었다는 사실을.

"그러면 우리도 섹스리스가 됐을까?"

희수는 나와의 마지막 대화 이후 틈틈이 정보를 찾아보고 남편의 행동들을 떠올려보면서 사태파악에 애쓰고 있을 것이다. 결혼한 지 몇 년이나 지나서야 남편에 대해 새롭게 알게 된 꽤 중대한 정보가 있다는 건 어떤 느낌일까? 배신감 같은 걸까? 생각해보면 가족이라도 서로를 모른 채 살아간다. 나는 엄마와 아빠에 대해서 얼마나 알고 있나. 하나뿐인 내 남동생은? 기껏해야 알 수 있는 것은 남동생의 옷 입는 취향, 좋아하는 게임, 학창 시절의 성적 정도다. 결혼하면서 더욱 미궁 속에 빠졌고, 남동생의 결혼생활은 조금도 짐작할 수가 없다. 내가 제일 잘 알고 있는 건 어릴 적 키우던 강아지뿐이라는 생각이 들었다.

그럼 내 아이와 내 남편에 대해서는 잘 알까? 아이는 이제 꽤 자라서 일상을 고스란히 보는 일이 점점 줄어들고 있다. 학교에서의 생활은 어떤지, 친구들 사이에 평판은 어떤지, 평소 무슨 생각을 하는지, 어떤 말 못 할 고민이 있는지 이제는 잘 알지 못한다. 자기 자식을 제일 모르는 것은 부모라는 말을 어느 순간부터 동의하게 되었다. 그나마 내가 잘 아는 사람은 남편이다. 하지만 남편이 시시콜콜한 것까지 전부 말하는 타입임을 고려해도 그의 생각 대부분을 안다고 자신할 수 없다. 우리가 자주 해 먹던 호박볶음을 사실은 남편은 싫어했었다는 것을 결혼 12년이 지나서야 알게 된 일도 있었다. 하물며 감추고 싶은 것이 있다면 어떻겠는가.

나와 남편도 희수네 부부에 대해 여러모로 생각해보고 있지만, 섣불리 이렇다저렇다 말을 하기는 쉽지 않다. 실제로는 남의 일이지만 일정 부분은 나의 일, 우리의 책임처럼 느껴졌다. 우리는 희수에게 상처가 될 만한 생각이나 말을 서로 내뱉지 않고 있었다.

"근데 자기 남편은 매일 섹스하고 싶어 할 거라고, 그걸 알기 때문에 용기를 낼 수 있었다고 희수가 그랬잖아. 거절하지 않을 거라고 확신했기 때문에 덤볐다고."

책을 읽던 남편이 고개를 들었다. 남편은 여전히 부부 관계나 남녀 관계에 관한 책을 읽고 있었다. 나는 계속 말을 이어갔다.

"오빠랑 같이 만났을 때 희수가 그랬잖아. 남편이 스킨십도 좋아하고 섹스도 좋아하는 사람이었다고. 근데 이상하지 않아? 보통은 그러지 않는다며."

"희수 씨가 아파서 거부한 이후에는 계속 핸드잡만 요구했다는데 그걸 가지고 남편이 섹스를 좋아하는 사람이라고 말한 건지 모르지. 또 처음에는 자신감이 넘치는 것까지는 아니었더라도 문제가 있는 정도는 아니었을지도 모르고. 지금 읽고 있는 책을 보니까 자위를 오래 하면 습관성 조루가 되기도 한대."

"그래? 그게 그렇게 되기도 한단 말이야?"

"자위할 때는 빨리 싸거든. 오로지 목적이 사정이니까 금방 끝내버리는 거야. 여기에 삽입 섹스 대신 계속 자위만 했거나 일방적인 서비스만 줄곧 받았던 사람은 실제 삽입 시에 조루가 되기도 한다고 나와 있거든."

"희수 남편도 그런 걸까?"

"모르지 뭐. 그래서 삽입 섹스를 되게 부담스러워하고 두려워하기까지 하는 사람이 꽤 있대. 오럴이나 핸드잡으로는 그나마 괜찮은데 삽입만 하면 빨리 되니까. 어쨌든 핸드잡마저도 술을 마시지 않고 했던 적이 한두 번밖에 없다는 건 너무 이상한 거지."

"근데 희수가 한번은 핸드잡 해줄 때 사정이 너무 안 되어서 자기는 너무 힘들고 남편도 짜증 나서 미치려고 했다고 한 적이 있었어. 삽입 섹스는 아니었지만, 사정이 너무 안 된다고 한 적도 있단 말이야."

"사정이 안 되어 애를 먹었다는 게 몇 분인지도 모르잖아. 30분인지, 5분인지. 또 술을 얼마나 마셨는지도 모르고. 술까지 마시고 받았으면 꽤 늦출 수도 있겠지."

"근데 서로 다정한 말이 오가려면 희수 남편도 마음을 열고 희수한테 여지를 줘야 할 텐데 말이야. 한쪽만 계속 다정해서 될 일이야?"

"뭐든 상호작용이 될 거야. 희수 씨가 계속 다정하게 대하면 남편도 반드시 변할 거야. 원래는 다정한 사람이었다며. 원래 모습으로 돌아갈 거야."

희수가 찾아봤을 글들을 나도 게시판에서 찾아보았다. 조루로 검색해서 나오는 수많은 타박과 눈물의 글들을 보고, 오르가슴으로 검색해서 나오는 수많은 실망과 한탄의 글들을 보았다. 희수도 이 글들을 모두 보았을 것이다.

"오빠, 여자들 대부분은 오르가슴을 포기했어. 뭐라고들 하냐면 여자의 1%만 오르가슴을 느낀다고 하면서 못 느끼는 건 당연하다는 거야. 지레 포기한 거지. 그러니까 섹스가 재미없고 성욕도 사라진대. 어떤 여자는 남편의 요구가 너무 귀찮고 싫다면서 남편이 스님이면 좋겠대. 하지만 대다수는 남편하고 섹스하고 싶어 해. 또 해야만 한다고 생각해. 남편이 요구를 안 하면 굉장한 위기의식을 가져. 와중에 남편이랑 자주 하고 오르가슴도 느낀다는 소수의 여자는 글만 봐도 자긍심이 하늘 끝까지 뻗친다."

"당연하지. 남편이 자기하고 섹스를 하려 들지 않는 건 너무 단적인 거잖아. 나는 아무리 생각해도 조금이라도 애정이 있으면 부부가 섹스를 안 할 수는 없을 것 같아. 부부마다 많은 사정이 있겠지만, 상대와 아예 섹스하고 싶지 않다, 이건 사랑이 식은 정도가 아니고 싫어야지 그럴 수 있을 것 같아. 잔인한 얘기지만."

"나는 그렇게까지는 생각하지 않아. 남자라고 그렇게 모두가 성욕이 끓어 넘치겠어? 섹스조차도 귀찮다는 사람이 있을 거 같거든. 내친구 중에 뭘 먹는 게 그렇게 귀찮다는 애가 있었어. 자기는 특별히 맛있는 것도 없다는데, 내 생각에는 그게 말이 되나 싶은 거야. 맛있는 음식을 먹는 행복은 절대적인 거잖아. 근데 그런 사람들이 있다니까? 성욕도 그럴 수 있다고 생각해. 근데 여기 글들을 보면 간혹 해도 남편이 정말 후다닥 싸고만 내려온대. 남자들 대체 왜 그럴까."

"우리 할 때를 떠올려 봐. 내가 얼마나 극진하게 공을 들여? 네가 좋아하는 모습을 보는 게 난 최고로 행복하니까 그러는 건데, 사랑하지 않는다면 남자가 그런 노력을 기울이는 게 가능하겠어? 어림도 없지. 친구들 말이 와이프하고는 재미가 없대. 그게 사랑하는 마음이 없으니까 그런 거야. 내가 아무리 생각해도 결론은 그거야. 사랑하는 사이면 만족을 주려고 서로 노력할 거야. 상대가 만족하는 걸 보는 그 기쁨이 너무나 크니까. 그리고 최소한 서로를 싫어하지는 않는다면 후딱 끝내는 섹스라도 하게 되어 있어."

카페의 글을 보면 섹스리스인 여자들은 그 이유를 대부분 남편의 성욕이 줄었기 때문으로 판단하는 경향이 있었다. 이건 여자의 자기방어적인 순진한 생각일까? 남편의 말대로라면 남자가 그토록 성의 없는 섹스조차 시도하지 않는 건 아내를 여자로서 싫어한다는 건데, 그건 정말 너무나도 잔인한 얘기다. 그렇다면 거부하는 아내 쪽도 마찬가지 아닐까? 남편이 너무 싫은 거지. 목석처럼 누워 있지도 못할 정도로 남편이 싫은 거다. 그럼 희수 부부는 어느 쪽일까? 마음을 헤집어 깊게 파고 들어가 보면 진실을 알 수 있을까? 사실은 사랑하는 사이일까? 서로를 안아주기는 했으니까 최소한 서로를 싫어하는 건 아니겠지.

"며칠 전에 봤던 책에 남편이 섹스를 피하는 다섯 가지 이유라고 해서 나온 게 있었어. 외국의 얘기였지만 기억나는 게, 아내가 소극적이다, 뚱뚱하다, 아내를 만족시킬 생각에 부담스럽다, 이런 대답들이 있더라."

"아내가 소극적이라는 건 여자들 처음에 대체로 다 그러잖아. 나도 그 벽을 깨는데 얼마나 오래 걸렸어? 그걸 좀 이해를 해줘야지. 낮에는 현모양처, 밤에는 요부가 되라고? 여자가 밝히면 밝힌다고 하고, 소극적이면 재미없어서 못하겠다니, 어느 장단에 춤을 춰야 해? 게다가 자기들이 그렇게 아무런 공도 안 들이고 자기 볼일만 보고 내려오는데 여자가 어떻게 섹스를 좋아하고 적극적으로 되겠어? 그렇게 성의 없이 하면서 아내를 만족시켜야 한다는 생각에 부담스러워서 못하겠다고? 도대체 양심이 있어야지."

"부부간에 좋은 섹스를 하며 산다는 건 정말 힘든 일인 거야. 특히 우리나라는 더 그런 거 같아. 내 친구들을 봐도 가정 안에서는 즐거움을 찾을 수 없다고 생각해. 가정은 자기가 짊어지고 가는 책임이나 짐으로 생각하더라. 그래서 나를 정말 신기하게 생각해. 재미라고는 털끝만큼도 없는 집에서 어떻게 계속 와이프랑 있냐는 거야."

"결국은 사랑이 문제일까? 근데 사랑해도 섹스는 싫을 때가 있어. 귀찮아지거나 별로일 때가 있는 거잖아."

"결혼생활이란 게 그런 거지. 아이까지 키우면 체력이 달리고 피곤하니까 뒤로 미뤄지기도 하고. 연애 때와는 모든 게 달라. 게다가 초기에는 서로 부단히 맞춰 봐야 하는 시기니까 마냥 좋을 수가 없지. 여러 가지 시도를 하면서 노력을 기울여야 하는데 그 부분을 완전히 간과하는 것 같아. 별로인 걸 하기 싫은 건 당연한 거야. 안 좋 았다면 다음을 별로 기대하지 않는 거겠지."

"그때 오빠가 등한시했다면 말이야, 그러면 우리도 섹스리스가 됐 을까?"

최근에 나는 남편에게 이 질문을 몇 번째 하는 거지? 질문과 동시 에 그 생각이 들었다. 자칫 잘못하면, 아니 남편에게 조금이라도 의 지가 없었다면 우리도 섹스리스가 되었을 것이 뻔했기 때문에, 나는 이 질문을 되풀이하면서 안도하고 있다.

"글쎄, 그럴지도. 그리고 섹스리스가 된다고 해도 내가 계속 죽을 때까지 안 할 수는 없는 거니까, 나는 다른 사람과 하게 됐겠지?"

"뭐야!!! 나랑 안 하면 다른 사람이랑 하고 살겠다는 거야?"

"사실이 그렇잖아. 설령 섹스리스가 아니라고 해도 할 때마다 너 는 별로인 걸 티내고 목석같이 누워 있다고 해보자. 그런데 조금이라 도 좋았던 다른 여자와의 섹스 경험이 나한테 있다고 가정해 봐. 다 른 경험이 없다 해도 상대방의 그런 태도를 계속 감당하면서 하는 건 힘든 일이겠다는 생각이 들어."

남편의 말을 들으니 희재 언니가 했던 얘기가 생각났다. 그때의 사랑 혹은 자유가 지금의 사랑과 자유를 속박할 수도 있다니! 사랑은 어째서 이다지도 어려운가.

"한때 심드렁했던 나를 포기하지 않고 계속 들이대 줘서 고마워해 야 하는 거네?"

"사람의 마음은 한없이 나약하다는 걸 자기 스스로 인식하고 살아야 하는 거 같아. 모든 사람이 다 작정하고 나쁜 짓 하겠어? 다들 착하게 살아야지 그런다고. 그런 상황에 놓이니까 무너지는 거거든. 마약은 다들 무서워하잖아? 단 한 번으로도 영원히 중독될 것 같고, 그래서 인생 끝날 것 같잖아. 그래서 감히 해볼 생각도 안 하는 거지. 근데 업소 가는 건 어때. 술자리에서 남자들이 아무런 부끄러움이나 죄의식 없이 성매매 얘기를 늘어놓는단 말이야. 어떻게 저렇게까지 아무렇지 않을 수 있나 의아할 정도야. 상황이 이러니까 마음이 흔들리는 사람도 많을 거야. 사람 마음이란 게 그렇다고."

"정말 한번 빠지면 헤어 나올 수 없는 개미지옥일까? 되게 싫은데 억지로 등 떠밀려서 한번 경험해본 것일 수도 있잖아."

"물론 한번 발을 들였다가 빠져나온 사람도 있어. 그런 사람 인터뷰를 본 적도 있어. 마약도 그렇잖아. 술도 확 끊어 버리는 사람도 있고. 하지만 그런 사람은 드물다는 거야. 술만 좀 자제해도 훨씬 나아질 거야. 평소에는 멀쩡했다가도 술만 취했다 하면 절대 하지 않을 짓들을 마구 해대는 걸 내내 봤거든."

"우리 오빠, 술도 안 마시고 바람도 안 피우고, 내가 상을 줘야겠어."

나는 눈을 가늘게 뜨고 남편에게 다가가서 바지를 잡아 내렸다.

"왜 이래. 씻지도 않았다고."

남편은 이내 포기한 듯 눈을 감았고 나는 남편의 성기를 입 안 가득 넣었다.

이것은 밀도 높은 사랑의 표현이다. 사랑의 행위 중에서도 가장 친밀한 행위다. 여자가 일방적으로 서비스를 베푸는 것도 아니고 희생하는 것도 아니다. 사랑한다면 말이다. 이토록 사랑이 느껴지는걸. 나는 우리가 노인이 되었을 때의 섹스를 가끔 상상하곤 한다. 훗날 내가 아무리 정성 들여 빨아도 남편의 성기가 발기되지 않을 날 역시도 나는 고대한다. 그 순간이 와도 나는 이 사랑의 행위를 멈추지 않을 것이다.

"그래서 나랑 결혼했던 거야."

"섹스는 아름답고 즐거우며 필수적이다. 하느님이 그렇게 만드셨다. 그것은 하나가 되었다는 표현이며 서약이자 자신을 모두 주는 것이고 신성한 의무다. 섹스는 이기적으로 주장할 권리도 억눌러야 할 성향도 상대방을 지배할 무기도, 훌륭한 행동에 대한 보상도 아니다."

_J. 앨런 피터슨

나는 책에서 본 이 감동적인 구절을 찬찬히 눌러서 지난 3주 동안 아무런 연락도 없는 희수에게 전송했다. 신을 믿는 희수에게는 더욱 와닿을지 모르니까.

"언니, 잘 지냈어?"

내 카톡을 읽은 뒤에도 한참이 지나서 담담하게 날아온 대답.

"잘 지냈어. 너는 어때? 은성이도 잘 지내지?"

"나도 잘 지내, 언니. 나는 이런저런 생각을 많이 했어."

내가 대답을 주저하고 있는 사이 다시 희수의 말이 대화창에 떴다.

"아직 오빠하고는 그냥 그런 상태야. 근데 언니, 오빠가 나랑 결혼한 이유에 대해서 생각을 해봤어."

"결혼한 이유? 뭘 거기까지 거슬러 가?"

"오빠는 서른 살이 넘도록 왜 결혼을 안 했을까? 내가 회사에 입사했을 때 들은 바로는 진지하게 사귀는 여자 친구도 있다 했거든. 자기가 조루라는 걸 알았던 거라면, 물론 알았겠지. 그래서 결혼을 못 하고 있던 게 아닐까?"

먼저 말을 건 사람은 나였지만, 희수는 작정하고 있던 사람처럼 말을 쏟아냈다.

"그런데 나하고는 왜 결혼을 결심한 거지? 난 예쁘지도 않고 내세울 것도 없는데."

나의 대답을 바라는 질문은 아니었다. 나는 잠자코 있었다.

"우리 사이가 깊어질 무렵에 오빠가 날 원하길래 내가 거부하면서 처녀라고 말했거든. 그때 오빠가 무척 놀라더라. 그동안 남자친구도 몇이나 있었다고 했는데, 대학 졸업하고 직장 다니도록 처녀라니까 굉장히 놀라는 거야. 그래서 내 종교적 신념에 대해 말했더니 나를 너무 잘 이해해줬어. 오빠는 종교도 없는데 말이야. 그리고 결혼할 때까지 단 한 번도 요구하지 않았어. 나는 그것이 정말 믿음직스럽고 내 신념을 드디어 이해받았다는 사실이 너무 좋았던 거야. 그동안 사귄 남자들은 날 설득하려고 무지 애쓰거나, 비난하기도 하고, 날 꽉 막힌 답답한 인간으로 취급하면서 비웃기도 했었어. 근데 오빠는 달랐어. 나를 훨씬 더 예뻐해 줬거든. 근데 곰곰이 생각할수록 그래서 날 원했던 게 아닌가 싶어. 자기가 결혼할 수 있는 나이대의 여자 중에 경험이 없는 사람은 되게 드물 것 아니야. 그렇다면 전에 사권 남자와 비교할 거고, 금방 들통이 날 테니까. 그래서 날 선택한 거야. 오빠는 그래서 나랑 결혼했던 거야. 그런 생각이 들어."

희수는 그간 얼마나 고통의 시간을 보냈을까. 나는 먹먹한 가슴을 부여잡았다. 글로 대화할 수 있어서 정말 다행이라는 생각이 들었다. 서로 마주 앉아서는 절대로 이런 얘기까지 할 수 없었을 거다.

"희수야, 왜 그렇게까지 생각해? 네가 사귀자마자 그 얘기부터 한 거 아니잖아. 그런 이유로 은성 아빠가 너랑 결혼 맘먹은 거 아니야. 너 옛날 기억을 다 잊었나 보다. 물론 은성 아빠는 생각도 않고 있다가 놀랐겠지. 하지만 그래서 더 예뻐 보이고 더 사랑스러웠던 건 맞을 거야"

희수는 아무런 말이 없었다.

"너는 일부러 최악의 경우를 생각하는 경향이 있더라. 뭐든 하나 골라잡아서 그걸 계속 갈고 닦는 거야? 너는 적절한 시기에 말한 거야. 그것 때문에 더 사랑스러워지고 결혼하고 싶은 마음이 좀 더 커졌을 수는 있어. 여자도 그렇잖아. 원래 사랑하고 좋아해서 결혼하고 싶다고 생각하고 있었는데 뜻하지 않게 되게 부자라는 걸 알게 됐다고 해봐. 다행이다 싶어서 좋아할 수 있지. 그게 나빠? 별 감정도 없는데 오로지 그 이유만으로 결혼을 결심할 리 있겠어? 네가 무슨 처녀의 신이야?"

희수는 눈웃음 두 개를 보냈다.

"그리고 결혼 초반을 생각해봐. 부러울 것 없는 다정함이라고 네 입으로 말했잖아? 남편이 너한테 그거 들킬까 봐 전전긍긍하면서 지낸 거 아니잖아. 네 남편이 자신감이 차고 넘친 것까지는 아니었을지 몰라도 문제가 있다는 생각까지는 하진 않았을 거야. 그러면 너한테 그렇게 들이델 수 있었겠어?"

"내가 아무것도 모를 테니까 들이델 수 있었던 것 아닐까? 그리고 여태 몰랐던 게 사실이기도 하고."

희수는 확신이 더 필요한 모양이었다.

"너랑 더 오래 섹스하고 싶고, 그래서 너에게 멋져 보이고 싶으니까 자꾸 술을 먹었던 모양이지. 그저 자신감이 살짝 없던 상태였다는 생각이 들어. 아, 그리고 오빠가 책에서 봤다고 말해줬는데, 삽입 섹스를 계속 안 하고 자위만 오래 하면 습관성 조루가 되기도 한다고 쓰여 있더래. 자위는 최대한 빨리 싸고 끝내버리기 때문에, 오랜 시간을 그래왔다면 그럴 수 있을 것 같대."

"그래? 그럴 수도 있대?"

희수가 반응을 보였다.

"응. 그리고 초반에 능숙하게 못 한 건 경험이 별로 없어서일 수도 있어. 나이가 많다고 다 경험이 많은 건 아니야. 할수록 점점 좋아지는 건데 너희 부부는 좋아질 경험이 절대적으로 부족했잖아. 지금이랑 비교해보면 오빠도 초반에 얼마나 못했다고."

"남자도 여자도 처음부터 수월한 사람이 아무도 없구나. 형부처럼 나중에라도 그리 좋아진다면 진짜 다행인 거네."

"확실한 건 네 남편이 작정하고 너를 속이고 결혼한 건 아니야. 절대 그렇게 생각하지 마. 초반의 일들을 내가 다 모르지만 너에게 들은 게 없지는 않아. 그리고 중요한 사실은 노력하면 점점 나아진다는 거야. 사실 여자가 살면서 필요한 건 남편의 사랑이지, 오르가슴이 아니잖아. 예전에 오르가슴 몰라서 불행해서 못 살겠다 그랬던 것도 아니잖아."

나는 희수가 오르가슴에 집착했던 것이 계속 걸렸다. 앞으로 그 부분을 포기하고 살 수 있을지가 문제였다. 사실 속으로는 희수가 몹시 안타까웠다.

"문제는 내가 다가가지 않으면 오빠가 먼저 다가오지 않기 때문에 앞으로 내가 계속 그럴 수 있냐는 거야."

"예전에는 늘 남편이 다가온 거잖아. 이제는 네 차례라고 생각해. 그리고 다가갈 때마다 매번 성공하지는 못하겠지만 그때마다 네가 만족하는 모습을 보이고 용기 북돋는 말을 해주면 네 남편도 '점점 괜찮아지는 건가?' 이렇게 생각이 바뀔 거고 그러면 예전처럼 다가올 거야. 나는 확신해."

"처음 들이댔던 때보다도 용기가 안 나. 또 이제는 거부당하면 아주 조금은 상처를 받을 것도 같고."

"거부당한다고 생각하지 마. 네 남편, 마음은 그렇지 않은데 못 받아 줄 상황일 수도 있는 거잖아. 이제는 그런 걸로 상처받지 말자."

어떤 기대도 없고 상처를 받아도 아프지 않을 것을 알기 때문에 용기를 냈다고 했지만, 그걸 명백히 안다 해도 실제로 할 수 있는 사람은 드물다. 그때 그럴 수 있었다면 지금도 할 수 있을 것이다. 내가 아는 희수는 그런 사람이니까.

인생의 방향키를 꽉 움켜쥔 채로

처음 희수의 이야기를 들은 지도 벌써 반년이 지났다. 계절이 두 번 바뀌었고 아이는 곧 학년이 바뀐다. 유독 무더웠던 여름을 나면서 세 종류의 식물이 죽었고, 속상한 마음이 달래질까 싶어서 가을에는 다섯 종류의 새 식물을 들였다. 새로운 식물들과 나는 앞으로 몇 계절을 겪으면서 서로 맞추어 나갈 것이다. 나와 남편은 여기저기에 글을 쓰며 생계를 이어가고, 반년 전에 구상했던 소설은 아직 시작도 못 했다.

여전히 우리는 별다른 일이 없으면 매일 섹스를 했다. 이제 나는 부부의 섹스를 다른 고상한 표현으로 돌려 말하지 않는다. 가끔 친구들과 이 주제로 얘기할 때가 있는데, 친구들은 섹스라는 말을 들으면 임금님을 욕하는 역적의 무리라도 된 듯 약간 놀라는 기색으로 주위를 살폈다. 나도 예전에는 그랬다. 남편의 입에서 섹스라는 말만 나와도 흠칫하며 시선을 돌렸다. 부끄러워 감출 줄만 알았지 즐겨도 된다는 것을 배우지 못한 까닭이다.

부부의 섹스가 고귀한 사랑의 표현이자 결혼 생활에서 절대적 위치에 있다는 걸 나는 늦게 깨달았다. 부부의 섹스는 서로의 사랑을 이어주는 거의 유일한 매개체라는 걸 돌고 돌아 긴 시간이 지나서야 마음과 몸으로 배웠다. 희수와 수많은 글을 주고받고, 다양한 사람들의 사연을 접하고, 관련된 책도 많이 읽었다. 남편과도 폭발적인 대화를 주고받았다. 예전에 알았더라면 좋았을 사실부터 미처 몰랐던 사실들까지 쉬지 않고 대화했다. 희수에게 해주었던 조언은 되돌아와서 우리의 삶에도 영향을 미쳤다. 그동안 잊고 있던 책에 내려앉은 먼지를 털고 한 장씩 천천히 다시 넘겨보듯 나와 우리를 되짚어 보았다.

우리 부부가 현재 애틋하다고 영원히 그러리라는 법은 없다. 사람의 마음은 한순간 무너질 수 있음을 안다. 현재를 자만하지 말 것과 계속 서로를 바라보고 시야에서 놓치지 말아야 한다는 것을 세월의 힘으로 배웠다. 암수한몸 같은 사이라도 어떤 때에는 쥐어짜는 노력이 필요한 법이라는 것을, 때로는 물 흘러가듯 지켜봐야 한다는 것도, 감정에 충실하고 상대에게 그 감정을 표현해야 한다는 것 또한 배웠다. 결혼생활이라는 것은 온갖 경험을 차곡차곡 쌓아 올린 후에야 그 모습이 눈에 들어온다. 나이가 들어서야 비로소 젊었을 때 얼마나 많은 것들을 놓쳤는지 알게 되는 것과 같다. 그 점이 애석하다.

희수는 계속 노력 중이다. 희수는 포기하지 않았다. 자신의 인생을 포기하지 않았고, 아이의 미래와 남편의 행복까지도 포기하지 않았다. 남편에게 애정을 기대하지 말고 돈 벌어오는 기계라고 생각하고 살면 편하다는 사람들의 우스운 말은 모조리 쓰레기통에 처박아 버렸다. 행복하지 않을 쉬운 길을 걷기보다, 어쩌면 행복할 수도 있는 모난 길을 선택했다. 희수와 나는 예전만큼 많은 대화가 필요하지 않다. 이제 희수는 스스로 알아가고 있다. 절박하게 굴지 않고 집착하지 않으면서도 인생의 방향키를 꽉 움켜쥔 채로 맞서고 있다.

"일희일비하지 않기가 제일 힘들어, 언니."

어느 날 희수는 이렇게 말했다. 희망의 빛이 보이는 날이면 모든 세상이 핑크빛으로 가득 찬 세상이겠지. 뜻대로 되지 않을 때는 쉬운 길로 방향을 틀고 싶은 심정이었을 게다. 나는 모든 것이 다 그렇다는 뻔한 말을 해주었다.

"내가 포기하지 않고 계속 노력할 수 있을까, 언니?"

희수는 스스로 포기하지 않을 것을 알면서도 내게 물었다. 어쩌면 자기 자신에게 다짐하는 물음이 계속 필요했을지도 모른다. 아이가 같은 질문을 여러 번 반복하는 것처럼 희수도 같은 질문을 내게 수차례 던졌다. 나는 고작 같은 질문 여러 번으로 지치지 않는다. 나는 내 아이에게 수없이 같은 대답을 해주었던 것처럼 희수에게도 계속 마음을 다해 같은 답을 보냈다.

　나는 은성이를 바래다주고 집으로 돌아오는 그 시간을 가장 사랑
한다. 구체적으로 말하자면 텅 빈 집이 주는 안온함을 사랑하는 것이
다. 평일 아침, 그래서 집으로 돌아오는 발걸음은 늘 바쁘다. 아침의
분주함이 고스란히 내려앉은 어지러운 집은 잠시 내버려두어도 괜찮
다. 나는 시선을 거두고 커피 캡슐 두 개를 연거푸 내려 큰 컵에 따라
놓고 세상의 적막함을 즐기며 최대한 천천히 마셨다. 이것이 나의 하
루 중 유일하게 보장된 안정된 시간을 보내는 방법이다.

　이따금 생명의 기운이라고는 전혀 없는 거실이 눈에 밟히는 날에
는 나도 식물을 키워볼까 하는 생각이 들 때가 있다. 하지만 끝내 실
행에 옮길 수가 없었다. 자신이 없었다. 식물을 죽지 않게 키울 자신
도, 식물이 죽어가는 것을 볼 자신도. 그럴 때마다 화분이 몇 개인지
셀 수도 없는 윤주 언니네 집이 생각났다. 사실 나는 식물 같은 거 안
좋아하지만 남이 잘 키운 식물을 보는 건 꽤 괜찮은 기분이었다. 온
전히 사랑받는 생명체. 나는 어려서부터 간혹 그런 개체를 볼 때마다
왠지 주체할 수 없이 애틋한 마음이 생기곤 했다. 윤주 언니는 어떻
게 그 많은 식물을 다 잘 키울까? 언니 말로는 죽이기도 한다지만, 내
눈에는 하나같이 반짝이는 것들뿐이었다.

언젠가 건성으로 식물들을 둘러보던 나에게 윤주 언니는 식물의 죽음에 대해서 말해주었다. 식물이라고 모두가 전폭적인 빛과 물이 필요한 것은 아니고 각자의 요구량이 다른데, 식물 대부분은 그것들이 부족하거나 과하다고 금세 죽는 건 아니라고 했다. 그럼 어떻게 되냐는 나의 물음에 언니는 식물들이 들을세라 작은 목소리로 '버티기 시작해.'라고 답했다. 때로는 하루아침에 죽어버린 것처럼 보이는 식물도 있지만, 그 식물도 살 방도를 찾으며 한참을 치열하게 몸부림쳤을 거라고도 했고, 또 어떤 식물은 멀쩡해 보이는 모습으로 믿기 어려울 정도의 기간을 버티다가 미라처럼 죽는다고 했다. 알아차렸을 때 바로 문제를 해결해주면 대부분은 다시 살아나지만, 이미 때가 늦어버리면 온갖 방법을 동원해도 안 되더라는 어찌 보면 당연한 말을 했다. 그때 언니는 상상도 못 했겠지만, 나는 그 얘기를 듣자마자 바로 내가 무언가에 결핍된 채로 아등바등 버티고 있는 식물 같은 처지라는 생각이 들었다. 혹시 나도 너무 늦어버린 건 아닐까 두려운 마음이 들었다.

윤주 언니는 내게 빛이 난다고 했다. 결혼 전이야 그럴 수 있다고 해도, 결혼 후에도 몇 번쯤 그런 말을 했다. 그렇다면 나는 티를 내면서 죽어가는 애는 아닌 거지. 굳이 따지자면 난 멀쩡한 모습으로 질리게 버텨보는 쪽인 거다. 내게 결핍된 건 무엇일까? 그걸 찾으면 난 살아날 수 있을까? 예전처럼 다시 빛날 수 있을까?

나는 내 결혼생활이 이렇게 된 이유를 찾기 위해서 빈 들판을 헤매고 다녔다. 언젠가부터 남편은 내게 가시 돋친 비난의 말들을 쏟아내곤 했는데, 그러고 나면 모든 문제의 원인이 '나'라는 생각에 파묻혀 벗어나기 힘들었다. 그 수렁에서 빠져나오기 위해서는 어그러짐의 화살을 다시 남편에게 돌려놔야 했다. 그것만이 나의 유일한 돌파구였기 때문에 미친 듯이 그 이유를 찾아내야 했다. 그래서 그 옛날의 일도 끝내 버리지 못했다. 그게 내 발목을 꽉 붙들고 어둡고 깊은 해구 밑으로 질질 끌고 들어갔지만, 그래도 내게는 그 거머리 같은 존재가 간절하게 필요한 순간이 너무 자주 있었다.

윤주 언니가 섹스 문제를 언급했을 때 사실 나는 믿지 않았다. 섹스는 애초에 내가 헤매던 들판에는 있지도 않았다. 하지만 전혀 생각해보지 않았던 것이라 그런지 슬며시 호기심이 일어났다. 게다가 내 마음은 이미 딱딱하게 굳은 지 오래라 창피함을 느낄 여지도, 실망할 일도 없을 테니까. 내가 믿는 구석은 그것밖에 없었다.

초반에는 남편의 반응이 웃기고 재미있었다. 또 윤주 언니랑 킬킬거리며 대화하는 것도 아주 신이 났다. 마치 남의 일처럼 흥미진진했다. 그런데 어느 날 실망하고 맘이 상한 나를 발견했다. 메말라 쩍쩍 갈라진 마음에 무슨 연유로 이슬비가 내린 걸까. 돌처럼 딱딱하게 굳어서 신경 쓸 필요조차 없던 마음이 나도 모르는 사이에 무르게 바뀌다니, 나는 놀라 자빠졌다. 내가 확실하게 말할 수 있는 것이 있다면 다시는 남편 때문에 마음이 상하는 일 따위는 없을 거라는 것이었다. 그건 정말 자신했었다.

초반에는 남편이 좀 달라지나 싶어 조금 기대했지만 이내 아무려나 별 상관이 없다는 태도를 보여서 나는 무른 마음을 안은 채로 역시 또 썩은 동아줄이라고 생각했다. 인제 와서 말하지만 나는 그간 썩은 동아줄을 숱하게 경험했다. 그래서 더 힘들어지기 전에 서둘러 포기하기로 맘을 먹었다. 하지만 이번에는 단칼에 그럴 수가 없었다. 내가 결단을 내리지 못하고 망설였던 이유는 바로 윤주 언니와 형부 때문이었다. 나를 위해서 그토록 애써줬으니까. 윤주 언니마저 내게 실망하도록 만들고 싶진 않았기에 버텼다. 제발 언니가 먼저 포기해주길 바라면서.

포기하기로 마음먹어 갈 즈음, 남편에 대한 새로운 사실을 알게 되었다. 처음에는 당황스러워서 어떤 마음을 가져야 할지 몰랐지만, 생각을 거듭할수록 나를 사랑해서 결혼한 게 아닐 거라는 생각이 들어 괴로웠다. 나도 사랑하지 않으니까 그런 것쯤 아무렇지 않아야 할 텐데 왜 이렇게 힘든 거지. 남편의 마음을 헤아려보라는 윤주 언니의 말은 며칠 후에 떠올랐다. 내 처지에 그럴 마음을 먹는 것부터 말도 안 되게 어려웠지만, 그의 마음을 짚어보기로 했다. 이해되는 부분도 생겼지만, 도무지 이해되지 않는 부분도 여전했다. 그런데 정말 어이없는 건 안쓰러운 마음이 조금 생겼다는 거다.

몇 날 며칠을 고민한 끝에 나는 내게, 그리고 남편에게도 두 번째 기회를 주기로 했다. 나는 끝내 말라 죽고 마는 식물은 되고 싶지 않았다. 나도 반짝이는 잎을 가지고 싶었다. 나도 보란 듯이 매끈하고 여린 연두색 잎을 내는 식물이고 싶었다. 그러면서도 모든 게 다 허망하고 귀찮아지는 날들이 주기적으로 닥쳐와 나를 괴롭혔다. 그럴 때마다 어여쁜 은성이만 보면서 사는 것도 괜찮지 않나 하는 생각에서 좀처럼 벗어나기 힘들었다. 설상가상으로 예전과 달리 무른 마음을 가진 터라 그 두려움 때문에 자꾸만 주저앉고 싶었다. 윤주 언니는 몇 번이고 그런 나를 일으켜 세워주고 용기를 북돋아 주었다. 언니는 세상에 마법이 있다면 그건 '말'이라고 나를 격려했지만 다른 건 몰라도 그건 자신이 없었다. 나는 왜 이 모양일까. 무엇이 나를 이렇게 만들었을까.

곱씹어가며 천천히 내 안을 들여다보기로 했다. 곰곰이 되짚어 한 없이 거슬러 올라가자 내게 다정한 말을 건네주지 않는 엄마를 만났다. 나는 깜짝 놀라 뒤로 물러섰다. 아니야, 나는 충분히 사랑받고 자랐는걸.

외면하고 있던 나를 마주하는 건 보통의 용기로 될 일이 아니었다. 그대로 숨어버리고 싶은 마음이 굴뚝같았다. 몇 번이나 마른침을 삼키고 손을 벌벌 떨었다. 내가 사랑하는 유일한 그 시간을 며칠이나 온통 쏟아 부었다. 내가 결국 막다른 골목 끝에서 만난 건 다정한 말, 다정한 웃음, 다정한 포옹 따위를 간절하게 기다리고 또 기다리다가 몹시 실망하는 어린 나였다. 또 언제부터인지 다정함을 애써 기대하지 않게 된 조금 자란 내가 있었고, 다정함은 우리 집 유전자에는 없다고, 무뚝뚝함은 우리 집 내력이라고 치부해버리는 훌쩍 자란 내가 있었다. 그런 내가 너무도 가엾어서 주체할 수 없게 눈물이 쏟아졌다. 반나절을 그러고 났더니 후련한 기분이 들었다. 숨 쉬는 게 부쩍 수월해진 느낌이 들었다. 나를 옥죄고 있던 찌꺼기들이 일제히 눈물에 쓸려나가 몸이 가벼운 스펀지가 된 것 같았다.

나는 내 딸 은성이에게 다정하려고 애써왔다. 하지만 나의 다정함은 부자연스러웠다는 걸 인정할 수밖에 없다. 내가 아무리 애쓴들, 타고난 것과 그렇지 않은 것의 틈을 메울 수가 없었던 거다. 나는 간절히 달라지고 싶었다. 좀처럼 없는 강렬한 바람이었다. 어떡하면 되지? 내가 할 수 있는 건 연습밖에 없었다. 다정함을 연습하다니? 나조차도 어이가 없었지만, 다정함을 받아본 적 없는 나는 달리 방법이 없었다. 이런 사람도 있는 거라고 나 자신을 위로했다.

남편에게 해야 할 말을 생각해 놓고 낮에 시간을 내어 연습했다. 주워 담을 수도 없는 말이 엉뚱하게 나오면 큰일이니까. 내가 연극배우도 아니고 정말 별 걸 다 해본다고 하면서도 했다. 다정한 말, 격려의 말이 누군가에게는 이토록 어렵다는 사실이 우습고도 슬펐지만 나도 자연스러운 다정함을 표현하는 사람이 되고 싶기에 연습했다. 그런데 어느 날 연습하지도 않았던 다정한 말이 자연스럽게 나왔다. 그간의 연습 때문인지, 아니면 진심에서 나온 것인지 나조차 알 수 없었다. 나는 이제 다정한 말을 자연스럽게 건네기도 하는 사람이 된 건가? 내가 뱉은 말의 진의를 나조차 모르는 상태지만 어쨌든 나의 변화가 신기했다.

윤주 언니의 말대로 말이란 건 마법 같은 구석이 확실히 있었다. 행동도 생각도 함께 변하는 게 느껴졌다. 은성이마저 순해지고 웃음이 더 많아진 것이 확연했다. 나는 내 아이에게 다정한 엄마로 기억될 수 있는 걸까. 은성이 못지않게 남편도 변한 것 같지만 그것에 대해서는 아직 어떤 판단도 하지 않기로 했다. 아직은 남편의 작은 변화에 기뻐 날뛰기는 싫으니까.

윤주 언니와 나는 여전히 글로 대화한다. 다시 예전처럼 일상의 온갖 이야기를 주로 나누지만, 그래도 대화의 끄트머리는 나와 남편에 관한 것일 때가 많다. 윤주 언니는 나의 투정과 뻔한 체념을 매번 달래준다. 섹스 이야기를 요즘 통 꺼내지 않았더니 언니가 내게 조심스럽게 물었다. 섹스는 하는지, 얼마나 하는지에 관한 것이었는데 내가 상처라도 받을까 봐 말을 고르고 고른 흔적이 보였다.

"평균 일주일에 한두 번? 간혹 타이밍을 못 잡을 때도 있는데 그럴 때도 열흘을 넘기진 않아. 그것이 삽입 섹스일 때도 있고 서로 서비스만으로 끝날 때도 있어. 나야 매번 삽입하길 원하지만, 때때로 오빠가 내켜 하지 않을 때가 있거든."

윤주 언니는 환호하며 야단을 부렸지만 나는 어쩐지 조금 민망한 느낌이 들었다. 내가 어엿한 부부들처럼 일주일에 한두 번 섹스한다는 말을 하게 되다니 말이다.

가끔은 이 모든 것이 게임 같다는 생각이 들 때가 있다. 남편도 모르는 나 혼자만의 리그지만, 나름의 스릴이 있다. 내가 이렇게 반응하면 어떻게 나올지, 내가 이런 식으로 말을 하면 남편의 자신감이 고취될지 그런 것들을 알아가는 기쁨이, 아니 재미가 있다. 그간 몇 번 남편이 술을 마시지 않은 채로 섹스한 적도 있지만, 아직 윤주 언니한테는 비밀이다. 늦게 나가는 아침에 남편이 먼저 요구했던 일도, 은성이를 다른 방으로 독립시킨 것도, 정신과 약을 줄인 것도 아직 언니에게 말하지 않았다. 언니가 알면 얼마나 기뻐할지 눈에 선하지만, 그 모습을 철저히 즐길 수 있을 때까지 조금 더 숨겨둘 작정이다.

내가 권력과 주도권 타령을 할 때 윤주 언니는 그런 것은 절로 따라오는 것이라고 했지만, 나는 아직도 그것에 의구심이 있다. 하지만 달라진 점이 있다면 예전만큼 그것에 큰 의미를 두지 않게 되었다는 것이다. 비로소 내 삶의 주도권이 남편에게서 나로 바뀌었다는 느낌이다. 내 삶을 내팽개치지 않기로 단단히 작정한 것만으로도 충족되는 것이 있는지 나는 권력에의 집착을 조금은 내려놓았다.

예전처럼 함께 깔깔거리고 웃는 날도 생겼다. 그럴 때면 우리 모습이 영화의 한 장면처럼 느껴지고, 마치 우리에게 나빴던 날은 없었던 것만 같다. 하지만 언제든 또 폭풍이 몰아칠 수도 있다는 것을 안다. 그래도 내게는 겪어본 자의 지혜가 있다. 나는 더 이상 속수무책이 아니다. 나는 예전의 내가 아니다.

머지않아 나는 윤주 언니에게 웃으며 말할 것이다.

나의 세상은 바뀌었다고.

참고 도서

- 굿바이 섹스리스 (2015. 율리시즈) – 에바-마리아 추어호르스트 저
- 인생을 바꾸는 결혼 수업 (2017. 해냄) – 남인숙 저
- 만화로 보는 성SEX의 역사 (2017. 다른) – 필리프 브르노 저
- 우리가 몰랐던 섹스 – 알랭 드 보통 인생학교 new 시리즈 005 (2018. 와이즈베리) – The School Of Life 저
- 끌림 – 알랭 드 보통 인생학교 new 시리즈 007 (2018. 와이즈베리) – The School Of Life 저
- 스물 즈음 (2014. 책읽는귀족) – 마광수 저
- 아무도 대답해주지 않는 질문들 : 우리에게 필요한 페미니즘 성교육 (2017. 문학동네) – 페기 오렌스타인 저
- 연애하는 부부 (2017. 큰나무) – 지그지글러 저
- 성매매 안 하는 남자들(남자의 눈으로 본 남성문화) (2017. 호랑이출판사) – 수요자 포럼 저